U0140429

林语堂

著译导读

陈煜斓 著

中国文史出版社

图书在版编目（CIP）数据

林语堂著译导读 / 陈煜斓著. —北京：中国文史出版社，
2023.5

ISBN 978-7-5205-4225-8

Ⅰ. ①林… Ⅱ. ①陈… Ⅲ. ①林语堂（1895-1976）—
文学研究 Ⅳ. ①I206.6

中国国家版本馆 CIP 数据核字（2023）第 153285 号

责任编辑：梁　洁　　　　　装帧设计：程　跃　王　琳

出版发行：中国文史出版社

社　　址：北京市海淀区西八里庄路 69 号　　邮编：100142
电　　话：010 - 81136606　81136602　81136603（发行部）
传　　真：010 - 81136655
印　　装：廊坊市海涛印刷有限公司
经　　销：全国新华书店
开　　本：787mm × 1092mm　1/16
印　　张：25.25
字　　数：362 千字
版　　次：2024 年 1 月北京第 1 版
印　　次：2024 年 1 月第 1 次印刷
定　　价：78.00 元

序　言

林语堂（1895—1976）一生著译 60 余种，其中中文著作 11 种，英文著作 40 种，英译中的译著 6 种，中译英的译著 3 种，累计 2000 多万字；学科领域涉及文学、语言学、历史学、教育学和中外文化交流等众多方面。他从翻译到创作，全面、系统、立体地向世界介绍、传播中华文化，呈现中国和中国人的形象，纠正和改变了外国人的"中国"观感，以及他们书写中无意的误解和有意的扭曲，从而成为"中国形象的宣传大使"。

然而，林语堂又是中国现代文学史上"最不容易写的一章"。20 世纪二三十年代，几乎与鲁迅创建讽刺理论同步，林语堂也创立了幽默理论。幽默作为一种文学的表现手法，作为一种语言格调，与讽刺有所区别，但不是水火不相容的对立物。"幽默文学"只要是含有一定的积极意义而不是一般的笑谈，可以成为"讽刺文学"的同盟军。问题是林语堂的幽默理论不仅把幽默与讽刺对立起来，还有意抬高幽默而贬低讽刺。创作实践上的那种对社会不含讽刺之意的"冷静超远"，往往又"坠入传统的'说笑话'和'讨便宜'"，甚至还会"把屠夫的凶残化为一笑"。他将自己的书房命名为"有不为斋"，取意为孔子的"狂者进取，狷者有所不为"。他不喜欢豪言壮语式的"要如何如何"，更愿意以"不如何如何"守住为人的底线。如他在《论语》杂志每期的封面内页，都印有幽默风格的宣言："不反革命""不评论我们看不起的人，但我们所爱护的人要尽量批评""不破口骂人""不拿别人的钱、不说他人的话""不附庸风雅、更不附庸权贵""不互相标榜、不做痰迷诗、不登香艳词""不主张公道，只谈老实的私见""不戒癖好，并不劝人戒烟""不说自己的文章不好"。他不是要求别人要怎么样，而是约束自己不怎么样。这种文化特质，与时代的主流、革命的现实相脱节，与此个人嗜好的"幽默"，也自然会有"麻醉品"的批评。

林语堂倡小品，主性灵，不顾"政治正确"，敢于挑战"文章救国"之论，用"性灵就是自我"来对抗所谓"新八股"，也有向"舆论"争取"言论自由"的作用。他发现，旧的文章系统里充斥太多负面的民族性格。只有从这种集体的泥沼里拔出来，摆落虚假的社会性格，发挥真诚的个性，才有文章可言。他说"一人有一人之个性，以此个性 Personality 无拘无碍自由自在表之文学，便叫性灵，若谓性灵玄奥，则心理学之所谓'个性'，本来玄奥而个性之确有，因不容疑惑也。凡所谓个性，包括一人之体格、神经、理智、情感、学问、见解、经验阅历、好恶、癖嗜，极其错综复杂"。这种界定，是把古人所谓"性灵"与现代心理学所谓"个性"结合起来，以精神自由为内在价值的思维结构，强调个体的差异性，认为文学创作者必须把重心放在内在情志的表现上。因此，他从"文体"（style）方面指认小品文的特征，从而延伸出他的"笔调"说："盖小品文，可以发挥议论，可以畅泄衷情，可以形容世故，可以札记琐屑。可以谈天说地，本无范围，特以自我为中心，以闲适为格调，与各体别，西方文学所谓个人笔调也。故善冶情感与议论于一炉，而成现代散文之技巧。"这种具有"个人笔调"语录体，是"言志的""抒情的"，也是他的生活愿望和表达方式。

"难写"的另一方面，也正如徐訏所说：理论的争执，往往在说服他人，而别人不一定被说服。林语堂只说自己的体验，他不想说服人，而读他的文章者，也有自然生出同情的。

林语堂终其一生，大节无亏，他守得住底线，不做那些连自己也看不起的丑陋之事。他曾明确表明：做文人，而不准备成为文妓，就只有一途，那就是带点丈夫气，说自己胸中的话，不要取媚于世，这样身份自会高。要有点胆量，独抒己见，不随波逐流，就是文人的身份。所言是真知灼见之话，所见是高人一等之理，所写是优美动人之文，独往独来，存真保诚，有骨气，有识见，有操守，这样的文人是做得的。

青年的林语堂是追求民主与科学的。"在北京，我和两位一流才智的人接触，他们给了我难以磨灭的影响，对我未来的发展有不同的贡献。其一是代表1917年中国文化复兴的胡适博士。文化复兴，和其他较重要的事，严格说来就是反儒学。胡适博士，当时是哥伦比亚大学的研究生，在纽约放出第一炮，这一炮，完全改变了我们这一代的中国思想及中国文学的趋势。这是文学革命，在中国文学史上是一个路标，提倡以国语取代文言，以国语作为文学表现的正常媒介。同时，北京国立大学有一个信奉共产主义的教授陈独秀。"对于进步的新文化运动，林语堂"直觉地同情"，而对于新文化运动的先行者，毫不隐讳地表述对他们的崇拜之情。

中年后的林语堂仿佛修成了生活的智者。"无论如何只有人类的幸福才是一切知识的最终目标。于是我们得以在命运的浮沉中调整自己，欣欣然生活在这个行星之上。""在很大程度上，人生仅仅是一场闹剧，有时最好站在一旁，这比一味介入要强得多。同一个刚刚走出梦境的睡梦者一样，我们看待人生用的是一种清醒的眼光，而不是带着昨日梦境中的浪漫色彩。我们会毫不犹豫地放弃那些捉摸不定、富于魅力却又难以达到的目标，同时紧紧抓住仅有的几件我们清楚会给自己带来幸福的东西。我们常常喜欢回归自然，以之为一切美和幸福的永恒源泉。"

海外三十年和晚年归来，林语堂是不遗余力地传播中国文化。对民族文化的认同，林语堂是一贯的，在那个不自由的时代，也是一种难得的品质。传承与复兴民族文化的林语堂，涵养时代的面貌，迄今仍能印证文化的相承，他的文化观和文学思想也非常适用于解决今天人类面临的困境。

20世纪80年代以来，中国出现"林语堂热"，根据林著改编的电视连续剧《京华烟云》的开播，再次唤醒了人们对林语堂及其文学成就的高度关注。

做学术研究，不可选择性叙事、倾向性发言，更忌讳脱离原初材料的道听途说。甄别、考证作品的出处，完善版本整理，是做学术研究的基础。1942年，林语堂就刊发"启事"，批评那些分割他著作权的"无耻之徒"；1968年写《语堂文集序言及校勘记》，申斥冒他的名的伪作行为。近三四十年来，林语堂的中文作品在内地长销不衰，但是版本情况颇为混乱。如《翦拂集》《大荒集》《行素集》和《披荆集》等在20世纪二三十年代出过的中文作品集，久未重印，其中收录的文章，常被随意选编，有时更与林语堂英文著述的中译文和林语堂晚年的中文著述一起混编，不注出处，结集出版。

任何离开作品的作家研究，都会给人隔靴搔痒之感；离开原初版本所做的"阐释"，不具学术的严谨性。时下依赖大数据对林语堂的作品所做出的价值判断，多半流于在所谓意义、影响等社会面的发掘，对最具文学特色的体裁、题材、语言、布局、手法、情感等，缺乏细致的文本阅读和内质探求。林语堂的魅力，在于他以简约和节制的文字直抒胸臆，在于他幽默文字里的敏锐、洞察和热情，而这些都是要通过阅读文本获得的。

林语堂著译的创作、出版、发行及传播历经百年，其间各种版本频现。尤其是当下的市场，与林语堂相关的原著与编著、自译与他译，真假不辨、鱼目混珠者甚多。为了把林语堂研究从感性层面上升到理性层面，我们试图以作品出版时间为序（也有几篇是以内容相近者放在一起讨论的），立足于报纸、杂志、文集（自选集、他选集）、专著及海内外各个不同时期的资料，运用考据学的方法，对基础材料进行甄别，尊重文献和史实，尽可能地梳理自面世以来的初版、再版、增订版等不同版本；从单篇刊载到结集成卷的过程，尽量以文献为依据，去伪存真，呈现作者的原话、本意。也尽量避免带有个人感情色彩的解读，为今后林语堂研究的深入提供一份参照与借鉴。

目　录

I

1.《翦拂集》

——"热情及少不更事的勇气"

1928 年 12 月，由北新书局出版发行的《翦拂集》，封面署名"语堂"，书名页署名"林语堂著"，版权页署名"著者　林语堂"。1929 年 5 月再版时也没改动。这是林语堂自著自编的第一本结集，收正文 27 篇，皆为"语丝"时期"热情及少不更事的勇气"的文字，外加卷首"心境冲淡"时写的"序"。28 篇，有发表过的，也有尚未发表的。

读林语堂写的《大荒集·序》，得知"翦拂"一词与"水浒"相关，查阅《水浒传》第四回："周通把头摸一摸，叫'阿呀'，扑翻身便翦拂"。翦拂一词意指下拜，因军中说"下拜"不利，便以吉利的字样的"翦拂"代替。林语堂在《翦拂集》序言中说，收录的皆是"太平之时太平人的寂寞和悲哀"，是对逝去时日的"半分留恋"，是"远客异地的人翦纸招魂的无谓举动"。"南下两年来，反使我感觉到北京的一切事物及或生或死的旧友的可爱。魂固然未必招得来，但在自己可以得到相当的慰安，往日的悲哀与血泪，在今日看来都带一点渺远可爱的意味。所以我只把这些零乱粗糙的文字，当做往日涉足北京文坛撮来的软片。"[1] 其实，这本集子就是林语堂对"三一八"惨案前后的社会面貌、"正人君子"名流学者的写真，对已经远离而去的"往日的悲哀与血泪"的一份保存。

一、结集的来源与出处

1.《序》，1928 年 10 月 22 日以《翦拂集序》为题载《语丝》第 4 卷第 41 期，署名"语堂"。文末标注"十七，九，十三"，即写于刊载前的一个多月。

2.《祝土匪》，1926 年 1 月 10 日载《莽原》第一卷第 1 期。目录署名"林语堂"，正文署名"语堂"。文末标注"十四，十二，二十八"。

3.《给玄同先生的信》，1925 年 4 月 29 日以《给玄同的书》为题，载《语丝》第 23 期，署名"林语堂"。信末落款为"一九二五，四，七，弟语堂"。

4.《论性急为中国人所恶（纪念孙中山先生）》，1925 年 4 月 3 日以《孙中山》为题，载《猛进》第 5 期，署名"林玉堂"，文末标注"十四，三，二十九"。

5.《丁在君的高调》，之前未公开发表，收入《翦拂集》时，文末标注"一九二五，六，二十四"。

6.《回京杂感（四则）》，1925 年 10 月 12 日以《随感录》为题，载《语丝》第 48 期，署名"林语堂"。

7.《读书救国谬论一束》，1925 年 11 月 9 日以《谬论的谬论》为题载《语丝》第 52 期。署名"林语堂"。原文由"空城计何以唱不得？""什么叫做勿谈政治""闭门读书谬论之由来""中华官国的政治学""政客官僚谈得了政治吗？""政治与精神欧化"等六节组成。收入《翦拂集》时，"政客官僚谈得了政治吗？"一节被删除。

8.《咏名流》，1925 年 11 月 23 日载《语丝》第 54 期，署名"林玉堂"。正文由《咏名流》歌谱、作者附志与《咏名流》原文三部分组成。收入《翦拂集》时，未附歌谱与作者志。

9.《写在〈刘博士订正中国现代文坛冤狱表〉后》，1926 年 1 月 25 日以《写在刘博士文字及"爱管闲事"图标的后面》为题，载《语丝》第 63 期，署名"林语堂"。

10.《苦矣！左拉!》，之前尚未公开发表，但文章是针对《现代评论》

第 56 期（1926 年 1 月 2 日出版）陈西滢的《闲话》而写，故而断定完成于 1926 年 1 月上旬。

11.《〈公理的把戏〉后记》，之前尚未公开发表，收入《翦拂集》时，文末标注"一九二五，十二，三十一"。

12.《论语丝文体》，1925 年 12 月 14 日载《论语》第 57 期，原标题为《插论语丝的文体——稳健，骂人，及费厄泼赖》。

13.《文妓说》，之前尚未公开发表，收入《翦拂集》时，文末标注"一九二六，十二，二十三"。

14.《悼刘和珍杨德群女士》，1926 年 3 月 29 日载《语丝》第 72 期，署名"林语堂"。文末标注"十五，三，廿一日（二女士被难后之第三日）"。

15.《闲话与谣言》，之前尚未公开发表，收入《翦拂集》时，文末标注"十六，三，三十"（"十六"，应该是"二六"之误，笔者注）。

16.《讨狗檄文》，写于 1926 年 4 月 2 日，初收《翦拂集》，文末标注"一九二六，四月二日"。

17.《打狗释疑》，1926 年 4 月 19 日以《释疑》为题载《京报副刊》472 号，即对《一封通信（附录）》的回复。署名"林玉堂"。

18.《一封通信（附录）》，是侯兆麟针对林语堂撰写的《请国人先除文妖再打军阀》（《京报副刊》1926 年 4 月 4 日第 459 号）一文，于 1926 年 4 月 13 日所写的通信。

19.《泛论赤化与丧家之狗》，正文标题为《泛论赤化与丧家之狗——纪念孙中山逝世周年》，初收《翦拂集》，文末标注"一九二六，三，十，早一时四十分。"

20.《"发微"与"告密"》，1926 年 4 月 21 日载《京报副刊》474 号，署名"林语堂"。文末标注"二六，四，十七"。

21.《冢国絮语解题》，之前尚未公开发表，收入《翦拂集》时，文末标注"一九二六，十二，十九夜作于厦门镇北关"。

22.《译尼采〈走过去〉》，之前尚未公开发表，收入《翦拂集》时，目录题《译尼采〈走过去〉》，正文标题为《译尼采〈走过去〉——送鲁迅先生离厦门大学》，文末标注"一九二七，一，一"。

23.《论土气》，1924 年 12 月 1 日以《论土气与思想界之关系》为题，载《语丝》第 3 期，署名"林玉堂"。

24.《论开放三海》，1925 年 12 月 18 日以《国民应该力争三海的开放》为题，载《猛进》第 42 期，署名"林语堂"。

25.《谈理想教育》，1925 年 1 月 10 日载《现代评论》第 1 卷第 5 期，署名"林玉堂"。

26.《论英文语音》，1926 年 4 月 12 日以《〈英语备考〉之荒谬》为题，载《语丝》第 74 期，署名"语堂"。文末标注"四月六日"

27.《谈文化侵略》，之前尚未公开发表，收入《翦拂集》时，文末标注"十五，十二，二十六"。

28.《论泰戈尔的政治思想》，1924 年 6 月 16 日以《一个研究文学史的人对于贵推该怎样想呢?》为题，载《晨报副刊》第 4 版。文末标注"一九二四，六，十三"。

二、文章的写作背景及基本内容

《翦拂集》是林语堂在北京期间，作为社会批评和文化批判者生存状态的记录。正如他在序言中所言："我惟感慨一些我既往的热情及少不更事的勇气，显然与眼前的沉寂与由两年来所长进见识得来的冲淡的心境相反衬，益发看见自己目前的麻木与顽硬。""然而我也颇感觉隔日黄花时代越远越有保存之必要，有时夹在书中，正是引起往日郊游感兴的好纪念品。愈在醍醐的城市中过活的人，愈会想念留恋野外春光明媚的风味。太平百姓越寂寞，越要追思往昔战乱时代的枪声。勇气是没有了，但是留恋还有半分……在当日是无何等意义的，时移境迁看来也就别有隽趣，虽然还是粗拙得很，却也索性粗拙为妙。这就是我所以收集保存他的理由。"此时的林语堂"以为这只是青年人增进一点自卫的聪明。头颅一人只有一个，犯上作乱心志薄弱目无法纪等等罪名虽然无大关系，死无葬身之地的祸是大可以不必招的。"至于"有人以为这种沉寂的态度是青年的拓荡，这话我不承认。"[2] 他要留下往日的印记。

1925年爆发了"五卅"运动。林语堂受大革命洪流的冲击和鲁迅等人的影响，以高度爱国热情，在《语丝》《京报副刊》和《莽原》等报刊上先后发表了《祝土匪》《咏名流》等辛辣杂文，批判和讽刺那些服务于帝国主义、封建主义的知识界人物，并称这批人是"文妖"，是带引号的"正人君子"。

1926年"三一八惨案"后，林语堂参加了对死难学生的吊唁和追悼，发表了《悼刘和珍杨德群女士》一文，他赞扬刘、杨二人："处我们现今昏天黑地，国亡无日，政治社会思想都需根本改造的时期，这种热心有为，能为女权运动领袖的才子，是何等宝贵！"是"自秋瑾以来，这回算是第一次"，是"全国女革命之先烈"。在"三一八惨案"血的教训下，他思想起了激烈的震动。同年4月2日撰写了《讨狗檄文》，4月17日又写了《打狗释疑》，改正自己先前"勿打落水狗"的错误主张，承认鲁迅"凡是狗必先打落水里而又从而打之"的论述，于是取消了自己所谓的"费厄泼赖"（Fairplay）的看法。他在另几篇杂文中，宣称"军阀等于虎"，"打倒军阀，须先打倒文妖"，他主张大家团结起来，"打狗运动应自今日起"。

《翦拂集》所收录的文章，大抵是以直抒胸臆的方式，表明自己立志要做一个"土匪"与"叛徒"的立场，即便是用一些修辞手法，譬如，将北京城的"土气"来比喻"中国的生活与思想界的浑浊与停顿的空气"，也是为了持续与"土气"进行服务的。其中有几点值得关注：

一、受新文化运动初期否定中国传统文化的影响十分明显。在《给玄同先生的信》中，对钱玄同在《欧化的中国》一文中阐述的观点表示赞同。"先生的'欧化的中国'论及'各人自己努力去变像'的话，说得痛快淋漓，用不着弟来赞一词。此乃弟近日主张，且视为唯一的救国办法，明白浅显，光明正大，童稚可晓，绝不容疑惑者也。"[3] 他全盘否定了中国传统文化，倡导走全面"欧化"之路。

二、在民族大义上不能丧失立场。自新文化运动以来，泰戈尔的文学作品就不断被翻译进来，并掀起了一股"泰戈尔热"。1924 年 4 月，泰戈尔来到中国访问，在中国引发一场争论。林语堂也加入了这场文化论争，他对泰戈尔的政治态度不满，并写了相关文章表达自己的立场。在《论泰戈尔的政治思想》一文中明确表示："我觉得泰戈尔于我的精神生活毫无关系，不曾觉得他有什么意味，他曾给我何等的冲动。泰戈尔与我的思想发生关系的只有一次，就是当英国人欢迎泰戈尔的时候，我这不要好的人只牢牢记得泰戈尔是一个印度人，是一个亡国的印度人。……我说这些废话无非是要表白之对于亡国救国的一种解释完全是应时之论，不是严密的逻辑推演到底之结果。"[4] 他感兴趣的是泰戈尔如何解释与处置个人关系与政治关系。他认为泰戈尔大谈精神生活是一种对于亡国环境的反应，就像动物在新环境谋生存的生理反应，不过泰戈尔采取了最无聊的办法。林语堂也引用歌德的例子说明在民族问题上，他们都是愚钝的。泰戈尔的"生活单纯""内心圣洁""与宇宙和谐""处处见神"之类的精神复兴论不过是精神慰藉，在政治思想上他与歌德一样是失败主义者。然而歌德却没有在德国青年的心里灌入这样厉害的昏迷汤。29 岁的年纪，在西方文明占据国人思想的时期，他已经表达了自己坚定的民族主义立场，并在以后的人生始终奉行爱国主义的原则。

三、首次表达自己的教育理想。1925 年，在《谈理想教育》中，既指出"今日教育就是陷于此种沉寂无聊，半生不死的状况"，又表明"我们的理想大学最重要基件，就是学堂应该贯满一种讲学谈学的空气"。而"理想的大学不但是一些青年学者读书之处，而且乃一些老成学者读书之处"，同时"使他们得永远脱离物质外境的压力，专心致志于学问思想生活方面。可以从从容容的增进他们的学业，培养他们的德性"，"我们理想教育完全实行的时候，应该完全用不着文凭，应该一看那学生的脸孔，便已明白他是某某大学毕业生，倘由一学生的脸孔及谈话之间看不出那人的大学教育，那个大学教育也就不值得给什么文凭了。"[5] 林语堂应该是现代素质教育的倡导者之一。他的教育理想是将老师现行的死记硬背"灌输法"变成学生创造性的"自修法",即由重考试、学分、文凭,转变为重读书、能力和品性。

四、与鲁迅取同一步调。《〈公理的把戏〉后记》,直接呼应鲁迅在《民国新报副刊》第20期上发表的《"公理"的把戏》。"今天拜读了鲁迅先生《"公理"的把戏》引起我一些意思,似有可补充及插说之余地,所以也迫得我来补充插说几句。"[6]说什么?说女师大风潮之后,所谓维持公理会"要维持的是什么东西";说王世杰等要以给那些为学生辩护的人以法律上否认;说燕树棠等要给维护学生权益的人以道德上的否认等等。这些战斗的"檄文",从标题、立意、语调都与鲁迅接近,只是技巧手法欠圆熟。

五、对"赤化"、共产党的初步认知及辩护。1926年,林语堂在《泛论赤化与丧家之狗》一文中写道:"若是诸位所怕的孙中山给我们指导的路将使中国赤化,实在不免是一种'杞人之虑'了。凡赤化言也者皆指清一色纯白之洁质,加之以赤即赤,加之以朱即朱,若原本底不干净,加之以赤,谓其果亦必赤,此非呆痴即系愚顽不灵。故若一切公正中和,不偏不倚,恶狂热,恶主义足以代表国性之中国人。""一个好好的中国人,受帝国主义摧残还不够,尚要头脑不清,信路透电之宣传,闭着眼睛,由英国人扭住鼻子跟着走路,对中国人唯一出息的政府加以诟詈,与英国人唱双簧,英人骂广东政府为赤化为共产,彼亦跟着骂广东政府为赤化为共产,此非丧家之狗之十足状态而何?"[7]他没有将"赤化"妖魔化,而是放在所否定的"文妖""军阀"的对立面来看待,带有褒义。1927年3月30日,所撰写的《闲话与谣言》,对于"三一八"惨案后,卫队栽赃于示威者的那几把手枪、木棍,原是无中生有之技,却被不少人利用来大做文章,林语堂毫不留情地揭露了那些利用所谓手枪木棍做文章者的真实用心。他说:《晨报》社论家曰:"这回民众请愿是和平的,被卫队抢夺的也不过是几只手枪木棍。"这是何等公正的态度,但是暗中已给人阴险的暗示,当日实在有几把手枪给卫队夺取,这手枪自然是共产党带去的,于是大家可以,并且应该,攻击共产党了。很显然,林语堂在这里是对栽赃陷害共产党事实的澄清。到了 1928 年，他还反思说："从前那种勇气，反对名流的'读书救国论''莫谈国事论'，现在实在良心上不敢再有同样的主张。如果学生宿舍没有电灯，派代表去请校长装设，这些代表们必要遭校长的指为共产党徒，甚至开除，致于无书可读，则寄宿舍代表愚见亦大可以不必做，还是做年轻的顺民为是。""校事尚如此，国事更可知了。"[8]这足以证明，此时的林语堂是同情共产党，不满政府机构对共产党的诬陷和迫害。

三、《翦拂集》的地位与评价

"语丝"时期的林语堂就像《语丝》的文风一样，"任意而谈，无所顾忌。"[9]"所以有人说《语丝》社尽是土匪，《猛进》社尽是傻子……这也是极可相贺的事体。"[10]林语堂就直接文《祝土匪》，讽刺学者只要面孔，不要真理，最后道德与士风也只能让土匪来讲。

《翦拂集》是林语堂的全部著作中最富有进步政治色彩之作，在他的文学生涯中占有重要的位置。尽管出版此集时的林语堂，面对国民党制造的白色恐怖，他的政治热情已经下降，但人们并没有忽视他在"语丝"时期的激昂斗志。胡风在《林语堂论》里称其是"他的黄金时代"，即"浮躁凌厉"的时代，"虽然是在一定的限度下面，但无疑地林氏是站在那个阶段的大潮中间的。"[11]宋云彬在 1946 年《周播》第 15 期上撰文说道，林语堂在写《翦拂集》以前还是有些趣味的，后来味儿愈弄愈薄。这个"味儿"主要是指斗争精神。

但是，不可否认，此时的林语堂，对有些问题的评判，是激情有余，严谨不足，譬如他说："理想大学应该是一大班瑰异不凡的人格的吃饭所，是国中贤才荟萃之区，思想家科学家麇集之处，使学生日日与这些思想家科学家的交游接触，朝夕谈笑，起坐之间，能自然的受他们诱化陶养引导鼓励。"[12]这种观点显然与"五四"以来的鼓励青年学生走出课堂接受社会的锻炼，学生应更多关注社会现实的观点产生很大的抵牾。对中国的旧教育有这样的一句"沉默无聊，半死不生"的批评，也是缺乏从教学实践和文化规范的角度进行系统论述的。要扫除中国教育制度的积弊，以全新的、创造性的宗旨办教育固然可喜，可偏颇的观点和做法未必可嘉。办中国教育却完全以西方为参照系；无视民国教育的贡献；不加区别地全部否定教科书；论文、口试虽颇有益处，却带有浓厚的主观色彩等说法，都有商榷的空间。

1983 年 12 月，上海书店据北新书局初版本影印出版了该书，列为"中国现代文学参考史料"丛书。1988 年 4 月，北京的人民文学出版社推出了一本《翦拂集·大荒集》，列入"中国现代文学作品原本选印"丛书。1994 年，东北师范大学出版社出版《林语堂名著全集》，第 13 卷收入《翦拂集·大荒集》。2000 年 1 月北京的人民文学出版社出版了《翦拂集》，列入"新文学碑林"丛书。能受到如此重视，与上面所讲到的几方面的内容不无关系。与此相反，台湾文化界对《翦拂集》却很不看好。尽管后来中国台湾编辑出版林语堂的各种集子比大陆要早、要多，但基本没有收录这第一部文集，即便是 1986 年由台北金兰文化出版社推出 35 卷本的《林语堂经典名著》，也不曾收录。

注 释

[1] 林语堂：《序》，《林语堂名著全集》第 13 卷，东北师范大学出版社，1994 年，第 5 页。

[2] 林语堂：《序》，《林语堂名著全集》第 13 卷，东北师范大学出版社，1994 年，第 4—5 页。

[3] 林语堂：《给玄同先生的信》，《林语堂名著全集》第 13 卷，东北师范大学出版社，1994 年，第 10 页。

[4] 林语堂：《论泰戈尔的政治思想》，《林语堂名著全集》第 13 卷，东北师范大学出版社，1994 年，第 109—112 页。

[5] 林语堂：《谈理想教育》，《林语堂名著全集》第 13 卷，东北师范大学出版社，1994 年，第 93—101 页。

[6] 林语堂：《〈公理的把戏〉后记》，《林语堂名著全集》第 13 卷，东北师范大学出版社，1994 年，第 43 页。

[7] 林语堂：《泛论赤化与丧家之狗》，《林语堂名著全集》第 13 卷，东北师范大学出版社，1994 年，第 74—75 页。

[8] 林语堂：《序》，《林语堂名著全集》第 13 卷，东北师范大学出版社，1994 年，第 5 页。

[9] 鲁迅：《我和"语丝"的始终》，《萌芽月刊》1930 年第 2 期，第 43 页。

[10] 林语堂:《论骂人之难》,《林语堂名著全集》第17卷,东北师范大学出版社,1994年,第17页。

[11] 子通主编:《林语堂评说七十年》,中国华侨出版社,2003年,第244页。

[12] 林语堂:《谈理想教育》,《林语堂名著全集》第13卷,东北师范大学出版社,1994年,第98—99页。

2.《开明英文读本》《开明英文文法》

——教科书的特别之处

1927 至 1930 年是林语堂在精神和物质方面的一个重要的转折期。一是编纂英语教科书，一是翻译欧美的艺术理论。前者奠定了经济基础，后者为性灵文学的倡导做了理论的铺垫。

一、编辑出版的基本概况

1928 年 8 月 1 日，林语堂编纂的《开明第一英文读本》(*The Kaiming First English Book*) 由上海的开明书店初版，封面署名"林语堂著"，版权页署名"编纂者　林语堂　绘图者　丰子恺"。印至第 6 版之后又推出修正版，封面加题"二十二年六月八日教育部审定新课程标准适用"的汉英对照本教材。封面署名"林语堂著"，版权页署名"编著者　林语堂"，英文书名页则标明，该书是林语堂与英国伦敦大学学院语音学系教师合作修订的成果 (By Lin Yutang, A.M. [Harvard], Dr.phil. [Leipzig]. Sometime Professor of English Philology, Peking National University. Revised in collaboration with Mrs. H.M. Davies Senior Assistant, Department of Phonetics, University College, London University)。本册卷首有：Preface to Revised Edition General Principles, To the Teacher, 学习英语要诀, Phonetic Marks, The Alphabet。正文含 107 节课文与

"School Conversations（1-XII）"。卷末有：Music to "Baa! Baa! Black Sheep"，Table of English Consonants, Table of English Vowels and Diphthongs, Classified Glossary, Glossary of Words and Phrases。1947 年 10 月印至第 35 版。

1929 年 7 月 1 日，《开明第二英文读本》（*The Kaiming Second English Book*）由上海的开明书店初版，封面署名"林语堂著"，版权页署名"编纂者 林语堂 绘图者 丰子恺"。印至第 11 版之后，推出了修正版，署名情况与《开明第一英文读本》相同。本册卷首有：Preface to Revised Edition, Some General Principles of Teaching English, To the Teacher, 学习英语要诀, Phonetic Marks。正文分为 66 节课文，穿插语法练习。卷末有：Table of English Consonants, Table of English Vowels and Diphthongs, Grammatical Summary, List of Irregular Verbs, Classified Glossary, Glossary of Words and Phrases。1947 年 10 月印至第 25 版。

1929 年 9 月 1 日，所编《开明第三英文读本》（*The Kaiming Third English Book*）由上海的开明书店初版，封面署名"林语堂著"，版权页署名"编纂者 林语堂 绘图者 丰子恺"。1934 年 11 月印至第 13 版之后，推出了修正版，署名情况与《开明第一英文读本》相同。卷首有 Preface to Revised Edition, Some General Principles of Teaching English, To the Teacher Phonetic Marks。正文分为 66 节课文，穿插语法练习。卷末有：Synopsis of Grammar (Review of Grammatical Facts; Outline of Formal Grammar). List of Irregular Verbs, Table of English Consonants, Table of English Vowels and Diphthongs, Word-Lists for Phonic Drills in Sound Comparison, Phonetic Text: Pronunciation in Connected Speech Classified Glossary, Glossary Words and Phrases。1947 年 9 月印至第 19 版。

这套供中学生使用的英文教材，中国台湾还在一段时间内延续出版：

林语堂重编《新开明语堂英语读本（第二册）》，台湾开明书店出版（1968 年 1 月）。

林语堂重编《新开明语堂英语读本（第三、四、五册）》，台湾开明书店出版（1969 年 8 月）。

林语堂重编《新开明语堂英语读本（第六册）》，台湾开明书店出版（1970年2月）。

1930年8月1日，所编英文版《开明英文文法》(*Kaiming English Grammar*) 由开明书店分下、下两卷出版发行。《开明英文文法》专供高中生与自学者使用。该书卷首收有林语堂于1930年5月26日在"West End Gardens, Shanghai"撰写的序以及前言，卷末附有《形式语法纲要》(*Synopsis of Formal Grammar*) 与《主题与专有名词索引》(*Index of Subjects and Terms*)。正文包括16章，分别是：

1. The Science of Expression

2. Parts of Speech and Change of Function

3. The Sentence Moods

4. Persons, Things and Other Gender

5. Number and Quantity

6. Weight. Value. Size. Shape and Position

7. Representation

8. Determination

9. Modification

10. Comparison and Degrees

11. Aspects of Action

12. Subject and Object (Transitive Action)

13. Time and Action

14. Fact and Fancy

15. Relationships

16. Economy of Expression

1933年2月，开明书店又推出了《开明英文文法（合订本）》，1938年9月印至第3版，1947年7月印至第9版，1948年3月印至第11版，1949年2月印至第13版。

1936年6月1日，《申报》第22版刊登了张沛霖翻译的《一个中国的文法学家》。1940 年 10 月，张沛霖译《汉译开明英文文法》(*The Kaiming English Grammar* [*Chinese Version*])，由开明书店出版，1946 年 11 月印至第 8 版，1949 年 2 月印至第 14 版。封面与书名页均署名"林语堂著　张沛霖译"，版权页署名"原著者　林语堂　汉译者　张沛霖"。卷首附有张沛霖于"一九四〇年八月一日，于上海"撰写的译序，以及"著者序"。正文部分包括：第一章"表现法的科学"；第二章"词类及其作用的转变"；第三章"句的语气"；第四章"人与事物及其性"；第五章"数和量"；第六章"重量·价值·体积·距离·形状·位置"；第七章"代表法"；第八章"指定法"；第九章"修饰法"；第十章"比较和等级"；第十一章"动作的各方面"；第十二章"主语和宾语（外对动作）"；第十三章"动作时间"；第十四章"事实和态像"；第十五章"关系"；第十六章"表现法的经济"。卷末附有"形式文法概要""索引一：项目部分""索引二：词语部分"。

二、《开明英文读本》《开明英文文法》的社会影响

林语堂应邀为开明书局编《开明英文读本》，按照双方的协议，林语堂以 10% 的版税获取酬劳。为促销，开明书局还特别请丰子恺配画插图以增加读本的活力。林语堂也从自己的版税中拿出 2%，给丰子恺作为插画报酬。另外，出版社还加重该书装帧设计，正是这些精心策划与努力，《开明英文读本》一经出版，全国各地的中学便纷纷争购，销路大畅，没有多长时间，几乎占领了中学英文教材市场。

林语堂编写的《开明英文读本》的确文从字顺、水准较高。这套教材给社会的整体印象是：

其一，社会影响极大。该书不仅供"初级中学学生用"，还是"修正课程标准适用"的汉英对照本教材，以至于模仿者层出不穷，甚至与世界书局的《标准英文读本》对簿公堂，最后教育部认定：世界书局的读本有抄袭和冒效开明书店读本之嫌，《标准英文读本》不予审定，并禁止发行。事实上，三四十年代有成千上万的中国人是通过林语堂的课本开始学习

英语的。

其二，学术评价极高。作为一个语言学家，又是英文教授的林语堂起点高。初稿一出，郁达夫就深深叹服他目光远大、精益求精和独具特色，主动在《开明》杂志上向读者推荐此书。赵元任在《读林语堂著开明英文读本》中写道："这部书最特别处也是最长处，就是拿英文当一种活语言，无论在读音、在用字、在文法，从头起就是以活语言为立场，凡是每课上的新材料都是整个的实在可能的英语，到渐渐的有了若干的背景了，然后随时加上读音练习，常用短成语跟文法的解释。"[1] 邝富灼评价曰："给中国学生教授英文，是一个极困难的问题，教师们因此耗了不少的心血。近年中国出版界，已供给了很好的材料，教授初步英文用书，比较二十年以前，已进步不少。但教师和学生们，在这门功课上，还有一部分精力是完全浪费的。林语堂博士的《开明英文读本》，又把这工作推进了一步。从内容的文法上看，这书的著者，显然是一个明了中国学生心理及英文学习上重要困难的教师。因了他对于这门课的深造，对于语音学的专长，以及教授中国学生的丰富经验，遂使这本书既切实用，又富兴味。我认为这一套读本，确是现代学校里面教授中国学生学习英文的最好的书了。"[2] 顾仲彝曾激情又客观地评说，林语堂用"最新语言学上的方法，编制新英语读本！这是一件多么可以欢欣的事！周越然的模范读本已有许多人批评过，我也认为是一部失败的教科书；开明英文读本当然有许多胜过它的地方；但以其总价值而论，开明读本之可议的地方，亦有数端。……最显著的有两点，确实胜于其他本国出版的教本：（一）材料大半为欧洲经典故事，颇能引起学生兴趣。（二）会话的文字实用而流利，无呆板少生趣的通病，且再三致意在熟语的练习，确为其他国内出版的教本所不及的地方。"[3] 林语堂也就此评论做出过回应，"最需要解释的一点，就是关于我对《序》文中话的误解。""按该《序》中所说的'这几册课本'是指西洋原版英文教本，而非指拙著《开明英文读本》。"[4] 1929 年 4 月 10 日，发表在《开明》第 1 卷第 10 期，《关于〈开明英文读本〉》的往来信函中，林语堂也就读者提出的相关问题做了广泛的交流。

日本东京帝国大学教授市河之喜撰文评论《开明英文文法》是一部极好适用性的语法教材[5]。1947年9月，萧立坤在所著《游美指南》（第3版）中指出："林语堂先生著《开明英文文法》，值得带去。林先生的 *My Country and My People* 及 *The Importance of Living* 二书，对中国文化，有特别的见解。请你拿着看看。"[6]

其三，给林语堂带来的经济收入极为可观。林语堂成功地把自己的语言学专长转化为商业利润，《开明英文读本》给他带来了不菲的经济收入（每年的版税约有6000银圆），按林语堂女儿林太乙的说法，由于《开明英文读本》的成功，林语堂有了"版税大王"之称。当时的报道也可以证实。1931年4月1日，《读书月刊》第2卷第1期"出版界与著作家"栏目刊登了《林语堂在中西女塾演讲记》一文。该文提道："林语堂博士，为开明书店著英文读本，风行极广，即就版税言，每年抽得达六千余元，前在中西女塾演讲'文字生涯'。系以英文演讲，英文题义译出当为'文学即职业'。"[7]他靠写作收入，过上了让很多人羡慕的文人生活。当时能够只靠写作收入舒服过日子的文人，实在是找不到几个。

林语堂编写的《开明英文读本》以及《开明英文文法》一经推出后，便获得了市场的高度青睐，开明系列英文教材在全国中学生中产生了极大影响，是民国中后期最为有名的英文教科书之一。通过编辑这个英文读本，林语堂除了获得经济效益，还获得了更大的社会影响力。同时，他似乎由此找到了在文化界发展的途径，也摸到了文化生财的路数，那就是：第一，你的作品要有品位、有水平，能经得起时间和历史的考验；第二，你的作品要通俗易懂，符合众人的审美口味；第三，你的作品要有使用价值，能帮助人们解决存在的问题；第四，你的作品必须有个性，而不是人云亦云。当然，对于双赢效益，林语堂始终以社会效益为目的，维护事业的进步性，促进进步文化的发展与传播；一方面在不违背事业性的范围内，主张尽力赚钱，追求经济效益，从而发展商业性，并且将两方面很好地统一起来，形成一种良性互动，以事业性带动商业性，以商业性促进事业性。

三、林语堂的英文教材编辑理念及创新之处

林语堂的教学生涯统共短短数年，很大一部分比例贡献给了他擅长的英语领域。他对于近现代英语教育的贡献集中体现在英文教科书及英汉词典上，并在当时甚至于现今都有一定的影响力。1928 年，林语堂受聘于东吴大学，负责英文教学活动，遂在教学过程中发现了英文教科书存在的问题。当时中小学教科书销量巨大，林语堂受到启发，结合自身的英文学习经历，认为自己具备得天独厚的语言和文化基础，因而转向研究英文教科书的编写。他从当时流行的几本英文教科书入手，分析了它们呈现出来的英文教学理念、内容选择等，发现了它们均存在诸多问题，于是打算吸取经验，结合自己的方法，自编一套全新的英文教材。在朋友孙伏园与开明书店的促成下，他决定与开明书店合作，出版一套全新的英文教科书。

教材的创新之处也是显而易见的：首先，简洁明快，注重实用。林语堂认为，中国学生学习英语，不在于多，而在于精，要学会抓重点。抓住了重点，就成功地掌握了一半，能达到事半功倍的效果。为了引导学生更快地抓住关键，林语堂在编写语法书时偏向于挑选生动简单的例子，从而启发学生举一反三，自由思考，以防学生死记硬背。其次，革故鼎新，注重比较。它吸取了丹麦文学家、语法家和教育家奥托·叶斯帕森在《语法哲学》中提出的语法理论；意大利批评家和哲学家贝内第托·克罗齐的表现主义观点；法国哲学家和语言学家弗迪纳里德·布兰诺和汉西·弗雷合著的《思想与语言》里的最新研究成果，取其精华，结合实际，革新旧的语法概念，创新语法。林语堂还考虑到中国学生接受英语的时间及程度，采用了英语与汉语比较的教学方法，开创了我国早期英语教学的新局面；再者，图文并茂，创设意象。林语堂选取了丰子恺的画作插图，既贴近生活，又充满童心、爱心和灵气，一目了然，容易引起学生的学习兴趣。在意象的选择上，林语堂选择了 1080 种趣味意象，提供丰富的教学内容，激发学生的学习动机，同时有助于教师创设学习情境，丰富学生的情感体验，进而将学习动机转化为语言知识；最后，注重口语，反复练习。林语堂非常重视英文基本功训练，在他任教期间，从大学一年级到四年级，都

十分注重听说读写的训练。

林太乙在她的《林语堂传》中，讲到了 1928 年林语堂编著的《开明英文读本》，但在最后的著译目录中没有列出。在英文教学方面，同样没有列出的有：

1933 年 1 月，所编《开明英语正音片课文》（*The Sounds of English*）由开明书店出版，至 1933 年 10 月再版。对应的正音片由伦敦胜利公司灌音、上海胜利公司制片，共有八片。封面中文署名"林语堂编辑 琼斯发音"，英文署名"Text by Professor Lin Yutan (with the collaboration of Pro. Daniel Jones), Spoken by Professor Daniel Jones. Head of Department of Phonetics, University College, London University"；版权页署名"编辑者 林语堂 校订者 琼斯"。卷首附有丹尼尔·琼斯于 1933 年 5 月 7 日写给林语堂的英文信件及其汉译版本。

1933 年 2 月，商务印书馆函授学社改称上海市私立商务印书馆函授学校。林语堂为其编写了一本《英文汉译法讲义》。封面署名"龙溪林玉堂著"，同时标注"商务印书馆学校国文科"。[8]

注 释

[1] 赵元任：《读林语堂著开明英文读本》，《中学生》1930 年 7 月第 6 号，第 1—3 页。

[2] 《英文界耆宿邝富灼博士对于开明英文读本的批评》，《申报》1931 年 6 月 21 日，第 4 版。

[3] 《新月》，1929 年 9 月 10 日，第 2 卷，第 6、7 期合刊。

[4] 林语堂：《关于〈开明英文读本〉的话——给〈新月〉记者的信》，《中学生》1930 年 2 月 1 日，第 2 号。

[5] 市河之喜（日本）："A Chinese Grammarian"，原载日本英文学会主编的《英文学研究》（季刊）第 15 卷，第 4 期。引自张沛霖译：《一个中国的文法学家》，《申报》1936 年 6 月 1 日，第 22 版。

[6] 萧立坤：《游美指南》，中华书局，1947 年，第 19 页。

[7] 《林语堂在中西女塾演讲记》，《读书月刊》1931 年第 2 卷，第 1 期，第 429—431 页。

[8] 唐锦泉：《商务印书馆附设的函授学校》，《商务印书馆九十五年——我和商务印书馆（1897—1992)》，商务印书馆，1992 年，第 659 页。

3.《女子与知识》《易卜生评传及其情书》

——现代女性观的渊源

1929 年 4 月 30 日，所译《女子与知识》由北新书局出版，内含 Dora Russell（罗素夫人）1925 年 1 月撰写的序言，以及一组"集评"：（一）Jason 与 Medea 有没有两性的战争；（二）Artemis 妇女运动初期的奋斗；（三）Aspasia 少年的妇女运动者；（四）Hecuba 做妇女运动的母亲；（五）Jason 与 Medea 与男子等五篇。原著署名为 Hypatia。书名页署名"By Mrs.Bertrand Russell 林玉堂译"，卷首载有原作者罗素夫人（署名"Dora Russell"）。序言说："Hypatia 是（古代）一位大学讲师，遭教会当局的斥责，及受耶稣教徒的分尸灭体。这本书的命运大概也会如此，所以我把它叫做 Hypatia。我这边所写是我所相信，而且绝不因为教会方面同类的斥责而取消或更改。"[1]

1928 年 8 月 20 日，所译 Henrik Ibesn（《易卜生》）载《奔流》第 1 卷第 3 期。目录署名"丹麦 Georn Brandes 作，林语堂译"。本文译自丹麦批评家勃兰兑斯所著的 Henrik Ibsen 一书。1929 年 1 月 15 日，收入《易卜生评传及其情书》一书，交由上海春潮书局付排，1 月 30 日出版。列为林语堂主编的"现代读者丛书"第一种，封面与书名页均署名"Georg Brandes 著　林语堂译"，正文第一页署名"丹麦 Georg Brandes 著　语堂译"。书中收有《易卜生传》和《易卜生的情书》（共 12 函）。书局推荐说："作评传最适当的人莫过于一位熟知作家的生活的批评家，布兰地司对于易卜生就是这种关系的，加以他作评传的态度和见解又与历来批评家不同，因此更值得我们研究。……这部书的后半是易卜生的情书——一位六十多岁的老人给一位十几岁的姑娘的情书！这里面的味道，让读者自己去寻吧。……林先生是国内有数的评家，这样一本书由他译了出来，当然更加值得重视了。"[2]

1940 年 8 月，上海大东书局重印《易卜生评传及其情书》。同年 9 月15 日《世界杰作精华》第 9 期，第 279—297 页，刊登了《易卜生评传及其情书》，署名"林语堂"，目录题名后标注"大东书局发行二十九年八月出版实价三角五分"，"本书原作者 Georg Brandes 是易卜生的知友，相交有三十年的历史，故原书虽只四五万字，但写来语言中肯。凡欲略知易卜生的生平者，不可不读此书。而译者是最近载誉归国的幽默大师，以他这枝妙笔译来称双绝"。

从 19 世纪末到 20 世纪 30 年代，"个人主义"在中国是个时髦的思想，个人的价值和自由受到空前的重视，许多知识分子批评传统大家庭制度是个人发展的阻碍，"家"不但不是一个温暖和快乐的所在，反而成了痛苦和罪恶的渊薮。从康有为《大同书》中，"去家界为天民"，到胡适所主张的"不婚""无后"，都是围绕着打破家庭这个组织而立论的。巴金在30 年代出版的畅销小说《家》，更是为一个年轻人如何打破家庭的桎梏而找到自由，作了最浪漫的叙述。在这样的风气之下，家庭生活对许多新派知识分子来说，是不屑追求的，也是不屑营造的。

林语堂在他同时代的人物中，是极少数有温暖家庭生活的。他在《生活的艺术》中，特立《家庭的快乐》（The Enjoyment of the Home）一节，明白宣称：夫妇关系是人伦之始，而天伦之乐则是人生之中最基本的快乐。生育子女是夫妇的天职，男女生活在一起而不生育，在他看来，是"不完全的"。他很严肃地指出：在我看来，无论是什么理由，一个男人或一个女人在离开这个世界的时候，竟然没有留下孩子，那是对他们自己犯了最大的罪孽。(My point of view is, whatever the reason may be, the fact of a man or woman leaving this world without children is the greatest crime he or she can commit against himself or herself.) 这一看法，完全符合"不孝有三，无后为大"的传统中国礼教。

正因为林语堂是如此地重视家庭生活，他对所谓妇女解放的看法也不同于同时代的新派知识分子。自从 1918 年 6 月，《新青年》出版了《易卜生专号》，胡适写了《易卜生主义》之后，易卜生名剧《玩偶之家》(A Doll's House) 中的女主角，娜拉 (Nora)，成了中国妇女解放的象征人物，而娜拉在剧中，离家出走的那一幕，几乎与妇女获得独立自由有同等的意义。林语堂则认为女子首要的责任是妻子和母亲，他不相信所谓事业上的成功能取代做母亲的快乐，他甚至认为婚姻就是女人最好的事业。这在今天看来，几乎有歧视女性的危险了。但他丝毫不含糊地指出：女人最崇高的地位是作为一个母亲，要是一个妻子拒绝做母亲，她立即就会失去尊严，别人也不把她当回事，因而有成为玩物的危险。对我来说，妻子而没有孩子，只是情妇，而情妇有了孩子，就是妻子，且不管她们的法律地位是什么。(I insist that woman reaches her noblest status only as mother, and that a wife who by choice refuses to become a mother immediately loses a great part of her dignity and seriousness and stands in danger of becoming a plaything. To me, any wife without children is a mistress, and any mistress with children is a wife, no matter what their legal standing is.) 这样的提法，不免是以男子为中心，但也符合林语堂一再强调的自然界的生物现象。

《女子与知识》《易卜生评传及其情书》收入《林语堂名著全集》，东北师范大学出版社，1994 年，第二十七卷。其中，《易卜生评传及其情书》，删除了"情书"部分内容，只保留《易卜生评传》。

注 释

[1] Dora Russell：《序言》，《林语堂名著全集》第 27 卷，东北师范大学出版社，1994 年，第 3 页。

[2]《春潮》1929 年 1 月 25 日第 1 卷第 3 期。

4.《新俄学生日记》

——"迷之国"的学生生活

1929年6月25日，所译《新俄学生日记》由上海春潮书局出版发行，列为林语堂主编的"现代读者丛书"第三种。首印2000册，分为甲、乙两种装帧，甲种每册定价1元，乙种每册定价8角。署名"俄国N.Ognyov著　林语堂　张友松合译"。卷首收有"本书作者的肖像""本书作者N.Ognyov略历——他的自述"。

这部日记体长篇小说，作于1923年，通过伪托的学生利亚卓夫的日记，描写1923—1924学年三个学期的苏俄学校生活。对于作者和书名，林语堂于"十八，五，二十六（1929年5月26日）"的序介绍道："作者N.Ognyov虽然不是苏俄的文学泰斗，也是一位近代知名的作家。""《新俄学生日记》是根据俄国作家N.Ognyov（原名Mikhail Grigor'evich Rozanov）原著、俄裔英籍作家Alexander Werth英译的 *The Diary of a Communist Boy* 一书转译而成。但他所言有误，因为Alexander Werth的英译本其实题为 *The Diary of a Communist Schoolboy*（直译为《共产主义学生日记》）。林语堂还指出，N.Ognyov的续作 *The Diary of a Communist Undergraduate* 也已经由江绍原翻译，春潮出版社出版。

林语堂和张友松的中译本是根据英译本重译的。合译者张友松

（1903—1995），时为春潮书局的合办人之一。林语堂原本计划独立译完《新俄学生日记》，后因碰到意外事故，只能由张友松代为翻译第三学期（暑季）以后的内容。据林语堂日记，他1929年4月15日"下午开始译《新俄学生日记》"，一直译到22日。5月12日又"上午改《学生日记》"。5月15日、16日再"译《日记》"。5月17日"早友松来，约译《日记》下半"，即第三学期的日记。5月21日至24日"译完《新俄学生日记》"，当指此书第一、第二学期日记部分。25日"见张友松，《日记》稿交春潮"。6月11日"下午改友松日记稿"，即张友松所译此书第三学期部分。6月28日"《新俄学生日记》 出版"（版权页印"6月25日初版"）。显然，虽然张友松参与，林语堂对这部小说的翻译自始至终都倾注了心血。

对《日记》的价值，林语堂在《序》中明确指出两点："俄文本出版后大受作者本国及国外的欢迎"，有人甚至"觉得仿佛由苏俄得了可靠的新闻"。苏俄革命后新制度之影响于俄人日常生活及在俄人心理上所引起的反应自然无从捉摸，而要探讨苏俄平民灵魂中的秘要，更非赖文学家纤利的笔锋莫办。我想这就是这本书的趣味——使我们能窥见苏俄日常生活之一部（学校生活）。但是在另一方面讲，我感觉这部《日记》也有他自身的趣味。他描写一位稚气未脱喜欢捣乱而又未尝不可以有为的青年，也很值得一读。

中译本《新俄学生日记》出版时，春潮书局特别推荐说："这是实实在在的一部日记，已有许多国文字的译本了。一个天真烂漫的少年将他在学校里所过的生活，和他的种种感觉赤裸裸地写出来，使我们看了就明白新俄的学生生活是怎样的。俄国革命后，举世的人都把它看作一个'迷之国'，时时都很切望地想知道它的一切。林先生译出这部书来，就是要满足大家的渴望。这是一部真实的书，青年人读它，尤其有益，尤其有趣。"

《新俄学生日记》不为林语堂文集之类收录，但当年鲁迅收藏《新俄学生日记》，现在仍保存在北京鲁迅博物馆。林语堂的《新俄学生日记》译序是他的集外文，浙江人民出版社2000年出版的《林语堂书话》（陈子善编）有收录。

5.《国民革命外记》
——国民革命的实录

  林语堂所译《国民革命外记》，1929 年由上海北新书局出版，书名页署名"英国蓝孙姆著 石农译"。蓝孙姆即英国作家、记者亚瑟·兰塞姆（Arthur Ransome，1884—1967）。《国民革命外记》即译自兰塞姆原著 *The Chinese Puzzle* 一书，该书由休顿·米弗林公司（Houghton Mifflin Company）在纽约与波士顿、乔治·艾伦及温公司（George Allen Unwin）在伦敦分别出版。另，当前未见有文献指出林语堂取有笔名"石农"。据陈玉堂的《中国近现代人物名号大辞典（全编增订版）》，"石农"为邰爽秋（1897—1976）的笔名，不过未见文献将邰爽秋与《国民革命外记》联系在一起。林太乙在《林语堂传》中，将《国民革命外记》列入"林语堂中英文著作及翻译作品总目录"中。

  1927 年 3—8 月，林语堂出任武汉国民政府外交部秘书。1931 年 8 月，林语堂选编的 *Readings in Modern Journalistic Prose*（《英文现代新闻散文选》）由商务印书馆出版，书中辑录了兰塞姆撰写的两篇新闻散文 *Up the Yangtze to Hankou* 与 *The Executioner*。由此看来，《国民革命外记》应当就是由林语堂翻译而成。《国民革命外记》卷首载有一幅 Arthur Ransome 像、"劳意·乔治（Lloyd George）序"（写于"15，9，1927"）与译者写于

"一九二七，六，三十"的弁言。该书正文包括 23 章，具体如下：英国对华政策；驻沪防军；上海头脑；中国革命的性质；长江途中；汉口；国民党；汉口政府中人物；陈友仁；俄国在华的目的；BORODIN（鲍罗廷）；劳工与国民党；九江；刽子手；外人特权与中国内乱；几位中国武人；华人的怨恨不平；华人与外人；沿海北上；北京的信义；国民党的分裂；伍朝枢；中国之谜；国民党政纲。

林语堂在弁言中写道："作者 Arthur Ransome 是英国第一流记者，战后游俄，因为他议论的公正，见解的超凡，得负盛名。一九二六年冬，受英国 Manchester Guorian 及美国 Balimose Sun 之聘，特地来观察正在进行中的中国国民革命，又因为他的议论公正，见解超凡，反对增兵来华，痛诋上海英人，否认国民革命为拳匪复兴，而承认他是中国国民意志的新表现，由此惹起多少上海外报的反感，同时不觉中做成国民革命此时代最有力的国际宣传者。他在指责上海外侨，可以使我们叫绝称快；他的恭维民国革命，可以做我们感愧自省。而尤其是他的剖析治外法权与设立租界连带关系，及租界存在与中国内乱的关系，更足使我们专长喊'关税自主''收回租界'等口号的同胞，增加一点对于这些口号的认识。……Ransome 在中国是一九二七年一月至四月，在这短短的期间内，居然能把中国国民革命的发展与流变，澎湃的怒潮与回伏的余澜，条分缕析，无微不至。这种本领，大概是寻常的记者所未易办到的吧？"

1929 年，《北新》杂志第 4 卷，第 1、2 期特大号介绍说："这是国民革命唯一外纪，有议论、游记、轶事、闲谈、日记、索录，而且作者是有教育有见解的英国自由党员，谈论高超，觉察敏锐。此书内容既佳，文章又美，其中对于上海英侨嬉笑怒骂的绝妙好文，是有益的消闲读物，知道英国人的批评'上海头脑'的外侨的，都应当阅览一下。"

1924 年 1 月至 1927 年 7 月是第一次国内革命战争时期。第一次国内革命战争是中国人民在中国国民党和中国共产党合作领导下进行的反对帝国主义、北洋军阀的战争，亦称"国民革命"或"大革命"。1924 年 1 月，中国国民党第一次全国代表大会在广州召开，以国共合作为基础的国民革命兴起。在中国共产党的积极参与和努力下，大革命风暴迅速席卷全国。1927年蒋介石和汪精卫先后"清共"，国共合作破裂。需要说明的是，林语堂不辞辛苦地翻译，是因为这些正是身在武汉的林语堂或参与或感兴趣的"时事"。

6.《新的文评》

——性灵文学理论的铺垫

　　林语堂辑译的《新的文评》，由上海北新书局列为"文艺论述"丛书第一种。书名页标明"一九三○年二月初版"，版权页则称其"一九二九年十一月付排　一九三○年一月出版"。卷首收有林语堂"十八，十，四，夜作"的序言。正文收录了他翻译的《新的文评》（原作者 J.E. Spingarn）、《七种艺术与七种谬见》（原作者 J.E. Spingarn）、《美学：表现的科学》（节译 24 条，原作者 Benedetto Croce）、《批评家即艺术家》（节译 5 条，原作者 Oscar Wilde）、《法国文评》（原作者 E. Dowden）、《批评家与少年美国》（原作者 Van Wyck Brooks）等六篇文艺批评的论文。

一、《新的文评》的翻译简况与核心内容

　　1928 年 3 月 26 日，所译《论静思与空想——〈艺术的批评家〉节译之一》载《语丝》第 4 卷第 13 期 [奥斯卡·王尔德（Oscar Wilde）著]。文中说："静思的生活——主要不在'动作'，而在'品格'，而且不仅在'品格'，而在'成就'的一种生活——这是批评的精神所能给我们的。古人的上帝，就是过这种生活；他们或者，正在沉吟默想他们的成德，如亚里士多德所言；或者如爱比鸠罗所设想，正在取冷静旁观态度，观看他们

所排世界的悲喜戏。我们也可以过这样的生活,用相当的情绪来观感一切人生和自然给我们的景象。我们可以离开作为,化作高超;可以脱离动力,成为美德。……至少于我们,思维的生活,是我们真的理想。"王尔德是爱尔兰剧作家、诗人、作家,19世纪晚期发起的美学运动,他是艺术团体的核心成员。在马格戴伦学院求学期间,剧作家沃尔特·佩特(Walter Pater)帮助王尔德形成了独具一格的哲学系统。在《身为艺术家的评论者》一书中,王尔德用吉尔伯特(Gilbert)和欧内斯特(Ernest)这两个人物的对话表现出美学哲学。吉尔伯特告诉欧内斯特真正的艺术源于批判,而批判的思想受灵魂和美学观指引。

1928年4月30日,所译《论创作与批评——〈艺术的批评家〉节译之二》载《语丝》第4卷第18期。文中说:"因为凡艺术都有风格,凡风格都有单一。而单一系出自个人。""我们研究人生与文学,越感觉凡世上事物之足称赏者,必有创造者在,我们越感觉,非时势造英雄,而是英雄造时势。""一个时代没有批评,便是艺术沉闷、呆板、模仿的一代,或是全无艺术的时代。"

1928年6月20日,所译《批评家与少年美国》载《奔流》第1卷第1期。《批评家与少年美国》出自美国文学史家和评论家范怀克·布鲁克斯(Van Wyck Brooks,1886—1963)所撰 The Critics Young America 一文。内含:(一)拉拉派文学之剖析;(二)欢迎所谓欧洲文学;(三)文学与平民;(四)乐观;(五)反抗。在前面的"译者赘言"中,林语堂表明,译Van Wyck Brooks"对于美国的传统文学,敲击得体无完肤"的文学批评,是要介绍"少年美国"深觉不满于旧文学,乃至于发生反抗的大潮流。而"在此时文学幼稚的中国,讲文评是危险的,尤其是批评文评的文评。因为这种批评,既不认识文学,更加不认识人生,他所认识的——只是文评。""所以现在中国文学界用得着的,是解放的文评,是表现主义的批评,是 Cruce Spingarn, Brooks 所认识的推翻评律的批评。"[1]

1928年9月20日,所译《新的批评》载《奔流》第1卷第4期(该文收入文集时改标题文为《新的文评》)。本文译自美国文艺批评家斯宾加恩（J.E.Spingarn，1875—1939）所撰 *The New Criticism* 一文，正文前的"译者弁言"称："Spingarn 所打赌是表现主义批评，就文论文，不加以任何外来的标准纪律，也不拿他与性质宗旨作者目的及发生时地皆不同的他种艺术作品作评论的比较。这是根本承认各作品有活的个性，只问他对于自身所要表现的目的达否，其余画与艺术之了解常识无关。"[2] 斯宾加恩与白璧德（Irvin Babbit，1865—1933），都是美国当时文学批评界的权威，却分别代表两大阵营，前者提倡一种审美的形式主义，后者提倡一种新人文主义。早在 1922 年，斯宾加恩就在严羽的"别趣说"中找到了自己理论的支持，说《沧浪诗话》预示了"西方世界最现代的艺术观念"。[3] 这可能是西方人第一次从文学理论本身来关注中国文论，但蕴含着极大的象征意义：英语世界对于中国文论著作开始产生兴趣，最大的动力源自英美文学批评界自身理论建构的需要。

1929 年 5 月 20 日，所译《法国文评》载《奔流》第 2 卷第 1 期。目录署名"英国 E.Dowden 讲　语堂译"。正文署名后面标注"'Literary Criticism in France'，by E.Dowden"。文章为原作者 1889 年 11 月 20 日于英国牛津大学的演讲之一，本期没有载完的部分在 6 月 20 日《奔流》第 2 卷第 2 期继续刊载。E.Dowden（道登，1843—1913），爱尔兰文学评论家，著有《文学研究》《莎士比亚初阶》《雪莱传》等。他在演讲中说："查算我最近所阅的书籍，发觉这些所看的书大部分，或者太大部分，是关于法国文学史及法国文评。那伟大的批评家 Brunetieres 是一位持论谨严精警的导师，将古代的遗传与现代的思想融为一炉。……现在潮流的主要事实还是，如 Brunetiere 所极力阐扬，文学已由抒情的、主观的而转入外界人类的社会生活的热烈的研究。在文评中，抒情的、个人的固然有一次等的地位，但是批评的主要工作在于寻求、类别及解释文学的事实。我们可以预料，以后的文评，虽较少带情感，也比以前较明白事实而较少凭赖私见。"[4] 鲁迅在一九二九年五月十日《集外集·〈奔流〉编校后记》中写道："E.Dowden 的关于法国的文学批评的简明扼要的论文，在这一本里已经终结了，我相信于读者会有很多用处，并且连类来看英国的批评家对于批评的批评。"鲁迅这里所讲的论文，就是指此篇。

1929 年 7 月 1 日，所译《七种艺术与七种谬见》载《北新》第 3 卷第 12 期，署名"林语堂译"，正文前标注"J.E.Spingarn: The Seven Arts and the Seven Confusions"。七种艺术全称为"七种自由艺术"，是指中世纪西欧早期大学里的七种主要学科。宗教把"七艺"变成了教条，看作抵抗异教思想的武器。J.E.Spingarn 认为艺术不仅七种，有多少艺术作家，就有多少种艺术。他的所谓七谬是：一、"诗人为钱而做诗"、二、"诗人是环境的产物"、三、"诗人依诗律做诗"、四、"诗人写悲剧或喜剧"、五、"诗人有道德或不道德之分"、六、"诗人是平民的或贵族的"、七、"诗人用譬况语"。"关于他们的谬见，也不仅七种；实在的数目还很多；但是我们可以为方便起见，分为七类——'七'数几代的迷信保存下来有一种玄学的古色古香。"[5] 作者本意就是说不能武断地把中世纪说成是"黑暗"的。"七艺"的定义和它的拟人化，说明中世纪的艺术还是在发展，并没有完全僵化。这应该理解为之后"文艺复兴"的产生、发展的基础。"七艺"最终还是要回归艺术，因为艺术体现的是创造性的思维。

1929 年 10 月 1 日，所译《印象主义的批评》（The Critic as Artist 节译之二），载《北新》第 3 卷第 18 期，署名"林语堂译"。文中说："你把创作的艺术家抬得越高，批评家的位置就越低。……因为批评家充其量不过给我们美的音乐的回响，清楚的轮廓的疏影而已。……最高的批评就该如此，一个人灵魂的记录。他比历史更加趣味，因为他只管自己方面。他比哲学还令人心悦，因为他的题目是具体的，非抽象的，真确的非模棱的。……美的意义变化犹如我们的心绪。美无所表示而无所不揭示。美呈现自身时，就是呈现形形色色的世界。"

1929 年 11 月 16 日，所译《批评家的要德》（The Critic as Artist 节译之四），载《北新》第 3 卷第 22 期，署名"语堂译"。题目录名为《批评家的要德》。文中讲道："艺术是一种情欲；关于艺术的东西，思想必定是带有情感成分，流动而非固定，因时节环境的不同而变易，所以不能笼于科学公式或是道学经说的圈套。艺术得所引动的是魂灵，而魂灵可受心性与肉身的束缚。""公道不是真的批评家应有的品德，甚至于不是批评的一种条件。""科学不受伦理的挟制，因为科学只管寻求真理。""性情是批评家的第一要件———一种有敏锐感觉及美所给予我们的印象的性情。""到后来，这批评的而自觉的审美观念发育出来。"

1929 年 11 月 18 日，所译《美学：表现的科学》载《语丝》第 5 卷第 36 期。目录署名"语堂"，正文署名"Benedetto Croce 著　林语堂译"。本文译自意大利文艺评论家、哲学家克罗齐（Benedetto Croce，1866—1952）的《美学原理》，内含"论艺术标准与材料选择""论艺术在实际上的不负责""论艺术的独立之不可能""论艺术的特征""论表现并无分类""论翻译之不可能""对于修辞学统类的批评""统类名称所表示美学上的程序""论塾师启蒙的修辞学""论表现之相仿佛""论翻译的比较可能""论美为表现的价值或即是表现自身"。计 1—12 小节，其中，第 1—3 节译自原著第 6 章，第 4—11 节译自原著第 9 章，第 12 小节译自原著第 10 章。[6]

1929 年 11 月 25 日，所译《美学：表现的科学》续载《语丝》第 5 卷第 37 期。内含"论各艺的专门之学""论艺术的分类""论艺术关系说""论发表的动作与物用及道德的关系""论美学上的评判同于美学上的创作""论评判不能互相歧异""论天才与鉴赏力之相同""他种动作与此相符之例""对于绝对论与相对论的批评""论美术史上及文学史上没有一贯的进步""与这条科例相抵触的各种谬说"" '进步' 二字在美术史上的又一意义"。计 13—24 小节，其中，第 13—16 节译自原著第 15 章，第 17—21 节译自原著第 16 章，第 22—24 节译自原著第 17 章。[7]克罗齐，作为新黑格尔主义的主要代表之一，他将黑格尔美学思想进一步唯心化，试图在审美架构中将精神从物质中彻底抽离出来，力求建构起更为纯粹的精神哲学。他 1902 年出版的《作为表现的科学和一般语言学的美学》分为两部分，第一部分是《美学原理》，第二部分是《美学的历史》，他的美学思想主要体现在《美学原理》中。

1929 年 12 月 1 日，所译《批评之功用》（*The Critic as Artist*）节译之五载《北新》第 3 卷第 23 期，正文署名"语堂译"。[8]

二、译著对林语堂文艺观转变的影响

林语堂是非常看重文学批评的。这本译著对了解西方文学批评如何影响林语堂文艺观的转变有所帮助。正如林语堂在《新的文评》的《序言》中所说："近数十年间美国文学界有新旧两派理论上剧烈的论争，一方面见于对现代文学思潮的批评……一方面集中关于文评的性质、职务、范围的讨论，可以说是以现译的 Spingarn《新的批评》一文（一九一〇）为嚆矢。"

1930 年 1 月 4 日，林语堂受邀到寰球中国学生会（World's Chinese Students' Federation）为上海十多所大学的学生发表演讲，其讲题为 *The Function of Criticism at the Present Time*（《论现代批评的职务》）[11]，内含"论学术思想道德文章四事不同""论中国文章之昌明与思想之饥荒""论现代应为文章衰落思想勃兴时期""论现代批评的职务""论现代文化为批评的文化""论批评为认清对象"六部分。他简明扼要地把所谓现代文化讲得很清楚。在传统文化中，所有的价值都是既定的东西，都有圣人给你安排好，你不需要去考虑这些背景问题。在西方，基本就是基督教的背景；在中国，我们有儒家经典，虽然经过历朝历代有各种各样的变化，但可以说中国文化是延续的，因为儒家经典没有断。在这个框架之内，儒家不行了，道家可以弥补，后来还有佛家进来；佛家进来后也被中国文化消化了。在这一点上，东西方是相通的。林语堂认为，在现代，作为背景的东西的权威性受到根本的质疑。在现代，最主要的任务不是确定价值标准的圣人或经典，而是需要有批评家来对现代生活的方方面面给予评论和批评。在批评当中，才可以有智慧或者真理产生。而在现代的中国，最重要的是要做跨文化批评，因为要面对来自西方的挑战。林语堂的评论是非常有见地的。就批评而言，中国晚清一代的知识分子，基本上是很失败的，他们没有办法担负起批评家的责任，因为他们没有相应的知识结构。

1919—1923 年，林语堂辗转求学欧美，他曾师从白璧德，但又为白教授的论敌斯宾加恩辩护，又因斯宾加恩推崇克罗齐，林语堂发现自己与克罗齐"艺术即表现"的看法完全一致，这对林语堂后来的创作有着重要影响。

从林语堂选择西方很有影响的文学家和文学批评家中可以看得出，他的译介，是沟通东西文化，试图建构一种新的文学批评。他视"批评"为现代知识分子的标识，并毕生致力于推进中国与世界的跨文化沟通与理解。他引进当时代表西方主流的文艺批评，是努力借助"新的文明"来促进中国的现代性进程，然而，他忽视了当时中国的复杂的生活现实。

其一，当时文艺界正热衷于翻译苏俄作品，林语堂却热衷于翻译欧美文艺批评。除了《新的文评》中的作品之外，同时由他校对出版的《英国文学史》也是如此。1930年1月10日，英国塞夫顿·德尔默（F.Sefton Delmer）原著的《英国文学史》由北新书局出版，书名页署名"Proffossor F.Sefton Delmer 著　林惠元译　林语堂校"。该书分为20章，分别是：盎格罗萨逊的文学；过渡时代；Chaucer 的时代；荒芜时代（The Barren Age）；Tudor 朝代的复兴；英国戏剧的起源；Elizabeth 女王时代的浪漫潮流；Elizabeth 时代的戏剧；Elizabeth 时代的散文；清净教的理想家；复辟时代；黄金时代（Augustan age）；小说的兴起；浪漫主义的先驱者；浪漫派的叛变；Victoria 时代的初期；Victoria 时代的散文；近代文学；美国及殖民地的文学；现代的英语诗律。卷末附有一份"关于英国文学的英国历史大事表"。同年3月再版，列为"世界文学研究丛书之一"。林语堂的译介选择可谓别具一格，这是要告诉世人，我林语堂要在荒野中独自走下去，坚信文学应该是个性的艺术表现。这是和提倡文学为革命事业之宣传工具的理念背道而驰的。

其二，林语堂的翻译是为他长在努力提倡的性灵文学寻找理论基础。林语堂在哈佛跟着白璧德反对跟传统切割，在北京看到周作人讲闲适，他将两者结合，找到了一个中西合璧的基点，把闲适又幽默化了。现在又重点译介西方以克罗齐为代表的艺术表现论。林语堂强调"表现派所以能打破一切桎梏，推翻一切典型，因为表现派的文章（及一切美术作品）不能脱离个性，只是个性自然不可抑制的表现。""我们须明白一切的作品，是由个性表现出来的，少了个性千变万化的冲动，是不会有美术的……我们要明白，文学是没有一定体裁，有多少作品，就有多少体裁……我们要明白，修辞不是文学，修辞学不是文学。"[12] 同时代同是自由主义者的胡适，确信中国的现代性有赖于通过西方引入一个"新的文明"。林语堂对"新的文明"的探索不仅仅在于中国的复兴，还包括对整个世界范围现代性的反思。在他看来，中国的现代性有赖于整个世界现代文化走向何方，而未来的世界文明必须借助东西方智慧来共同创建。《新的文评》反映了林语堂不同于当时文艺界热衷于翻译苏俄作品，而热衷于翻译欧美文艺批评；他要借助"幽默""闲适""性灵"，为现代中国文学提供一套独特的话语体系，其翻译也正是寻找理论的支撑。

注 释

[1] 语堂：《批评家与少年美国》，《奔流》1928 年 6 月 20 日第 1 卷第 1 期，第 41—62 页。

[2] 语堂：《新的批评》，《奔流》1928 年 9 月 20 日第 1 卷第 4 期，第 617—638 页。

[3] 张彭春（1892—1957），在美攻读博士期间，于 1922 年在《日晷》半月刊上发表了《沧浪诗话》"诗辩"和"诗法"两部分的节译，斯宾加恩撰写了一篇前言，置于译文之前，其中就有"这是中国文学批评著作的第一次英译"等表述。

[4] 语堂：《法国文评》，《奔流》1929 年 5 月 20 日第 1 卷第 1 期，第 1 页。《奔流》1929 年 6 月 20 日第 2 卷第 2 期，第 187 页。

[5] 林语堂译：《七种艺术与七种谬见》，《北新》1929 年 7 月 1 日第 3 卷第 12 期，第 47—53 页。

[6] Benedetto Croce 著，林语堂译：《美学：表现的科学》，《语丝》1929 年 11 月 18 日第 5 卷第 36 期，第 1—13 页。

[7] Benedetto Croce 著，林语堂译：《美学：表现的科学》，《语丝》1929 年 11 月 18 日第 5 卷第 37 期，第 1—19 页。

[8] 语堂：《批评之功用（*The Critic as Artist*）节译之五》，《北新》1929 年 12 月 1 日第 3 卷第 23 期，第 75—78 页。

[9] 林语堂译：《印象主义的批评（*The Critic as Artist*）节译之二》，《北新》1929 年 10 月 1 日第 3 卷第 18 期，第 65—70 页。

[10] 语堂：《批评家的要德（*The Critic as Artist*）节译之四》，《北新》1929 年 11 月 16 日第 3 卷第 22 期，第 81—85 页。

[11] 《林语堂讲现代批评的职务》，《申报》1930 年 1 月 6 日，第 14 版。

[12] 林语堂：《新的文评·序言》，《林语堂名著全集》第 27 卷，东北师范大学出版社，1994 年版，第 194—195 页。

7.《英文林语堂时事述译汇刊》

——社会批判与政治述评

1927 年春林语堂来到武汉，从 8 月份开始，他几乎每天都在《民众论坛》上刊发一篇用英文书写的文章。这些文章很有历史价值，故而之后收入英文译文与杂文集 *Letters of a Chinese Amazon and Wartime Essays*，由上海商务印书馆于 1930 年 1 月出版，1933 年 4 月又推出国难后第 1 版。版权页附有中文书名《英文林语堂时事述译汇刊》。封面署名"Lin Yutang"，书名页署名"By Lin Yutang, A.M, Dr, Phil.Professor of English Philology, Peking National University"，版权页署名"编纂者 林语堂""Author: Lin Yutang, A.M., Dr, Phil."。该书卷首载有一篇序言（未标明写作时间），正文包括四个部分，分别是：

1. Letters of a Chinese Amazon By Miss Hsieh Ping-ying（内含：At Tutitang; From a war Diary; At Kiayu; AtFengkow; From Fengkow to Hsinti（译自谢冰莹的《从军日记》）。

2. How The Nationalist Army Fought—A Tribute to the Iron Army.

3. Language and Politics（内含：A Berlitz School for Chinese; A Footnote on Romanization; Chinese Names）.

4. Essays Interpretative and Critical on Making History（内含：Anti-Sinoism:

A Modern Disease; Marxism, Sun-Yatsenism and Communism in China; Russian Agrarian Laws; Making China Safe for the Kuomintang; Mr. Kung's Scheme for Checking Militarism; More About the Shift-System of Military Organization: The Signs of the Times; Our Sunday-School "Foreign Policy"; Soldier Psychology and the Political Worker; Bourbonism in the Nationalist Revolution; Upton Close on Asia; The Swaraji and Ourselves; A Sad Confession; The N.-C. D. N. as a Bully Guerrilla Psychology: The Rape of the Broken Wing; Dr. Wakefield ExplainsAway the Boycott; V. K. Ting and Japan's Latest Escapade; The Call of the Siren; Farewell to Hankow; A Vanished Pleasure Garden).

除了谢冰莹的《从军日记》外，其他文章绝大部分都能在《民众论坛》上找到：

Upton Close on Asia（《厄普顿·克洛兹论亚洲》）载《民众论坛》1927年8月3日。

Marxism, Sun-Yatsenism and Communism in China（《马克思主义、三民主义与共产主义在中国》）分两期连载于《民众论坛》8月4、5日。

The Signs of the Times（《时代的标志》）载《民众论坛》8月6日。该文收入《英文林语堂时事述译汇刊》时有删略。

Bourbonism in the Nationalist Revolution（《国民革命时期的波旁王朝》）载《民众论坛》8月9日。

Russian Agrarian Laws（《俄国的土地法》）载《民众论坛》8月10日。

On Making History（《论创造历史》）载《民众论坛》8月11日。

Making China Safe for the Kuomintang（《使中国接受国民党的政权》）载《民众论坛》8月12日。

A Berlitz School for Chinese（《为中国人开办的一所采用贝立兹教学方法的学校》）载《民众论坛》8月13日。(Maximilian Berlitz 1878年在罗德岛开设了第一所贝立兹语言学校，用积木教语言，将认知、思维与对话、发音建立直接联系，不通过翻译语言的介入，直接教授外语。这是当时一直很先进的外语教学法。)

Anti-Sinoism: A Modern Disease（《反汉族主义：一种现代病》）载《民众论坛》8 月 14 日。

The Call of the Siren（《塞壬的诱惑》）载《民众论坛》8 月 17 日。

"North China's" Alarming Development（《〈字林西报〉事件的惊人进展》）载《民众论坛》8 月 18 日。后改题为 *The N.-C.D.N.as a Bully*（《作为恶霸的〈字林西报〉》）收入《英文林语堂时事述译汇刊》。

V.K.Ting and Japan'Latest Escapade（《丁文江与日本的最新冒险行动》）载《民众论坛》8 月 19 日。

The Drama of a Broken Aeroplane Wing of Britain（《一架英国飞机断翼的戏剧性事件》）载《民众论坛》8 月 20 日。后改题为 *Guerrilla Psychology: The Rape of the Broken Wing*（《游击队心理：断翼飞机带来的迫害》），收入《英文林语堂时事述译汇刊》时有删改。

A Vanished Pleasures Garden（《消失的乐园》）载《民众论坛》8 月 21 日。

Mr.Kung's Scheme for CheckingMilitarism（《龚浩先生阻止军国主义的计划》）载《民众论坛》8 月 23 日。

More About the Shift-System of Military Organization（《再论军事组织的变革体系》）载《民众论坛》8 月 24 日。

A Footnote on Romanization（《小论罗马字拼音》）载《民众论坛》8 月 25 日。

Chinese Names（《中国人的姓名》）载《民众论坛》8 月 26 日。

Farewell to Hankow（《汉口，再见》）载《民众论坛》8 月 28 日。

这个集子是了解林语堂武汉期间心路历程的最有说服力的材料。林语堂在武汉期间，是用中、英文同时撰写文章。刊登在《中央日报》副刊上用中文书写的文章，内容方面以文化批判为主，后来有些被收入《大荒集》。而用英文书写的文字先刊载于《民国论坛》（*People's Tribune*），后来又有的原文不动，有的略有删改，有的变换了题目，收入《英文林语堂时事述译汇刊》。内容多为社会批判与政治述评。值得注意的是，此时的林语堂不再像在北京大学、厦门大学那样，谈汉字改革、谈拼音方案、谈学科建设。他的主要精力不再在学问上，除一篇 *A Footnote on Romanization*（《小论罗马字拼音》）之外，再也没有探寻《平闽十八洞所载的古迹》的民俗调查、史料考证之类学术探讨文章，取而代之的是对时事动态、意识形态、国计民生等的关注。用"时事述译"定位界定他这一时期的书写，甚是恰当。正如林语堂自己在前言中所言："国民革命的胜利是一种精神上的身居。一个年轻的民族脱颖而出，他们组织起来，共同表达一个坚定的愿望：必须砸烂封建军阀以及封建官僚的束缚，重新建立一个新的、现代的中国。"[1] 林语堂这个时期的文章聚焦于中国文化及其国民性的批判，而其出发点正是要呼唤一个新的、现代中国之重生。

除此之外，林语堂为什么从主动进武汉国民政府外交部到决计远离政治，从对共产党的同情到排斥，1927 年 8 月 2 日发表在《民众论坛》的 *After the Communist Secession*（《共产党分裂之后》）和 8 月 12 日刊发在《民众论坛》的 *Making China Safe for the Kuomintang*（《使中国接受国民党的政权》）这两篇文章里，确实有他心声说出，至于心路轨迹，只能靠读者自己去探寻。

注 释

[1] Lin Yutang, Letters of a Chinese Amazon and Wartime Essays（《林语堂时事述译汇刊》）, Shanghai: The Commercial Press, 1930, p.vi.

8.《英文文学读本》

——现代人文主义教育的内核

 1930 年 8 月 1 日，所编《英文文学读本》(*Stories from English Literature*) 由开明书店出版。该书既有分成上、下两册刊印的版本，也有合订为一册的版本。分印本封面中文署名"林语堂编"，版权页署名"编纂者 林语堂"。合订本封面中文署名"林语堂编"，书名页英文署名"Edited With Notes and Introductory Remarks by Lin Yutang, A. M. (Harvard), Dr. Phil. (Leipzik), Professor of English Philology, Peking National U-niversity: Dean, Peking National Normal Women's University: Lecturer on Modern Language Teaching, Peking National Normal University. 版权页署名"编注者林语堂"。该书卷首载有 *A Suggested Course of Reading in Chronological Order*（《一份以按时间排序的建议阅读书单》）、*Introduction*（导言）、*A Note on Pronunciation*（《小论发音》）与 *The Phonetic Scheme*（《拼音方案》）。正文分为六部分，分别是：

 Legends and Ancient Tales（内含 5 种，包括：Beowulf's Fight With Grendel [Unknown]; The Birth and Ascension of King Arthur [Malory]; The Lady of Shalott [Tennyson]; The Merchant of Venice [Lamb]; Esther [The Bible]).

 Travel and Adventure（内含 5 种，包括：Robinson Crusoe [Defoe]; Ivanhoe and Rebecca [Scott]; Robin Hood and the Widow's Sons [Old Ballad]; Roderick

Random's Journey to London [Smollett]; A Voyage to Liliput [Swift]).

Fancy and Youth (内含 4 种，包括：The Wife of Bath's Tale [Chaucer]; A Dissertation Upon Roast Pig [Lamb]; The Coverley Witch [Addison]; The Poolof Tears [Carroll]).

Childhood and Youth (内含 7 种，包括：Mrs. Pickwick and Mrs. Bardell [Dickens]; Little Nell [Dickens]; Tom Brown [Hughes]; Tom and Maggie Tulliver [Eliot]; We Are Seven Wordsworth; Past and Present [Hood]; The Liglht of Other Days [Moore]).

Home and Love (内含 14 种，包括：John Halifax and Ursula [Craik]; Clarissa Harlowe [Richardson]; The Elopement of Olivia [Goldsmith]; Lord Ullin's Daughter [Campbell]; The Maid of Neidphath [Scott]; To Mary [William Cowper]; John Anderson; My Jo [Burns]; Cherry Ripe [Unknown]; To Celia [Jonson] Sally in Our Alley [Carey]; It Was A Lover and His Lass [Shakespeare]; To A Distant Friend [Byron]; Love's Philosophy [Shelley]; I Fear Thy Kisses [Shelley]).

Man and Nature (内含 11 种，包括：The Death of Julius Caesar [Shakespeare]; Sad Story of the Death of Kings [Shakespeare]; Under the Greenwood Tree [Shakespeare]; Blow, Blow, Thou Winter Wind [Shakespeare]; Sigh No More, Ladies [Shakespeare]; The Bridge of Sighs [Hood]; The Song of the Shirt [Hood]; Is There for Honest Poverty [Burns]; To A Skylark [Shelley]; The Raven [Poe]; The Bells [Poe]).

这些西方故事的选择，不区分年代与国别，也不区分民间与经院。第一部分的主题是"传说和古代故事"，内含 5 种，包括：《贝奥武夫与格伦德尔的战斗》《亚瑟王的诞生和升天》《夏洛特的夫人》《威尼斯商人》《以斯帖》。第二部分的主题是"旅行与冒险"，内含 5 种，包括：《鲁宾逊漂流记》《艾凡赫和瑞贝卡》《侠盗罗宾汉和寡妇的儿子们》《罗德里克·兰登的伦敦之旅》《小人国游记》。第三部分的主题是"幻想与青春"，内含 4 种，包括：《巴斯妇的故事》《论烤猪》《柯弗利女巫》《眼泪的池塘》。第四部分的主题是"童年与青春"，内含 7 种，包括：《匹克威克夫人和巴德尔太太》《小耐尔》《汤姆·布朗》《弗洛斯河上的磨坊》《我们是七个》《过去与现在》《他日之光》。第五部分的主题是"家庭与爱情"，内含14种，包括：《约翰·哈利法克斯和乌苏拉》《克拉丽莎》《奥利维亚的私奔》《阿琳勋爵的女儿》《尼德法的少女》《致玛丽》《约翰·安德森》《我的约翰》《樱桃熟了》《致西丽娅》《一个情人和他的姑娘》《给远方的朋友》《爱的哲学》《我害怕你的亲吻》。第六部分的主题是"人与自然"，内含11种，包括：《凯撒之死》《理查二世》《绿茵树下》《不惧冬风凛冽》《哪个男子不负心?》《叹息桥》《衬衫之歌》《无论何时都要保持尊严》《致云雀》《乌鸦》《钟声》。

从文本选择和编辑体例来看，林语堂的教育思想与人文主义教育之主张是共通的。（一）在教育目的方面，崇尚发展人性，促进个人的自我实现，是全面人的教育、生活的教育与人格教育。（二）教育的本质是一种价值的引导及创造的过程或活动。（三）教学方面，侧重创造力的启发、经验的学习以及情感的陶冶。（四）在课程方面，重视课程设计之统整性，课程组织富弹性，选择与对象的生活经验相关的内容，侧重于能解决实际生活各种问题。纵观林语堂的教育思想，不论是教育目的，抑或是强调自由，还是教育平等，无不关乎人这个主体，无不是以现代人文主义为内核的，而这一切恰是林语堂一贯主张的活的"人"的全面发展的教育，在今天，这些观点对深化教育改革有着十分重要的借鉴意义。

该书影响甚大，模仿者甚多。1941年7月21日，《申报》第1版刊登一则题为《史祥林王金生向开明书店林语堂先生道歉》的启事，无标点符号。现转录并断句如下："窃史祥林、王金生等因不明法律，致侵害开明书店林语堂先生《开明英文读本》著作权，兹承夏广隆、周文夔先生代向开明书店林语堂先生商恳，蒙予从宽处置，至深感激。特此登报道歉。"

9.《卖花女》

——关注社会底层人物的遭遇

1931 年 7 月，所译《卖花女》由开明书店出版，为"英汉对译"版本。封面署名"萧伯纳原著 林语堂译注"，书名页印有"Bernard Shaw Pygmalion Translated with Notes by Lin Yutang"字样。翻译时间应该在此之前，因为"序言"写于 1929 年 3 月 8 日。

1936 年，开明书店出版了吴献书编著的《英文翻译的理论与实际》，其中第四章"模范译文"以英汉对照的形式选录了林语堂翻译的《卖花女》第一幕。崔子材亦在所著《英语会话之表达》（香港百成出版社出版，未标注出版时间）（第 20 页）中指出："《卖花女》原作者为英国萧伯纳，又是林语堂先生翻译，采中英对照方式出版，书中多带俚俗语，作者当年得益不少。"

1943 年 11 月，所译《卖花女》由开明书店推出修正初版，至 1947 年 12 月修正再版，1949 年 2 月修正三版，列入"开明英汉译注丛书"。封面印有英文原作者姓名与书名"Bernard Shaw: Pygmalion"，中文署名"萧伯纳著 林语堂译注"；版权页书名为"卖花女（英汉译注本）"，署名"著作者 萧伯纳 翻译者 林语堂"。该书按一页英文原文再一页中文译文的顺序排版，并以脚注的形式对英文原文中的疑难字词进行解释。

1947 年 4 月，所译《卖花女》（中文本）由开明书店出版。封面署名"萧伯纳著林语堂译"版权页署名"著作者萧伯纳翻译者林语堂"。这是一个纯中文译本。

萧伯纳（George Bernard Shaw，1856—1950），爱尔兰剧作家，1925 年"因为作品具有理想主义和人道主义"而获诺贝尔文学奖，是英国现代杰出的现实主义戏剧作家，是世界著名的擅长幽默与讽刺的语言大师。《卖花女》（又被译作《皮格马利翁》），是萧伯纳的代表作之一。剧本讲述的是语音学家希金斯（Higgins）通过六个月的语言训练，使伊莉莎这位贫苦卖花女，完全脱离了出身贫寒、言行粗俗的氛围，在出入任何高贵场合的时候都能引起万众瞩目。然而，希金斯是个独身主义者，不可能与她结婚，而伊莉莎既成不了真正的公爵夫人，又不能再回莱市场卖花，遂被置于一种不上不下的尴尬境地。作品深刻揭示了当时的英国社会个体在自我重塑过程中遭遇的伦理困境。卖花女虽然通过学习上层阶级的言谈举止来跻身上层社会，从而改变她卑微的身份，但是她并没能依靠自己的努力来实现这种愿望。在剧作结尾，伊莉莎仍然是借助意外获得大笔财产的父亲才摆脱她耻辱的下层阶级身份，看似美好的愿望却让她失去了自食其力的力量，也迷失了真正的自我。虽然取得外表、谈吐等自我转变的成功，却同时陷入了更为糟糕的伦理困境，她在追逐所谓高贵社会身份的同时，更失去了自我存在的意义和价值。从这个意义上说，萧伯纳通过讲述伊莉莎的故事，集中再现了当时英国社会个体阶级身份与伦理诉求之间难以调和的矛盾，对该社会中个体寻求自我实现的可能性寄予了关注，从而传递出深刻的伦理意蕴。

10.《英文现代新闻散文选》

——"新闻散文"的范例

1931 年 8 月，林语堂选编的 *Readings in Modern Journalistic Prose*（《英文现代新闻散文选》）由商务印书馆出版，至 1932 年 11 月推出国难后第 1版，1934 年 10 月推出国难后第 2 版，1936 年 11 月推出国难后第 3 版。版权页另附中文题名《英文现代新闻散文选》。封面署名"Lin Yutang"，书名页署名"Lin Yutang, A.M., Dr.Phil., Formerly Professor of English, Peking National University"，版权页最初署名"选注者　林玉堂"，国难第 3 版则改署"选注者　林语堂"。卷首附有林语堂写于"West End Gardens, Shanghai, December, 1929"的"Preface"自序。正文分为 6 个部分，共计收录 50 篇现代英文新闻散文，分别是：

1. Current Topics（第 1—7 篇，包括：How the Kaiser Abdicated [Alfred Niemann]; Creating a Nation [Mustapha Kemal Pasha]; True Tales of Roumania [Henri Barbusse]; A French War Historian Expelled from Legion of Honor [Faith.E. Willcox]; Japan's Subsidized Press in China [J. A.J.]; The Denshawai Honor [George Bernard Shaw]; Trotsky Speaks Again）（1. 时事话题篇：第 1—7 篇包括：凯撒如何退位 [阿尔弗莱德·内门]；缔造国家 [慕斯塔法柯莫尔·帕莎]；罗马尼亚故事 [亨利·巴布斯]；被逐出荣耀军团的法

国战争史学家［菲斯·伊·威尔阔克斯］；日本在华资助报刊；定舍瓦伊荣耀［乔治·萧伯纳］；托洛茨基再言——中文为笔者译，下同。）

2. Stories of Travel and Adventure（第 8—17 篇，包括：A Gobi Desert Interlude [Sven Hadin]; The Eclipse as Seen from an Airplane [W.J.Luyten]; Up the Yangtze to Hankow [Arthur Ransome]; The Executioner [Arthur Ransome]; A Wild Boar Hunt [Victor N. de Franck]; A Blackcock "Tok" [Victor N.de Franck]; Climbing a Live Volcano [William Beebe]; A Tamer of Crocodiles [Antony Gordon]; "Eggs-a-Cock!" [Peter Gething]; Forty-Four Hours on the Sea Bottom [Paul Ordtolf]）（2. 旅游及冒险故事篇：第 8—17 篇，包括：穿越戈壁滩［斯文·海丁］；飞机上所见之日食（W.J.Luyten）；沿江而上到汉口［亚瑟·兰瑟姆］；刽子手［亚瑟·兰瑟姆］；野猪猎手［维克多恩·德·弗朗克］；黑松鸡"托克"［维克多恩·德·弗朗克］；登上活火山［威廉·比贝］；鳄鱼驯兽师［安东尼·戈登］；鸡蛋－公鸡［彼得·格辛］；海底四十四小时［保罗·沃德托夫］）

3. Personal Sketches（第 18—21 篇，包括：An Interview with Edison [Allan L.Benson]; A Day with Charlie Chaplin [Konrad Bercovici]; Herbert Hoover [EarlReeves]; Trotsky the Rebel [W H. Chamberlin]）（3. 个人随笔篇：第 18—21 篇，包括：爱迪生访谈［艾伦·本森］；与查理·卓别林的一天［康纳德·柏科维奇］）

4. Critical and Expository Articles（第 22—36 篇，包括：My Ideal of the True University [Woodrow Wilson]; The Future of Christianity in China [Hu Shih]; Foreword to "Some Bigger Issues in China's Problems'" [Hu Shih]; Chinese and Western Civilization Contrasted [Bertrand Russell]; A Japanese on His mCountrymen [Dr. Inazo Nitobe]; Englishmen in China [J. D.]; The Open Door in Marriage [Anne C. E. Allinson]; What Is the Family Still Good For? [Edward Sapir]; Still a Man's Game [Lillian Symes]; Education Costs Too Many Years [Chester T. Crowell]; The Junior College [Marion Coats]; The Function of Criticism at the Present Time [Lin Yutang]; Loyalty and the Editor [O.G.Villard];

Food Prejudices [Dr. Charles W. Townsend]; My Experience in Readinga Chinese Daily [Lin Yutang]）（4. 评论及说明篇：第 22—36 篇，包括：我理想中真正的大学 [伍德罗·威尔逊]；基督教在中国的未来 [胡适]；给"中国问题中的大事"一文的回复 [胡适]；中西文明对比 [波特兰·罗素]；一位日本人论他的日本同胞 [新渡户稻造博士]；在华英国人 [J.D]；婚姻中的开放之门 [安妮·艾立森]；家庭的益处 [爱德华·萨皮尔]；一个人的游戏 [莉莉安·塞姆斯]；百年树人 [切斯特·科罗威尔]；初级学院 [马里昂·蔻兹]；当今批判之功能 [林语堂]；忠实与编者 [O.G. 维拉德]；食物偏见 [查尔斯·汤森德博士]；汉语日记阅读经验谈 [林语堂]）

5. Controversial Articles（第 37—45 篇，包括：A Letter on Mussolini [G.Bernard Shaw]; A Reply to Bernard Shaw [F. Adler]; To Friedrich Adler [G.Bernard Shaw]; To the Editor of the Manchester Guardian [Gaetano Salvemini]; Is Companionate Marriage Moral [William MacDougall]; What Is Companionate Marriage? [Ben Lindsay]; Is the Girl of To-Day as Bad as She Is Painted? [Corra Harris]）（5. 争议争论篇：第 37—45 篇，包括：给墨索里尼的信 [萧伯纳]；给萧伯纳的回信 [F. 阿德勒]；给弗里德里希·阿德勒的信 [萧伯纳]；给曼彻斯特卫报编辑的信 [盖泰罗·叟文密尼斯]；友伴式婚姻道德吗？[威廉·麦克道格尔]；何为友伴式婚姻？[本·林赛]）

6. Humorous Articles（第 46—50 篇，包括：Oxford as I See It [Stephen Leacock]; Sleeping Outdoors [F. L. Allen]; Woman's Intuition Is Bunk [Heywood Broun]; China Can't Have Her Civil War [Will Rogers]; The True of Rational Dress for Men [A Correspondent]）（6. 幽默诙谐篇：第 46—50 篇，包括：我眼中的牛津 [史蒂芬·里柯克]；睡在户外 [F.L. 艾伦]；女人的直觉就是鬼话 [海伍德·伯朗]；中国不能内战 [威尔·罗杰]；真正合理的男性着装 [一名记者]）

林语堂的《英文现代新闻散文选》，在我国的翻译发展史上的影响不可低估。散文，作为一种重要的文学体裁之一，因其形散而神不散的特征，受到读者的广泛喜欢，尤其是五四之后的中国现代散文。"新闻散文"是散文系统中的一种，但更具有时效性和篇幅短的特点。林语堂的这种选编，既能及时介绍世界大事，又能为当时中国新兴的现代传媒起到引导作用。编选也是一个审美过程，要考虑到语音、词语、句子等形式姿态，情感、意境以及风格等非形式系统。编选者依借这个结构的能动运作来捕捉和挖掘所有的审美信息，使审美客体成为审美对象并具有审美价值。同时编选者与作者心灵相通、志趣相投、情感相宜，能产生共鸣。编选者通过与作者和作品的这种契合，把原文的形式、内容和精神原原本本地传达出来。

11.《语言学论丛》
——从语言学出发的实践观

　　1933 年 5 月，林语堂自著自编的《语言学论丛》由开明书店出版，至 1934 年 11 月再版。署名"林语堂著"。卷首收有"二十二年四月二十日自序于上海"的弁言。1967 年 5 月，台北的文星书店翻印了该书，卷首载有林语堂撰写的《重刊〈语言学论丛〉序》。该书收录了 32 篇语言学研究论文，分别是《古有复辅音说》;《前汉方音区域考》;《古音中已遗失的声母》;《支、脂、之三部古读考》;《燕齐鲁卫阳声转变考》;《〈周礼〉方音考》;《〈左传〉真伪与上古方音》;《汉字中之拼音字》;《读汪荣〈宝歌戈鱼虞模古读考〉书后》;《再论歌戈鱼虞模古读》;《答马斯贝罗论〈切韵〉之音》;《珂罗崛伦考订〈切韵〉韵母隋读表》;《闽粤方言之来源》;《关于中国方言的洋文论著目录》;《印度支那语言书目》;《研究方言应有的几个语言学观察点》;《北大方言调查会方音字母草案》;《方言字母与国语罗马字》;《汉字索引制说明》;《汉字号码索引法》;《末笔检字法》;《图书索引之新法》;《新韵建议》;《新韵例言》;《新韵杂话》;《分类成语辞书编纂法》;《编纂义典计划书》;《论翻译》;《关于译名统一的提议》;《论注音字母及其他》(正文题为《谈注音字母及其他》);《国语罗马字拼音与科学方法》;《辜恩的外国语教学》。东北师范大学 1994 年出版的《林语堂名著全集》收入第十九卷。

正如林语堂自己在弁言中所言："这三十余篇论文，是十余年来零零碎碎断断续续随时发表的。"[1] 有的也不曾发表，有的则是摘录自己的博士论文，如《燕齐鲁卫阳声转变考》与《〈周礼〉方音考》均出自林语堂博士学位论文下篇第三部分。

1923 年 12 月 17 日，所撰《研究方言应有的几个语言学观察点》载北京大学研究所国学门，歌谣研究会编辑用以庆祝"北大二十五周年"的《歌谣》纪念增刊，署名"林玉堂"。

1924 年 3 月 16 日，所撰《再论歌戈鱼虞模古读》载《晨报副刊》第 56 号第 1—2 版，署名"林玉堂"。

1924 年 5 月 18 日，所撰《方言调查会方音字母草案》载《歌谣》第 55 号，署名"林玉堂"。

1924 年 9 月，所撰《辜恩（Gouin）的外国语教学》载《新教育》第 9 卷第 1—2 期合刊，署名"林玉堂"。收入文集时，题名改为《辜恩的外国语教学》。

1924 年 12 月 31 日，所撰《古有复辅音说》载《晨报六周年纪念增刊》，署名"林玉堂"。

1925 年 5 月 3 日，所撰《关于中国方言的洋文论著目录》载《歌谣》第 89 号，署名"林语堂"。

1925 年 6 月 14 日，所撰《谈注音字母及其他》载《京报·国语周刊》第 1 期，署名"林语堂"。

1927 年 12 月 15 日，所译《西汉方音区域考上》载《贡献》第 2 期。12 月 25 日，所译《西汉方音区域考下》载《贡献》第 3 期。这两篇文章皆出自林语堂博士学位论文下篇第二部分。

1928 年 10 月 29 日，所撰《古音中已遗失之声母》载《语丝》第 4 卷第 42 期，署名"语堂"。后改题为《古音中已遗失的声母》。

1930 年 8 月，所撰《支、脂、之三部古读考》载《国立中央研究院历史语言研究所集刊》第二本第二分（Vol. Ⅱ，Part Ⅱ），英文目录题名

为 "On the Ancient Pronunciation of the Rimes'Chih"，文末标注 "十九十月，廿三"（1930 年 10 月 23 日），与《国立中央研究院历史语言研究所集刊》第二本第二分的出版时间 "中华民国十九年八月"（1930 年 8 月）有矛盾，当为误印。内含 "支脂之古分三部发明的历史""过去音韵家对于三部音读的推测""之哈部的音转""之古读 ü，哈古读说 eü""驳珂罗崛伦之部收 g 音说""脂部古读收 -i，-e 音说""支古读 a，ia，ie 音说"七部分。[2]

1931 年 1 月 1 日，所撰《汉字中之拼音字》载《中学生》第 11 期 "新年号"。

《论翻译》一文原为林语堂的 "商务印书馆函授社国文科讲义稿"，后收入吴曙天编的《翻译论》（光华书局，1933），黄嘉德编的《翻译论集》（西风社，1940），刘靖之主编的《翻译论集》（三联书店，1981），中国对外翻译出版公司选编的《翻译理论与翻译技巧论文集》（中国对外翻译出版公司，1983，改题为《林语堂论翻译》），中国翻译工作者协会《翻译通讯》编辑部编的《翻译研究论文集（1894—1948）》（外语教学与研究出版社，1984），罗新璋编的《翻译论集》（商务印书馆，1984）等书。

本书内容约分七类：一、古音发明；二、广韵音读；三、方言调查；四、汉字索引（含首笔、末笔、号码、新韵四种）；五、国语罗马字及注音字母；六、类书之编纂；七、论翻译及外国语教学。从中，我们可以获得如下信息：

其一，林语堂获得博士学位回国之初，是沿着他攻读博士学位的方向，研究中国古代的语言文字学，并使之为现代社会服务。

其二，林语堂离开武汉国民政府去上海闯世界时，是一个没有政治地位、经济地位、影响力有限的文化人，以至于要将讲学的文字 "五年前因穷卖与开明书店"。[3]

其三，有当时初回国留学生文调太高的通病，"脱离不了哈佛的架子，俗气十足，文也不好，看了十分讨厌"，[4] 也绝非自己的自谦之词。专业基础不说，其行文布局是不够老到的。

其四，《论翻译》一篇收入文集，于编辑体例有点整体不协调，于个人的心路历程正好是一种表达，恰好是他自己这段时间的翻译及翻译观念的呈现。

擅长语言学领域的林语堂，早在新文化运动时，就以语言学论文参与到这场思想革命中。例如 1917 年 10 月 25 日发表《创设汉字索引制议》，这是已知的林语堂第一篇语言学论文。1918 年 2 月 15 日，《汉字索引制说明》发表在《新青年》第 4 卷第 2 期，正文后面附有蔡元培与钱玄同各自撰写的一篇序言。4 月 15 日，又在《新青年》第 4 卷第 4 期的"通信"栏目上发表《论汉字索引制及西洋文学》，这其实是林语堂于 3 月 2 日写给钱玄同的一封信，发表前经过胡适的润饰，信后附有钱玄同的回复。他在此文中提出两项建议。其一，文学革命不能只是形式改革，要为白话文学设立"像西方论理细慎精深，长段推究，高格的标准。"[5] 其二，文章内容要有所取舍，不要写无关紧要庸俗的话。林语堂拨开迷雾以深刻的见解剖析新国文改革的问题。他希望在改革之初就以高标准的新国文树立榜样，让国人见识到新文学的好处，才能起到复生民智的作用。钱玄同回信称提倡新文学非从文言改白话入手不可，以删除旧文学的死腔套，但并不仅限于此，并高度称赞林语堂关于汉字索引制的研究，可见林语堂在语言学方面的专业性。

《语言学论丛》只代表林语堂的学术观点，学术界不同的意见也是有的。1946 年，汤炳正就发表长篇学术论文《驳林语堂君〈古音中已遗失的声母〉》，对林语堂所著《语言学论丛》一书中个别的观点提出反驳。汤文说："林语堂君，为近代的语文学家，在早年更努力于中国古代语言学的研究，因方法的完善，与思路的绵密，往往多新颖见解。他在语言学界，可以说是有所贡献。我们翻阅一下林君所著的《语言学论丛》一书，就可知其梗概。可是，林君往往说前人的方法'不科学'，或'来得武断'，实则林君的著述，虽大体精致，而'不科学'与'来得武断'的地方，也着实不少。今止举其《古音中已遗失的声母》一篇，略加商榷，并请教于林君。"[6]

所谓"学问"，就是学着问问题，问自己，问他人，问书本，问自然，积累久了就有学问了。怎样从语言事实出发正确理解作品，林语堂就言语的基础，提出了一些具体的解决办法。

注 释

[1] 林语堂：《语言学论丛·弁言》，《林语堂名著全集》第 19 卷，东北师范大学出版社，1994 年。

[2] 林语堂：《支脂之三部古读考》，《国立中央研究院历史语言研究所集刊》，1930 年 8 月第 2 卷，第 2 期，第 137—152 页。

[3] 林语堂：《语言学论丛·弁言》，《林语堂名著全集》第 19 卷，东北师范大学出版社，1994 年。

[4] 林语堂：《语言学论丛·弁言》，《林语堂名著全集》第 19 卷，东北师范大学出版社，1994 年。

[5] 林玉堂：《论汉字索引制及西洋文学》，《新青年》1918 年第 4 期，第 367 页。

[6] 汤炳正：《驳林语堂君〈古音中已遗失的声母〉》，《贵大学报》1946 年第 1 期。

12.《大荒集》

——现代性的追求

1934 年 6 月，林语堂自著自编的《大荒集》由上海生活书店出版，至 1937 年 11 月再版。封面署名"语堂"，版权页署名"著者　林语堂"。该书卷首收有林语堂写于"二十二年八月二十五日"的序。正文包括：

1. 论现代批评的职务；2. 机器与精神；3. 中国文化之精神；4. 学风与教育；5. 读书的艺术；6. 论读书；7. 读书阶级的吃饭问题；8. 我所得益的一部英文字典；9. 英文学习法；10. 旧文法之推翻与新文法之建造；11.《新的文评》序言；12.《樵歌》新跋；13. 冰莹《从军日记》序；14.《西部前线静无事》序；15. 吃上帝的讨论；16. 易卜生的情书；17. 子见南子；18. 关于《子见南子》的文件；19. 关于《子见南子》的话；20. 萨天师语录（五篇）；21. 有不为斋随笔（七篇）。

本书是林语堂归国后几年的论文结集。所谈涉及时事评论、读书思想、修养门径、教育及文字方案和写序等方面的内容。林语堂在《序》中说道："想把这五六年来的零篇文字集成一书，便为保存。"但从文章的发表时间来看，有的没有"五六年"，也有的远远不止"五六年"。

1924 年 11 月，所撰《机器与精神》在上海亚东图书馆出版的《胡适文存三集（卷一）》，作为胡适所撰《我们对于西洋近代文明的态度》一文的附录。

1925 年 11 月 30 日，所撰《Zorothustro 语录》载《语丝》第 55 期，目录署名"林语堂"，正文署名"语堂"。文末标注写于"十四，十一，二十"。

1928 年 3 月 19 日，所撰《萨天师语录（二）》载《语丝》第 4 卷第 12 期。署名"语堂"。

1928 年 4 月 9 日，所撰《萨天师语录（三）》载《语丝》第 4 卷第 15 期。署名"语堂"。

1928 年 6 月 11 日，所撰《萨天师语录（四）》载《语丝》第 4 卷第 24 期。署名"语堂"。

1928 年 8 月 13 日，所撰《萨天师语录（五）》载《语丝》第 4 卷第 33 期。署名"语堂"。

1928 年 11 月 30 日，所编剧本《子见南子（*A One Act Tragicomedy*）》载《奔流》第 1 卷第 6 期。目录署名"语堂作"，正文署名"语堂"。文末标注"十七，十，卅"。

1929 年 2 月 15 日，撰《冰莹〈从军日记〉序》载《春潮》第 1 卷第 3 期。林语堂对冰莹的文体的"气骨"是很赞赏的，谢冰莹反抗包办婚姻，毅然从军的勇气在当时也可谓惊世骇俗的壮举。

1927 年 9 月 27 日，为林疑今译的《西部前线静无事》作《序》，肯定《西部前线静无事》是"大战以来最伟大的战争小说"。林语堂过去是别人为他写序，如今他为别人写"序"都强调一个"真"字。

1929 年 10 月 7 日，撰《〈新的文评〉序言》载《语丝》第 5 卷第 30 期。文末标注"十八，十，四夜"。

1929 年 12 月 23 日，所撰《〈樵歌〉新跋》载《语丝》第 5 卷第 41 期。这其实是林语堂 1929 年 10 月 28 日写给"衣萍先生"（章衣萍）的一封信。章衣萍校点《樵歌》（*The Songs of a Woodcutter*）（商务印书馆 1930 年出版）。"好好一供人欣赏的《樵歌》，为什么要作《跋》？又为什么偏要我这样对词学不甚了解的人作《跋》？"不熟悉的东西，他不班门弄斧。为了不却所托，只在邵西、玄同两篇跋文的基础上写点感想，即"《跋〈樵歌〉跋》，而非《跋〈樵歌〉》吧。"

1930年1月6日，《论现代批评的职务》载《申报》第14版，3月1日，又刊于《中学生》第3期，这是林语堂"十九年正月三日在寰球中国学生会演讲稿"。内含"论学术思想道德文章四事不同""论中国文章之昌明与思想之饥荒""论现代应为文章衰落思想勃兴时期""论现代批评的职务""论现代文化为批评的文化""论批评为认清对象"六部分。

1930年7月1日，《我所得益的一部英文字典》载《中学生》第6期。文中说：初十年钟情于《简明牛津英文字典》（*Concise Oxford Dictionary*）《简明》，至《袖珍牛津英文字典》）（*Pocket Concise Oxford Dictionary*）出现，则又移爱于后者。"十年来，无论家居远游，确乎不曾一日无此书。因《袖珍》名副其实，不满盈握，携带便利。……又因其卷帙如此之小反可找到通常较大字典所无的字，又能得到通常字典所不能给我的消息，自然益发佩服作者体例之善，搜罗之富，用功之勤，考察之精，因佩服而敬爱，因敬爱而恋恋不舍了。"

1930年7月1日，《读书阶级的吃饭问题——中学生的出路问题》载《中学生》第6期。文中说："在男女不平等的社会中，男学生及女学生的将来出路，当然是不同的，所以必须分开来讲。从经济方面讲，男生的出路是吃饭，女生的出路是出嫁。""中学生最要者，依各人的个性所近，练出一种专才，或书法、或文牍、或中文、或英文、或办事、或交际。人格上也须一点可取的地方，或勤谨、或诚信、或和蔼、或敏捷、或审慎。总而言之，做个'完人'没有的事。要在有自知之明，能以其所长，补其所短。"

1930年9月1日，所撰《旧文法之推翻与新文法之建造》载《中学生》第8期，内含"推翻"与"建造"两部分。推翻为"近数年来语言学界已经无形中发起了一派思想，对于文法的理论范围，都持新的见解，把及世界传统的文法观念改变过来，即使未能普遍地推翻，在学术界中，已经足使旧说根本动摇了。"建造则是"新的文法理论的建设，首推 *Otto*

Jespersen: Philosophy of Grammar（一九二四）及 *Ferdinand Brunot: La Langue et lavie*（一九二二）二书。"

1930 年 10 月 26 日，林语堂应邀回母校圣约翰大学演讲，题目为《读书的艺术》。演讲稿载《中学生》1931 年 2 月 1 日，第 12 号，署名"林语堂"。"什么才叫真正读书呢？这个问题很简单，一句话，兴味到时，拿起书来就读，这才叫做真正的读书，这才是不失读书之本意。这就是李清照的读书法。""我所希望者，是诸位早日觉悟，在明知被卖之下，仍旧不忘其初，不背读书之本意，不失读书的快乐，不昧于真正读书的艺术。并希望诸位趁火打劫，虽然被卖，钱也要拿，书也要读，如此就两得其便了。"演讲对现代学生生活多有批评，谈读书的真正意义，勖勉同学们努力求学而成为大学问家。"此为十月二十六日为约翰大学讲稿。后得光华大学之邀，为时匆促，无以应之，即将此篇于十一月四日在光华重讲一次。"

1931 年 1 月 1 日，所讲《学风与教育》载《中学生》第 11 期（"新年号"，内含"求学之二事""论读书气味""所谓'整顿学风'""空气教育"所谓"学风不好""学风何以不好"六小节。正文题名后标注"十一月十日在大夏大学演讲"（1930 年 11 月 10 日）。

1931 年 9 月 1 日，所撰《英文学习法（续第十五号）》载《中学生》第 17 期，内含"丙　语法"（内附"会话与作文"）、"丁　语音"与"戊　学习程序与自修方法"，后者并未载完。

1932 年 7 月 15 日，自译的《中国文化之精神》载《申报月刊》第 1 卷第 1 期（"创刊号"），正文前附有林语堂的自译说明："此篇原为对英人演讲，多恭维东方文明之语。兹译成中文发表，保身之道既莫善于此，博国人之欢心，又当以此为上策，然一执笔，又有无限感想，油然而生……"

1932 年 9 月 16 日，所撰《有不为斋随笔：读萧伯纳传偶识》载《论语》第 1 期，署名"语堂"。内含九小节：王尔德善谑；赫理斯论作文要诀；作外国文之难；不朽新法；文人与洗服匠；萧伯纳人三父；吃荤吃素与女人；萧伯纳之谨愿；萧伯纳论君子小人之分。

1932 年 10 月 16 日，所撰《有不为斋随笔：读邓肯自传》载《论语》第 3 期，署名"语堂"。目录误题为《不亦乐斋随笔：读邓肯自传》。

1932 年 11 月 16 日，所撰《有不为斋随笔：哥伦比亚大学及其他》载《论语》第 5 期。署名"语堂"。

1933 年 1 月 16 日，所撰《有不为斋随笔：谈牛津》载《论语》第 9 期。

1933 年 2 月 17 日，所撰《有不为斋随笔：再谈萧伯纳》载《时事新报·星期学灯》的"欢迎萧伯纳氏来华纪念专号"。目录题名为《再谈萧伯纳》；目录署名"林语堂"，正文署名"语堂"。

1933 年 4 月 16 日，所撰《有不为斋随笔：论文》载《论语》第 15 期，署名"语堂"。目录题名为《有不为斋随笔》。内含"性灵""排古""金圣叹代答白璧德""金圣叹之大过"四小节。该文题名实应著录为《有不为斋随笔：论文（上）》。

1933 年 9 月 16 日，所撰《大荒集序》载《论语》第 25 期（"周年纪念号"）"论语"栏目。目录与正文均无署名。

1933 年 11 月 1 日，所撰《论文下》载《论语》第 28 期。标题下署名"语堂"。该文标题其实应当写成《论文（下）》，因为林语堂之前已经写过一篇《有不为斋随笔：论文》。这两篇文章东北师范大学出版社 1994 年版的《林语堂名著全集》第 13 卷中不曾收录。

1934 年 2 月 15 日，关于读书的讲演以《论读书》为题，载《申报月刊》第 3 卷，第 2 期。"'万般皆下品，惟有读书高。'所以读书向称为雅事乐事。但是现在的雅事乐事已经不雅不乐了。今人读书，或为取资格，得学位，在男为娶美女，在女为嫁贤婿……诸如此类，都是借读书之名，取利禄之实，皆非读书本旨。""在学校读书有四不可：（一）所读非书……（二）无书可读……（三）不许读书……（四）书读不好……""今日所谈的是自由的看书读书；无论是在学校，离校，做教员，做学生，做商人，做政客闲时的读书。这种的读书，所以开茅塞，除鄙见，得新知，增学问，广见识，养性灵。"

1928 年 11 月 30 日，所撰剧本《子见南子（*A One Act Tragicomedy*）》载《奔流》第 1 卷第 6 期。目录题名为《子见南子（独幕悲喜剧）》，写于"十七，十，卅"（1928 年 10 月 30 日）。剧本中将南子塑造成一位追求个性解放、主张男女平等的新女性，并与孔子展开了辩论；孔子师徒最后在"郑卫之淫声"和妖冶的舞蹈中落荒而逃。值得注意的是，位于曲阜的山东省立第二师范学校的学生经过排练，于 1929 年 6 月 8 日晚在学校礼堂上演该剧，由此在社会上引起了一场大风波，许多报刊纷纷加以报道。该剧本后转载于 1929 年 5 月 15 日出版的《河南教育》（半月刊）第 1 卷第 19 期。谢燕子编的《戏曲甲选》（群众图书公司，1935 年），昌言编辑的《现代最佳剧选（第四集）》（现代戏剧出版社，1941 年），林语堂的《语堂文存（第一册）》（林氏出版社，1941 年）均收入了此剧本。

1928 年 9 月 17 日，所撰《给孔祥熙部长一封公开信》载《语丝》第 4 卷第 38 期。此信写于"十七、八、三十"。信后附 1928 年 8 月 30 日《时事新报》所载孔祥熙提议、国民政府于 1928 年 8 月 8 日决议通过的关于保护山东孔林与各省孔庙的提案。针对林语堂此信，一位署名"孔德"之人于 10 月 22 日撰写了《答林语堂先生的一封公开信》，载 1928 年 11 月 5 日出版的《日出》第 1 期。

1929 年 9 月 23 日，《关于〈子见南子〉的话——答赵誉船先生》，载《语丝》第 5 卷第 28 期，署名"语堂"。由于山东省曲阜第二师范的师生对该剧进行了修改，既增加了反对旧礼教的战斗性，又具有对孔子行为具有讽刺的戏剧性，在学校礼堂进行公演。于是遭到孔氏家族的控告，结果受到当局的追究和处分。这是林语堂唯一的一篇对批评《子见南子》正面回应的文章。

1929 年 9 月 6 日，鲁迅在《语丝》第 5 卷第 24 期上刊发了《关于〈子见南子〉》，以示支持。鲁迅辑录的材料有 11 种文件，以及他于 1929 年 8 月 11 日夜写的结语，具体如下：山东省立第二师范学生会通电；教育部训令第八五五号 [1929 年 6 月 20 日]；山东省立第二师范校长宋还吾答辩书（写于 1929 年 7 月 8 日）；教育部朱参事及山东教育厅会衔呈文；济南通信（载 1929 年 8 月 16 日《新闻报》）；子见南子案内幕（载 1928 年 7 月 18 日《金刚钻》）；小题大做（史梯耳，写于 1929 年 7 月 18 日，载 1929 年 7 月 26 日《华北日报副刊》）；为"孔问题"答大公报记者（宋还吾，写于 1929 年 7 月 28 日，教育部训令第九五二号，1929 年 7 月 28 日）；曲阜二师校长呈山东教育厅文（1929 年 7 月 28 日，山东教育厅训令第一二〇四号）；结语。

1930 年 10 月，上海的太平洋书店出版了陈子展所撰《孔子与戏剧》，内含"关于《子见南子》的一场官司"与"读《子见南子》"两节，均涉及林语堂《子见南子》一剧。

1954 年 4 月，香港世界文摘社据上海生活书店初版本重印了《大荒集》，但林语堂将该版本指摘为盗印本。[1] 1966 年 1 月，台北志文出版社推出了秦贤次重编的《大荒集》，至 1971 年 10 月再版。封面书名《大荒集》，署名"林语堂著"，版权页署名"著者：语堂"，书名页题为《语堂选集大荒集》，署名"林语堂著"。林语堂后来指出"又发现一九六六年台北志文出版社翻印本，文字同，而书末《浮生六记》译者序以下七篇，系窃自《我的话》"。[2] 1976 年，台北的北一出版社出版了《大荒集》。1985 年 4 月，上海书店影印出版了《大荒集》，列入"中国现代文学史参考资料"丛书。1988 年 4 月，北京的人民文学出版社推出了一本《翦拂集·大荒集》，列入"中国现代文学作品原本选印"丛书。

正如林语堂所言："向来中国人的文集取名，都很雅致，如同书斋的名一样，可以耐人寻味"。因想与《翦拂集》的集名有连贯性，他曾想到《草泽集》《梁山集》，又觉不妥，最后想到《大荒集》这个词，"因为含义捉摸不定，不知如何解法，所以觉得很好。由草泽而逃入大荒中，大荒过后，是怎样个山水景物，无从知道，但是好就好在无人知道。就这样走，走，走吧"。[3] 这是不是有点鲁迅《野草》的题意，有《希望》《过客》《颓败线的颤动》和《这样的战士》的《影的告别》。这部集子与鲁迅真的有紧密联系——有些篇章写于和鲁迅同是一个战壕的战友之时。而编辑之时，虽然和鲁迅有些嫌隙和误解，但林语堂把鲁迅施以援手的资料全部收集了进来。正处在从"斗士"向"名士"过渡时期的林语堂，心中还是敬重鲁迅的。

20 世纪 20 年代是林语堂中西文化之旅中，民族主义倾向颇为突出的一个阶段。到《大荒集》时，"现代性"特征就凸显了出来，现代教育、现代科技、现代文明等都是他关注的对象和探索的内容。除了视野之外，在观念上也是值得注意的。来到上海的林语堂，和当时流行的苏俄热——普罗列塔利亚文学形式切割，预告了他将有自己的文学主见。"大革命"结束以后，林语堂经历了一段内心探索期。他把自己比喻为荒野中的流浪者，走自己的路，"或是观虫草，察秋毫，或是看鸟迹，观天象"，自由自在，乐在其中，"而且在这种寂寞的孤游中，是容易认识自己及认识宇宙与人生的。有时一人的转变，就是在寂寞中思索出来"。[4] 经过这段独立沉思与探索，林语堂最终成为论语派的灵魂人物。

注 释

[1] 林语堂：《〈语堂文集〉序言及校勘记》，林语堂：《林语堂名著全集》第 16 卷《无所不谈合集》，东北师范大学出版社，1994 年，第 506 页。

[2] 林语堂：《〈语堂文集〉序言及校勘记》，林语堂：《林语堂名著全集》第 16 卷《无所不谈合集》，东北师范大学出版社，1994 年，第 507 页。

[3] 林语堂：《〈大荒集〉序》，林语堂：《林语堂名著全集》第 13 卷，东北师范大学出版社，1994 年，第 115 页。

[4] 林语堂：《〈大荒集〉序》，林语堂：《林语堂名著全集》第 13 卷，东北师范大学出版社，1994 年，第 116 页。

13.《我的话·行素集》

——"解脱性灵有文章"

1934 年 8 月自著自编的《我的话·行素集》由上海时代图书公司出版，至 1936 年 8 月再版列入"论语丛书"。署名"林语堂著"。该书卷首收"廿三年六月廿二日龙溪林语堂自序"。正文收录了林语堂的 37 篇杂文作品，大多曾载于《论语》"我的话"专栏。具体包括：《论幽默》《萨天师语录》〔即《(其五) 萨天师与东方朔》《(其六) 文字国》《(其七) 上海之歌》三篇〕、《论政治病》、《民国廿二吊国庆》、《我怎样买牙刷》、《杂说》、《论中西画》(后附《跋徐訏〈中西艺术论〉》)、《有不为斋解》、《与德哥派拉书》、《怎样写"再启"》、《宗教与脏腑》、《〈作文六诀〉序》、《作文六诀》、《论西装》、《言志篇》、《女论语》、《基本英文八百五十字》、《大暑养生》、《夏娃的苹果》、《跋牛羊之际》、《说避暑之益》、《白克夫人之伟大》、《婚嫁与女子职业》、《〈论语〉周年秋兴有感》、《〈世界标准英汉辞典〉之荒谬》、《我的戒烟》、《谈言论自由》、《春日游杭记》、《思满大人》、《让娘儿们干一下吧!》、《与陶亢德书》、《提倡俗字》、《再与陶亢德书》、《发刊〈人间世〉意见书》、《为洋泾浜英语辩》、《阿芳》、《水乎水乎洋洋盈耳》。

1941 年，香港光华出版社将林语堂所著《我的话·行素集》改题为

《行素集》出版，列入"光华丛书"。封面署名"林语堂著"，版权页署名"著作者林语堂"。该书内收 36 篇文章，篇目及放置顺序与原版皆有所变化，包括：《论幽默》《论中西画》《提倡俗字》《作文六诀》《论西装》《言志篇》《女论语》《怎样写"再启"》《我怎样买牙刷》《夏娃的苹果》《阿芳》《我的戒烟》《会心的微笑》《笑之可恶》《伦敦的乞丐》《秋天的况味》《冬至之晨杀人记》《萨天师与东方朔》《从梁任公的腰说起》《增订伊索寓言》《文章无法》《说文德》《语录体之用》《语录体举例》《新旧文学》《婚嫁与女子职业》《涵养》《吸烟与教育》《纸烟考》《中国究有臭虫否》《蚤虱辩》《金圣叹之生理学》《民众教育》《哈佛味》《郑板桥》《刘铁云之讽刺》。对于这个版本，林语堂后来明确指出："一九四一年香港光华出版社有盗印本。只要文字不糊涂，盗印不必究，究也无用。"[1]

1948 年 11 月，《我的话·行素集》改题为《我的话　上册　行素集》，由上海时代书局重排出版，内容与 1934 年版本相同。署名"林语堂著"，列入"论语丛书"。

1994 年东北师范大学《林语堂名著全集》第 14 卷《行素集》，未收录《与陶亢德书》《提倡俗字》《再与陶亢德书》《发刊〈人间世〉意见书》《为洋泾浜英语辩》《阿芳》《水乎水乎洋洋盈耳》等七篇。

这是林语堂在《论语》发表的随笔结集。正如他在《序》中明确写道："以一向来未读新闻学的人当编辑，向来未读文学概论的人评阅文稿，只胡乱做将去，遂有今日一方交口称誉一方誓死铲除之《论语》。起初亦学编辑评论时事，期期难免有许多应时点缀文章。但一则厌看报，二则时评文章，自觉无聊，三则风头越来越紧，于是学乖，任鸡来也好，犬来也好，总以一阿姑阿翁处世法应之，乃成编辑不堪日报之怪现象。""于是信手拈来，政治病亦谈，西装亦谈，再启亦谈，甚至刷牙亦谈，颇有走入牛角尖之势，正是微乎其微，去经世文章远矣。所字奇者，心头因此轻松许多，想至少这牛角尖是我自己的世界，未必有人要来统制，遂亦安之。""此篇所收，类皆《论语》廿七期以后'我的话'栏中所发表及廿七期以前三五篇比较成篇的文章……此集则毫无披荆斩棘之志，若必为命名，可名之《行素集》。"[2]

看透道理是幽默，解脱性灵有文章。提倡"幽默"的《论语》半月刊是 1932 年 9 月 16 日首刊。此集中大部分是林语堂说 1933 年 10 月 16 日之后在《论语》上发表的作品，但不是所有文章都刊于"我的话"栏目。

1933 年 4 月 16 日，自译的《萨天师语录——萨天师与东方朔》载《论语》第 15 期"论语"栏目。署名"语堂"。目录题名为《萨天师语录》。本文是林语堂所撰 *Zarathustra and the Jester* 一文的中文版本。

1933 年 8 月 16 日，自译的《为洋泾浜英语辩》载《论语》第 23 期"论语"栏目。文末指出："以上原文，登《中国评论周报》第三十期，并经七月十七日英文《大美晚报》转载，同日该报有社论，反对'又登夫'而赞成洋泾浜英语，顺便痛骂日本学堂课室中所教的英语。"[3]

1933 年 8 月 16 日，自译的《说避暑之益》载《论语》第 23 期"论语"栏目。目录与正文均无署名。

1934 年 1 月 16 日，《论幽默》（上、中篇）载《论语》第 33 期"我的话"栏目。初收《行素集》，后收《无所不谈合集》（有修改和补充）。文中说："幽默本是人生之一部分，所以一国的文化到了相当程度，必有幽默的文学出现。人之智慧已启，对付各种问题之外，倘有余力，从容出之，遂有幽默——或者一旦聪明起来，对人之智慧本身发生疑惑，处处发见人类的愚笨，矛盾，偏执，自大，幽默也就跟着出现。""中国真正幽默文学，应当由戏曲传奇小说小调中去找。""因为正统文学不容幽默，所以中国人对于幽默之本质及其作用没有了解。常人对于幽默滑稽，总是取鄙夷态度，道学先生甚至取嫉忌或恐惧态度，以为幽默之风一行，生活必失其严肃而道统必为诡辩所颠覆了。""幽默有广义与狭义之分，在西文用法，常包括一切使人发笑的文字，连鄙俗的笑话在内。""在狭义上，幽默是与郁愓、讥讽、揶揄区别的。""最上乘的幽默，自然是表示'心灵的光辉与智慧的丰富'……属于'会心的微笑'一类的。""有相当的人生观，参透道理，说话近情的人，才会写出幽默作品。无论哪一国的文化，生活，文学，思想，是用得着近情的幽默的滋润的。没有幽默滋润的国民，其文化必日趋虚伪，生活必日趋欺诈，思想必日趋迂腐，文学必日趋干枯，而人的心灵必日趋顽固。"

1934 年 2 月 1 日，自译的《怎样写"再启"》载《论语》第 34 期"我的话"栏目。目录署名"林语堂"，正文无署名，但正文"我的话"栏目标题下署名"语堂"。文中说："我最喜欢看的是朋友书牍后的'再启'。一封书没有'再启'，就好像没有精彩。""'再启'中所给我们看见的是临时的感念，是偶忆的情思，是家常琐细，是逸兴闲情，是涌上心头的欲辩已忘的肝肠话，使人读之，如见其肺肝然。有时他所表现的是暗示函中失言的后悔（女子书牍中尤多），或是进吐函中未发之衷情。因为有着'再启'的暗示，回诵书中禁而未发之辞，遂觉别有一番滋味了。人生总是这样的，充满着迟疑、犹豫、失言。"

1934 年 3 月 1 日，《〈作文六诀〉序》载《论语》第 36 期"我的话"栏目。文中说："近来'作文讲话''文章作法'的书颇多。原来文采文理之为物，以奇变为贵，以得真为主，得真则奇变，奇变则文采自生，犹如潭壑溪涧未尝准以营造法尺，而极幽深峭拔之气，远胜于运粮河，文章岂可以作法示人！……推而至一切自然生物，皆有其文，皆有其美枯藤美于右军帖，悬崖美于猛龙碑，是以知物之文，物之性也，得尽其性，斯得其文以表之。故曰，文者内也，非外也。"

1934 年 3 月 16 日，自译《作文六诀》载《论语》第 37 期"我的话"栏目。文中说："计得作文六诀，分述如下。""（一）要表现自己""（二）要感动读者""（三）要敬重读者""（四）精神爽快""（五）随兴所之""（六）倦则搁笔"。

1934 年 4 月 1 日，《论语》第 38 期"我的话"栏目刊登了徐訏所撰《谈中西艺术》一文。该文题名后标注"读论语三十期语堂先生论中西艺术一文而作"。文末附有"语堂跋"。另，这篇"语堂跋"后改题为《跋徐訏中西艺术论》，和他撰写的《论中西画》一文，一同收入《我的话·行素集》。

1934 年 4 月 16 日，《论西装》载《论语》第 39 期"我的话"栏目。

文中说:"许多朋友问我为何不穿西装。这问题虽小,却已经可以看出一个人的贤愚与雅俗了。""中装中服,暗中是与中国人之性格相合的,有时也从此可以看出一人中文之进步。满口英语,中文说得不通的人必西装,或在外国骗得洋博士,羽毛未干,念了三两本文学批评,到处横冲直撞,谈文学,盯女人者,亦必西装。""大约中西服装哲学上之不同,在于西装意在表现在人身形体,而中装意在遮盖身体。""中西服装之利弊如此显然,不过世俗所趋,大家未曾着想,大概可以从此窥出吧?"

1934年6月1日,《言志篇》载《论语》第42期"我的话"栏目。署名:语堂。文中说:"古人言士各有志,不过言志并不甚易。""向来中国人得意时信儒教,失意时信道教,所以来去出入,都有照例文章,严格的言,也不能算为真正的言志。""我想我也有几种愿望,只要有志去求,也非绝对不能的事。""我要一间书房,可以安心工作。""我要几套不是名士派但亦不甚时髦的长裙,及两双称脚的旧鞋子。""我要一个可以依然故我不必牵拘的家庭。""我要几位知心朋友,不必拘守成法。肯向我尽情吐露他们的苦衷。""我要一位能做好的清汤,善烧青菜的好厨子。""我要一套好藏书,几本名人小品,壁上有一帧李香君画像让我供奉,案头一盒雪茄,家中一位了解我的个性的夫人,能让我自由做我的工作。""我要院中几棵竹树,几棵梅花。""我要有能做我自己的自由,和敢做我自己的胆量。"

1934年7月1日,所撰《我的话〈行素集〉序》载《论语》第44期"我的话"栏目,目录题名为《行素集序》;目录署名"语堂",正文无署名。

此集所选之文,皆为林语堂编辑《论语》时,绝大部分刊发在"我的话"栏目中的文章,属自创自编性质。他自认为是有走入牛角尖之势,"真是微乎其微,去经世文章远矣"。话虽如此,林语堂没有什么自责,更没有因为脱离所谓主流意识形态而自我批判。反倒是,"所自奇者,心头因此轻松许多,想至少这牛角尖是我自己的世界,未必有人要来统制,遂亦安之。"[4]《论语》原本就是几个志趣相投的文人用来消消闲,发发牢骚，解解闷气的刊物。创刊号刊发的《缘起》，林语堂亲自制作的一个"幽默"样品，为刊物在思想艺术倾向上"定调子"。而《编辑后记》为了解释《论语》命名的由来，也不乏"因为同人中有位死了丈母，所以大家决心办报"的玩笑话。

林语堂所制定的《论语社同人戒条》，从"不反革命"到"不说自己的文章不好"，共十条。这说明了《论语》与《语丝》有承续关系，也有不同的路向。当初《语丝》是关心政治的，林语堂还撰文反对"勿谈政治"，现在却把"不反革命"列为《戒条》之首，说明林语堂以及他主持的《论语》是以不谈政治为标榜。《语丝》文体以"稳健、骂人及费厄泼赖"为特色，林语堂会"骂人"是有名的。如今《戒条》的第三条标明"不破口骂人"。从以"骂人"自诩到禁止骂人，标志着林语堂由凌厉浮躁转变为"谑而不虐"。《戒条》中的"十不"，是一条自我制约的底线，比那些只制约别人的所谓"三条建议""四点意见""五种规范"真实管用得多。

"此集毫无披荆斩棘之志"，[5] 就像"头颅一人只有一个，犯上作乱、心智薄弱、目无法纪等等罪名虽然无大关系，死无葬身之地的祸是大可以不必招的。至少我想如果必须一死，来为国家牺牲，至少也想得一班亲友替我挥几点眼泪，但是这一点就不容易办到的，在这年头。所以从前那种勇气，反对名流的'读书救国'论，'莫谈国事'论，现在实在良心上不敢再有这样的主张。"[6] 无力的反抗，有意的回避，不遮掩，不装饰，不唱高调，给人真实厚道的感觉。林语堂从不以崇高的口号要求别人做道德完人，而是自己每天都写出"我的话"。作为一个文人，只要生命不息，就奋斗不止，这种实打实的精神，这情怀和奉献，应该是感人的。但有人怀疑他，有人嘲讽他、有人批判他，我读出他的实诚，心中涌起的是感动和敬佩。

注 释

[1] 林语堂:《〈语堂文集〉序言及校勘记》，林语堂:《林语堂名著全集》第 16 卷《无所不谈合集》，东北师范大学出版社，1994 年，第 506 页。

[2] 林语堂:《行素集·序》，《林语堂名著全集》第 14 卷，东北师范大学出版社，1994 年，第 3 页。

[3] 林语堂:《为洋泾浜英语辩》，《论语》1933 年 8 月 16 日第 23 期，第 836—838 页。

[4] 林语堂:《行素集·序》，《林语堂名著全集》第 14 卷，东北师范大学出版社，1994 年，第 3 页。

[5] 林语堂:《行素集·序》，《林语堂名著全集》第 14 卷，东北师范大学出版社，1994 年，第 3 页。

[6] 林语堂:《翦拂集·序》，《林语堂名著全集》第 13 卷，东北师范大学出版社，1994 年，第 4 页。

14.《开明英文讲义》

——"理解课文之助"

1935 年 3 月林语堂所编《开明英文讲义》，由开明函授学校出版、开明书店发行，列入"开明中学讲义"丛书。"本书分三册，适合初中程度学生英语自修之用，故课文材料方面不厌求详。内容包括商业上及社交上的会话、请帖、信札及幽默神话、语言、故事、科学尝试、西人观念典型等。除生字详加注音释义外，凡发音、书法、成句成段的语音、文法、字之用法及外人之风俗习惯，均有详细说明。一至十课专讲发音、书法，十一至百三十五课，各句皆附译文，每课另辟'讲义'一段，可作理解课文之助。"

《开明英文讲义》第一册，署名"林语堂　林幽合编"。本册主要分为"告读者"、讲义正文、"字汇"三部分。"告读者说明该书的目标、程度、内容、学习语言的基本原理、语言要素、语汇、语音、语法、中英文构造的不同、课程的分配、每课的组织、课文的学习法、单字的学习法。讲义正文共分为 90 节课。第 1—10 节课为"英文字母"，包括发音练习（a，e，i，o，u 诸长短元音；其他诸元音；元音总习；爆发音；鼻音·颤音·旁流音；摩擦音［前三组］；摩擦音［后四组］；先爆发后摩擦音；单字发音练习［一］；单字发音练习［二］）与书法练习。第 11—90 节课则是句子练习，每课均含英文句子、中文译文、生字讲解、讲义、复习。"字汇"按字母顺序排列，单字后附其发音、词类、释义，并用阿拉伯数字说明该单字首次出现在哪节课中；词组后附发音、释义，并用阿拉伯数字说明该词组首次出现在哪节课中。到 1948 年 1 月，《开明英文讲义》第一册已印至第 12 版。1953 年 7 月，台湾开明书店于台北推出"台一版"。

《开明英文讲义》第二册，出版、发行，署名与第一册相同。本册分为 90 节课，以句子练习为主，穿插语法学习。卷末附"字汇"，体例与第一册相同。到 1946 年 10 月，《开明英文讲义》第二册已印至第 7 版。其间，还于 1942 年 2 月在南昌推出"赣一版"。1954 年 11 月，台湾开明书店于台北推出"台一版"。

《开明英文讲义》第三册，出版、发行，署名与第一册相同。本册分为 90 节课，与第二册体例相同，以句子练习为主，穿插语法学习。卷末附"字汇"，体例与第一册相同。到 1946 年 10 月，《开明英文讲义》第三册已印至第 7 版。台湾开明书店于 1955 年 3 月在台北推出"台一版"。

林语堂编英文讲义是驾轻就熟，有着充分的理论基础和实践经验。1926 年 4 月 12 日，撰写《〈英语备考〉之荒谬》，并推荐了《袖珍英汉辞林》与《袖珍牛津字典》两种词典。1928 年，所编《开明第一英文读本》《开明第二英文读本》《开明第三英文读本》相继出版。1930 年 8 月 1 日，所编《英文文学读本》（*Stories from English Literature*）由开明书店出版。1930 年 11 月 23 日，在上海市商会大礼堂演讲"研究英文的方法"。1931 年，周庭桢编著、林语堂校订的《新国民实用英语》由开明书店分为上、下两册出版，经国民政府教育部审定，可以充当初中学生课外补充读物。1931 年 9 月 1 日，所撰《英文学习法（续第十五号）》发表。内含"丙语法"（内附"会话与作文"）、"丁　语音"与"戊　学习程序与自修方法"（后者并未载完）。1933 年 2 月，为上海市私立商务印书馆函授学校编写《英文汉译法讲义》。1934 年，所撰《怎样研究英语》发表。文中提出了"玩味""默诵""文法""浏览现代文"等研究英语的四种方法。之后和《英文语音辨微》《我所得益的一部英文字典》一起收入《英语的学习与研究》，被列为"中学生杂志丛刊"。

1936 年 8 月 30 日，《申报》第 23 版刊登了林徒总结的《林语堂的学英语十三原则》：

一、打定口讲的基础，只要能达到这目的，任何方法都可用。

二、学生在课堂上，必须踊跃参加练习，不怕错，不怕扣分数。

三、凡遇新字，必耳闻口讲手写阅读四事并重。

四、应尽量在课室里操英语，听英语，借以吸收英文句法。

五、注重仿效与熟诵为养成正当习惯的最好方法，不可偏重理智分析和文法规则等。

六、句义字义不明时，可用翻译方法，但不可专用翻译为练习体裁，翻译句子的用处，可作比较，表示本国语与外国语语法之不同。

七、注重字之用法，字义应看做活的、生动的、有变换的。不知一字之用法，不能算为懂其意义。

八、注重日用成语虚字常见字用法，大体已备，生僻之字即不难安插下去。

九、凡有意思要表现，必因教员之利导，毅然尝试。

十、凡语英语，必说全句，不可仅限于 Yes、No 等字，初时或觉困难，日后必有进步。

十一、用客观归纳的方法学习文法，即时时注意字的形体变化及其用法。在读本上，看见同类的变化，发生疑问，即求文法的指示，以为解决。得了文法的指示之后，又须时时在读本上观其应变，以为印证。

十二、必须有多少写作的练习。

十三、拼音须精，读音须正。

简单概括，即必须四到：眼到、口到、耳到、手到，缺一不可，用眼看，大声读，耳朵听，用手抄，不愁不记得。其中，嘴到最为重要，不开口读，又怎么能学会说话呢？当下很多英语专家都说，英文初学阶段以听说训练为主，读写则是进阶阶段要做的事，要把英语学好、学通、学精，阅读大量有内容、有深度的英文书刊必不可少，还必须做好好词好句的摘抄，以作为每天口语的朗诵练习的素材。林语堂这些创新的教学方法奠定了后来一段时间内我国英语教学的理论基础，意义重大。他打破传统，独辟蹊径，在教学中摸索出属于自己的特色教学法，编撰了英汉词典和适用中学英语教育的《开明英文读本》，开创了我国早期英语教学的新局面。说林语堂是我国早期英语教学的开拓者也不为过。

15.《吾国与吾民》

——中国文化及民族特性的全面介绍

1935年9月，*My Country and My People*（《吾国与吾民》）由美国纽约雷纳尔与希区柯克公司（Reynal & Hitchcock）出版，署名"Lin Yutang"。该书版权归属于庄台公司，所以书内标注"A John Day Book"。卷首载有赛珍珠撰写的导言和林语堂自己于1935年6月撰写的序言；卷末载有三种附录，即《中国朝代》（*Chinese Dynasties*）、《关于中国人名的拼写与读音》（*A Note on Spelling and Pronunciation of Chinese Names*）与《索引》（*Index*）。正文分为两个部分，具体章节如下：

Part One: Bases

Prologue

I. The Chinese People

II. The Chinese Character

III. The Chinese Mind

IV. Ideals of Life

Part Two: Life

Prologue to Part Two

V. Woman's Life

全书共分九章，按章节顺序依次为"中国人民""中国人之德性""中国人的心灵""人生之理想""妇女生活""社会生活和政治生活""文学生活""艺术家生活""生活的艺术"。《吾国与吾民》通过对于旧文化的反思，展现了中国文化特有的人生态度，也是林语堂展示给西方社会最有价值的东西。

一、《吾国与吾民》的创作与出版简介

1930 年 7 月 3 日起，林语堂在上海主持《中国评论周报》的"小评论"专栏，自己撰写的一些英文文章，不料被一个真正英语世界的作家赛珍珠所关注。1933 年赛珍珠到上海后，联系上了在上海文坛已是举足轻重的林语堂。林语堂邀请赛珍珠到自己那个拥有"有不为斋"的花园洋房里吃饭。两人相谈甚欢，发现彼此有相通的文化观，对中西文化融合的体认一致，主张中西融合。他们谈起了以中国题材写作的外国作家，赛珍珠感叹想找一位能用英文来写一本介绍中国的书的作者太难了！她要求作者既能真实地袒露中国文化的优势和劣根，揭示中国文化精神的内核，又要在技巧上具有适合西方读者口味的那种幽默风格和轻松笔调。林语堂突然说："我倒很想写一本关于中国的书，说一说我对我国的实感。""那么为什么不写呢？你是可以写的。"赛珍珠十分热忱地说："我盼望已久，希望有一个中国人写一本关于中国的书。"[1] 于是他们一拍即合。

1934 年 7 月 12 日，林语堂撰写的 *Aphorisms on Art*（《关于艺术的格言》）载《中国评论周报》第 7 卷第 28 期。文末载有一条启事，称林语堂夏天将离开上海，所以无法再向"小评论"专栏投稿。这就是林语堂以度假之名，去庐山为自己第一部用英文介绍中国的书做最后的定稿。

1935 年，*My Country and My People* 由赛珍珠介绍给美国纽约 Reynal & Hitchcock 公司出版，并亲自向西方世界介绍这部"伟大的书籍"。她兴奋而又理性地写道："它实事求是，不为真实而羞愧。它写得骄傲，写得幽默，写得美妙，既严肃又欢快，对古今中国都能给予正确的理解和评价。我认为这是迄今为止最忠实、最深刻、最完备、最重要的一部关于中国的著作。更值得称道的是，它是由一位中国人写的，一位现代的中国人，他的根基深深地扎在过去，他丰硕的果实却结在现在。"[2]

My Country and My People 在美国出版之后就多次重印，并登上了畅销书排行榜，同时还译成多种文字，也同样大受欢迎。

1936 年 2 月，威廉·海涅漫公司（William Heinemann Ltd.）在英国伦敦与加拿大多伦多出版了该书，均有重印，同年 2 月 1 次、4 月 2 次、8 月 1 次、12 月 1 次。

1937 年，加拿大多伦多的麦可兰德 & 斯图尔特出版公司（McClelland & Stewart, Ltd.）出版了该书。

1938 年 1 月，美国纽约的太平鸟出版社（Halcyon House）出版了该书。

1938 年，美国纽约州花园城（Gardeniy, N.Y.）蓝丝带图书公司（Blue Ribbon Books）出版了该书。

1939 年，加拿大多伦多的朗曼斯 & 格林公司（Longmans, Gren & Co.）出版了该书。

1961 年，印度孟买的杰科出版社（Jaico Publishing House.）出版了该书。

……

据不完全统计，全世界不同语种的译本多达 30 余种。

二、《吾国与吾民》的特译、摘译、全译的梳理

1936 年，《吾国与吾民》由上海西风社出版，未署译者名。译者实为黄嘉德。1955 年，台北中行书局翻印了该译本。[3] 全书包括：赛珍珠序；

自序；闲话开场；第一章"中国人民"；第二章"中国人之德性"；第三章"中国人的心灵"；第四章"人生之理想"；第五章"妇女生活"；第六章"社会生活和政治生活"；第七章"文学生活"；第八章"艺术家生活"；第九章"生活的艺术"；收场语。

1937年5月1日，《中国与中国人（特译稿）》载《文摘》第1卷第6期，署名"林语堂著 起森摘译"。封面印有"林语堂的《中国与中国人》"字样。正文题名后标注"My Country and My People 美国 John Day 公司出版 全书三八二页"；正文前附有一张题为"林语堂在美国"的照片。正文内含"赛珍珠夫人序"、"小引"、第一章"中国人"、第二章"中国民族性"、第三章"中国人的智力"、第四章"中国人的人生哲学"、第五章"妇女生活"、第六章"社会生活与政治生活"、第七章"中国的文学"、第八章"中国的艺术"与"尾论"。[4] 另，该文后又载1937年7月的《明灯》243期。目录无题名与署名，正文署名"林语堂著 起森摘译"。正文题名后标注："林氏此书博得美国人士的欢迎成家喻户晓之书故介绍之。"正文内容与上同。[5]

1937年7月17日，《我的祖国与同胞（特译长篇）》载《周报》第1卷第1期（"创刊号"）。封面印有"我的祖国与同胞"字样；目录署名"林语堂著 野云译"，正文署名"林语堂原著 野云译"。本期刊登"赛珍珠序"。[6] 之后的7月24日、7月31日、8月7日，《周报》皆有连载。8月7日，文末标注"未完"，但此后未见《周报》再行续载。

1938年1月15日，《上海人》第1卷第3期刊登了聂宇编译的《林语堂主张的生活公式》一文，署名"聂宇"。这是根据《吾国与吾民》一书中相关内容编译而成的。

1938年1月，《中国与中国人》，由战时读物编译社出版。署名"林语堂著 丁镜心译"。卷首收有《赛珍珠夫人序》。正文除"引言"与"尾论"外，另分九章，分别题为"中国人""中国民族性""中国人的智力""中国人的人生哲学""妇女生活""社会生活与政治生活""中国的文学""中国的艺术""生活的艺术"。卷末的"附录"收录了《论中国抗战》《论最后胜利》《肚子与文化》三篇文章。

1938 年 4 月 21 日，《我的国家与我的人民——小引》(*My Country and My People-Prologue* [*Condensed*]) 载《译丛：英文报章杂志的综合译刊》第 18 期。封面印有"林语堂：我的国家与我的人民（节译）""Lin Yutang: My Country and My People (Condensde)"字样。正文英文部分的题名为"My Country and My People-Prologue [Condensed]"，文末标注"Lin Yutang"；正文中文部分，题名为《我的国家与我的人民——小引》，中文署名"林语堂原著"，未署译者名。这是一个英汉对照版本，英文部分最后附有疑难词汇中文注释。

1938 年 4 月 28 日，《中国的人民》(*The Chinese People*) 载《译丛：英文报章杂志的综合译刊》第 19 期。封面印有"My Country and My People: The Chinese People""林语堂：中国的人民"字样。正文英文部分题名"The Chinese People"，其后标明"Condensed from My Country and My People"，署名"By Lin Yutang（林语堂）"。正文中文部分的题名为《中国的人民》，未署译者名。这是一个英汉对照版本。英文部分最后附有疑难词汇中文注释。

1938 年 5 月 30 日，《中国的民族性》载《文集句刊》第 1 卷第 3 期"革新号"，署名"林语堂"。正文文末标注"吾国与吾民"。另，该文后载 1938 年 6 月 1 日的《青年之友》第 1 卷第 8 期，题为《中国的民族性（吾国与吾民一章）》，署名"林语堂"。

1938 年 10 月，司马苍译《我们的国家与人民》，由上海世界名著出版社出版。该书仅译林语堂所著《吾国与吾民》的前四章。

1938 年 12 月，《吾国与吾民》由上海的世界新闻出版社分为上、下两册出版，至 1939 年 8 月再版。封面署名"林语堂原著　郑陀译"，书名页署名"林语堂著　郑陀译"，版权页署名"著作者　林语堂　译者　郑陀"。1977 年 9 月，台北的远景出版社重排出版了该译本，列为"远景丛刊"第 75 种。1977 年 10 月 10 日，台北的林白出版社重排出版了该译本，列为"林白丛书"第 88 种。1978 年 9 月，台北的德华出版社重排出版了该译本。1979 年 2 月，台北的天华出版公司重排出版了该译本，列为"天华文学丛刊"第 16 种，但未署译者名。该译本上册卷首收有赛珍珠序、著者自序、译者弁言（"二七，四，三〇，郑陀于上海"），正文为第一部"中华民族之素质"，包括"闲话开场"、第一章"中国人民"、第二章"中国人之德性"、第三章"中国人的心灵"与第四章"人生之理想"；下册为第二部"中国人民的生活"，包括"小引"、第五章"妇女生活"、第六章"社会生活和政治生活"、第七章"文学生活"、第八章"艺术生活"、第九章"生活的艺术"及"收场语"。

1939 年 3 月中旬，所撰英文文章 The Birth of New China（《新中国的诞生》）载《亚细亚杂志》第 39 卷第 3 期，第 173—188 页，署名"Lin Yutang"。本文是 My Country and My People 增订版的新增章节。4 月 1 日，《密勒氏评论报》第 88 卷第 5 期，第 134 页，刊登了题为 Lin Yutang Discusses the War, Its Outcome and the Future of China（《林语堂讨论日本侵华战争，及其结果与中国的未来》）。这是对 The Birth of New China（《新中国的诞生》）一文的概要介绍。

1939 年 3 月 21 日，上海《大陆报》第 10 版刊登了 The Birth of a New China（《新中国的诞生》第 1—4 节（I. Four Decades of Ferment; II. Will Our Old Culture Save Us?; III. The New Nationalism; IV. Brewing Storms）。题名为"The Birth of a New China"，署名"Lin Yutang"。正文前标注"In Asia Magazine"，并附"编者注"。接着，22、23、25、26 日，上海《大陆报》第 10 版刊登了第五节 V. Pressure, Counter-Pressure and Explosions，题为 Pressure and Explosion（《压力与爆炸》）；第六节 VI. The Man Chiang Kai-shek and His Strategy，题为 Close-up: Gen. Chiang（《特写：蒋介石将军》），第七节（VII. Why Japan Must Fail），题名为 Why Japan Must Fail（《为何日本必败?》，或译《日本必败论》），第八节（VIII. The Future Road of China），题名改为 The Future Road for China（《中国的未来之路》）。

1939 年 3 月 26 日，所撰《新中国之诞生》载《国际周报》第 47 期，署名"林语堂"。内含"动乱四十年"与"旧文化能挽救我们么?"两节。

文末标注"未完""杜衡译"。4月2日，《国际周报》第48期续载，署名"林语堂"，未再标注译者姓名。内含"新民主主义"与"酝酿中的风涛"两节。文末标注"未完"。4月11日，《国际周报》第49期续载，署名"林语堂"。内含"为什么日本一定要失败"一节。文末有"编者按"："本文原文较长，文中有一大部分追叙中国过去的事实，系专为外人阅读，吾人大都已熟知，所以仅摘译其大要如上，就在本期结束了。"[7]

1939年4月1日，所撰《新中国的诞生》载《文摘》第49期。目录无名，正文署名"林语堂著 起森译"。正文前标注："本文载三月号《亚细亚杂志》，据该志编者称，本文将收入林氏所著《中国与中国人》之最新增订版中。本月二十二日上海合众电谓，日本检查员将该文从亚细亚杂志中全部撕去，引起美商书店向美总领之申诉等……本文实为极好的对美国人宣传的文字，特迻译介绍于下——编者。"正文包括"四十年来的酝酿""新民族主义""为什么日本必败""中国未来之路"四部分。[8]另，该文后载1939年6月15日的《抗战月报》第7期。目录署名"林语堂"，正文署名"林语堂 起森译"。

1939年4月，《新中国的诞生》由香港民社出版。封面与书名页均署名"林语堂著 民华译"，版权页署名"著作者 林语堂 译者 民华"。内收林语堂于抗战初期撰写的八篇时论，分别是：《四十年的酝酿》《我们的旧文化能救中国么》《新的民族主义暴风雨的前夜》《压力反动与爆发》《蒋氏的为人与策略》《日本为什么要失败》《中国的前途》。《吾国与吾民》在第13版的印刷中，增进了这些内容，列为第十章《中日战争之我见》。

1939年5月19日，《申报》第7版刊登了一则广告，推销林语堂原著、王乔治选译的《新中国的诞生》(*The Birth of a New China*) 一书，称其"是二年以来一篇最有力的文章"，"从客观的事实说到必然的将来"，"第一流的英文，第一流的题材，第一流的批注，第一流的印刷"，"数十年来未曾有过这样一本好书"，"除非你没有三年英文程度，你才可以不读此书"。不过，林语堂后来明确指出该书并非授权译本："《新中国的诞生》(原为《吾国与吾民》修订版末章)，王乔治选注，一九三九年，上海林氏出版社（系冒充，并非吾家林氏）。"[9] 年底，*The Birth of a New China: A Personal Story of the Sino-Japanese War*（《新中国的诞生：中日战争亲历记》）由美国纽约的庄台公司出版。这是一本小册子，即 *My Country and My People*（《吾国与吾民》）增订版的第十章。

1939 年 7 月 16 日，《吾国与吾民（一）》载《朔风》第 9 期第 393—395 页。目录题名为《吾国与吾民》；目录署名"雨秋译"，正文署名"林语堂著　雨秋译"。正文前有雨秋撰写的引言，具体如下："林语堂先生自著《吾国与吾民》（*My Country and My People*）一书后，文名远播海外，为辜鸿铭后之第一人，近年漫游欧美，著作不辍，新绩斐然！除在 *Asia*，*Harper's*，*Atlantic*，及 *Christian Science Monitor Magazine* 等杂志发表短篇论文外，还有《生活的艺术》（*The Importance of Living*）、《孔子哲学》（*The Wisdom of Confucius*）二书。前者已有黄嘉德君按期译载西风月刊，后者多系翻译中文古籍，为美国'近代丛书'（Modern Library）之一。林先生善谈生活趣味，写漂亮英文；幽默智慧，轻灵隽雅，为中西读者所乐道，体察中国生活之性灵，针对西方生活之精神，精释巧判，相对成趣，尤为明达所欣鉴，故其书一出，纸贵一时，其才学之修养，已积之有素矣。《吾国与吾民》一书，于 1935 年由美国纽约 John Day 书局出版，风行一时，该年美国新书中十大 Best Sellers 之一。赛珍珠女士称之为写实传真，包含骄傲、幽默、美丽、严肃、乐快，精通博解新旧之伟著，为谈中国以前未有之作，可谓知言。此书尚无中文译本，盖其所谈，皆为中国之种种，知者以为不需译，不知者又视为不易译也。余读此书，实深受之，然从未有译之之意，今承朔风编者之嘱，姑试为之，聊作游戏，并以解暑云尔。"本期刊登"序论"（未载完）。8 月 16 日，续载《朔风》第 10 期。目录题名为《吾国与吾民》；本期刊登"序论·第二节"。正文题名《吾国与吾民（四）》有误，实为《吾国与吾民（二）》。之后不见有续载。

1939 年 9 月 16 日，《中国与中国人》载《沙漠画报》第 2 卷第 35 期。目录无题名与署名，正文署名"林语堂著　约翰译"。正文前标注："《中国与中国人》一书为中国幽默大师林语堂用英文所撰，原名为 *My Country and My People*，一九三五年在美国出版。该书问世后，风行全球，誉为不朽名作，刊后一月中，销十二万余册，其吸引力可知。惟我国人名著，本国都无汉文译本，兹择译数段如次。"本期刊登"小引"与第一章"中国人"文末标注"下期续刊"。[10] 9 月 23 日，续载第二章"中国民族性"、第三章"中国的智力"及第四章"中国人的人生哲学"部分内容。文末标注"下期续刊"。9 月 30 日，续载第四章"中国人的人生哲学"部分内容与第五章"妇女生活"。文末标注"下期续刊"。10 月 14 日，续载第五章"妇女生活"部分内容、第六章"社会生活与政治生活"、第七章"中国的文学"、第八章"中国的艺术"。文末标注"全部完"。

1941 年 4 月，《中国与中国人》载《风云》第 1 卷第 5 期，第 463—475 页。封面印有"中国与中国人　林语堂"字样；目录署名"起森译"，正文署名"林语堂著　起森摘译"。正文前标注"原著：*My Country and My People* 全书三八二页"。本期刊登"赛珍珠夫人序""小引""第一章中国人""第二章中国民族性""第三章中国人的智力""第四章中国人的人生哲学"，文末标注"下期续完"。可惜《风云》至此停刊，所以起森摘译的《中国与中国人》未能续载完毕。

1941 年 5 月，《英文吾国与吾民（中文注释）》由世界名著研究社出版。封面英文书名为 *My Country and My People*，中文书名为《吾国与吾民（中文注释）》；书名页与上面相同；版权页书名为《英文吾国与吾民（中文注释）》。封面与书名页的中文署名与英文署名分别为"林语堂著"与"Lin Yutang"，版权页署名"著作者　林语堂　注释者陆文"。

《吾国与吾民》第十三版即将开印时，林语堂奋笔疾书，补写了 80 页，成为第十章，题目是"中日战争之我见"，表明中国必胜、日本必败的坚定信念。他认识到，一个四万万人团结一致的国家，具有如此高昂的士气，绝不会被一个外来势力所征服，我相信，经过西安事变，在中国共产党推动和国民党爱国力量关切下，西安事变获得和平解决，促进了国共两党合作和全国各方共同抗日局面的形成。

三、《吾国与吾民》的文化观

在《吾国与吾民》的创作中，林语堂力求全面真实地呈现出中国的风俗文化，并通过对于旧文化的反思，展现中国文化特有的人生态度。综观全书，依循林语堂的叙述逻辑，我们可以很容易找到他叙述时的主次安排、先后顺序。书中，先谈及中国的"人"，并花四大章进行讲解，因为作者认为"研究任何一时代的文学或任何一时代的历史，其最终和最高之努力，往往用于觅取对该时代之'人物'的精详的了解"[11]。在通览前四章之所述后，方"可得一中华民族之精神的与伦理的素质之鸟瞰，同时并领略其人民之一般的人生理想"[12]。由"人生之理想"这一生活的原动力，进而将读者引入对中国人生活状况的思考，其中包括"两性关系的""社会的""政治的""文学的""艺术的"这几个方面。林语堂认为在了解妇女生活与家庭情况之后，读者必将联想中国人的社会生活，而此之后，始可理解政治生活，并最终导入对文化的研究探讨上。因而，他行文顺序大致是按照此结构编排的，不可不谓逻辑思维之清晰、鉴定眼光之精密。中国的文化艺术的产生完全不同于西洋，它是国人"着重于谋生存，过于谋改进"营生的产物，艺术与人生合而为一的。

（一）国人德性、心灵、生活与艺术中的特征

对于中国的人物，林语堂从品格方面提炼出民族的15种"德性"：稳健、淳朴、爱好自然、忍耐、无可无不可、老猾俏皮、生殖力高、勤勉、俭约、爱好家庭生活、和平、知足、幽默、保守、好色。这15种德性中，林语堂着重刻画的是淳朴、爱好自然、知足、幽默这四点，它们突出了国人自然质朴、闲适恬淡的生活特征。在心灵方面，国人是直觉感性、注重自然天性的，因此有丰富深奥的人情关系，有近乎女性的拟想，而逻辑思维与科学精神显得欠缺。与此性格心灵相对应的生活喜好，是一种文苑式的自然恬淡的诗意生活。于是，在"艺术家的生活"与"生活的艺术"两章里，那种恬淡安详的生活情趣被充分地表现出来。而中国人身上具有的"勤劳勇敢""艰苦奋斗""勇于拼搏"的一面，林语堂则不甚在意。

（二）对信仰的看法

国人的信仰可谓多矣，有本土的儒教、道教，有由国外传入的佛教、基督教等，在《吾国与吾民》中林语堂着墨最多的是道教、儒教和佛教，从中可以发现林语堂对于每种信仰皆有所取舍。儒教中庸之道所讲求的顺乎自然趋势的态度是作家所赞赏的，这是崇拜常情，尊重自然天性的结果，亦即近情思想之结果。林语堂对儒家近情思想的阐释，是将其放在道家语境中的，依道家对自然的偏好而做出的同一价值取向。因此儒教对人隐藏情愫的束缚、违背自然天性释放的一面，则是林语堂所不赞赏的。这同样可以视为从道家中心思想出发所作的好恶评价。道教之受作者的喜爱在于其开启的淳朴自然之风，而佛教亦是出于同一缘由，其功能的优游山林、怡情悦性反映了林语堂内心对生活的向往。但是佛教对真实人生的否定，林语堂将其视为与自杀同一意味，表现了对此行为意识的反感。相对于佛教逃遁苦难而言，道家学说虽使国人的人生观由积极变得消极，但这种消极是洞察了人生的徒劳与危机后的一种智慧选择。因此三者中林语堂最为赞赏的是道家哲学，将其视为"民族性中孔子所不能满足之一面"。在林语堂看来中国人不仅实事求是，更为深刻的还是他们随处流露出的热烈个性，他们爱好自由与随遇而安的生活。当然，林语堂也深谙中国人的信仰是"得意时信儒教，失意时信道教、佛教，而在教义与己相背时，中国人会说，'人定胜天'。中国人的信仰危机在于，经常改变信仰。"

（三）对女性生活的赞赏

传统观念中，女性往往被置于男尊女卑的地位，但在林语堂笔下，女性并非是卑贱的，她们是作为两性关系的调整而存在。女性身上有许多男性所不具备的优点，她们虽有许多不利条件，却仍充分施展自己，以管理好整个家庭，所以林语堂说："男子只懂得人生哲学，女子却懂得人生"，因为"人生之大事，生老病死，处处都是靠女人去应付安排"。它应存在于"乐天知命以享受朴素的生活，尤其是家庭生活与和谐的社会关系中"。[13] 对女性缠足习俗，林语堂说："实际上缠足的性质始终为性的关系，他的起源无疑地出于荒淫君王的宫闱中。""中国妇女的小脚不惟使男人的眼光可爱，却是微妙地影响及于妇女的整个风采和步态致使她们的粉臀肥满而向后凸出，……使人可望而不可即，撩起无限烦愁的心绪。缠足却为中国人在性的理想上最高度的诡秘。""倘使缠足只当作压迫女性记号看待，那一般做母亲的不会那么热心地替女儿缠足。"在他眼里这种行为并非被迫为之，女性也有追求美和时髦的需求。他大体上从心理学和生理学角度入手，来分析男权中心主义和男性对女性性奴役的后果。即便是妓女，在作者笔下也是受人尊敬的，因为她们一般来说多才多艺，有的所受教育比一般妇女还高，她们的收入是付出的，即"受人的献媚报效"。林语堂作品里的女性，多为优雅从容姿态，常有伟大人格。李香君的秉节不挠、李清照的才华横溢、芸娘的天真风雅……她们皆具有胆识、有独立自由人格，是理想女性的代表。因为只有这类女性虽处下而能对抗礼教之禁锢，追求一种符合人类天性的生存状态。超脱出狭隘的女性生存环境，还能发现，女性更适合于林语堂所追求的合乎人类自然天性、尊重人类情感的近情的社会理想。因为与"人情"相关联的是家族制度的确立，家族的润滑剂是女性，她们注重人与人交往、血缘与血缘相亲之结果。总之，林语堂是以审美的眼光，以达到和谐之境的目的来观照女性世界的。

四、文化代言的思考

《吾国与吾民》是林语堂向西方世界介绍中国文化的一部著作，他力求将中国的风俗文化真实而客观地呈现出来，但是在中国历史文化的阐释中，又带上了作者的眼光、个性及情感，这些个人的主观看法一方面反映了林语堂的兴趣学养，另一方面也造成文化传播过程中的偏颇与不足，使西方人在认识中国文化时形成一定的偏见。

在中国文人中，让林语堂特别倾倒并大力介绍给西方读者的是陶渊明、苏东坡、袁宏道、李渔、袁枚等，这类潇洒疏放而不受传统礼法约束的文人墨客。而宋代除了苏东坡，还有王安石，明代除了袁中郎，还有王阳明，清代除了袁枚，还有章学诚等，这些都是中国历史上有担当、有见识、有胆识的政治家、思想家、学者。但因为他们的思想行径不合林语堂的脾胃，在著作中所受到的关注远不能和前一组人相提并论。林语堂大力介绍的这些作品，皆为任性而发、摆脱载道束缚的自然之作。《吾国与吾民》涉及的小说以《红楼梦》为最，据笔者统计，书中 11 处谈及《红楼梦》，8 处谈及《水浒传》，6 处谈及《野叟曝言》，5 处谈及《金瓶梅》。林语堂一生酷爱《红楼梦》，对《红楼梦》这部作品赞赏有加，称之为"世界伟大作品之一""代表中国小说写作艺术的最高水准"；而且他的文学创作也深受其影响，后来创作的《京华烟云》处处可寻《红楼梦》的痕迹。林语堂认为《红楼梦》之所以感动人心就在于那些日常生活的琐碎详情，中国小说家常无厌地乐于描写，因为它们是那么真实，那么切合人情，那么意味深长。相对于《红楼梦》生活场景之真实而切合人情，《水浒传》里的梁山好汉是林语堂瞩目之处，他们被作者视为"文化晨曦中的天真孩子"，他们保有人类自然本真之天性。由此可见，《水浒》《红楼梦》中自然而真切的情感基调是林语堂真正推崇的。

　　《吾国与吾民》是林语堂立足于东西方文化的交点上，以自己的视角向西方世界阐释中国的文化特征。在这个东西方文化交汇的"门坎上"，林语堂发掘并代言了中国文化隐性的一面，突出中国文化的自然闲适的道家特征，构建了一种富于诗意而充满艺术性的中国文化形象。这种自然与闲适，与其时物质文化发达、充满积极进取精神的美国，形成一种鲜明的对照，这在一定程度上确实对西方繁忙的社会起到调和作用，与此同时也满足了西方人对东方中国的好奇心理。当然，这必然会受西方读者喜爱与关注。但是，这种自然闲适文化的阐释视角，造成美国人对中国文化认识的偏见。因为中国人能明白知足常乐的道理，又有今朝有酒今朝醉，处处想偷闲行乐的决心，所以中国人生活求安而不求进，既得目前可行之乐，即不复追求似有似无疑实疑虚之功名事业，所以中国的文化主静，与西人勇往直前跃跃欲试的精神大相径庭。这种文化里没有锐意进取的积极姿态，没有忧国忧民的爱国情怀，有的只是悠闲豁达的生活态度与知足常乐的人格精神，那是对个性自由、闲适之趣的一种向往。林语堂从中国文化的各个层面所选取的内容，皆是最能代表自然闲适之精神的，这些内容的选取服务了他所要代言的文化主旨。《吾国与吾民》"得"在于著者独具个性的眼光，"失"在于对中国文化代言上的偏颇。因此，林语堂得之于此，亦失之于此，成就了此书的特色。

值得注意的是，林语堂在 1935 年版的《吾国与吾民》中，说到因为共产党的出现，将迫使国民党不得不把它以前只是口头上说说的很多政策真的落到实处。而且他写到共产党在乡村中开展的工作，扭转了民众和官员的关系，他举了一个例子，就是农民现在可以很随意地倚靠在门口和官员讲话，而不是面对官员诚惶诚恐。之后在 1939 年版《吾国与吾民》的补充章节里，林语堂对于共产党的工作也是有很多肯定的，他还特别谈到了对战后国共建立联合政府的设想。

注　释

[1] 林太乙：《林语堂传》，《林语堂名著全集》第 29 卷，东北师范大学出版社，1994 年，第 114 页。

[2] 林语堂：《赛珍珠序》，《吾国与吾民》，陕西师范大学出版社，2003 年，第 6 页。

[3] 郭碧娥、杨美雪：《林语堂先生书目资料汇编》，台北市立图书馆，1994 年，第 49—50 页。

[4] 林语堂著，起森摘译：《中国与中国人（特译稿）》，《文摘》1937 年 5 月 1 日第 1 卷，第 5 期，第 93—102 页。

[5] 林语堂著，起森摘译：《中国与中国人（特译稿）》，《明灯》1937 年 7 月第 243 期，第 2952—2963 页。

[6] 林语堂著，野云译：《我的祖国与同胞（特译长篇）》，《周报》1937 年 7 月 17 日第 1 卷第 1 期（"创刊号"），第 28—31 页。

[7] 林语堂著，杜衡译：《新中国之诞生（续完）》，《国际周报》1939 年 4 月 11 日第 49 期，第 255—257 页。

[8] 林语堂著，起森译：《新中国的诞生》，《文摘》1939 年 4 月 1 日第 49 期，第 1072—1075 页。

[9] 林语堂：《〈语堂文集〉序言及校勘记》，《林语堂名著全集》第 16 卷，东北师范大学出版社，1994 年，第 509 页。

[10] 林语堂著，约翰译：《中国与中国人》，《沙漠画报》1939 年 9 月 16 日第 2 卷第 35 期，第 12 页。

[11] 林语堂：《吾国与吾民》，江苏文艺出版社，2009 年，第 26 页。

[12] 林语堂：《吾国与吾民》，江苏文艺出版社，2009 年，第 133 页。

[13] 林语堂：《吾国与吾民》，江苏文艺出版社，2009 年，第 104 页。

16.《英文小品甲集》《英文小品乙集》

——《中国评论周报》"特殊格调"

1928 年 5 月 31 日，*The China Critic*（《中国评论周报》）在上海创刊。从创刊开始，林语堂便给该刊撰稿。1930 年 7 月 3 日（第 3 卷 27 期）起，林语堂主持"小评论"专栏。他还在自己主编的《论语》杂志上为《中国评论周报》做宣传，广告曰："欲研究英文时事者，须读资格最老的华人创办外报：林语堂、李干、潘光旦、刘大钧、桂中枢、林幽、全增嘏、潘光迥、祁耀坤等编辑的《中国评论周报》；每期随意选读几篇，必有不期然而然的进步。"[1] 林语堂在《中国评论周报》上发表过众多政论文章，后来绝大部分收入《英文小品甲集》和《英文小品乙集》两个集子里。

一、收入《英文小品甲集》的文章

1935 年 8 月，所著 *The Little Critic: Essays, Satires and Sketches on China*（First Series: 1930—1932）由上海的商务印书馆出版，至 1935 年 12 月再版。版权页另附中文书名《英文小品甲集》。封面与书名页均署名"Lin Yutang"，版权页署名"著作者　林语堂"。1988 年，美国亥伯龙出版社重印了该书。该书卷首载有林语堂的前言，文末标注"The Author"。正文分成三个部分，具体如下：

1. Essays（内含 12 篇，包括：The Spirit of Chinese Culture; The Chinese People; Marriage and Careers for Women; Warnings to Women; Han Fei as a Cure for Modern China; The Other Side of Confucius; Chinese Realism and Humour; More Prisons for Politicians; What Liberalism Means; Chesterton's Convictions; On Chinese Names; An Open Letter to an American Friend）

2. Satires（内含 16 篇，包括：On Political Sickness; Do Bed- Bugs Exist in China?; If I Were a Bandit; How to Write English; What Is Face?; I Like to Talk With Women; A Funeral Oration on the League of Nations; How I Bought a Tooth-Brush; In Memoriam of the Dog-Meat General; I Committed a Murder; On Funeral Notices; King George's Prayer; A Hymn to Shanghai; Zarathustra and the Jester; A Pageant of Costumes; The Scholarship of Jehovah）

3. Sketches（内含 8 篇，包括：An Fong, My House-Boy; Nanking as I Saw It; Once I Owned a Car; An Exciting Bus-Trip; My Last Rebellion Against Lady Nicotine; How I Moved Into a Flat; The Lost Mandarin; How I Became Respectable）

1930 年 7 月 24 日，所撰英文文章载《中国评论周报》第 3 卷 30 期的"小评论"专栏（第 708—709 页）。正文栏目名后标注"Edited by Lin Yutang"。另，该文后取题名为 Chesterton's Convictions（《切斯特顿的信仰》）。

8 月 14 日，所撰英文文章载《中国评论周报》第 3 卷第 33 期的"小评论"专栏（第 779—780 页）。无题名。正文文末标注"L.Y."。该文后取题名为 A Hymn to Shanghai（《上海之歌》）。

8 月 21 日，所撰英文文章载《中国评论周报》第 3 卷第 34 期的"小评论"专栏（第 804—805 页）。无题名。正文开头指出："'If I were a bandit' is a speculation which ismost fruitful of new and ever-widening avenues of thought."正文文末标注"L.Y."。该文后取题名为 f I Were a Bandit。

9 月 4 日，所撰英文文章载《中国评论周报》第 3 卷第 36 期的"小评论"专栏（第 853—854 页）。目录只印专栏名"小评论"，无署名。正文专栏名"小评论"后署"Edited by Lin Yutang，无题名。正文文末标注

"L.Y."。该文后取题名为 *Ah Fon House-Boy*。

9月25日，所撰英文文章载《中国评论周报》第3卷第39期的"小评论"专栏（第926—928页），目录只印专栏名"小评论"，无署名。正文专栏名"小评论"后署"Edited by Lin Yutang，无题名。正文文末标注"L.Y."。该文后取题名为 *Chinese realis and Humour*（《中国的现实主义与幽默》）。

10月9日，所撰英文文章载《中国评论周报》第3卷第41期的"小评论"专栏（第971—972页）。目录只印专栏名"小评论"，无署名。正文专栏名"小评论"后署"Edited by Lin Yutang，无题名。正文文末标注"L.Y."。该义后取题名为 *Han Fei as a Cure for Modern China*。

10月16日，所撰英文文章载《中国评论周报》第3卷第42期的"小评论"专栏（第996—997页）。正文栏目名后标注"Edited by Lin Yutang"。该义后取题名为 *On Chinese names*（《谈中国人的姓名》）。

10月23日，所撰英文文章载《中国评论）周报第3卷第43期的"小评论"专栏（第1020—1022页），正文栏目名后标注"Edited by Lin Yutang"。该文后取题名为 *More Prisons for Politicians*（《给政客们准备更多监狱》）。

11月13日，所撰英文文章载《中国评论周报》第3卷第46期的"小评论"专栏（第1093—109页），正文栏目名后标注"Edited by Lin Yutang"。该文后取题名为 *How I Became Respectable*（《我怎样变得体面》）。

11月20日，所撰英文文章载《中国评论周报）第4卷第47期的"小评论"专栏（第1119—1121页），目录只印专栏名"小评论"，正文栏目名后标注"Edited by LinYutang"。该文后取题名为 *My Last Rebellion Against Lady Nicotine*。

12月25日，所撰英文文章载《中国评论周报》第3卷第52期的"小评论"专栏（第1237—1239页）。正文栏目名后标注"Edited by Lin Yutang"，另，该文后取题名为 *Once I Owned a Car*（《我有了一辆汽车》）。

1931年1月1日，所讲 *Confucius As I Know Him*（《思孔子》）载《中国

评论周报》第 4 卷第 1 期的"小评论"专论（第 5—9 页）。林语堂后来又对该文进行增订并改题为 *The Other Side of Confucius*。同日，所撰英文文章载《中国评论周报》第 4 卷第 1 期的"小评论"专栏（第 11—13 页）。目录无题名与署名。正文栏目名后标注 "Edited by Lin Yutang"。正文前标注 "With apologies to Nietzsche"。正文文末标注 "Thus Spake Zarathustra"。该文后取题名为 *Zarathustra and the Jester*。

1 月 8 日，所撰英文文章载《中国评论周报》第 4 卷第 2 期的"小评论"专栏（第 34—37 页）。目录无题名与署名。正文栏目名后标注 "Edited by Lin Yutang"。该文后取题名为 *How to Write English*（《作文六诀》）。

1 月 15 日，所撰英文文章载《中国评论周报》第 4 卷第 3 期的"小评论"专栏（第 59—61 页）。目录无题名与署名。正文栏目名后标注 "Edited by Lin Yutang"。正文末标注 "L.Y." 另，该文后取题名为 *The Scholarship of Jehovah*（《耶和华的学问》）。

2 月 12 日，所撰英文文章载《中国评论周报》第 4 卷第 7 期的"小评论"专栏（第 153—155 页）。目录无题名与署名。正文栏目名后标注 "Edited by Lin Yutang"。正文末标注 "L.Y."。该文后取题名为 *An Exciting Bus-Trip*（《有趣的汽车旅行》）。

2 月 19 日，所撰英文文章 "Do Bed Bugs Exist in China?"（《中国究有臭虫否》）载《中国评论周报》第 4 卷第 8 期的"小评论"专栏（第 179—180 页）。目录无题名与署名。正文栏目名后标注 "Edited by Lin Yutang"。正文末标注 "L.Y."。

2 月 26 日，所撰英文公开信 "An Open Letter to an American Friend"（《致一位美国友人的信》）载《中国评论周报》第 4 卷第 9 期的"小评论"专栏（第 203—205 页）。目录只印栏名"小评论"，无署名。正文专栏名"小评论"后署名 "Edited by Lin Yutang"。信末落款为 "Yours Sincerely, The Little Critic"。

3 月 5 日，自译的英文文章载《中国评论周报》第 4 卷第 10 期的"小评论"专栏（第 226—227 页）。正文专栏名"小评论"后署名 "Edited

by Lin Yutang"，无题名。正文末标注"L.Y."。该文后取题名为 *A Pageant of costume*（《服装盛会》）。该文其实译自林语堂的《萨天师语录（三）》（载 1928 年 4 月 9 日出版的《语丝》第 4 期）。

3 月 12 日，*What Liberalism means*（《自由主义意味着什么》）载《中国评论周报》第 4 卷第 11 期的"小评论"专栏（第 251—253 页）。目录无署名。正文专栏名"小评论"后署名"Edited by Lin Yutang"，无题名。正文末标注"L.Y."这是林语堂在上海自由世界俱乐部（Liberal Cosmopolitan Club）的演讲稿。[2]

3 月 26 日，所撰英文文章载《中国评论周报》第 4 卷第 13 期的"小评论"专栏（第 299—300 页）。目录无署名。正文专栏名"小评论"后署名"Edited by Lin Yutang"，无题名。正文末标注"L.Y."。该文后取题名为 *On Funeral Notices*（《论葬礼致辞》）。

4 月 9 日，*The Chinese People*（《中国人》）载《中国评论周报》第 4 卷第 15 期的"专论"栏目（第 343—345 页）。目录、正文署名皆 Lin Yutang。这是 1931 年 3 月 27 日林语堂在太平洋联会午餐会上的演讲稿。

之后，因为林语堂赴国际联盟（League of Nations）工作，所以"小评论"专栏停刊一段时间。

1932 年 6 月 16 日，所撰英文文章 *On Political Sickness*（《论政治病》）载《中国评论周报》第 5 卷第 24 期的"小评论"专栏（第 600—601 页）。目录与正文文末均署名"Lin Yutang"。正文前标注："林语堂博士已从欧洲归国，本专栏今后将由林博士与全增嘏共同主编……"

8 月 18 日，所撰英文文章 *How I Bought a Tooth-Brush*（《我怎样买牙刷》）载《中国评论周报》第 5 卷第 33 期的"小评论"专栏（第 850—851 页）。

9 月 22 日，所撰英文文章 *I Moved into a Flat*（《我搬进公寓》）载《中国评论周报》第 5 卷第 38 期"小评论"专栏（第 991—992 页）。该文后改题名为 *How I Moved Into a Flat*（《我如何搬进公寓》）。

11 月 17 日，所撰英文文章 *The Lost Mandarin*（《思满大人》）载《中国评论周报》第 5 卷第 46 期"小评论"专栏（第 1219—1220 页）。目录与正文文末均署名"Lin Yutang"。

12 月 1 日，所撰英文文章 *Like to talk with women*（《女论语》）载《中国评论周报》第 5 卷第 48 期"小评论"专栏（第 1276—1277 页）。

12 月 29 日，所撰英文文章 *I Committed a Murder*（《冬至之晨杀人记》）载《中国评论》周报第 5 卷第 52 期"小评论"专栏（第 1386—1387 页）。

1933 年 1 月 12 日，所撰英文文章 *A Funeral Oration on the League of Nations*（《写给国际联盟的祭文》）载《中国评论周报》第 6 卷第 2 期的"小评论"专栏（第 45—46 页）。

1935 年 5 月 9 日，所撰英文文章 *Preface to 'Essays and Gibes on China'*（《〈中国讽颂小品文选集〉序》）载《中国评论周报》第 9 卷第 6 期的"小评论"专栏（第 133—134 页）。目录与正文文末均署名"Lin Yutang"。该文后改题名为 *Preface*（《序言》）。

二、收入《英文小品乙集》的文章

1935 年 5 月，所著 *The Little Critic: Essays, Satires and Sketches on China*（Second Series: 1933—1935）由上海的商务印书馆出版。版权页另附中文书名《英文小品乙集》。封面与书名页均署名"Lin Yutang"，版权页署名"著作者林语堂"。1988 年，美国亥伯龙出版社重印了该书。该书卷首载有林语堂的"前言"，文末标注"The Author"，正文分成三个部分，具体如下：

1. Essays（内含 19 篇，包括：How To Understand the Chinese; Thinking of China; On Bertrand Russell's Divorce; The Next War; "Basic English"; In Defense of Pidgin; Animism as a Principle of Chinese Art; Notes on Some Principles of Chinese Architecture; Aphorisms on Art; On Chinese and Foreign Dress; How We Eat; Eros in China; What Is Chinese Hygiene?; What I Wanty; The Beggars of London; Let's Leave Conscience Alone; Age in China; "I Am Very Fierce"; Confessions of a Vegetarian）

2. Satires（内含 14 篇，包括：Thoughts on Gagging the Kitchen God; Should Women Rule the World?; On Freedom of Speech; Does the Coolie

Exist?; The Necessity of Summer Resorts; What to Do With the American Wheat Loan; How to Write Postscripts; Our Tailor-Morality; A Defense of Chinese Girls; In Defense of Gold-Diggers; What I Have Not Done; I Daren't Go to Hang chow; This Santa Claus Nonsense; Advice to Santa Claus）

3. Sketches（内含 7 篇，包括：Spring in My Garden; A Talk With Bernard Shaw; A Trip to An hwei; A Day-Dream; Buying Birds; How I Celebrated the New Year's Eve; Hail! Sister Aimee McPherson! ）

1933 年 1 月 26 日，所译 *Thoughts on Gagging the Kitchen God*（《关于嘲笑灶神的思考》）载《中国评论周报》第 6 卷第 4 期，"小评论"专栏第 99—100 页。文末载有"小注"："前文译自本期《论语》半月刊，故而风格上有点隐晦。"目录与正文文末均署名"Lin Yutang"。

2 月 9 日，撰文 *Animism as a Principle of Chinese Art*（《作为中国艺术原则的万物有灵论》）载《中国评论周报》第 6 卷第 6 期，"小评论"专栏第 154—155 页。

2 月 23 日，撰文 *A Talk with Bernard Shaw*（《与萧伯纳交谈》）载《中国评论周报》第 6 卷第 8 期，"小评论"专栏第 205—206 页。同期还刊载有 *On Freedom of Speech*（《谈言论自由》）。

3 月 23 日，所撰的一组连环信 *Letters to the Rulers of China*（《致中国的主人翁》）载《中国评论周报》第 6 卷第 12 期，"小评论"专栏第 311—313 页。这组连环信由六封信组成，每一封信附有另一封信要求转寄，以此类推。第一封信的收信人为胡适，然后依次转寄给中华民国国民、中央政府诸部长、蒋委员长、张学良将军、汤玉麟。

4 月 6 日，撰文 *On Chinese and Foreign Dress*（《论西装》）载《中国评论周报》第 6 卷第 14 期，"小评论"专栏第 359—360 页。

4 月 20 日，撰文 *Let's Leave Conscience Alone*（《不要再讲良心了》）载《中国评论周报》第 6 卷第 16 期，"小评论"专栏第 406—407 页。

6 月 1 日，撰文 *Notes on Some Principiles of Chinese Architecture*（《小议建筑的几条原则》）载《中国评论周报》第 6 卷第 22 期，"小评论"专栏第

549—550 页。

6 月 15 日，撰文 *How We Eat*（《我们如何吃饭》）载《中国评论周报》第 6 卷第 24 期，"小评论"专栏第 596 页。

6 月 29 日，撰文 *Eros in China*（《爱神在中国》）载《中国评论周报》第 6 卷第 26 期，"小评论"专栏第 646—647 页。

7 月 13 日，撰文 *What I Want*（《言志篇》）载《中国评论周报》第 6 卷第 28 期，"小评论"专栏第 264—265 页。

8 月 3 日，撰文 *The Necessity of Summer Resorts*（《说避暑之益》）载《中国评论周报》第 6 卷第 31 期，"小评论"专栏第 766—767 页。

8 月 17 日，撰文 *Should Women Rule the World?*（《让娘儿们干一下吧！》）载《中国评论周报》第 6 卷第 33 期，"小评论"专栏第 766—767 页。

8 月 31 日，撰文 *Does the Coolie Exist?*（《苦力存在吗?》）载《中国评论周报》第 6 卷第 35 期，"小评论"专栏第 861—862 页。

9 月 28 日，撰文 *What to Do With the American Wheat Loan*（《如何处理美国小麦贷款》）载《中国评论周报》第 6 卷第 39 期，"小评论"专栏第 962—963 页。

10 月 19 日，撰文 *The Next War*（《下一场战争》）载《中国评论周报》第 6 卷第 42 期，"小评论"专栏第 1028—1031 页。

10 月 26 日，撰文 *What Is Chinese Hygiene*（《什么是中国式养生》）载《中国评论周报》第 6 卷第 43 期，"小评论"专栏第 1058—1060 页。林语堂在文中节译了苏轼的《上张安道养生诀论》。

11 月 23 日，撰文 *What I Have Not Done*（《有不为斋解》）载《中国评论周报》第 6 卷第 47 期，"小评论"专栏第 1140—141 页。

12 月 21 日，撰文 *An Open Letter to M.Dekobra*（《与德哥派拉书——东方美人辩》）载《中国评论周报》第 6 卷第 51 期，"小评论"专栏第 1237—1238 页。目录署名与信末落款均为"Lin Yutang"。正文题名后标注"A Defense of the Chinese Girl"。

1934 年 1 月 18 日，撰文 *How to Write Postscripts*（《怎样写"再启"》）

载《中国评论周报》第 7 卷第 3 期，"小评论"专栏第 64—65 页。目录与正文文末均署名"Lin Yutang"。

2 月 1 日，撰文 *Thinking of China*（《想起中国》）载《中国评论周报》第 7 卷第 5 期，"小评论"专栏第 112—113 页。

3 月 29 日，撰文 *The Beggars of London*（《伦敦的乞丐》）载《中国评论》周报第 7 卷第 13 期，"小评论"专栏第 305—306 页。

4 月 12 日，撰文 *A Trip to Anhui'*（《安徽之旅》）载《中国评论周报》第 7 卷第 15 期，"小评论"专栏第 354—355 页。目录与正文文末均署名"Lin Yutang"。正文之后还有林语堂撰写的"附言"，署名"L。Y。T"。

5 月 10 日，撰文 *Spring in My Garden*（《纪春园琐事》）载《中国评论周报》第 7 卷第 19 期，"小评论"专栏第 448—450 页。

6 月 14 日，撰文 *A Day-Dream*（《梦影》）载《中国评论周报》第 7 卷第 24 期，"小评论"专栏第 567—569 页。

7 月 12 日，撰文 *Aphorisms on Art*（《关于艺术的格言》）载《中国评论周报》第 7 卷第 28 期，"小评论"专栏第 686 页。目录与正文文末均署名"Lin Yutang"。正文署名"Edited by Lin Yutang (Translated and With Interpretations by S.P.C.)"文末载有一条启事，称林语堂夏天将离开上海，所以无法再向"小评论"专栏投稿。

9 月 6 日，自译的 *On Bertrand Russel's Divorce*（《罗素离婚》）载《中国评论周报》第 7 卷第 36 期，"小评论"专栏第 885—886 页。目录与正文文末均署名"Lin Yutang"。正文题名后标注："Beginning from the present number, Dr Lin Yutang, who is back in Shanghan, will begin his regular contributions to this column. —Eduo."（"从本期开始，已经返回上海的林语堂博士将向本专栏正常供稿。——编辑"）

10 月 4 日，撰文 *Buying Birds*（《买鸟》）载《中国评论周报》第 7 卷第 40 期，"小评论"专栏第 979—981 页。

11 月 15 日，撰文 *Age in China*（《中国的年龄观》）载《中国评论周报》第 7 卷第 46 期，"小评论"专栏第 1122—1123 页。

12 月 6 日，撰文 *Am Very Fierce*（《我很凶》）载《中国评论周报》第 7 卷第 49 期，"小评论"专栏第 1117—1198 页。

12 月 13 日，撰文 *The Santa Claus Nonsense*（《圣诞老人赘语》）载《中国评论周报》第 7 卷第 50 期，"小评论"专栏第 1218—1219 页。

12 月 20 日，撰文 *Advice to Santa Claus*（《忠告圣诞老人》）载《中国评论周报》第 7 卷第 51 期，"小评论"专栏第 1243—1244 页。

1935 年 1 月 10 日，撰文 *Our Tailor-Morality*（《裁缝道德》）载《中国评论》周报第 8 卷第 2 期的，"小评论"专栏第 41—42 页。目录与正文文末均署名"Lin Yutang"。

1 月 24 日，所讲 *How to Understand the Chinese*（《怎样理解中国人》）载《中国评论周报》第 8 卷第 4 期，"小评论"专栏第 82—85 页。正文题名的脚注指出："摘自 1935 年 1 月 16 日在英国妇女公会会所为上海妇女联合会会员发表的演讲。"

2 月 21 日，撰文 *How I Celebrated the New Year's Eve*（《我怎样过除夕》）载《中国评论周报》第 8 卷第 8 期，"小评论"专栏第 187—188 页。

2 月 28 日，撰文 *Hail! Sister Aimee MacPherson!*（《向艾梅·麦克弗森修女致敬!》）载《中国评论周报》第 8 卷第 9 期，"小评论"专栏第 207—208 页。

3 月 28 日，撰文 *I Daren't Go to Hangchow*（《我不敢游杭州》）载《中国评论周报》第 8 卷第 13 期，"小评论"专栏第 304—305 页。

4 月 11 日，撰文 *Confessions of a Vegetarian*（《一个素食者的自白》）载《中国评论周报》第 9 卷第 2 期，"小评论"专栏第 39—40 页。

5 月 9 日，撰文 *Preface to 'Essays and Gibes on China'*（《〈中国讽颂小品文选集〉序》）载《中国评论周报》第 9 卷第 6 期，"小评论"专栏第 133—134 页。该文后改题名为"Preface"（《序言》）。

6 月 6 日，撰文 *In Defense of Gold-Diggers*（《摩登女子辩》）载《中国评论周报》第 9 卷第 10 期，"小评论"专栏第 233—234 页。

三、林语堂与"小评论"专栏

The China Critic（《中国评论周报》），这是由中国人在华主办的英文周刊，主要是对时局事务发表中国人的观点。这份当时发行量达 6000 多份的刊物，在创刊之时开设了"Editorial Paragraphs（时评）""Editorials（社论）""Special Articles（专著）""Chief Events Of The Week（一周大事记）""Press Comments（中外论评）""Book Review（新书介绍）""Public Forum（读者论谈）""Official Document（官方文件）"等几大栏目。从 1930 年开始，周报又陆续增加了一些新栏目，林语堂主持的"小评论"专栏便是其中之一。

"小评论"专栏第一篇文章就是解题的。所谓"小评论"，就是故意避开大报纸头条新闻栏里像模像样的大话题，例如"中国民族主义的进程"之类。报道这种冠冕堂皇的大新闻，我们必须正襟危坐，带好领带（林语堂戏称"狗领"）。关键是时时还得警惕检察官的脾气："这事现在搞得真有点过分，戴狗领的发出几声自然的吠叫，便有专门的审查官来指令：声音不能太高，以免打扰他们上司敏感的神经，也不能在整个官员宿区的人正要上床睡觉时来吠叫。"如此一来，中国的正经大报刊"都已经失去了人类本能应有的嗷嗷叫的能力。"相反，"小评论"把大议题让给大报纸，自己也就不用戴狗领，"小评论家"可以专注评论自己身边贴身事务，而且用自己的方式。假如他要吠，那他也得吠："我们并不是说一定要叫声更高，只是要更自然人性地叫。毕竟，一个人脱掉狗领和笔挺的衬衫，回到家围坐炉旁，再点上一支烟，他就更像一个人。让我们在轻松自然的状态下来谈话。"[3]

这个透视 30 年代现代转型期人生百态的"小评论"，对林语堂而言，意义非凡。他晚年曾这样说："所有的一切都源自我给'小评论'专栏撰稿。我是公认的独立评论家，不是国民党人，更不是蒋介石的人，而且评论有时毫不留情。其他评论家谨小慎微，生怕得罪人，而我就敢说。同时，我发展出一种特殊格调，就是把读者当亲密朋友，行文好像是和老朋友谈天，无拘无束。"[4]

《中国评论周报》"小评论"专栏一出，"立刻深受读者喜爱。林博士每周一篇短文，轻松潇洒，什么都谈。因为行文精彩洒脱，每周刊物一出，读者都是抢来先睹为快。"[5]尤其是林语堂以幽默的文字彰显个人的特色。

1930年3月13日，刚刚成立不久的南京国民政府准备迎接丹麦王储费雷德里克正式访华。南京主干公路旁有个贫民区，里面都是农村来的移民临时搭建的棚屋，南京官员觉得要是给西方王室访客看见了有伤体面。于是，在一个下雨天夜晚，神不知鬼不觉，没有任何预先警告，一下子把所有棚屋给强拆了，也没有给居者提供其他住所。上海的《中国时报》首先报道此事，但遭政府方面严词否认，《中国时报》不得不再发声明道歉。但纸包不住火，居然有现场拍的照片被登了出来，让政府官员十分尴尬。林语堂在《中国评论周报》"小评论"专栏如此评论此事："除非在中国二加二等于五，要么市长办公室发言人对外交辞令的理解有点走火入魔，要么《中国时报》记者拍的都是鬼影。我不信鬼神，所以我还是倾向于相信照片不会说谎。"[6]

林语堂的幽默式社会批评不仅敢于指向政府机关，还敢于指向达官权贵直至所谓的最高领袖。1930年10月23日在"小评论"专栏中，林语堂直拍当时国民政府立法院院长胡汉民。胡汉民曾声称，自南京政府成立以来，还没有一个官员有滥权行为。林语堂评论道，说那种话真的要有很大勇气，要是换了他，会说得谨慎一点："'自南京政府成立以来还没有一个官员被关进监狱。'那样说我肯定百分之百站得住脚，而且谁都敢这么说，不会怕出事。"文中林语堂还提到，蒋介石最近一次演讲号召创建一个清廉模范政府。这个号召肯定好，林语堂表示自己肯定响应，"不过，如果蒋先生能提出'我们要为政客准备更多的监狱'，那就更切中要害了"。林语堂没有驳斥蒋委员长的训令，只是用直白式幽默晒出政客言辞的空洞。至于"为政客准备更多的监狱"，林语堂可不是开玩笑的。他坚信，儒家传统把政府信托给士大夫的道德，这正是当今政治病的根源，药方在于树立一种法制观念，把政客都当成潜在的贼，为他们准备好足够多的监狱。[7]

　　林语堂的幽默式社会批评还敢于指向与外国人相关的上海租界。30
年代的上海是一个半殖民地都市，有相当一部分洋人居住在租界区内，享
受治外法权的保护。在华洋人对此特权视为当然，甚至包括所谓的进步
人士。例如，斯诺夫人海伦承认，她听说"拥华"就意味着放弃治外法
权时非常震惊。在她脑中，"要是没有治外法权，外国人在这儿怎么生
活？……有了治外法权，外国人在此不必受侨居国法律限制，而只受本
土国法律保护和约束。由于治外法权和'炮舰外交'，外国人在中国是神
圣不可侵犯的，外国女人尤其如此。没有中国人敢碰外国女人——那是
禁忌"。[8] 在 *An Open Letter to an American Friend*（《给美国朋友的一封公开
信》）一文中，林语堂假设这个美国朋友有个侄子在上海经营鸡蛋生意。
他向这位美国朋友保证，只要是一个安分守己，爱好和平的美国人，就不
必担心有可能取消治外法权，因为它只关涉刑事案例。他的侄儿要是一
个遵纪守法的生意人，不可能进监狱。美国外交部如果坚持要保留治外法
权的特权，他们实际上是"为那些少数潜在的'坏蛋'买保险，而要你们
百分之九十八的好人来付保费"，而这种保险更是不需要的："我也到过贵
国，美利坚合众国，甚至还在纽约住过，从来也没想过是不是应该先去搞
清楚，美国法律对偷窃、盗窃、抢劫到底都是怎么区分的，以及对袭击
妇女都有哪些惩罚。"[9] 要是美国朋友坚持认为治外法权是一种"现代便
利"，林语堂告诉他：这种便利只有两种人能享受——中国官员和美国公
民。与其坚持要享受这种特权，他朋友的侄儿还不如学几句中国话，比如
"对不起"或"你好"，这给做生意肯定带来真正的便利。林语堂这种幽默
劝告锋芒所向，直指白人至上的殖民意识，连起码的待人礼节都不懂，还
要什么"治外法权"。林语堂对西人殖民心态的批判和他 20 年代的民族主
义姿态一脉相承。

　　林语堂的幽默式社会批评还敢直指日本外长。1935 年，林语堂成
功躲过新闻审查，在"小评论"专栏发表"用洋泾浜英语答复广田"。
"Missa Hirota, I speak to you as one small man in big country to one big man

in small country.I hear you talk other day in the Imperial diet you wanchee share responsibility for peace in Far East.I no believe you, and no wanchee believe you. Anybody got sense no wanchee believe you. zbecause today you talkie peace in Far East and tomorrow your soldier man bang! bang! bang! in Chahar and your air man burr! burr! burr! over the Great Wall.That prove your talkie no good." ……
"So in conclusion, Missa Hirota, Ihave only one thing to say. I wanchee be friend with you, but no wanchee share responsibility for the maintenance of peace in the Far East with your country. I responsible, then you no responsible.I no responsible.I no wanchee responsible for the kind of peace you mean. You share it all yourself." [10] 译成中文是："广田生，我跟你讲，我是大国的小人物，你是小国的大人物。那天我听你在帝国国会演讲，说要共享远东和平责任。我可不信你，也不会信你。任何人有点理智都不会信你。因为今天你讲远东和平，明天你们的步兵就在察哈尔砰！砰！砰！你们的空军就在长城上轰！轰！轰！这就证明你讲的话都是废话。"……"广田生，说来说去，我只想说一件事。我想和你做朋友，但不想和你的国家共享维护远东和平的责任。我负责，你就不负责任，你负责，我就不负责任了。我不想为你说的那种和平负责。你还是自己负责吧。"接着林语堂又写了一篇模拟广田和他儿子的对话，先英文刊于"小评论"专栏，之后自己译为《广田示儿记》，译文前还加了一段小序：牛津大学 Beverley Nichols 著有 For Adults only 一书，全书为母女或母子之问答。儿子大约八九岁，有孔子"每事问"之恶习，凡事寻根究底，弄得其母常常进退维谷，十分难堪。但其母亦非全无办法，每逢问得无话可答之时，即用教训方法，骂他手脏，或未刷牙，或扯坏衣服，以为搪塞。前为《文饭小品》译氏所作"慈善启蒙"，乘兴效法作《广田示儿记》，兹特译成中文。

广田的儿子天真地问了来访的中国外交官王宠惠、中日邦交、满洲国、诚意等不太明白的人与事，广田有些窘迫，无法自圆其说，结果：

广田：啊，你生为一个外交家的儿子，也得明白这一点道理。我们为国家办外交的人，口里总不说一句实话。西人有句名言叫做："外交家者，奉命替本国撒谎之老实人也。"但是这谎虽撒而不实撒，因为凡是外交老手都是聪明人，你也明白我的谎话，我也明白你的谎话，言外之意大家心领默悟就是了。

　　……

　　小孩：爸，我正佩服你！但是如果王宠惠是外交老手，了悟你的真意，如果支那人也都了解你的真意，而一定不让我们帮他们的忙，那你要怎么办？

　　广田：有大日本天皇海陆空军在！

　　小孩：但是，爸，这不是真和他们亲善了。爸。你赞成陆军的方法吗？

　　广田（发急了）：快别开口！隔墙有耳呢！你这话给人家听见还了得。（威严的）我想你也该出去散步散步了，顺便去找牙医，看看你的牙齿……地板上的铅笔头及线屑先捡起来！[11]

　　林语堂在文中说，我们现在的外交官最大的问题就是他们说的英语太漂亮，出口就是"严重关切"，或者"为远东和平分享责任"，这些话到底是什么意思可能只有他们自己知道。英语说得漂亮，就显得和普通老百姓有隔阂，不接地气，底气不足，难怪面对日本人咄咄逼人的要求硬不起来。

　　幽默的奥秘就在于怡然自得，自己照镜子坦率面对自我，撕掉任何虚伪的面具。林语堂不光是在自己的小品文中推崇童心不灭、自然率性，而且确实活得很有诗意，不落俗套。他可以和孩子们放风筝，玩自创的游戏，摆弄新鲜的小玩具，也可以用那种近乎赤裸的坦诚和自嘲的幽默方式自我释放。

　　到上海后的林语堂，生活得到了改善，在他看来，住公寓不是人类该崇尚的生活方式。他几次在文章中谈到搬房子，住独立屋，贴近自然，当然是保持自我的一种方式，起码可以让人类记住自己的动物性。在30年代的中国要保持自我并不容易，社会趋同性的压力非常大。作为一个留洋的"海归"，如果不能适应中国传统文化一些约定俗成的规范（即使社会风气正处在现代化转型期），那会给自己带来许多麻烦。他得重新入乡随俗，做一个"中国式绅士"。什么才叫"中国式绅士"？在 How I Became Respectable（《我如何变得庄重体面》）中，林语堂极尽挖苦之能事，说他要符合三个条件："1. 有强烈的愿望去撒谎，要用言语掩盖自己的情感；2. 要有能力像绅士一样撒谎；3. 对自己和他人撒的谎要能镇定自如，富于幽默感。"[12] 当然了，要做"中国式绅士"，就得懂得中国式幽默。林语堂解释道，自己人生吃过几次亏以后，很快便严格按照"中国式绅士"的规范行事。比如，曾经有一个外国友人问，对蒋委员长刚刚受洗入教一事如何看，林氏的回答："啊，很好啊，又一个灵魂得到拯救了！"非常明显，蒋介石皈依基督教被认为带有政治动机，是要获取受过西式教育阶层人士的支持，可林语堂的回答是如此的慎重而伟大。

在诗意而带有幽默感的生活方式中，林语堂对中国文化的态度不是完全负面的，尽管对其专制一统性不断进行辛辣批判。相反，林语堂很擅长从中国文化中提取现代而诗意的元素，共同建构的幽默生活观。从幽默的角度看，一个受过西式教育的跨文化人，用现代视野反观传统文化，有时反而会发现中国文化某些元素并不比西方某些习俗差。比如，林语堂解释道，中国古老的拱手问候方式比西式握手强。仅从卫生角度讲，握手的习俗很不文明。

林语堂的幽默观分为两种：作为社会批评之幽默和作为自我释放之幽默。"小评论"专栏的幽默文学是进行社会政治批评的一种手段，并为《论语》时期幽默文学的提倡和推广做了铺垫。

注 释

[1]《论语》1932 年 12 月 16 日第 7 期。

[2] Lin Yutang, What Liberalism Means, The China Critic, Vol. IV, No. 11, March 12, 1931, pp.251-253.

[3] Lin Yutang, "The Little Critic" (3July 1930), p.636.

［4］ Lin Yutang, Memoirs of an Octogenarian, p.69.

［5］ Durham S.F.Chen（陈石浮）, "Dr.Lin as I Know Him", p.256.

［6］ Lin Yutang, "The Danish Grown Prince Incident and Official Publicity", The China Critic (March 27, 1930), p.293.

［7］ Lin Yutang, "The Little Critic" (23 October 1930), pp.1020-1021. 后取题名为 "More Prisons for Politicians"（《给政客们准备更多监狱》）。

［8］ helen Foster Snpw, My China Years, New York: William Morrow and Co., 1984, p.65. 转引自钱锁桥：《林语堂传：中国文化的重生之道》，第 104 页。

［9］ Lin Yutang, "An Open Letter to an American Friend", The China Critic (February 26, 1931), pp.203-204.

［10］ Lin Yutang, "A Reply to Hirota in Pidgin", The China Critic (23 January 1935), pp.112-113.

［11］ 林语堂：《广田示儿记》，《论语》第六十五期，1935 年 5 月 16 日，第 822—824 页。

［12］ Lin Yutang, "How I Became Respectable", The China Critic (23 November 1930), p.1049.

17.《我的话·披荆集》
——致力于小品文的建设

1936 年 9 月，林语堂自著自编《我的话·披荆集》由上海时代图书公司出版，列入"论语丛书"。封面页与版权页均题为《我的话下册》，书名页题为《我的话·披荆集》。封面页与版权页均署名"林语堂著"。

一、文章来源及版本变更

《我的话·披荆集》正文共计收录 61 篇文章，包括：《论文（上篇）》（一、性灵　二、排古　三、金圣叹代答白璧德　四、金圣叹之大过）、《论文（下篇）》（一、性灵之摧残与文学之枯干　二、性灵无涯　三、文章孕育　四、会心之顷）《会心的微笑》《答李青崖论"幽默"译名》《〈笨拙〉记者受封》《答平凡书》《论笑之可恶》《方巾气研究》《二十二年之幽默》《周作人诗读法》《新旧文学》《得体文章》《文章无法》《说文德》《论语录体之用》《可憎的白话四六》《跋〈文言文之好处〉》《答周劭论语录体写法》《语录体举例》《国文讲话》《伦敦的乞丐》《秋天的况味》《为蚊报辩》《说通感》《冬至之晨杀人记》《〈辞通〉序》《从梁任公的腰说起》《增订〈伊索寓言〉》（一、龟与兔赛跑　二、太阳与风　三、大鱼与小鱼　四、冬天的豪赌）《脸与法治》《中国何以没有民治》《又来宪法》《说难行易》《如何救国示威》《涵养》《半部〈韩非〉治天下》《拟某名流为李顿报告书发表谈话》《你不好打倒你之下文》《文章五味》《哀梁作友》《孔子亦论语派中人》《新年恭喜》《诵经却倭寇》《个人的梦》《吃糍粑有感》《糍粑与糖元宝》《刘铁云之讽刺》《吸烟与教育》《纸烟考》《等因抵抗歌》《中国究有臭虫否》《蚤虱辩》《编辑滋味》《梳、篦、剃、剥及其他》《金圣叹之生理学》《民众教育》《哈佛味》《郑板桥"共产党"》《黏指民族》《编辑罪言》《答灵犀君论〈论语〉读法》（附《答广德君》）。

按林语堂自己在"序"中的说法，这六十余篇是他在继《行素集》之后，一年多来发在《论语》"我的话"栏目中的文章。1935 年 8 月 1 日，陶亢德在《论语》第 69 期发表《编辑后记》，文中说："林语堂先生《我的话》，自刊登以来，只有一期因在旅行中不及赶作，没有登……但从下期起，却要暂时改按期撰述为每月一篇。"严格地说《我的话·披荆集》所录文章，绝大部分出自《论语》"我的话"栏目，也有极少数篇目最先不是载于《论语》，譬如《方巾气研究》《说通感》等。

1941 年 1 月，所著《我的话·披荆集》改题为《披荆集》，由香港的光华出版社出版，列入"光华丛书"。封面署名"林语堂著"，版权页署名"著作者林语堂"。该书内容删改甚多，仅录 17 篇杂文，即：《论文（上篇）》《论文（下篇）》《为洋泾浜英语辩》《春日游杭记》《水乎水乎洋洋盈耳》《一篇没有听众的演讲》《做文与做人》《思孔子》《买鸟》《沙蒂斯姆与尊孔》《纪元旦》《山居日记》《论握手》《摩登女子辩》《广田示儿记》《教育罪言》《一张字条的写法》）。

1948 年 11 月，所著《我的话·披荆集》改题为《我的话　下册　披荆集》由上海时代书局重排出版，署名"林语堂著"，仍列入"论语丛书"。内容与原初版相同。

1954 年 3 月，香港的世界文摘社重印了《披荆集》。1978 年 6 月 20 日，台北的南京出版社重印了《披荆集》。这两次重印的内容编排跟光华出版社版本一样。

1994 年，东北师范大学出版社的《林语堂名著全集》第 14 卷，收入了《披荆集》，但《冬至之晨杀人记》一篇未收录。

二、文集的基本格调

林语堂在《我的话·披荆集》"序"中说到，此时"披荆斩棘之志"，显然不如"语丝"时期的《翦拂集》及转折时期《大荒集》。但是"志"还是有的：有调侃时政，有针砭时弊，有民族情怀，有关心教育……更有致力于中国现代小品文的建设。

1934年4月28日，《方巾气研究》载《申报》"自由谈"栏，文末标注"未完"。4月30日、5月3日续载完。署名：林语堂。初收《披荆集》。文中说："在我创办《论语》之时，我就认定方巾气道学气是幽默之魔敌。倒不是因为道学文章能抵制幽默文学，乃因道学环境及对幽默之不了解，必影响于幽默家之写作，使执笔时，似有人背后怒目偷觑。这样是不宜于幽默写作的。惟有保持得住一点天真，有点傲慢，不顾此种阴森冷猪肉气者，才写得出一点幽默。这种方巾气的影响，在《论语》之投稿及批评者，都看得出来。"

1934年5月1日，《语录体举例》载《论语》第40期"我的话"栏。署名：林语堂。初收《披荆集》。文中说："前于二十六期提倡语录体，朋友闲谈起，皆以为惬心贵当之论。余非欲打倒白话，特恶今人白话之文，而喜文言之白，故作此文以正之。""大凡《野叟》《红楼》白话之佳，乃因确能传出俗话口吻。恶新文人白话之劣，正在不敢传入俗语口吻，能如是者，吾仅见之，老舍是已。""引车卖浆之白话可提倡，语录式文言，也可提倡。前文谓'语录简可如文言，质朴可如白话，有白话之爽利，无白话之噜苏'，即吾提倡语录体之本旨。"想必这能得到读者的认同。

在那个高扬"时代"的时代，林语堂继承、确认语录体的笔调，进一步将小品文拓展为一种更加富于变化的大品散文，并以其充满智慧、温柔敦厚、不温不火、极得和平气象的小品文创作，笑谈社会人生。

其一，否定了盲目的激进，对中国的一切完全采取否定态度，都要扔进茅厕，"然一言故旧，则詈为封建，一谈古书，则耻为消闲，只好来生投胎白种父母耳"[1]，是一种反击。这种与本土资源无关跨文化行为是"食洋不化"，双语、双文化的姿态，是要坚持对本土语言和文化的尊重与传承。

其二，跳出了周作人等人提倡的"小品文"的格调，展露一种任纵与进取的精神。林语堂以"现代主义"的观点来定义"现代"，不再满足于动辄"以晚明为现代之南针"的思路，确立以"以自我为中心"的基本命题。相对于周作人之抑制、冲淡、苦涩，林语堂"自我"的涵盖面要广泛得多，而且是更加复杂的、异化的、无意识领域的"我"。

其三，林语堂的小品文没有了语言禁忌，笔随心转，当然得心应手、潇洒自如。于是，在极自然的状态下，沟通雅俗文学、中西文学的手段，虽由古文逸出，但已成为语录体技法，"逸出"其实为"共振"。当然，这一自然转换毕竟是在放宽尺度的文言环境中进行的，客观上使他的"语录体"和小品文、笔记具有一些古文的气质，使时人在浅俗与森然古文之间发现了这一"兼容"的文学奇葩，因而轰动文坛，成为近代文学史上一处华彩的风景。

1934年2月17日，《说通感》载《人言周刊》第1卷第1期。文中说："西洋文字每有无法译出者，在万不得已时只好另创新的名词。英文中之Commonsense，法文中之bon sens，便是无从译出之一字，这字的意义，近于常识，而非常识。常识是指常人所有，或应有的知识；Commonsense却是指常人所有的一种对付问题或环境极平易极简单而又极健全合理的判断力。""这字我曾译为'庸见'，取庸字不易而近中庸之义。因为Commonsense必定是合乎中庸之道的。但是此名词自己觉得不好，再四思维，认为译为'通感'最为妥当。感者言其直感作用，懂得的人临机应断，皆凭直接的经验。有此通感者，就能临时决其是非。通者，取人之通情义，因学者的知识，是专家所独有的，通感却是俗人所同有的。英文Common，亦原指'常人共有'之义。""一国的民族，富于通感，其文化是比较健全的，是富于对付实际的能力的。"

林语堂对"语录体"的圆融与逸出，在古文与随笔之间的自然转换就具有了深刻的文化意义。一方面，体现出雅俗文学的共容与交融。林语堂自觉地以白话"语录体"操练散文，形成其小品文的淡雅意境和幽默的风味，较少当时流行的"八股"气息。文学发展的规律一再印证：雅文学若没有俗文学的灌注必然走向死亡，雅俗的共容与交融是文学再生的生命动力。林语堂的以俗入雅，成为中国现代散文的一道风景，正是这一规律的又一次体现。另一方面，形成了中西融合的新态势。林语堂以世界的眼光和要求将"随笔手法"逸出至语录体创作中，浅化并增容文字魅力，便于抒发并倡扬人间至情，使传统文学的功能发挥到了极致。不仅最后展现了语录体的魅力，为自己赢得了美誉，也为"五四"新文学树立了范型，开启了新文学的门户。他的幽默、闲适、性灵与传统文学的"文以载道"背道而驰，却引发了文学界"开眼看世界"的态势，影响了整整一代人。

注 释

[1] 林语堂：《今文八弊》，《林语堂名著全集》第 18 卷，东北师范大学出版社，1994 年，第 120 页。

18.《英译老残游记第二集及其他选译》
——才识见风流

1936 年 10 月，所译 *A Nun of Taishan and Other Translations* 由上海商务印书馆出版。封面书名为 *A Nun of Taishan and Other Translation*，封面署名 "Lin Yutang"。书名页书名为 *A Nun of Taishan (A Novelette) and Other Translations*，书名页署名 "Translated by Lin Yutang"。版权页加附中文书名《英译老残游记第二集及其他选译》，版权页署名 "著译者　林语堂"。卷首载有林语堂于 1936 年 7 月 21 日在上海撰写的自序。正文分为 4 个部分，分别是：

1. A Novelette（内含：Preface to "A Nun of Taishan"; A Nun of Taishan [Liu Eh]）

2. Contemporary Chinese Humour（内含：Talking Pictures [Lao Sheh]; Ah Chuan Goes to School [Lao Hsiang]; Salt, Sweat and Tears [Lao Hsiang]; On My Library [Yao Ying]; Summer in Nanking [Yao Ying]; Unconscious Chinese Humour; The Humour of Feng Yuhslang）

3. Ancient Chinese Humour（内含：The Humour of Mencius; The Humour of Liehtse; The Humour of Su Tungp'o; A Chinese Aesop; Chinese Satiric Humour; Some Chinese Jokes That I Like; The Donkey That Paid Its Debt; "Taiping" Christianity）

4. Classical Sketches (内含：Three Sketches of Sounds (A Chinese Galli-Curci) [Liu Eh]; A Chinese Ventriloquist [Lin Ts'ehuan]; "T'ang P'ip'a" [Wang Yuting]; On Charm in Women [Li Liweng]; Ode to Beauty [T'ao Yuanming]; Homeward Bound I Go! [T'ao Yuanming]; The Epigrams of Chang Ch'ao; Ah Chen's Death [Shen Chunlieh]; A Cock-Fight in Old China [Yuan Chung-lang]; Chinese Dog-Stories [Wang Yen])

一、文章的来源与出处

此集所收，皆来自 1933 年至 1936 年林语堂译著刊发在英文刊物《中国评论周报》上的文章。

1933 年 10 月 12 日，所译 *The Humour of Feng Yu-hsiang*（《冯玉祥的幽默》）载《中国评论周报》第 6 卷第 41 期的"小评论"专栏，第 1009—1010 页。目录与正文文末均署名"Lin Yutang"。

1933 年 12 月 7 日，老舍原著、林语堂英译的 *Talking Pictures*（《有声电影》）载《中国评论周报》第 6 卷第 49 期的"小评论"专栏，第 1188—1191 页，目录署名"Translated By Lin Yutang"，正文署名"By Lao Sheh 老舍"。译文正文前附有译者小注，署名"Lin Yutang"。

1934 年 2 月 22 日，所译 *Ah Chuan Leaves His School*（《村儿辍学记（续）》）载《中国评论周报》第 7 卷第 8 期"小评论"专栏，第 186—187 页。目录题名为 *Ah Chuan Leaves His School (cont.)*，无署名。

1934 年 6 月 28 日，所译 *On My Library*（《论"我的书报安置法"》）载《中国评论周报》第 7 卷第 26 期"小评论"专栏，第 617—618 页。目录与正文文末均署名"Lin Yutang"。译文的正文前有林语堂的介绍文字。该文是姚颖所撰《我的书报安置法》（载 1934 年 6 月 24 日出版的《人间世》第 6 期）的英译版本。

1934 年 9 月 13 日，辑译的 *A Chinese Aesop*（《中国的伊索——江进之》）载《中国评论周报》第 7 卷第 37 期"小评论"专栏，第 907—908 页。江进之，原名江盈科（1553—1605），号逯萝，明代湖广桃源县人，著有《雪涛小书》等，林语堂选译了《雪涛小书》中的若干寓言故事。

1934 年 9 月 20 日，所译 *Summer in Nanking*（《夏日的南京中的我》）载《中国评论周报》第 7 卷第 38 期的"小评论"专栏，第 931—932 页。署名"Yao Ying"。译文正文前有译者小注。该文是姚颖所撰《夏日的南京中的我》，载 1934 年 9 月 1 日《论语》第 48 期。

1934 年 11 月 8 日，所译 *Unconscious Chinese Humour*（《无意识的中国幽默》）载《中国评论周报》第 7 卷第 45 期"小评论"专栏，第 1098—1099 页。本文选译了《论语》刊登的多则幽默消息。

1934 年 11 月 22 日，所译 *A Cock light in Old China*（《山居斗鸡记》）载《中国评论周报》第 7 卷第 47 期"小评论"专栏，第 1148 页。目录署名"Translated By Lin Yutang"。该文译自明代作家袁宏道的《山居斗鸡记》。

1935 年 1 月 3 日，辑译的 *The Humour of Mencius*（《孟子的幽默》）载《中国评论周报》第 8 卷第 1 期的"小评论"专栏，第 17—18 页。该文内含两个故事，分别译自《孟子·离娄》与《孟子·梁惠王》。

1935 年 3 月 1 日，《〈老残游记〉二集》由上海良友图书印刷公司出版。署名：刘铁云遗著、林语堂序。文末标注："廿四年正月廿二日龙溪林语堂序。"序中说："刘铁云此人，吾看得甚重。""一日，季陶送来一书，即《〈老残游记〉二集》，供我阅读。吾惊喜，乃与良友商量发刊，并先在《人间世》发表一部分，以引读者注意。""铁云先生作此'二集'时，季陶居其家，共见六回，述铁老与慧生回泰山，此不必季陶亲见其书稿，亦可一望而知为刘铁云手著。"

1935 年 4 月 18 日，所译 *A Chinese Galli-Curci*（《中国的加里－库契》）载《中国评论周报》第 9 卷第 3 期的"小评论"专栏，第 62—63 页。目录与正文文末均署名"Lin Yutang"。这是刘鹗《老残游记》中"大明湖说书"一节的英译。Galli-Curci 即意大利歌唱家阿梅莉塔·加里－库契（Amelita Galli-Curci，1882—1963）。

1935 年 4 月 25 日，所译 *The Epigrams of Chang Chao*（张潮的《幽梦影》）载《中国评论周报》第 9 卷第 4 期的"小评论"专栏，第 86—87

页。目录署名"Translated By Lin Yutang"。译文正文前有译者小注。

1935 年 5 月 16 日，所译 *A Chinese Ventriloquist*（《一位中国口技表演者》）载《中国评论周报》第 9 卷第 7 期的"小评论"专栏，第 158 页。目录署名"Translated By Lin Yutang"。本文译自明清之际福建安溪人林嗣环（1607—1662）的《〈秋声诗〉自序》，其中讲述了一个关于口技表演的故事，常被直接称为《口技》。

1935 年 5 月 30 日，所译 *The Donkey That Paid Its Debt*（《驴言》）载《中国评论周报》第 9 卷第 9 期的"小评论"专栏，第 205—208 页。该文译自唐代李复言辑录的《续玄怪录·驴言》。

1935 年 6 月 13 日，辑译 *Tang Pipa*（《汤琵琶传》）载《中国评论周报》第 9 卷第 7 期的"小评论"专栏，第 255—256 页。目录与正文文末均署名"Lin Yutang"。本文译自明末清初江西南昌人王猷定（1598—1662）的《汤琵琶传》。

1935 年 9 月 26 日，所译 *Taiping Christianity*（《拜上帝教》）载《中国评论周报》第 10 卷第 12 期"小评论"专栏，第 301—302 页。目录与正文文末均署名"Lin Yutang"。文中节译了《太平三字经》的部分内容。

1935 年 10 月 3 日，辑译的 *The Humour of Su Tungpo*（《苏东坡的幽默》）载《中国评论周报》第 1 卷第 1 期"小评论"专栏，第 15—17 页。正文文末均署名"Lin Yutang"。该文辑译了跟苏东坡相关的数则轶闻。

1935 年 10 月 17 日，所译 *Chinese Dog-Stories*（《中国关于狗的故事》）载《中国评论周报》第 11 卷第 3 期"小评论"专栏，第 64—65 页。目录与正文文末均署名"Lin yutang"。该文译自清代作家王言所辑《圣师录》中犬的故事。

1935 年 11 月 21 日，辑译的 *Some Chinese Jokes I Like*（《我喜欢的一些中国笑话》）载《中国评论周报》第 11 卷第 8 期的"小评论"专栏，第 180—182 页。目录与正文文末均署名"Lin yutang"。该文选译了包括《今古奇观》中的"庄子休鼓盆成大道"在内的六则中国古代幽默故事。

1936 年 1 月 9 日，辑译的 *Chinese Satiric Humour*（《中国的讽刺幽默》）

载《中国评论周报》第 12 卷第 2 期 "小评论" 专栏，第 36—38 页。正文文末均署名 "Lin yutang"。该文选译了江进之著《雪涛小书》中的数则幽默故事。

1936 年 3 月 26 日，所译 *Tao Yuanming's "Ode to Beauty"*（《陶渊明〈闲情赋〉》）载《中国评论周报》第 12 卷第 12 期的 "小评论" 专栏，第 300—301 页。目录与正文文末均署名 "Translated by Lin Yutang"；正文栏目名后标注 "Edited by Lin Yutang"，正文题名后用括号标注 "陶渊明'闲情赋'"。正文前有林语堂的简要解读。

1936 年 4 月 9 日，所译陶渊明诗 *Homeward Bound I go!*（《归去来辞》）载《中国评论周报》第 13 卷第 2 期 "小评论" 专栏，第 35 页，目录署名 "Tao Yuanming"。译文正文前有译者小注，署名 "Lin Yutang"。

1936 年 9 月 3 日，所撰英文文章 *Preface to "A Nun of Taishan"*（《〈英译老残游记第二集及其他选译〉序》）载《中国评论周报》第 14 卷第 10 期的 "小评论" 专栏，第 231—232 页。目录署名 "Lin Yutang"。

二、《老残游记》的版本补说

爱看 "下流" 书的林语堂，尤其喜爱《老残游记》。1936 年 1 月 1 日，《二十四年我的爱读书》载《宇宙风》第 8 期 "新年特大号"。文中说：《〈老残游记〉二集》"此书经余于本秋译成英文，越译越爱，所以虽然寥寥六回，留下很深的印象。其第二、三、四回虽然可爱，而动人最深处是在第五、第六回"。林语堂的爱读书还有《蓝田女侠》，"此书在故事体裁上，虽然脱离不了旧小说窠臼，而其文笔白话及描写伎俩不在《老残游记》之下"。

《老残游记》一至十四卷，写于光绪二十九年（1903）六月至十一月，光绪二十九年八月初一至十二月十五日（1903 年 9 月 21 日—1904 年 1 月 31 日）连载于李伯元主编的《绣像小说》半月刊第九号至第十八号，每回均配有插图二幅，除卷十一 "寒风冻塞黄河水，暖气催成白雪辞"（即原作卷十二）外，卷末均有作者自评。由于《绣像小说》编者违背了原来的协议，擅自删改了原作卷十后半部分及卷十一全部文字，作者在完成卷十四后遂中止文稿，写作也因此中辍。1905年刘鹗应《天津日日新闻》主持人方若（药雨）之请，续写了《老残游记》十五至二十卷六回，并改写了原作卷十后半部分及卷十一全部，除卷十、十二、十八、十九、二十无自评外，其余各卷回末都写了自评。这二十回于1906年由《天津日日新闻》逐日发表。同年秋，作者又写了《自叙》，亦刊载于该报上。

《老残游记二集》自叙及一至九卷，写于丁未（1907）上半年，亦连载于光绪三十三年七月初十日至十月初六日（1907年8月18日至11月11日）《天津日日新闻》。1929年刘鹗第四子刘大绅在整理《天津日日新闻》报馆库存时，发现《二集》九回的剪报本，令其子厚滋、厚泽抄了一个副本。1934年6月至10月，林语堂主编的《人间世》杂志第六至第十四期，刊登了《二集》自叙及一至四卷，自叙署"鸿都百炼生"。1935年2月，上海良友图书公司出版了《二集》自叙及一至六卷。此书全一册，精装，封面署"《老残游记二集》，刘铁云遗著，林语堂序"，下端有"良友文库"四字。1936年再版。有《出版者言》、林语堂序、刘大钧《本书作者刘铁云先生轶事》、刘大钧、刘铁孙跋、刘淮生《先祖铁云公编著书籍目录》，今上海图书馆、南京大学图书馆均有藏本。

1943年桂林良友复兴图书印刷公司出版《老残游记续集遗稿》一至六卷一册，此书实即良友文库的翻版，收入"双鹅丛书"。今上海图书馆有藏本。1957年人民文学出版社版《老残游记》，附录了《二集》自叙及一至六回。1962年中华书局上海编辑所出版的《老残游记资料》，据刘厚滋、刘厚泽提供的《二集》副本。刊载了其中的七、八、九三卷。1976年，日本学者樽本照华发现京都大学人文研究所藏有《天津日日新闻》版《老残游记二集》，并著文介绍。此书全二册，线装，每半页10行，每行30字，中缝上题《老残游记》书名，下为页码及"天津日日新闻"6字。此书边栏外右侧印有连载日期，如卷一首页印有"天津日日新闻三页七月初十日"，卷七首页印有"天津日日新闻三页九月初四日"等，据此可知《二集》刊于光绪丁未（1907）七月初十日至十月初六日，其中除卷八与卷九之间隔一星期外，几乎每日一刊，共历时 77 天。上册扉页有毛笔题记"丁未莫冬既望订"，即同年 12 月 16 日（1908 年 1 月 19 日）装订。1981 年齐鲁书社版《老残游记》及 1982 年人民文学出版社横排本《老残游记》，均附录了《二集》自叙及一至九回。

《老残游记外编》手稿一卷，计 16 页（缺第 3 页），今存 15 页，4728字，约写于光绪丙午（1906）秋后至丁未（1907）年初。生前未公开发表，1929 年发现于天津勤艺里旧宅书箱中，原稿藏刘厚滋、刘厚泽兄弟处。1962 年中华书局上海编辑所出版魏绍昌编的《老残游记资料》，首次发表了《外编》全文。1981 年齐鲁书社版《老残游记》，也附录了《外编》全文。据查："二编九回，前六回亦曾在《天津日日新闻》发表，并经作者之孙厚源，交由林语堂先生，出版《老残游记二集》，后三回为作者另两孙厚滋、厚泽手录副本，连同刘家保存从未发表过之'外编'残稿十五页，一并收录于一九六二年出版之《老残游记资料》一书中。"[1]

注 释

[1] 霍双印：《〈老残游记〉阅读报告》，《河北平津文献》，2004 年 1 月 1 日第 30 期，第 24 页。

19.《中国新闻舆论史》

——开舆论研究的先河

1936 年，林语堂所著 *A History of the Press and Public Opinion in China*（《中国新闻舆论史》）由美国芝加哥大学出版社出版，同时又由上海别发洋行为太平洋国际学会出版。美国的芝加哥大学出版社与格林伍德出版社（Greenwood Press）分别于 1936 年与 1958 年再版了该书。全书包括 13 章。

第一章：Introduction（引论）。

第一部分："Part One: The Ancient Period"（古代）含第 2—7 章，分别是：The Press in Ancient China（中国古代新闻事业）；Ancient Ballads（古代歌谣）；Public Criticism and "Party Inquisitions" in Han（汉代的"党锢"和公平批评）；The Aftermath in Weand Chin（魏晋时期的舆论限制）；Student Petitions in Sung)（宋朝的学潮）；Eunuchs, Censors and Tunglin Scholars in Ming（明朝的宦官、御史和东林党人）。

第二部分："Part Two: The Modern Period"（现代）含第 8—13 章，分别是：The Beginnings of the Modern Press（现代报纸的开端 1815—1895）；Pre-Revolutionary Reform Press（辛亥革命前的维新报业 1895—1911）；The Republican Period（民国时期的报业 1912—）；Present-Day Journalism（报界之现状）；Contemporary Periodical Literature（当代期刊杂志）；

Censorship（新闻审查制度）。

2008 年 6 月，《中国新闻舆论史》由王海与何洪亮中译，中国人民大学出版社出版，列入"当代世界学术名著·新闻与传播学译丛"。同年 12 月刘小磊中译的《中国新闻舆论史》，由上海人民出版社出版，后又多次重印再版。

《中国新闻舆论史》的中心论点，就是中国一直都有公共舆论。作者探讨的核心问题是，中国自古代到现代以来的民意是如何表达，即文人学者和普通大众在何种情况下、以何种方式、从事公共批评的？

从汉朝的太学生，到晚明的士人，都能直言抗争；而在文学上，晚明的李贽、袁中郎、金圣叹这些人，都是很有自由意志和精神的。林语堂认为，所有这些都是我们应该好好保护和继承的中国文化。但是，他也非常清楚中国舆论的实践情况，譬如：晚明的时候再多人进谏，也争不过魏忠贤，因为皇帝一句话，你就被杀了。历史的教训就是：你说话可能招来杀身之祸。此外，很多所谓的中国国民性，比如圆滑，都是由于说话要倒霉，所以大家就都学乖了。林语堂清醒地意识到中国的传统在中国的未来当中发挥作用，所以从更开阔的眼界看，他又提出我们应该从西方汲取一些我们传统中欠缺的东西。譬如，在世界文明中，英国人发明了 Habeas Corpus（人身保护令）。人身保护令是中世纪时，英国人和王室争取来的。有了人身保护令，王室不能随便抓人；如果抓了人，那么我有权利到法庭要求你告诉我这个人关在哪里，不能随随便便把人灭口了。这个是英国宪政的根基。林语堂指出中国文化没发明出来人身保护令，但完全可以学习，拿过来用，文明之间历来都是相互学习，相互借鉴，不存在"你的""我的"这种二元对立。

林语堂在《中国新闻舆论史》中，要表达的"志在民主"的舆论观。"引论"中，他清楚地表述了为什么要写和要表达怎样一种理念：像古代其他国家一样，古代中国饱受报纸缺失之苦。那时中国的民众无报可读。直到 19 世纪中期，中国才出现了现代意义上的大众报纸，而且只是在最近几十年中国报业才成为重要的独立商业组织。现代中国报业仍处于发展的初期。在技术层面上，从新闻收集、发布和编辑艺术的角度来看，中国的报业还远远落后于西方。报刊被视为舆论工具的同时正在走向腐化，至少现在看来是这样，而某些独裁政权的西方国家的现代报纸，在这方面可能引领着潮流。

作者希望人们遵循新闻自由的理念，把新闻自由构筑为民主的真实基础。首先，用科学而公正的方法来取舍、编辑和发布新闻，从而为公众提供准确的信息，并承担着影响社会和政治事件进程的责任。其次，为舆论表达提供自由而无约束的环境，为受伤害群体发声音时而自身不受伤害。中国人从汉代的"清议"运动到两宋时代经常请愿的太学生，再到明代的东林党人，只是都因为缺乏制度保障，使得敢于弹劾奸臣，反映民意的人经常受到严重的威胁。林语堂尤其关心中国古代清议与朝廷权威之间的斗争，以及民国时期新闻报业所代表的民意与国民政府的斗争，这在他看来是民主在中国发展的关键所在。

就《中国新闻舆论史》的新闻人形象而言，当然首先展现的是作者的形象。

1. 新闻人林语堂的成长背景。19世纪基督教传播活动的熏陶和影响，早年跟随父亲的传教经历，圣约翰大学时期的英语学习和编辑体验等，培养了林语堂成为一名新闻人的基本素养；时代环境，新闻业的发展变化和个人境遇等，为林语堂踏足新闻界创造了有利条件。

2. 林语堂的新闻实践历程。林语堂的新闻实践活动经历了"语丝"时期、"论语"时期、抗战时期和"无所不谈"时期四个阶段。"语丝"时期他以无所顾忌，任意而骂的评论文章批判北洋军阀的专制统治及其拥护者；"论语"时期在言论受压制的现实背景下创办《论语》《人间世》《宇宙风》等刊物，并撰写《中国新闻舆论史》讽刺批判国民党右派对新闻舆论的高压统制；抗战时期为争取国际社会对中国抗战的理解与支持，他在西方舆论界积极奔走呐喊；"无所不谈"时期在中国台北的所谓中央社，开辟"无所不谈"专栏。他的新闻实践具有鲜明的现实抗争性，大众立场和文学色彩，相比同时代其他知识分子，他既不像胡适那样，执着于政治仕途，也没有追随鲁迅，站到公开反对政府当局的左派阵营，而是选择了对共产党及革命新闻活动寄予同情的"中间派"新闻之路。

3. 林语堂新闻与舆论思想的内涵和形成过程。在新闻实践过程中，林语堂积极汲取和借鉴西方的新闻理念，并结合自己的新闻实践进行思考和总结，围绕新闻的功能、文体、期刊编辑、经营四个方面形成了自己的思想。同时，不满于当时言论受压制的现状，他对中国民意与舆论的发展历程进行了思考和研究，并对舆论提出了自己的认识：首先，舆论产生于民间而非政府；其次，民众是制造和推动舆论发展的主体，精英阶层和官方势力只是参与者；再次，舆论可一时被压制，但并非可以一直压制；最后，民意推动社会发展与进步。

4. 林语堂在中国新闻史上的地位与影响。林语堂对舆论史进行的研究开创了我国舆论研究的先河，其研究成果为中国新闻史学向海外传播做出了特殊的贡献；他开创的通俗化报刊文体加快了"杂志年"的出现，推动了杂志文体的变革，并使幽默成为一时之流行风潮，在当时的新闻界产生较大影响；他以冷嘲热讽、调侃、幽默的笔调，鞭挞控诉军阀政府和国民党的新闻统制政策，表现出一个正直的学者所具有的客观、公正、理性、批判精神和对新闻自由坚定不移的追求；民族危亡的艰难时刻用手中的笔和演讲的嘴，在海外为中国的民族抗日战争呼吁，为中国赢得了国际舆论的同情与支持，对改变美国社会对中国及中国人的固有成见，以及争取中国的抗战胜利发挥了积极作用。

5. 林语堂新闻人形象的本质特征。林语堂并非传统学术界认为的消极的，只提倡"幽默""闲适"的文人，而是一个具有正义感、爱国心、大众立场和创新意识的新闻人，整体上应该是一个进步的新闻人形象——当然社会及学术视野中的林语堂主要是以作家（文化人）著名而不是"新闻人"，但他所撰写的《中国新闻舆论史》是第一部在海外出版并以外国读者为主要受众的新闻舆论史专著，其新闻实践经历和新闻与舆论思想，对当时的新闻业产生的影响，是中国新闻史上不应忽略的一部分。

林语堂新闻与舆论思想的形成既受西方民主自由思想和孙中山"三

民主义"思想的熏陶和影响，又借鉴和吸收了自由主义报刊理论，社会责任论等西方的新闻传媒理论，还与他兼济天下的"文人论政"情怀，独善其身的"中庸主义"传统，率真自我的"书生意气"有关。在《中国新闻舆论史》中，林语堂一再强调新闻报道要贴近人的内心和生计、要有人情味、要通俗易懂、平易近人、喜闻乐见、要用脚写作（指要多实地采访）等等。但对中国古代只做舆情史的考察，在媒介缺失的社会环境下，公众舆论是如何生成和表达，缺乏细致的分析。他力图阐明公共舆论的对立面不是新闻法制，而是新闻审查制度，其本质是政府需要。认为新闻审查是个可以明辨的概念，需要更加科学明智的标准，更加系统一致，避免主观；当务之急是需要更加明智的新闻检查官，却没有说明如何产生这样的标准和人。实事求是地说，林语堂的新闻审查研究，其实属于一种舆论改良观。由于时代和个人因素，局限性也就在所难免。

20.《子见南子及英文小品文集》
——颠覆历史与现实的思考

1936 年 10 月，所著 *Confucius Saw Nancy and Essays About Nothing* 一书由商务印书馆出版，至 1937 年 2 月再版。版权页另附中文书名《子见南子及英文小品文集》。封面与书名页均署名"Lin Yutan"，版权页署名"著作者　林语堂"，发行人　王云五。该书分为 4 个部分，内含 27 篇英文小品文。具体如下：

1. Confucius Saw Nancy: A One-act Tragicomedy（《子见南子》；正文前附有序言，介绍该剧的创作、影响、内容等）

2. Towards a Philosophy（内含 7 篇文章，包括：On Crying at Movies; On Lying in Bed; On Sitting in Chairs; On Rational Dress; On Shaking Hands; On Mickey Mouse; On Being Naked）

3. Essays（内含 15 篇文章，包括：The English Think in Chinese; Feminist Thought in Ancient China; Intellectual Currents in Modern China; The Aesthetics of Chinese Calligraphy; Confucius Singing in the Rain; First Lesson in Chinese Language; A Suggestion for Summer Reading; Sex Imagery in the Chinese Language; Write With Your Legs; A Wedding Speech; Why Adam Was Driven Out of the Garden of Eden; The Monks of Hangchow; The Monks of Tienmu;

Honan Road; I Eat Cicadas）

4. Satires（内含 5 篇文章，包括："Oh, Break Not My willow-tres!"; On The Calisthentic Value of Kowtowing; The Silent Historian; If I Were Mayor of Shanghai; Let's Liquidate the Moon）

收入此集的绝大部分是 1931 年至 1936 年在《中国评论周报》上刊发过的文章。

1931 年 1 月 1 日，所讲 *Confucius As I Know Him*（《思孔子》）载《中国评论周报》第 4 卷第 1 期，"小评论"专栏，第 5—9 页。

1932 年 10 月 6 日，撰文 *First Lesson in Chinese Language*（《今译美国独立宣言》）载《中国评论周报》第 5 卷第 40 期，"小评论"专栏，第 1047—1049 页。

1933 年 5 月 4 日，撰文 *The Monks of Hangchow*（《春日游杭记》，或被译为《杭州的和尚》）载《中国评论周报》第 6 卷第 18 期，"小评论"专栏，第 453—454 页。

1934 年 10 月 11 日，撰文 *A Lecture Without an Audience- A Wedding Speech*（《一篇没有听众的演讲》）载《中国评论周报》第 7 卷第 41 期，"小评论"专栏，第 1002—1003 页。此外，该文收入文集时后改题为 *A Wedding Speech*（《婚礼致词》。林语堂自译的《一篇没有听众的演讲》）载 1934 年 11 月 16 日出版的《论语》第 53 期，第 227—230 页。

1934 年 10 月 18 日，撰文 *Write With Your Legs*（《用腿书写》）载《中国评论周报》第 7 卷第 42 期，"小评论"专栏，第 1024—1025 页。

1935 年 7 月 18 日，撰文 *A Suggestion for Summer Reading*（《关于夏季读书的建议》）载《中国评论周报》第 10 卷第 3 期，"小评论"专栏，第 63—64 页。

1935 年 7 月 25 日，撰文 *On Rational dress*（《论理性服饰》）载《中国评论周报》第 10 卷第 4 期，"小评论"专栏，第 87 页。

1935 年 8 月 8 日，撰文 *Honan Road*（《河南路》）载《中国评论周报》第 10 卷第 6 期，"小评论"专栏，第 133—134 页。

1935 年 8 月 22 日，撰文 *On Shaking Hands*（《论握手》）载《中国评论周报》第 10 卷第 8 期，"小评论"专栏，第 180—181 页。

1935 年 8 月 29 日，撰文 *The Monks of Tienmu*（《天目山上的和尚》）载《中国评论周报》第 10 卷第 9 期，"小评论"专栏，第 205—206 页。

1935 年 9 月 5 日，撰文 *The Silent Historian*（《沉默的历史学家》）载《中国评论周报》第 10 卷第 10 期，"小评论"专栏，第 229—230 页。

1935 年 9 月 19 日，撰文 *On Mickey Mouse*（《谈米老鼠》）载《中国评论周报》第 10 卷第 11 期，"小评论"专栏，第 278—280 页。

1935 年 9 月，所撰 *Feminist Thought in Ancient China*（《中国古代的女性主义思想》，或译《中国之女权思想》）载《天下月刊》第 1 卷第 2 期，第 127—150 页。署名"Lin Yutang"。

1935 年 11 月 7 日，撰文 *On Lying in Bed*（《论躺在床上》）载《中国评论周报》第 11 卷第 6 期，"小评论"专栏，第 134—136 页。

1935 年 12 月 12 日，撰文 *On the Calisthenic Value of Kowtowing*（《叩头与卫生》）载《中国评论周报》第 11 卷第 11 期，"小评论"专栏，第 253—254 页。

1935 年 12 月 16 日，撰文 *Sex Imagery in the Chinese Language*（《汉语中的性意象》）载《中国评论周报》第 11 卷第 13 期，"小评论"专栏，第 302 页。

1935 年 12 月，所撰英文文章 *The Aesthetics of Chinese Calligraphy*（《中国书法美学》）载《天下》第 1 卷第 5 期，"诗文"（"Articles&.Poem"）栏目，第 495—507 页。署名"Lin Yutang"。该文是对露西·德里斯科尔（Lucy Driscoll）与深谷户田（Kenji Toda）合撰，芝加哥大学出版社（The University of Chicago Press）于 1935 年出版的《中国书法》（Chinese calligraphy）一书的点评。1936 年 5 月 31 日，《纽约时报》第 BR18 版刊登了《中国书法》的出版广告，其中亦节录了林语堂在《中国书法美学》中的评价："据我们所知，这是一部独一无二的著作，是该领域唯一的一本著作……"[1]

1936 年 1 月 30 日，撰文 *Oh, Break Not My Willow-Trees!*（《噫，勿折吾柳》）载《中国评论周报》第 12 卷第 5 期，"小评论"专栏，第 108—110 页。1936 年 1 月，《天下》第 2 卷第 1 期刊登了吴经熊撰写的 *Some Random Notes on The Shih Ching*（《〈诗经〉札记》），其中转录了 J.A. 卡朋特（J.A. Carpenter）完成的《诗经·将仲子兮》英译版本。林语堂读后有感而发，于是撰写了这篇文章，并且仍然转录 J.A. 卡朋特的译诗。另，林语堂后来指出，在蒋旗所译《讽颂集》与林俊千所译《语堂随笔》中《噫，勿折吾柳》原文是《诗经·将仲子兮》都由译者又由英文译成中文"。[2]

1936 年 2 月 13 日，撰文 *Let's Liquidate the Moon*（《清算月亮》）载《中国评论周报》第 12 卷第 6 期，"小评论"专栏，第 155—156 页。

1936 年 2 月 27 日，撰文 *Why Adam Was Driven Out of the Garden of Eden*（《为何亚当会被赶出伊甸园?》）载《中国评论周报》第 12 卷第 8 期，"小评论"专栏，第 205—206 页。

1936 年 3 月 5 日，所译 *On Charm in Women*（《论女性魅力》）载《中国评论周报》第 12 卷第 10 期，"小评论"专栏，第 231—233 页。该文译自李渔《闲情偶寄·态度》。

1936 年 4 月 23 日，撰文 *I Were Mayor of Shanghai*（《如果我是上海市长》）载《中国评论周报》第 13 卷第 4 期，"小评论"专栏，第 85—87 页。

1936 年 5 月 14 日，所译 *I Eat Cicadas*（《我吃蝉》）载《中国评论周报》第 13 卷第 7 期，"小评论"专栏，第 155—156 页。

1936 年 5 月 28 日，所译 *On Sitting in Chairs*（《论坐在椅中》）载《中国评论周报》第 13 卷第 9 期，"小评论"专栏，第 204—205 页。

1936 年 5 月，撰文 *We Share the World Heritage*（《我们分享世界遗产》）载（亚细亚杂志）第 36 卷第 5 期，第 334—337 页。正文副题名为 *The Second of Two Articles on Intellectual Currents in China*（《关于中国知识潮流的两篇文章之第二篇》）。收入文集时改题名为 *Intellectual Currents in Modern China*。

1936 年 6 月 11 日，《中国评论周报》第 13 卷第 11 期"小评论"专栏，第 252—253 页，刊登了一篇"Confucius Singing in the Rain"（《孔子

雨中吟歌》），正文文末署名"Lin Sian-tek"（即林善德），但该文实为林语堂所撰，后收入《子见南子及英文小品文集》。

1936 年 6 月，撰文"The English Think in Chinese"（《英国人用汉语思考》）载《论坛与世纪》第 95 卷第 6 期，第 390—393 页。署名"Lin Yutang"。正文副题名为 Oriental Examines the British Mind"（《东方人审视英国人的心灵》）。

1928 年 11 月，林语堂在《奔流》月刊上发表《子见南子》剧本。此剧在山东孔子家乡上演，引起孔府及其苗裔的抗议。

1929 年 9 月 23 日，所撰《关于子见南子的话——答赵誉船先生》载《语丝》第 5 卷第 28 期。另 1929 年 12 月 3 日，《商报·文学周刊》第 9 期刊登了唐兰撰写的《关于林语堂先生的〈关于子见南子的话〉》。[3]

1931 年 11 月 21 日晚上，中国学生救灾委员会（Chinese Students' Flood Relief commission）在美国纽约河滨大道（Riverside drive）500 号的国际公寓举行赈灾义演。大约 500 人到场，中国驻纽约总领事张谦（Henry K. Chang）亦出席。林语堂的独幕悲喜剧《子见南子》被搬上舞台，改称《孔子与卫国王后》（*Confucius and the Queen of Wei*），演员大多是在哥伦比亚大学就读的中国留学生。11 月 22 日晚上，赈灾义演再次举行。[4]

20 世纪二三十年代，几乎与鲁迅创建讽刺理论同步，林语堂也创立了幽默理论。《子见南子》是一出讽刺剧，作者借剧中人南子之口发表男女关系的演讲，对死抱封建礼教不放的守旧派、复古派进行揶揄；写走下圣坛的孔子快快而去，也是对"孔教日暮途穷，儒生山穷水尽"的嘲讽。与此相关论争材料的收集，主要表现了鲁迅对林语堂的支持。基本观点可参见对《大荒集》的导读。要注意的是，20 世纪 50 年代后，台湾、香港一些出版社重印《大荒集》时，虽然照印鲁迅收集的《关于〈子见南子〉》资料及结语，却将"鲁迅编讫谨记"几个字删去。

注 释

[1] Lin Yutang, "The Aesthetics of Chinese Calligraphy", Ti'ien Hsia Monthly, December 1936, Vol.I, No.5, pp.495-507.

[2] 林语堂:《〈语堂文集〉序言及校勘记》, 林语堂:《林语堂名著全集》第 16 卷《无所不谈合集》, 东北师范大学出版社, 1994 年, 第 508 页。

[3] 刘雨、郝本性:《唐兰的学术道路》, 故宫博物院:《故宫治学之道（上）》, 紫禁城出版社, 2010 年, 第 98 页。

[4] China Flood Benefit Held, The New York Times, November22, 1931, p.2.

21.《生活的艺术》

——一种"私人的供状"

1936 年 8 月 6 日，在蔡元培等上海的名流举行的欢送茶话会上，林语堂做了如下发言："我到美国去，没有别的任务，不担任大学功课，不作演讲，想专门从事著作。本来著作无论什么地方都可以，不一定要到美国去，因为十年前我曾到过美国，这一次顺便带家眷一同去玩一次。除了著作之外，也预备介绍一点中国的文学，宣传一点中国的文化，讨论中西文化问题。中国人的一切好处，我是不说的，因为说了人家也决不相信。外国人为什么常要说中国人的坏处？这是一个很简单的问题，外国的新闻记者在中国打到本国去的电报，因为电报费太贵，所以只发杀人放火一类的新闻，而没有调查中国状况详细的通讯。我个人到美国后，就想和他们互通消息，交换意见，我宣传中国，决不夸张文饰。自从《我国与我民》一书在美国出版后，书店方面要我继续写作，我自己打算先写一本《中国短篇名作》，选译一点中国有名的记事文，如《浮生六记》《老残游记》一类的作品，都可以表现出中国一部分生活状况。但是他们希望我先写一本《我的哲学》，要我间接批评西洋的文明。其实我向不讲玄妙虚奥的问题，我只是抓住目前的事情，是讲怎样做人，怎样处世，譬如讲中国人怎样睡在床上，怎样坐在椅上，怎样受苦，怎样享乐。从前我对中国的磁器向不注意，到了英国看见了他们陈列的白衣观音像才引起我对于中国磁器美术的爱好。有许多东西，在中国因为天天看见，看不出他的好处，自己以为极平常的在外国人看来反而要大起惊奇。譬如《王宝钏》一剧中的开场第一幕为《赏雪》，在外国人就要认为一件极有趣的事情。中国文化中有不少的东西，是值得宣扬的。"[1]

1937年11月，*The Importance of Living*（《生活的艺术》）由美国纽约雷纳尔＆希区柯克公司分别出版，署名"Lin Yutang"。该书版权归庄台公司所有，所以书中印有"A John Day Book"字样。1937年，加拿大多伦多的麦可兰德＆斯图尔特出版公司出版了该书。1938年5月，威廉·海涅曼公司在英国伦敦与加拿大多伦多出版了该书，同年7月重印。1938年，多伦多的朗曼斯格林公司出版了该书。1938年版本胜的日译本由创无社出版。1940年，美国纽约州花园城蓝丝带图书公司出版了该书。1957年，鲁道夫·弗雷奇（Rudolf Flesch）选编的 *The Book of Unusual Quotations*（《非比寻常的语录集》）由美国纽约的哈珀兄弟出版社（Haper & Brothers Publishers）出版，书中从林语堂所著 *The Importance of Living*（《生活的艺术》）选录了不少章节片段。1962年，英国伦敦的新英语文库（The New English Library）出版了该书。这部书被译成多种语言文字，使林语堂再度扬名海外。

该书卷首载有林语堂1937年7月30日在纽约撰写的前言，卷末载有两种附录《部分人名》（*Certain Names*）与《中文词汇析读》（*A Chinese Critical Vocabulary*），最后还有索引（*Index*）。正文分为14章，分别是：

I. The Awakening

II. Views of Mankind

III. Our Animal Heritage

IV. On Being Human

V. Who Can Best Enjoy Life?

VI. The Feast of Life

VII. The Importance of Loafing

一、《生活的艺术》版本的概说

最成功体现了林语堂"对西方人讲中国文化"的写作旨意的《生活的艺术》，在美国畅销状况出人意料的好。有报道介绍："林语堂的《生活之重要》（*The Importance of Living*）一书，在美国各地，算是小说以外的畅销书之一，就在日本也有两种译本。但在过去，即使是畅销书，惟小说以外作品的畅销，在发卖上和小说总有差别，最大亦不过两与一之比例；可是林语堂的书，在纽约、旧金山、芝加哥等大城市，其发售几迫近畅销小说的阵营了。"[2] 由于全书从儒家的伦理观念和道家的处世态度出发，立足于东西文化的比较，用潇洒空灵的散文笔调，深入浅出、清新自然地讲述中国人日常生活中"对人生和自然的高度诗意感觉性"和乐天知命的"达观"，并从中呈现中西文化的精神及其差异，所以极受西方读者的喜爱。出版之后，《生活的艺术》在美国印行了 40 版以上；英、法、德、丹麦、瑞典、西班牙、葡萄牙、荷兰等国版本也畅销三四十年而不衰。

《生活的艺术》完整的中译本于 1940 年在上海出版。但在此之前，因广大读者的喜爱，各种散译、摘译、全译乃至盗版等不同的版本纷纷出现。下面以时间为序，将几种有代表性的版本加以梳理。

1938 年 3 月 20 日，《睡的艺术》载《隽味集》第 1 期，署名"林语堂"。正文题名后标注"译自 The Importance of Living -The Art of Lying in Bed——宗沂志"。该文是由宗沂所译。

1938 年 4 月 5 日、4 月 20 日分别在《隽味集》第 2 期、第 3 期刊载

《坐的艺术》《理想中的国际联盟》，译者皆为宗沂。

1938 年 5 月 16 日，《"人生三十三大快事"》载《隽味集》第 4 期。署名"林语堂"。正文题名后标注"译自 The Importance of Living——孙一定志"。该文是由孙一定所译。

1938 年 6 月 1 日，《生活的艺术（一）》载《西风》第 22 期，署名"林语堂著　黄嘉德译"。本期刊登林语堂在"一九三七年七月三十日于美国纽约城"撰写的自序，以及第一章"醒觉"的第一节，"对人生的态度"。之后每一期译载一节到五节不等。1941 年 1 月 1 日，《生活的艺术（三十三）》载《西风》第 54 期。本期刊登第十章"自然的享受"，第六节"袁中郎的《瓶史》"。1941 年 3 月 1 日，《生活的艺术（三十四）》载《西风》第 55 期。文末标注"本书特许全译本现已出版，故今后不再续载——编者"。另，《西风》第 55 期第 83—84 页载有黄嘉德的《生活的艺术译者序》，文末标注"黄嘉德一九四〇年十二月九日全书脱稿后序于上海"。

1938 年 6 月 9 日，《生活的艺术》（*The Art of Living*）载于《译丛：英文报章杂志的综合译刊》第 25 期。封面印有"Lin Yu Tang: The Art of Living""林语堂：生活的艺术"字样，正文英文部分的题名为"The Art of Living"，署名"Lin Yutang（林语堂）"。正文中文部分的题名为《生活的艺术》，未署译者名。这是一个英汉对照版本，英文部分最后附有疑难词汇中文注释。

1940 年 1 月 1 日，《生活的可贵（*The Importance of Living*）》载《中国公论》第 2 卷第 4 期"文艺"栏目"散文"类。目录题名为《生活的可贵》；目录署名"林语堂作　武三多译"，正文署名"林语堂著　武三多译"。本期刊登第九章"闲适生活之享受"第一节"在床上躺躺的哲学"。正文前有《译者的几句话》。之后，1940 年 2 月 1 日、3 月 1 日、4 月 1 日、5 月 1 日、6 月 1 日、12 月 1 日，1941 年 1 月 1 日、4 月 1 日均有刊载。1942 年 6 月 1 日，《中国公论》第 5 卷第 3 期，刊载第十四章"思想的艺术"第三节"要合乎情理"，署名"林语堂作　武三多译"。目录题名为《生活的可贵（续完）》。

1940 年 10 月 15 日，《生活的艺术（上）》载《世界杰作精华》第 10 期第 1—211 页。封面印有"林语堂：生活的艺术"字样；目录题名为《生活的艺术（全译本）》，目录署名"林语堂"，其后注明"原书名：The Importance of Living"。正文署名"林语堂著　越裔译"。正文前标注："本书系于一九三七年十一月在纽约出版，据悉至现在为止，共已售出三十余万部；并已翻译成十余国文字，读者超过一千万人。但说也惭愧，这种道地的'国货'，在本国内竟会到现在还没有全译出版，这是可叹的。本社有鉴及此，特请越裔先生任此工作，已全部完成，分三次刊完，想本刊读者定表欢迎也。全书分十四章，二十余万言；字句间充满着智慧、趣味、警句、独特的见识和思想；其中有引自古籍者，本刊更将其汉英并列，尤为名贵。"本期刊登第 1—7 章。

1940 年 11 月 15 日，所撰《生活的艺术（中）》（越裔译）载《世界杰作精华》第 11 期第 212—399 页。封面印有"林语堂：生活的艺术"字样；目录题名为"《生活的艺术（中）》"；目录署名、正文题名、正文前标注均与《生活的艺术（上）》相同。本期刊登第 8—11 章。

1940 年 12 月 15 日，《生活的艺术（下）》载《世界杰作精华》第 12 期第 400—474 页。封面印有"林语堂：生活的艺术"字样；目录题名为《生活的艺术（下）》，目录署名、正文题名、正文前标注均与《生活的艺术（上）》相同。本期刊登第 12—14 章。

1940 年 11 月，《生活的艺术（上册）》，由上海的世界文化出版社出版，至 1941 年 3 月印至三版。封面中文书名为《生活的艺术》，英文书名为 *The Importance of Living*，书名页书名为《生活的艺术　上册　附林氏汉英对照译作精华》；版权页书名为《生活的艺术》。封面署名"Lin Yutang，书名页署名"林语堂著"，版权页署名"著者林语堂　翻译者越裔"。林语堂后来在评论该译本时指出："此译不错，引用中文无误，又凡引用中文各段，附加英译。"[3]

1940 年 12 月，所著《生活的艺术（下册）》，由上海的世界文化出版社出版，至 1941 年 3 月印至三版。封面版权页，版权页署名皆与上册相同。另，1945 年，该译本由成都的甲申出版社出版。1947 年 2 月译本上、下两册合订为一册，由上海的世界文化出版社再版。1956 年 3 月，该译本由台北的大华书局出版。1969 年，该译本由台北的旋风出版社出版。1976 年 5 月，台北的远景出版社出版了一本《生活的艺术》，列为"远景丛刊"第 35 种。该书未署译者名，但其实是据越裔译本重排出版。1976 年 10 月，该译本又由台北大方出版社重排出版。1979 年 1 月，台北的德华出版社出版了一本《生活的艺术》，至 1980 年 9 月重印，列为"爱书人文库"第 83 种、"林语堂经典名著"第 3 种。该书版权页署名"译者张振玉"，但全书内容跟越裔译本相同，应该是德华出版社误植所致。

1941 年 2 月，《特许全译本生活的艺术》由上海西风社出版。至 1941 年 9 月再版。封面与书名页均署名"林语堂著　黄嘉德译"，版权页署名"原著者林语堂　翻译者黄嘉德"。版权页另附英文"Lin Yutang's 'The Importance of Living Translated by Huang Chia-teh"。1955 年 9 月，香港有不为斋推出一本《生活的艺术》，译者署名"林慕双"，但这其实是黄嘉德译本。1955 年，台北中行书局翻印了该译本，但未标明译者姓名。该书卷首载译者序（"黄嘉德一九四〇年十二月九日，全书脱稿后序于上海"）与林语堂自序，正文包括 14 章，分别是：醒觉；关于人类的观念；我们的动物遗产；论近人情；谁最会享受人生；人生的盛宴；悠闲的重要；家庭的享受；生活的享受；大自然的享受；旅行的享受；文化的享受与上帝的关系；思想的艺术。

1941 年 2 月，《生活的艺术》由欧风社刊行。封面英文书名为 *The Importance of Living*，中文书名为《生活的艺术》；书名页书名为《生活的艺术（全译本）》。封面署名"林语堂著　拙存译"，书名页署名"林语堂作　拙存译"。该书卷首载有林语堂的自序，正文分为 14 章，分别是：醒觉；人类的观念；我们的动物的遗传；论人性；最能享受人生？人生之享受；悠闲的重要；家庭的享受、生活的享受；大自然的享受；旅行的享受；文化的享受；人与上帝的关系；思想的艺术。

1942 年 10 月 30 日，娄哲编选的《生活的艺术》，由沈阳启智书店再版发行。该书仅选译原著的前 13 章，卷首有林语堂序。

1942 年 12 月，《生活的艺术》由桂林的建国书局分上、下两册出版。封面英文书名为 *The Importance of Living*，封面中文题名为《生活的艺术》，书名页书名分别为《生活的艺术上册　附林氏汉英对照译作精华》与《生活的艺术下册　附林氏汉英对照译作精华》。封面与书名页均署名"林语堂著"，版权页署名"原著者林语堂　翻译者林若年"。上册载林语堂的自序，及正文第 1—7 章，分别是：自序；醒觉；关于人类的观念；我们的动物性遗产；论近人情；谁最会享受人生；生之享受；悠闲的重要。下册内收第 8—14 章，分别是：家庭之乐；生活之享受；享受大自然；旅行之享受；文化之享受；与上帝的关系；思想之艺术。

经林语堂特许，由黄嘉德翻译的中文本，自 1938 年 6 月起在《西风》杂志上连载，登完十章后由西风社出版单行本。1942 年又有上海世界文化出版社出版的越裔的中文本。50 到 70 年代香港、台湾出版的《生活的艺术》大抵是以上两种中译本。

二、《生活的艺术》的由来

英文著作《吾国与吾民》的第九章便是《生活的艺术》，在美国反响颇为强烈，但论述较简略，出版商理查·沃尔什就建议林语堂充实、改写为一本书。

1938 年 1 月 15 日，林语堂所撰《我怎样写〈生活的艺术〉》，载《上海人》第 1 卷第 3 期，再结合他写给陶亢德的信及"自序"和有关演讲，可以理出如下线索：

1. 作者的感受。1936 年林语堂带上妻儿赴美。他们在旧金山下船，又乘三天火车，到达美国东部的宾州，先在赛珍珠的乡下别墅住了下来。乡下生活太单调，饮食也不合口味，这让林语堂一家难以忍受。这里没有中国餐馆，西餐吃一顿两顿，一天两天还可以忍受，但时间一长却大倒胃口。林语堂一边安慰妻女，一边谈他对美国"吃文化"的认知。他觉得美国人真可怜，竟不知饮食之美，建立在马马虎虎的"吃文化"上面的人生，既没什么意味，也是美国人对生活缺乏细致感悟的一个重要原因。林语堂大谈美国人不懂生活、人生和生命的真义，他也不管妻女懂不懂，听不听，只是一味地谈下去，最后他宣布：我们再也不在这鬼地方活受罪了，马上搬家，搬到纽约去。

2. 读者的期待。《吾国与吾民》一书在美国最受读者欢迎的是"人生的艺术"一章，因为它让美国读者发现了什么是真正快乐和更有意义的人生，在遥远的中国竟有这样"艺术"地生活着的人们。可惜的是，林语堂在本书中没有展开。美国读者非常希望看到一本全面论述"艺术化人生"的著作。出版商华希尔说："到底中国人如何艺术地生活，如何品茗，如何行令，如何观山，如何玩水，如何看云，如何鉴石，如何莳花、养鸟、赏雪、听雨、吟风、弄月，这可能是美国读者最感兴趣的地方。"林语堂觉得华希尔的话很有道理，因为他知道：雪可赏，雨可听，风可吟，月可弄，水客玩，云可看，石可鉴，本来是最令西人如醉如痴的题目，于是他满口答应下来，以"人生的艺术"一章为基础，重新构架一本《生活的艺术》。

3. 书名的由来。这本书最先不叫"生活的艺术"，林语堂想用"抒情哲学"作为书名，因为"抒情"一词，更能表达中国人浪漫的感情方式。这个题目让林语堂想到自然而然的散文笔法，又想到美不可言的意境：自由的灵魂栖息在大地之上，有时紧紧贴住土壤，与草根亲近；有时在沙土中蠕动，快活无限；有时在草尖和花朵上面漂浮，如身在天堂。可是，这个词林语堂不敢用，他担心自己的写作达不到这么高远的目标。还是更本质一点的好，就用了"生活的艺术"。

4. 写作的过程：林语堂最初想用柏拉图对话录的方式来写这本书。一种自由自在的"闲谈体"，一谈就是几页，可以有许多迂回曲折，也可以戛然而止，完全随心。在这种自由的对话中，既可以让自己的思想、感情和感觉如江河之水一样奔涌而出，又可随意夹杂些有趣的、有意义的生活琐事。但林语堂后来没有这样做，他担心这种方式已不流行。最后他还是采取了夹叙夹议的通常笔法来写。

从 1937 年 3 月初动笔，写作速度非常快，一个多月就写了 260 多页。5 月 1 日晚，林语堂躺在床上一边翻看书稿，一边酝酿序文，但越看越不满意，因为他是以"批评西方文明"为立足点，将中西两种文化对立起来，而且越写越激烈，为了追求思想的深刻，论证的严密，结果失去了深入浅出和从容自若的心态和笔调。这与他的初衷不相吻合。林语堂痛下决心，毁去全部书稿。5 月 3 日重新提笔。这一次，林语堂确立了新的坐标：中西文明殊途同归，人心同理。二者都有崇尚自由闲适人生的愿望，都有克服自己不健康的生活方式，从而走向健康的努力。如此定位，林语堂的心灵就平和了，心态也从容多了，像一个经历了人世沧桑的老人向年轻人讲述人生经验一样，林语堂想向全世界还比较年轻的民族讲"生活的艺术"。

林语堂每天早上九点半到十二点半写作，由他一字一句一段一段口述，书记员打出来。严格要求自己每天不少于三千字。这期间，他早睡早起，精神焕发，一边品茗，一边在书房漫步，才思敏捷，灵感飞逸，工作效率极高，到 7 月底就完成了 700 页的书稿。

三、《生活的艺术》的主要内容

正如林语堂在该书《自序》中所言："当我写这本书时，有一群和蔼可亲的天才和我合作；我希望我们互相亲热。在真实的意义上说来，这些灵魂是与我同在的，我们之间精神上的相通……他们借着贡献和忠告，给我以特殊的帮助。"[4] 在《生活的艺术》中，林语堂努力发掘那些中国最优越最智慧的哲人们，他们的民间睿智和文学里表现出来的人生观和事物观；着力描摹他们生活方式的闲适优雅，并由此渐渐进入一个充满感性和心灵感应的阶段。

1. 享受人生。《生活的艺术》全书共 14 章，有关"生之享受"的占了 7 章，即"人生的盛宴""悠闲的重要""家庭的享受""生活的享受""大自然的享受""旅行的享受""文化的享受"，可以说享受之道十分周全。"生之享受"中包含了广博的知识：中国家庭对老者的尊重，美国独身主义的弊害，对读者不无裨益。在谈论饮茶的好处及方法时，引用了蔡襄的《茶录》、许次舒的《茶疏》、田艺蘅的《煮泉小品》、屠隆的《茶笺》等作品，说出不少有关茶的知识；在谈论饮食时，对中国菜的特色、烹饪的方法都作了介绍，还引用了被他谥为美食家的李笠翁在《闲情偶寄》中关于蟹的吃法；在谈论大自然的享受时，介绍了沈浮的《浮生六记》、蒋坦的《秋灯琐记》等作品；在谈论花木时，介绍了袁中郎的《瓶史》和张潮的《幽梦影》；在谈论游览时，介绍了屠隆的《冥寥子游》等等，这些作品文化品位都是比较高的，在外国读者眼中自然充满东方情趣，美不胜收。但书中也有不少属于谈谈笑笑之类，如"论躺在床上""论坐在椅上""西装之不合人道""握手不合卫生"等，早在《论语》《宇宙风》等刊物上作为"幽默文学"发表过，又抄入《生活的艺术》中。

2. 诗化人生。将充满快乐也充满痛苦的人世生活，当成幸福的天堂，人生是不必严格区分完满与残缺、得与失、成与败、快乐与忧伤，关键是你有没有"乐亦乐""忧亦乐"的情怀。坦承自己的人生哲学是无拘无束；对西说东，考虑别人的兴趣；涉笔成趣，引发读者兴味；思想的简朴性与文化最高最健全的理想；生活的闲适心态及情趣等等。只有那个能轻快地运用他的观念的人，才是他的观念的主宰，只有那个能做他观念主宰的人，才不被观念所奴役。而思想的简朴性，哲学的轻逸性，和微妙的常识，又补充了他的诗意人生。

3. 健康的人生。要注重生活和人生的健康、幸福及其美好。第二章《关于人类的观念》中，多次谈到"和谐"这一概念。"柏拉图认为人类似乎是欲望、情感和思想的混合物，理想的人生便是在理论、智慧、真正理解的指导下，三方面和谐地在一起生活"；"文化的用处，便在于使这些热情和欲望能够和谐地表现"；"在道家和儒家两方面，最后都以为哲学的结论和它的最高理想，既必须对自然完全理解，以及必须和自然和谐"；"我们如要获得精神的和谐，我们对于这么一个孕育万物的天地，必须有一种感情，对于这个身心的寄托处所，必须有一种依恋之感。"

《生活的艺术》谈论人生哲学，无论长处或短处，都带林语堂的个人特色，正如他所说：“老实说，我在读书和写作时都是抄小路走的。我所引用的作家有许多是不见经传的，有些也会使中国文学教授错愕不解。我引用的当中如果有出名人物，那也不过是我在知觉的认可下接受他们的理念，而不是震于他们的大名。我有一个习惯，最爱购买隐僻无闻的便宜书和断版书，看看是否可以从这些书里发现些什么，如果文学教授们知道了我的思想来源，他们一定会对这么一个俗物显得骇异。但是在灰烬里拾得一颗小珍珠，是比在珠宝店橱窗内看见一粒大珍珠更为快活。”“中国的哲学家是睁着一只眼做梦的人，是一个用爱和讥评心理来观察人生的人，是一个自私主义和仁爱的宽容心混合起来的人，是一个有时从梦中醒来，有时又睡了过去，在梦中比在醒时更觉得富有生气，因而在他清醒时的生活中也含着梦意的人。”[5]

“中国文化的最高理想人物，是一个对人生有一种建于明慧悟性上的达观者，这种达观产生宽宏的怀抱，能使人带着温和的讥评心理度过一生，丢开功名利禄，乐天知命地过生活。”[6]“拿全部的中国文学和哲学观察一过后，我深深地觉得那种对人生能够尽量的享受，和聪慧的醒悟哲学，便是他们的共同福音和教训——就是中国民族思想上最恒久的，最具特殊性的，最永存的叠句唱词。”[7]同时，林语堂也意识到，当物质环境改善、疾病灭绝、穷困减少、寿命延长、食物加多的时候，人类绝不会像现在一样匆忙，并且“这种环境或者会产生一种较懒惰的性格”。[8]

四、突破的成功与局限的存在

从传播学的视觉看，《生活的艺术》绝对是极为成功的。自雷诺和希师阁公司出版之日起，立即引起强烈的反响，被美国“每月读书会”选为 1937 年 12 月特别推荐书。书评家 Peter Prescott 在《纽约时报》上撰文说：“读完这本书之后，令我想跑到唐人街，遇见一个中国人便向他深鞠躬。”一个名叫卡斯睿·沃德斯的女士也在《纽约时报》撰文说：“林语堂滤清了许多历史悠久的哲学思想，加上现代的香料，并根据自己的见解，以机智、明快、优美、动人的笔调，写出了一部有思想有风骨的著作。作者在《生活的艺术》一书中谈论的许多问题，见解独特，学识渊博，对中西文化思想都有深刻的认识，也是颇具意义的。"另外，1938 年《纽约时报》举行的"全国图书展览会"上，主持人竟然以"林语堂比赛"为题设计了一个节目。同时该书从 1938 年 1 月起，持续 52 个月在美国高居畅销书排行榜第一名。发行以来，在美国重印 40 版以上，并被译成英、法、德、意、丹麦、瑞典、西班牙、葡萄牙、荷兰等十几种不同语言的译本，也同样畅销。如今，《生活的艺术》在世界到底印行了多少册、多少版，无从统计，但有一点是可以肯定的，它在世界上的巨大影响，在中国现代乃至于 20 世纪中国文学史上恐怕无与伦比。1942 年一个名叫西登·皮尔顿的战俘在监狱里几个月就是靠这本书度过的，他的命运也由此改变。1970 年，在第三十七届国际笔会上，有位越南作家对林语堂的朋友姚鹏大谈《生活的艺术》，他说："那本书处处闪耀着智慧的光芒，读起来让人生出喜悦之情。这是亚洲人的光荣。"

直到 80 年代，美国总统布什访华前，还接受阁僚建议，阅读《生活的艺术》，以了解中国的文化。中国传统文化和生活艺术被林语堂以另外一个语言系统解读之后，面貌焕然一新，从而也确立了他在国际文坛的地位。

《生活的艺术》中古今杂糅，说东道西，显示林语堂的广阔博见。但他意欲表述的人生哲学也能自成系统，也就是把中西生活方式融合起来，形成一种新的"生活的艺术"，在他看来资本主义生活节奏太紧张，不如中国古代文人的悠闲自在，而中国古代田园式生活犹太艰辛，不如享受现代物质文明那样舒适。所以，问题是怎样去融合这两种文化——中国古代的人生哲学和现代的工艺文明——使它们成为一种可以实行的人生哲学。这种人生哲学，在 30 年代的中国，可以身体力行的人并不多，林语堂自己虽有些有利条件，但也不可能全部实行。

林语堂没有按照当时流行的先用"唯物主义"或"唯心主义"定调。所谈论的"人"没有贴上阶级的标签，是超时代、超阶级的"人"，是脱离生产活动和社会实践的抽象的"人"。这是他成功的突破。

但是，个人认知的局限也是明显的。譬如，书中谈论无论中国人、英国人或其他国家的人，都不顾时代情况和社会情况，抽象地加以类比。

现三	梦二	幽二	敏一	等于英国人
现二	梦三	幽三	敏三	等于法国人
现三	梦三	幽二	敏二	等于美国人
现三	梦四	幽一	敏二	等于德国人
现二	梦四	幽一	敏一	等于俄国人
现二	梦三	幽一	敏二	等于日本人
现四	梦一	幽三	敏三	等于中国人

公式中的"现"代表现实感（或现实主义），"梦"代表梦想（或理想主义），"幽"代表幽默感，"敏"代表敏感性，也就是说四份现实主义、一份梦想，三份幽默和三份敏感性造成一个中国人。"现四"代表中国人，是说中国人是世界上最现实化的民族，"梦一"的低分数则表示他们在生活类型或生活理想上似乎缺乏变迁性，中国人的幽默是他在生活中的感受，中国人的敏感性，可以从散文诗歌和绘画中得到很好的说明。

《生活的艺术》属于自我美学的经典，可以视为林语堂对于自己在40年代前提出的许多概念的总结。在"个人主义"一节里，他说"哲学以个人为开端，亦以个人为依归，个人便是人生的最后事实。他自己本身即是目的，而决不是人心智创造物的工具"。[9]这种肯定个体价值的思维，正是他文学精髓所在。

注 释

[1] 张若谷：《当代名人特写》，谷峰出版社，1941年，第24—25页。

[2] 《国际文化线上之形形色色》，《战地记者》1939年第7期。

[3] 林语堂：《〈语堂文集〉序言及校勘记》，《林语堂名著全集》第16卷，东北师范大学出版社，1994年，第505—506页。

[4] 林语堂：《〈生活的艺术〉自序》，《林语堂名著全集》第21卷，东北师范大学出版社，1994年，第3—4页。

[5] 林语堂：《〈生活的艺术〉自序》，《林语堂名著全集》第21卷，东北师范大学出版社，1994

年，第 2 页。

[6] 林语堂:《生活的艺术》,《林语堂名著全集》第 21 卷, 东北师范大学出版社, 1994 年, 第 1 页。

[7] 林语堂:《生活的艺术》,《林语堂名著全集》第 21 卷, 东北师范大学出版社, 1994 年, 第 15 页。

[8] 林语堂:《生活的艺术》,《林语堂名著全集》第 21 卷, 东北师范大学出版社, 1994 年, 第 153—155 页。

[9] 林语堂:《生活的艺术》,《林语堂名著全集》第 21 卷, 东北师范大学出版社, 1994 年, 第 91 页。

22.《孔子的智慧》

——东方智慧在中西世界中的双向行旅

1938 年，所著 *The Wisdom of Confucius*（《孔子的智慧》）由美国纽约的现代文库（The Modern Library）出版，但版权归属其母公司兰登书屋（Random House）。1938 年，美国纽约的卡尔顿出版社（Carlton House）与英国伦敦的哈米什·汉密尔顿出版社（Hamish Hamilton Ltd.）均获得兰登书屋的授权，分别出版了该书。1968 年，英国伦敦的迈克尔·约瑟夫公司（Michael Joseph Ltd.）也出版了该书。该书卷首载有《书中涉及的重要人物》(*Important Characters Mentioned*) 与《汉字读音》(*The Pronunciation of Chinese Names*)，正文分为 11 章，分别是：

I. Introduction

II. The Life of Confucius (by Szema ch'ien)

Ⅲ. Central Harmony

IV. Ethics and Politics

V. Aphorisms of Confucius

VI. First Discourse: Education Through the Six Classics

VII. Second Discourse: An Interview with Duke Ai

VIII. Third Discourse: The Vision of a Social Order

IX. On Education

X. On Music

XI. Mencius

一、《孔子的智慧》的中译本及其评介

1982 年，台北德华出版社出版了《孔子的智慧》（张振玉译）。1986
年台湾金兰文化出版社推出了一套《林语堂经典名著》，共计 35 卷。第
35 卷就是张振玉译的《孔子的智慧》。1994 年，东北师范大学出版社出版
的《林语堂名著全集》，第 22 卷收录的《孔子的智慧》，沿用张振玉的译
本。2004 年，黄嘉德译本首次由陕西师范大学出版社出版，其译本包装
封面上印有孔子画像及其教学图景，并附有"还原儒家的本来面目，重建
礼乐文明精神"一句颇有感染力的口号。

张振玉在《孔子的智慧》中译开篇增添译者序，谈及两个翻译感想：
其一，林语堂先生的《孔子的智慧》一书将泥胎木偶般的圣人孔子，从九
天之上接回到了人间；其二，译者对林语堂先生的译作、著作给予高度评
价，认为林语堂译本表达其对孔子的崭新看法，强调此书是"语堂先生向
西方读者介绍孔子思想之作"。全书共十一章，内容构架是：

第一章为林氏之导言，为本书重要部分。本章为导语，向西方读者介
绍并阐释孔子之思想、性格、风貌及选题来源和计划、翻译策略。

第二章为孔子传，完全为司马迁《史记·孔子世家》本文。但分为若
干章节，并予标题，以便查阅。

第三章为《中庸》原文，分节标题。

第四章为《大学》原文，分节标题。

第五章为《论语》。林语堂选辑《论语》中与孔子关系重要的部分，
分为十类，并予标题，以醒眉目。计为：（一）孔子风貌；（二）孔子的艺
术生活；（三）孔子谈话的风格；（四）孔子谈话的霸气；（五）孔子的智慧
与机智；（六）孔子的人道精神（论仁）；（七）君子与小人；（八）中庸及
乡愿；（九）为政之道；（十）教育、礼与诗。

第六章为孔门教育六科——六艺。

第七章为孔子与哀公论政，选自《礼记·哀公问》。

第八章为《礼记·礼运·大同篇》，是孔子对理想社会的憧憬。

第九章为孔子论教育，选自《礼记·学记》。

第十章为孔子论音乐，选自《礼记·乐记》。

第十一章为《孟子》一书中的《告子上》，以孔门大儒孟子论性善为本书作结。

孔子最伟大的贡献，除了《诗》《书》《礼》《乐》《春秋》以外，还发明了两个概念："君子""小人"——不只是两类人，还是人身上的两个面；对人性认识的周全："性相近也，习相远也"。孔子《论语》中说的是人的本性都是差不多的，但习性相差很大，即他难己易，德难色易，庸难偏易，直难枉易，义难利易，学难耍易，行难言易，讼难伐易，改难故易，贫难富易。

张振玉、黄嘉德两位译者的回译基本符合林语堂《孔子的智慧》原著，但也有几处明显改动或删节，具体如下：张振玉在回译过程中坚持：①林语堂进行阐释的古文部分皆以古文原貌出现。②删去林语堂导言中人物介绍、中文人名威妥玛－翟里斯拼音法及孔子所处时代版图。③略去林语堂《孔子的智慧》原书导言中有关翻译方法一章的内容。黄嘉德译本在内容方面与张振玉译本存在两个比较大的差异：①译者未附上体现个人色彩的译者序而是直接进入译文；②该译本为一般读者易于阅读计，《大学》《中庸》《礼记》中各章除原文外，皆附有语体译文。林语堂于《孔子的智慧·中庸》一节的英译导言中表明本节完全采用的辜鸿铭译本，而两位译者在各自译本中均将此段说明删除。

林语堂《孔子的智慧》一书描述了一个立体的孔子形象，作为中国形象的代表，孔子就是这样走下圣坛进入西方读者视野。同时该书的改写、编译、回译历程构成了跨语言、跨文化传播中"输出—本土化—回归"一道中西文化互动风景。

二、林语堂编译的策略

1898 年辜鸿铭在"中华文明复兴"这一口号影响下，通过"以西释儒"的方式陆续翻译了《论语》《中庸》《大学》等儒经作为与西方对话的载体，拉开华人译者英译《论语》的序幕，也是中国英译儒经第一人。此后大多译者如西方汉哲学家及海内外华人译者均严格按《论语》篇章布局方式进行文本阐释，亦步亦趋唯恐失于不忠。唯林语堂剑走偏锋，意在还原孔子真面目，同时开创儒家经典通俗解读的新模式。在编译 *The Wisdom of Confucius*（《孔子的智慧》）时，他曾参考过辜鸿铭的译文。不同的是，林语堂把《论语》作为《孔子的智慧》一书中的一章。在具体翻译时他没有选择从"学而时习之"开始逐字逐句翻译，而是按内容归类重编，小题目有：夫子自述与旁人描写（孔子是怎样一个人），孔子的感情与艺术生活，孔子谈话的风格，孔子性格中的一面，霸气，孔子的机智，孔子的人道精神与仁，如何以仁度人，中庸为理想，论为政，孔子论教育、礼与诗。"本章内选了《论语》文字约四分之一，而根据思想性质予以重编。"此为的理由是：（1）这部书是未经分别章节未经编辑的孔子混杂语录，所涉及诸多方面，但对所论之缘起情况则概不叙明，而上下文之脉络又显然散乱失离；（2）《论语》中四五个字的短句颇多；除显示智慧之外，还可见夫子的语言之美；（3）《论语》的特色只是阐释说明，并没有把孔子的思想系统作一个完备周全的叙述，孔子学说之真面目则有赖读者去深思明辨；（4）《论语》文本的风格属于零星片断而飞跳飘忽，阅读时读者需凝神苦思；（5）中国学者从未有人把《论语》再做一番校正功夫，或予以改编，以便使读者对《论语》的含义获得更精确的了解。这也就是林语堂所说的："辜鸿铭帮我解开缆绳，推我进入怀疑的大海。也许没有辜鸿铭，我也会回到中国的思想主流；因为没有一个富研究精神的中国人，能够满足于长期的对中国本身一知半解的认识。"[1]

林语堂是作家，也是一个翻译家，但是不是我们现在理解的翻译家。比如说他会考虑选择什么样的东西来译，会考虑怎样将中国文化推向海外。"在西方读者看来，孔子只是一位智者，开口不是格言，便是警语，这种看法，自然不足以阐释孔子思想其影响之深而且大。"在《孔子的智慧》一书的导言中，林语堂揭示了自己选择编译此书的根本缘由，"儒家思想，在中国人生活上，仍然是一股活的力量，还会影响我们民族的立身处世之道。西方人若研究儒家思想及其基本的信念，他们会了解中国的国情民俗，会受益不浅。"[2]林语堂希望把这"一股活的力量"传递给西方人，最重要的目标也就是激起西方世界对中国传统文化的关注。在他笔下，孔子的形象完全是西方人能够理解的现代人，很幽默，同时不屈不挠；而且，本来孔子就应该是这个形象。《论语》里记载，宰予来向孔子抗议，说守丧为什么要三年，一年就行了嘛。孔子说：行，你觉得行就行。完了宰予背着手刚一走开，孔子就对其他弟子说：宰予这个人是怎么回事，是不是他父母对他不好啊？孔子就是这样一个活灵活现的人物。

1. 圣人形象消解与重构。作为直接介绍中国文化的著述，《孔子的智慧》并非按《鲁论语》或《齐论语》编排，而是有非常大的改动。导语中言简意赅阐明其编译文化用心：西人读《论语》而研究儒家思想，最大的困难在于西人的读书习惯。他们要求的是接连不断的讲述，作者要一直说下去，他们听着才满意。林语堂《孔子的智慧》可谓典型的"创造性叛逆"译本，其特点主要为：①不再简单地从"学而时习之"开始翻译，而是从儒家经典及《四书》中摘译代表连贯思想的章节，同时对摘取的片段进行重新布局。②将《论语》警句进行摘译、分类、归整，并采用通俗英语进行翻译，实现作品"本土化"。在林语堂译文中出现多处将孔子及中国形象与西方形象进行的比附。可见，作为译者的林语堂，注意到尽量减少阐释及评论，但也考虑到读者的阅读期待和习惯，难免在翻译过程中有一种折中。经过中西合璧式的改写，林语堂所刻画出的孔子若说是个儒生，更应视为一位彬彬有礼的绅士，博古通今，儒雅风趣。

"世界文学"是一种世界各民族文化间的互动，而不是一种向度的流动。林语堂深信儒家思想的"中心性"及"普遍性"，但在编译过程中，并没有从狭隘民族主义出发，一味树立孔子"思想权威"的地位，而是强调孔子品格动人之处，孔子的可爱如同苏格拉底可爱之处一样。林语堂将全书的主旨浓于"孔子的智慧"这一标题予以忠实准确体现。导言中不时出现儒家思想与摩西戒律、孔子与基督教徒、《论语》与《圣经》的并置，借用西方典故及圣人（林肯、尼采、苏格拉底、圣芳济、柏拉图）阐释孔子思想及其深远影响。巴斯奈特指出，译者在重塑文本上扮演重要角色，这种角色是"可见的"。从林语堂《孔子的智慧》英译本中，我们可感知其不遗余力地消弭读者与陌生东方"他性"文化间的距离所付出的努力，并以一种隐喻的方式将东方智能进行本土化处理，达到文本和文化传播的目的。

2. 释义的策略。林语堂编译《孔子的智慧》一书，首次跳出警言隽语翻译的窠臼，并采用"释义"翻译方法。其原因解释如下：其一，古文用词极为简要，且中文作为意合的语言，是以句法或词序来指示句意，不像作为形合的英文用连接词引导。林语堂选《论语·子罕篇第九》"子曰：毋意，毋必，毋固，毋我。"一句为例，若直译为"子曰：毋意，毋必，毋固，毋我"可能会导致译本不堪卒读，读者不知所云。但若加上译者自己的评注译文则大为改观："孔子谴责（或试图完全避免）四种毛病：臆测、武断、固执、自负。"（笔者自译）再者，译者不仅需要提供连词，且应提供更加精确的词语定义，否则其英译将会变得极其单调。又如《论语·卫灵公篇第十五》子曰："辞达而已矣。"在林语堂看来，若要更精确表达词义，帮助译语读者理解，译者应译为："语言的唯一目标在于表达。"最终，林语堂提出"插入语"（parentheses）的重要性。首先插入语可作为备选译文，其次插入语专用于进一步解释未加脚注的文本内容。总而言之，林语堂所采用的上述方法都是为了帮助西方读者更加流畅地理解其编译的《孔子的智慧》。

林语堂编译《孔子的智慧》之前，《论语》作为儒家最高经典，早在1691年就出版了英文译本《孔子的道德学说》（*The Morals of Confucius*），该书是从耶稣会士拉丁译本《西文四书直解》（*Confucius Sinarum Philosophus*）、《孟子》编译而来，记载了八十条孔子的箴言。其后一百余年，未见新译本问世。19世纪，新传教士在"援儒补耶"意识形态的影响下，先后出版了马士曼（Joshua Marshman）译本（1809）、柯大卫（David Collie）译本（1828）和理雅各（James Legge）译本（1861）。但是，正如林太乙所记：那时候的美国是白人的天下，白人种族歧视很深，对黄种人与对黑人一样，简直不把他们当作人看待。……他们所听过的中国人，只有孔夫子一人。在中国餐馆饭后总来个"签言饼"（fortune cookie），中间夹一条印有预言或格言的纸条，许多开头都是"孔子说："（Confucius Say:）。当然，孔夫子说的也是洋泾浜英语。你若问美国人孔夫子是何许人也，他会说"很久以前的一位智者"（Wise man who lived a long time ago），别的他不知道。[3] 这段话不难看出，由于长期受到"西方中心主义"的遮蔽，孔子及其思想的理解并未得到西方读者的关注。作为弱势的"他性"文化符号，西方读者对孔子的理解止步于一个神圣的异教徒。《孔子的智慧》是林语堂按照西方读者阅读习惯，基于儒家其他经史著作及司马迁所撰的《史记·孔子世家》，对儒家经典进行选择、整合、并置的创译。他将孔子作为一个厕身历史语境中有血有肉的"真人"呈现在西方读者面前，改变了西方人对孔子的偏见。

　　林语堂的翻译本身就是一个现代化的过程，他会考虑选择什么样的东西来译，会考虑怎样将中国文化推向海外。比如怎样来介绍孔子的形象？在他笔下，孔子的形象完全是西方人能够理解的现代人，很幽默，同时不屈不挠。

　　传播要想顺利进行，传播者必须寻找大多数受众与自己传播相通的经验范围，使自己的传播能切合受众的经验。林语堂在文化传播过程中对"中国形象"的利用，正好体现了这一点。所谓"中国形象"其实也是西方人在某一个时期对中国的大体认识。无论是 17 世纪的"大中华帝国"还是 18 世纪的"孔教乌托邦"，都体现了西方人在特定历史时期、特定历史条件下对中国的基本看法。林语堂能够在跨文化传播过程中取得成功的一个重要原因，就是充分地利用那些已为西方受众所掌握的基本经验。当然，这样做也有一定的弊端，即照顾了西方受众，却忽视了中国文化的完整性和深刻性。的确，在跨文化传播中对西方"中国形象"的利用固然是一条"捷径"，但中国文化要远远比那些"中国形象"所反映的内容要博大精深得多。这也就是国内有些学者认为林语堂在传播中国文化时不彻底的原因之一。

注 释

[1] 林语堂:《从异教徒到基督徒》,《林语堂名著全集》第10卷,东北师范大学出版社,1994年,第80页。

[2] 林语堂著,张振玉译:《孔子的智慧》,台湾金兰文化出版社,1986年,第5页。

[3] 林太乙:《林语堂传》,陕西师范大学出版社,2002年,第15页。

23.《浮生六记》

——中国人的生活艺术及文化精神的展示

　　1939 年 3 月 1 日，西风社新书《汉英对照〈浮生六记〉发售预告》载《西风》第 31 期。曰："沈复著、林语堂译。中国文学之瑰宝！英文翻译之伟构！"

　　1939 年 5 月，林语堂翻译的《浮生六记》由西风社出版，列为"西风丛书"第二种，1939 年 8 月再版，1940 年 3 月三版，1941 年 1 月订正四版。书名页英文题名为 Shen Fu's Six Chapters of A Floating Life，版权页英文题名为 Six Chapters of A Floating Life。书名页中文署名为"沈复著　林语堂译"，英文署名为"Rendered into English by Lin Yutang"；版权页中文署名为"著作者　沈复　翻译者　林语堂"。本书封面由黄嘉音设计、蔡振华画。卷首收有"廿四年五月廿四日龙溪林语堂序于上海"的译者序与"Lin Yutang"于"Shanghai, May24, 1935"撰写的前言；卷末附"语堂"于"民廿八年二月，于巴黎"（1939 年 2 月）撰写的后记。正文包括四章，即 Wedded Bliss（《闺房记乐》）、The Little Pleasure of Life（《闲情记趣》）、Sorrow（《坎坷记愁》）与 The Joys of Travel（《浪游记快》），原著第五章 "Experience"（《中山记历》）与第六章 "The Way of Life"（《养生记道》）则付之阙如。另，1962 年 10 月，香港的华文出版社推出一本

《浮生六记（中英对照·译文注释）》，列入"世界文学名著选译"丛书。该书封面与书名页均附有英文书名 *Six Chapters of a Floating Life*，中文书名为《浮生六记（中英对照·译文注释）》，仅署"著作者：沈复"，未署译者名，实为林语堂所译。1974 年 6 月，该书由台湾开明书店推出台一版，至 1982 年 1 月印至四版。1999 年，外语教学与研究出版社又出版了林译的《浮生六记》汉英对照绘图本。

1938 年 9 月 1 日，《宇宙风》第 74 期"海外通信"栏，刊载了《在美编〈论语〉及其他》一文，署名：语堂。文中说："夫译事难，译中国古文为今日英文则尤难。就文字言，一字之间求英文恰到名词能尽表其意，固已大费踌躇。且一人译为此，他人译为彼，就中皆成见主观，是非莫定也。信、达、雅非不可必兼，兼则怡然快于胸中，此译书之乐。""凡此皆所以明取字之难，此其一。""译者由自己体会而时加酌察而已，此外别无他术，此其二。""第三问题为校订。"翻译的难与乐全然道出。

一、林语堂译《浮生六记》的前前后后

沈复（1763—1832），苏州人，1808 年有感于"事如春梦了无痕"，创作了自传体散文集——《浮生六记》。原书六卷，现仅存四卷，即《闺房记乐》《闲情记趣》《坎坷记愁》和《浪游记快》，卷五"山中记历"、卷六"养生记道"已逸。有所谓"足本"者，后二记系伪作。书中记叙了作者夫妇间平凡的家居生活，坎坷际遇，和各地浪游闻见。文辞朴素，情感真挚，向为文学爱好者和研究者所重视，影响广泛。

林语堂"素好《浮生六记》，发愿译成英文，使世人略知中国一对夫妇之恬淡可爱生活"，这种只属于中国人的可爱生活。1936 年 8 月 6 日下午，在上海交通大学大礼堂举行的一个欢送林语堂赴美的茶话会上，林语堂就他去美国要做的事项做了介绍，其中一项是"选译一点中国有名的记事文，如《浮生六记》《老残游记》一类的作品，都可以表现出中国一部分生活状况"。[1] 实际上，早在一年前，林语堂就开始了《浮生六记》的翻译。

1935 年 7 月，《说本色之美》载《文饭小品》第 6 期。署名：语堂。文中说："以中国与西洋比，中国文章已成为文人阶级之专用品。""最后而最坏的结果，是使文学脱离人生，虚而不实。""其实在纯文学立场看来，文学等到成为文人的专有品，都已经不是好东西了。""所以袁中郎、李卓吾、徐文长、金圣叹等，皆提倡本色之美。""吾深信本色之美。盖做作之美，最高不过工品、妙品；而本色之美，佳者便是神品、化品；与天地争衡，绝无斧凿痕迹。近译《浮生六记》，尤感觉此点。"[2]

1935 年 9 月 16 日，《〈流浪者自传〉引言》载《宇宙风》第 1 期，署名：语堂。《流浪者自传》系戴维斯（W.H.Davies）著，黄嘉德翻译、萧伯纳作《序》。语堂"引言"文中说："所述为作者所过叫花子及流氓的生活，半乞半偷，浪游英美，直至在偷乘火车时跌断一腿才算了局。""此书尤有一专长，就是他的文字，虽然掷地铿锵，甚得白话自然之节奏，却毫无文人粉饰恶习。其叙事也归平淡自然，不加点缀，独得神妙。观其直述叫化撞骗，一句一句道来，全无自豪气概，是所谓纯出天籁。至此文生于事，事生于文，文章与事实调合，可称化工，是属于本色美一派，与《浮生六记》同一流品也。"[3]

1935 年 12 月 16 日，所撰《记翻印古书〈一夕话〉》载《宇宙风》第 7 期，署名"语堂"。文末标注"一月廿四日记"（即写于 1935 年 11 月 24 日）。该文后改题为《翻印古籍珍本书——兼谈〈浮生六记〉全本》。[4]

1936 年 3 月 16 日，汉口良友图书公司续出的《人间世》"汉出第一期"目录页背面一页刊登了《林语堂先生近影及其手札》，包括右上页的一张林语堂近影与左下页的一封写于"廿五年正月十七日"（1936 年 2 月 9 日）的林语堂书信手迹。书信照录如下：

　　子英先生：冒昧之至，由斋衍先生函得知先生处有《浮生六记》全本、沈三白小像、印谱、家谱，喜不可言，因弟正四出搜求全本及三白佚事遗迹，去秋曾二度至姑苏求三白先生画而未得。又二度至西跨塘、福寿山访三白芸娘坟，亦空手而归。凡沈复大师足记行过如仓米巷、洞庭、君祠一一访寻。盖因去年将其译成英文已登英文《天下》月刊，将在美国出专书，故访求全本已半年矣而一无所获。今一了夙愿，喜何如是！可否开示尊府住址以便专诚拜谒并睹三白先生遗像？专候

明教即颂冬安

弟林语堂
廿五年正月十七日
上海依定盘路四十三甲^[5]

1935 年 8 月，所译 *Six Chapters of a Floating Life*（浮生六记）载《天下》（*T'ien Hsia Monthly*）第 1 卷第 1 期的"译文"（*Translations*）栏目。目录署名"A Novel by Shen Fu"，"Translated by Lin Yutang（林语堂）"。正文署名"by Shen Fu（沈复）"，"Rendered into English by Lin Yutang（林语堂）"。（以上内容，在下列的刊载中相同，将不录。）正文含林语堂于 1935 年 5 月 24 日在上海撰写的译序"Preface to 'Six Chapters of a Floating Life'（浮生六记）"，以及"Chapter One: Wedded Bliss"（第一章"闺房记乐"）。[6] 11 月 20 日，又将《浮生六记英译自序》载《人间世》第 40 期。正文题名后标注："原文登英文《天下》月刊创刊号。"文末标注"廿四年五月廿四日龙溪林语堂序于上海"，并附"廿四年十一月六晚附记"与"十一月十六日又记"两篇短文。[7]

1935 年 9 月，所译"Chapter Two: The Little Pleasures of Life"（第二章"闲情记趣"）。载《天下》第 1 卷第 2 期的"译文"栏目，第 208—222 页。

1935 年 10 月，所译"Chapter Three: Sorrow"（第三章"坎坷记愁"）载《天下》第 1 卷第 3 期的"译文"栏目，第 316—340 页。

1935 年 11 月，所译"Chapter Four: The Joys of Travel"（第四章"浪游记快"）载《天下》第 1 卷第 4 期的"译文"栏目，第 425—467 页。

1936 年 8 月 26 日，林语堂一家抵达旧金山。5 天后，林语堂开启了在《西风》连载《浮生六记》的翻译模式。

1936 年 9 月 1 日，林语堂所撰《浮生六记英译自序》（*Preface to 'Six Chapters of a Floating Life*）和所译《汉英对照浮生六记》同期刊载《西风》第 1 期。"所撰"，用英汉对照的形式，英文署名"Lin Yutang"，中文署名"林语堂"。中文译文前附有林语堂的简短说明："本序英文原登《天下》月刊创刊号，译文登《人间世》，原非为汉英对照之用，故译稿有一二字句为原文所无，兹以查阅别之。"[8]"所译"，目录题名为《浮生六记（汉英对照）》，目录署名"沈复著　林语堂译"。正文采取汉英对照的形式，即每页均分为左右两栏，左栏载英文译文，右栏载中文原文。正文总题名《汉英对照浮生六记》，英文部分的题名为 *Six Chapters of a Floating Life*，署名"by Shen Fu, Rendered into English by Lin Yutang"；中文部分的题名为《浮生六记》，署名"沈复著　林语堂译"。各章题名（英汉对照）如下：*Chapter I. Wedded Bliss*（卷一"闺房记乐"）；*Chapter II. The Little Pleasures of Life*（卷二"闲情记趣"）；*Chapter III. Sorrow*（卷三"坎坷记愁"）；*Chapter IV. The Joys of Travel*（卷四"浪游记快"）；*Chapter V. Experience (missing)*（卷五"山中记历"[阙]）；*Chapter VI. The Way of Life (missing)*（卷六"养生记道"[阙]）。正文前附有林语堂的简短说明："《浮生六记》译文虽非苟且之作，但原非供汉英对照之用，未免有未能字句梳比之处。阅者谅之。"本期刊登卷一"闺房记乐"，未完待续。[9]

自 1936 年 9 月 1 日起，每月 1 日，林语堂所译的《汉英对照浮生六记》（*Sir Chapters of a Floating Life*），连续刊载于《西风》。1939 年 1 月 1 日，《西风》第 29 期刊载所译《浮生六记》卷四"浪游记快"（*Chapter Four: The Joys of Travel*），全书完。林语堂翻译的《汉英对照浮生六记》在《西风》杂志上连续刊载近两年半时间。

1937 年 2 月 1 日，所撰《浮生六记（序）》载《德文月刊》第 3 卷第 5 期。目录题名《浮生六记（序）Vorwort zu "Sechs Kapitel eines fluchtigen Lebens"》，目录无署名。正文以汉德对照形式呈现，中文题名为《浮生六记（序）》，德文题名为"Vorwort zu 'Sechs Kapitel eines fluchtigen Lebens'"，署名"林语堂著　冯可大译"。每页均有若干脚注。[10]

二、林语堂译《浮生六记》的解读

翻译不是简单的文字对译，在汉籍英译过程中，如何处理好迥异的文化因素是确保有效汉文化传播的重要问题。《浮生六记》是林语堂先生最见功力的译作。他"对外国人讲中国文化"，不是 retold（重述）哪一本书，而是 presentation（呈现），不是一两个句子，而是整个文化的氛围。

《浮生六记》的作者沈复，出生于 18 世纪后半期的苏州，当时正是清朝最兴盛的时期。他做过政府文员，会画画，偶尔经商，也遭受过爱情悲剧。在 45 岁左右时开始描述他的"浮生六记"，而且，自从这"六记"于 19 世纪被发现以来就一直让中国人愉悦不已。

《浮生六记》的确是关于沈复和他的妻子芸娘的爱情故事，但这是一个发生在中国传统社会中的爱情故事——他们的爱与沈复狎妓、妻子想替他找妾这些事情共存并生，相互交织。所以，它又是一篇具有独特风格的作品。

在西方人看来，《浮生六记》是一份有价值的社会文献。书中对歌伎这一角色的描写就是一个例子。西方人很难理解中国的歌伎到底是什么样的人，因为我们所有的唯一与之相对应的人是妓女。但歌伎在中国是受人尊敬而且也值得尊敬的，她们的性也不一定是可以用钱买到。歌伎常常比她表面上侍奉的那些男人更加独立和有权威。《浮生六记》改变了人们的观念和猜测，这些改变虽小却意义重大。

譬如"幕友"，幕友到底是怎样的一群人，他们又来自何方呢？他们受过什么样的教育？他们为什么不进入仕途而做幕友？

幕友这个职业的产生和中国行政管理的独特之处有关。首先，有这样的一条规则：异地为官，即官员不得在自己的家乡任职，以确保官员在管理本区事务时不受当地亲友的影响，从而做到公正。其次，政府官员必须首先是学者，然后才是官僚。他们在初次上任之前，在行政管理方面毫无训练，对税法的了解不比对千年来诗歌的了解更多。因此，中国典型的地方官在为官一方时，常常发现自己对当地几乎一无所知。他们需要别人的帮助，而这种帮助他在幕友那儿可以得到。幕友受过教育，又有专业技能，是地方官在学者的伦理道德与帝国政府面对的现实之间架设的桥梁。瞿同祖在《清代地方政府》（哈佛大学出版社，1962）一书中，将幕友分为七类专业：刑名，钱谷，征地，挂号，书启或书禀，朱墨或红黑笔，账房。幕友几乎为地方官提供建议，起草所有的文件，处理大部分的公函，帮助组织庭审，替地方官起草回复上峰的询函，而这些行为起先很可能就是幕友建议的。幕友的好坏可能成就一个地方官，也可能毁了他的前途。幕友的实力是非常强大的。幕友同时又具备非官方的身份。他们受雇于地方官——不是政府——由地方官招募而来，报酬也是出自地方官自己。幕友的酬劳丰厚，而且受人尊敬。尽管《浮生六记》中没有明确的陈述，但沈复似乎是专攻律法的，是七类中最地位显赫的一个。

沈复就是一位幕友。虽然他总是说是被邀请就职的，但还是有许多不尽如人意之处。或许我们最难理解的是他怎么会一而再，再而三地无力养家糊口，表面的原因是，这么做可能与他自己的定位不符。例如，妻子病了需要求医问药，他就开了一爿卖画的小店——他承认这只能维持她所需药物的部分开销——而不是去找一份虽然地位较低，却可能为他提供比较稳定收入的工作。

以沈复和我们的标准，他在许多方面都是一个失败者。在官场上，他最大就是一位很有权势的朋友的幕友，这是清朝许多不走运文人所充当的角色。他不是一个好的画家，生意也做得不好，常常债台高筑，在书结尾时他似乎已完全被他的家人疏远。然而，尽管大多时候他是一个牺牲品，为人正直的他仍然义无反顾地选择正义。出于对同僚不义行为的憎恶，他辞去官职，同时，他又非常有绅士风度，没有告诉我们那些让他不快的行为。一个大人物要强迫农家女子做自己的小老婆时，他救了她，让她回到父母身边。他是个值得信赖的朋友，而结果常常是让他付出代价。

沈复非常浪漫，喜欢梦想，常常在自我欺骗的怪圈中迷失方向。但我们必须注意到，沈复所受的教育就只是为了让他在生活中充当仕宦的角色，沈复所在的阶层中没有人接受过除了这种教育之外的其他训练。的确，在我们看来，沈复在那种教育与他的生活毫无关系之后还念念不忘，但或许他只是认为这种教育可能带给他的美好前景，或者较其他人更沉迷于附庸风雅之中。沈复在这本书里向我们描述的他和妻子的生活，可能是他那个时代的文学作品中最大胆直白、情真意切的。他给我们描摹了一幅关于芸，他的舐犊之情和他的妻子的精美图画。芸的生活窘迫，但她能淡然处之。沈复关于她的肖像，作为中国传统文学对一位妇女生活的最现实的记录，沈复在对他妻子的描写中，注入了极大的柔情。

林语堂说，在沈复夫妻面前，我们的心气也谦和了，不是对伟大者，是对卑弱者，起谦恭畏敬，因为我相信淳朴恬淡自甘的生活，如芸所说，布衣菜饭，可乐终身，是宇宙间最美丽的东西。

沈复的《浮生六记》不是我们现在所习惯的按时间顺序写就的记叙文章，相反，他选取了不同的题材，讲述自己人生的方方面面。这本书的本意是以六个不同的层面构建了一个人的"浮生"，每个层面与其他任一层面几乎没有逻辑关联，没有转折过渡。这些必须尊重作者的原有框架结构，但在翻译过程中，译者翻译风格天马行空，不拘一格，译作神来之笔比比皆是。仅以沈复版《浮生六记》卷二《闲情记趣》部分文字为例：

十六对中取七言三联，五言三联。六联中取第一者即为后任主考，第二者为誊录。每人有两联不取者罚钱二十文，取一联者免罚十文，过限者倍罚。一场，主考得香钱百文。一日可十场，积钱千文，酒资大畅矣。惟芸议为官卷，准坐而构思。

杨补凡为余夫妇写栽花小影，神情确肖。是夜月色颇佳，兰影上粉墙，别有幽致。星澜醉后兴发曰："补凡能为君写真，我能为花图影。"

余笑曰："花影能如人影否？"

星澜取素纸铺于墙，即就兰影用墨浓淡图之。日间取视，虽不成画，而花叶萧疏，自有月下之趣。芸甚宝之。各有题咏。

林语堂中译版《浮生六记》卷二《闲情记趣》部分文字：

十六个对句中，选取七言三联，五言三联。六联中获得第一的人，即为下一任主考，第二名为誊录。有人两联都没有被选取的，罚钱二十文；选取一联的，少罚十文；超过时间限制的，则加倍处罚。一场下来，主考得钱一百多文。一天可以考十场，积攒上千文钱，如此下来，酒钱很是充足啊。唯有芸例外，她被大家推为官卷，允许她坐下来构思考题。

杨补凡曾为我们夫妇绘了一幅栽花小影，神情肖似。当日晚上，月色颇美，兰花的影子映于粉墙，别有幽致。星澜喝酒醉后，情致大起说："补凡能为你绘像，我能为花绘出影子。"

我笑着说："花影能像人影吗？"

星澜取出白纸，铺到墙壁上，对着兰花的影子，就用墨浓淡参差地绘制起来。到了白昼取出观看，虽然还不能成为一幅画，然而花叶疏朗萧散，自有一番月下闲趣。芸非常珍视这幅小画，大家也都在上面题诗落款。

林语堂英译版《浮生六记》卷二《闲情记趣》部分文字：

Of these couplets submitted, three of the seven-word lines and three of the five-word lines were to be chosen as the best. The one who turned in the best of these six chosen couplets would then be the official examiner for the next round, and the second best would be the official recorder.

One who had two couplets failing to be chosen would be fined twenty cash, one failing in one couplet fined ten cash, and failures handed in beyond the time limit would be fined twice the amount. The official examiner would get one hundred cash "incense money".

Thus we could have ten examinations in a day and provide a thousand cash with which to buy wine and have a grand drinking party. Yun's paper alone was considered special and exempt from fine, and she was allowed the privilege of thinking out her lines on her seat.

One day Yang Pufan made a sketch of Yun and myself working at a garden with wonderful likeness. On that night, the moon was very bright and was casting a wonderfully picturesque shadow of an orchid flower on the white wall. Inspired by some hard drinking, Hsing-Ian said to me, "Pufan can paint your portrait sketch, but I can paint the shadows of flowers".

"Will the sketch of flowers be as good as that of a man?" I asked.

Then Hsing-lan took a piece of paper and placed it against the wall, on which he traced the shadow of the orchid flower with dark and light in kings. When we looked at it in the day-iime, there was a kind of haziness about the lines of leaves and flowers, suggestive of the moonlight, although it could not be called a real painting. Yun liked it very much and all my friends wrote their inscriptions on it.

《浮生六记》中有一些民俗的东西，很难翻译。如"义子""八股文""番银"等都带有时间及地域特征，不易翻译，林语堂或忠实、或引申，都给出了很好的解释。

注 释

[1] 张若谷：《当代名人特写》，谷峰出版社，1941 年，第 24—25 页。

[2] 林语堂：《说本色之美》，《文饭小品》1935 年 7 月 31 日第 6 期，第 1—4 页。

[3] 林语堂：《流浪者自传·引言》，《宇宙风》1935 年 9 月 16 日，第 1 期，第 14—19 页。

[4] 林语堂：《记翻印古书〈一夕话〉》，《宇宙风》1935 年 12 月 16 日，第 7 期，第 318—322 页。

[5] 《林语堂先生近影及其手札》，《人间世》1936 年 3 月 16 日新第 1 期，扉页。

[6] Lin Yutang "Six Chapters of a Floating Life（浮生六记）", Ti ien Hsia Monthly, August1935, Vol. I, No. I, pp.72-109.

[7] 林语堂：《浮生六记英译自序》，《人间世》1935 年 11 月 20 日第 40 期，第 3—4 页。

[8] 林语堂：《浮生六记英译自序》，《西风》1936 年 9 月 1 日第一期，第 67—73 页。

[9] 沈复著，林语堂译：《汉英对照浮生六记》，《西风》1936 年 9 月 1 日第一期，第 74—78 页。

[10] 林语堂著，冯可大译：《浮生六记（序）》，《德文月刊》1937 年 2 月 1 日第 3 卷第 5 期，第 156—161 页。

24.《京华烟云》

——原始的信仰与最初的启蒙

1939 年 11 月，所著英文小说 Moment in Peking（《京华烟云》）由美国纽约的庄台公司出版，署名"Lin Yutang"。1939 年，加拿大多伦多的朗曼斯 & 格林公司出版了该书。1940 年，英国伦敦的威廉·海涅曼公司出版了该书。1942 年，美国纽约的日暮出版社出版了该书。1942 年，美国纽约州花园城的蓝丝带图书公司出版了该书。1975 年 12 月 31 日，该书由台北的美亚出版股份有限公司推出八十岁生日纪念版。该书卷首载有序言（署名"L.Y.T"）、*The Characters*（《人物一览表》）、*Some Chinese Terms of Address*（《部分中文地名》）。正文分为 3 卷（45 章），分别是：Book I The Daughters of Taoist（第 1—21 章）；Book II Tragedy in the garden（第 22—34 章）；Book III The Song of Autumn（第 35—45 章）。

1977 年 3 月，《京华烟云》（张振玉译）由台南的德华出版社出版，列为"爱书人文库"第 41 种、"林语堂经典名著"第 1 种，至 1980 年 9 月推出修订版。1980 年 8 月 5 日，台北的喜美出版社重印了该译本。1980 年 8 月，台北的雷鼓出版社也重印了该译本。1984 年 5 月，台北的金兰文化出版社重印了该译本。1986 年金兰文化出版社推出了一套《林语堂经典名著》，共计 35 卷。第 1 卷就是张振玉译的《京华烟云》。卷首载有张振玉于 1979 年清明节撰写的《第三次修改版题记》，蔡丰安于 1977 年在德华出版社编辑部撰写的《〈京华烟云〉新一本出版缘起》，张振玉 1977 年 2 月 18 日撰写的译者序，林如斯撰写的《关于〈京华烟云〉》。1994 年，东北师范大学出版社出版的《林语堂名著全集》30 卷本，第 1、2 卷为《京华烟云》（张振玉译）。

一、《京华烟云》或《瞬息京华》的版本情况梳理

经过 5 个月的构思，1938 年 8 月 8 日，林语堂在法国巴黎开始创作长篇小说《京华烟云》。"此书之写作，起于民廿七年八月八日，止于廿八年八月八日。原期以一年写就，如果所愿，这是最得意的事。"[1]

1939 年 10 月 16 日，《关于我的长篇小说》载《宇宙风乙刊》第 15 期，第 646—647 页，署名"林语堂"。这其实是写给郁达夫的一封信，信末落款为"九月四日　弟语堂于纽约"。信里委托对方将 Moment in Peking 译成中文，并建议将书名译为《瞬息京华》。同期还载有《林语堂启事》，全文如下："鄙人新著小说 Moment in Peking 中文版权系本人所有，现在在重庆注册中。中文译本已交原稿与郁达夫先生担任翻译，且全书中译由本人详注说明至数百条，非旁人所可臆测推想。恐海内同人不明真相，故特奉告，请勿重译，费精神，使鄙人抱歉不安"。承此意，《图书季刊》1940 年第 2 卷第 1 期，专文介绍："本书凡四十五回，约三十余万言，分上中下三卷。卷一：叙庚子拳变至辛亥革命；卷二：叙民国缔造至五四前后；卷三：叙五四运动至中日战争。专述姚氏二姊妹（木兰、莫愁），曾氏三妯娌（曼娘、木兰、素云），外亲内戚，及家庭琐碎。凡四十年来风尚之变异，潮流之起伏：如袁氏称帝，张勋复辟，段氏执政，五四运动，五卅惨案，国府成立，华北走私，以至中日战事。种种内争外侮皆借书中人物事迹以安插之。登场人物约八九十，大略均比拟《红楼》人物。地理背景则以北京为主，苏杭为宾。以庚子拳变而逃难起，以中日大战而逃难终。书中史实或藏或显，布置井然。盖四十年尤瞬息耳！爱名之为 Moment Peking，译为《瞬息京华》。"

1940 年 3 月 15 日，《瞬息京华（上）》载《世界杰作精华》第 3 期。目录题名为《瞬息京华（全部节述）》，署名"林语堂原著"，其后注明"划时代的一本中国小说"；正文署名"原著者 林语堂 节述者越裔"。"本书已当选为一九三九年百部佳作之一。书名：Moment in Peking 出版：纽约 John Day Co. 定价：中国特版国币八元五角。"正文前有译者撰写的导言："本书系好几篇小说联成的长小说，文字数约廿五万字，译成中文约五十万字。其中有佳话，有哲学，有历史演义，有风俗变迁，有深谈，有闲话，确是现代中国的一本伟大小说。一九三八年春天，林氏突然想把红楼梦译成英文，后感此非其时，且红楼梦与现代的新中国离得太远，所以决定写一本小说，动手时，先把脑中想好的画成表格，把每个人的年龄都写了出来，几样重要的事件也记下来。费时共一年，始完成这部巨著。据快讯社二月廿二日纽约电，此书已售出二十五万部，约有一百五十万人已阅读该书。其受人欢迎，可见一斑。"文末标注"下期续"。[2] 同期还刊登了周黎庵撰写的《关于〈瞬息京华〉》一文。正文写于"廿九年二月二十二日"，内含"故事略述""书之评论""书之价值""书之错误""书的翻译"五部分。该文正文前附有《林语堂致本文作者函》，目录题名为《林语堂纽约来鸿》，即林语堂于"廿八年七月十七日"（1939 年 7 月 17 日）写给周黎庵的信。

1940 年 4 月 15 日，《瞬息京华（中）》载《世界杰作精华》第 4 期。目录、署名，与上期相同。文末标注"下期第三集秋日之歌续完"。

1940 年 5 月 15 日，所撰《瞬息京华（下）》载《世界杰作精华》第 5 期。目录、署名与上期相同。文末标注"完"，并附"勘误"："上期本文内之兴亚误植生亚，特此更正"。

1940 年 5 月，《瞬息京华（中文注释）》由中英出版社出版。封面印有英文"Moment in Peking by Lin Yutang With Chinese Notes"及中文"瞬息京华 长篇小说 中文详注 林语堂新著"；书名页印有英文"Moment in Peking Novel of Contemporary Chinese Life by Lin Yutang Translated and Abridged by Ku Tsong-nee"及中文"瞬息京华 林语堂著 编注者 顾宗

沂"；版权页中文书名为《瞬息京华（中文注释）》，署名"著作者　林语堂　编注者　顾宗沂"。

1940 年 6 月，《我怎样写瞬息京华》载《宇宙风》第 100 期（"百期纪念号"），署名"林语堂"。文末标注"廿九年，五月十六日"。

1940 年 6 月，所著《瞬息京华》由北京的东风书店出版。封面与版权页书名均为《瞬息京华》，书名页书名为《瞬息京华（Moment in Peking）》，封面与书名页署名均为"林语堂著　白林译述"，版权页署名"著者　林语堂　译者　白林"。卷首收有林语堂的序。正文包括第一部"道家的女儿"、第二部"园中的悲剧"与第三部"秋日之歌"。正文后收有总题为《附〈瞬息京华〉评》的四篇书评，包括赛珍珠的《评〈瞬息京华〉》、林如斯的《评〈瞬息京华〉》、周黎庵的《评〈瞬息京华〉》、梁少刚的《评〈瞬息京华〉》，卷末收有白林的《译后赘记》。

1940 年 6 月，《京华烟云（上册）》由上海春秋社出版部出版。封面中文书名为《京华烟云》，英文书名为 Moment in Peking By Lin Yutang，署名"林语堂著"。书名页英文书名 Moment in Peking，中文书名《京华烟云（上册）》，署名"林语堂著　郑陀　应元杰合译"。版权页英文书名 Moment in Peking，中文书名《京华烟云（上册）》，署名"原著者　林语堂　译者　郑陀　应元杰"。1977 年，台北的远景出版社重排出版了该译本。

1940 年 7 月，《瞬息京华》由欧风社出版，至 1941 年 4 月再版，1942 年 3 月三版。封面加附英文书名 Moment in Peking；封面与书名页均署名"林语堂著"，版权页署名"原著者　林语堂　译述者　沈沉"。这是一个中文节译本，分为"第一集　道家的女儿""第二集　园中的悲剧""第三集　秋日之歌"。第一集正文前附有《庄子·大宗师》"在太极之先而不为高，在六极之下不为深；先天地生而不为久，长于上古而不老"，及其对应的英文译文；第二集正文前附有《庄子·齐物论》"梦饮酒者旦而哭泣，梦哭泣者而田猎……是其言也，其名为吊诡。万世之后而一遇大圣，知其解者是旦暮遇之也"，及其对应的英文译文；第三集正文前附《庄子·子北游》"故万物一也。是其所美者为神奇，其所恶者为臭腐，臭腐复化为神奇，神奇复化为臭腐"，及其对应的英文译文。另，1945年10月20日，该译本由苦干出版社翻印，由国际书报社发行。封面与版权页均署名"林语堂著"，未标注译者姓名。仍分为"第一集　道家的女儿""第二集　园中的悲剧""第三集　秋日之歌"，但各集正文前的《庄子》片断及其对应英文译文均删除不录。1947年2月，苦干出版社在上海再版了这本《瞬息京华》，改由正气书局发行。1976年，台南的慈晖出版社翻印了该译本，但未署译者名。

1940年10月，《京华烟云（中册）》由上海春秋社出版部出版，至1941年3月印至三版。封面的英文书名以及版权页署名与6月份出版的"上册"相同。

1941年1月，《京华烟云（下册）》由上海春秋社出版部出版。英文书名以及版权页署名与6月份和10月出版的"上册""中册"相同。另，1946年4月，郑陀与应元杰合译的《京华烟云》由春秋社出版部在重庆推出"渝版"，仍分为三册。1946年1月，该译本由上海的光明书局推出战后新一版，亦分为上、中、下三册，至1948年4月印至四版。1952年，该译本由台北的文光书店翻印，但未署译者名。1977年5月，台北的远景出版社根据郑陀与应元杰合译本重排出版了一本《京华烟云》，列为"远景丛刊"第71种。林语堂后来在评论该译本时称："郑、应二君虽未相识，也未接洽，但总算负责译完。译文平平，惜未谙北平口语，又兼时行恶习（看隔院之花，谓'看看它们'），书中人物说那种南腔北调的现代话，总不免失真。"[3]

1941年2月16日，《谈郑译〈瞬息京华〉》载《宇宙风》113期。署名"林语堂"。文末标注"三十年元旦于罗山矶"（1941年1月1日）。另，该文又载同日《宇宙风乙刊》第39期附页I–IV，署名"林语堂"。附"编者按"："语堂此文，原刊宇宙风半月刊，兹以该刊专销内地，为免上海读者向隅起见，特在本刊作附页刊载，以饷读者。"

1941年4月，《瞬息京华（中文注释本）》由香港的港社分上、中、下三册出版。封面页印有英文"Moment in Peking by Lin Yutang"及中文

"瞬息京华　林语堂著（中文注释本）"。版权页书名为《瞬息京华》，署名"著者　林语堂　注释者　朱澄之"。

1941年6月14日，《京华烟云（中册）》由长春启智书店发行。封面英文书名为 *Moment in Peking by Lin Yutang*，中文书名为《京华烟云（中册）》，中文署名"林语堂著"。书名页英文书名为 *Moment in Peking*，中文书名为《京华烟云（中册）》，署名"林语堂著　郑陀　应元杰合译"。版权页署名"编选人王丽萍"。6月30日，所著《京华烟云（下册）》由长春启智书店发行。封面书名、署名与"中册"相同。

1941年8月10日，《京华烟云（上册）》由长春启智书店发行。封面英文书名为 *Moment in Peking by Lin Yutang*，中文书名为京华烟云（上册）》，中文署名"林语堂著"；书名页英文书名为 Moment in Peking，中文书名为《京华烟云（上册）》，署名"林语堂著　张鹏程译"。版权页署名"编选人丽萍"。启智书店出版的这套《京华烟云》中册与下册均为郑元陀与应元杰合译，但上册则标明译者为张鹏程，而且出版顺序也颠倒了，甚为奇怪。

1941年8月30日，郁达夫与李小瑛（李筱瑛）合作翻译的《瞬息京华》在《华侨周报》第22期上开始连载。[4]"林语堂所著之瞬息京华，已由郁达夫从事翻译，自本期起，译稿连续在本周报发表。"[5] 可惜的是，同年12月27日太平洋战争爆发，《华侨周报》停刊，郁达夫所译《瞬息京华》也未能连载完毕。另，郁达夫之子郁飞后来完成了郁达夫的未竟译事，所译《瞬息京华》由湖南文艺出版社于1991年12月正式出版。

1943年1月1日，《瞬息京华》载《河南青年》第3卷第1期"文艺版"。目录署名"林语堂著　杨和埙译"，正文署名"林语堂著　杨和埙节译"。3月1日，所撰《瞬息京华（续）》载《河南青年》第3卷第2—3期合刊"文艺版"。目录题名与署名与上期相同。

1943年7月1日，罗明改编的《京华烟云（四幕六场）》载《小说月报》第33—34期合刊。目录题名为《京华烟云》，目录署名"罗明"；正文署名"林语堂原著　罗明改编"。正文题名后标注"改编者保留上演权"。本期刊登第一幕。文末标注"三十一年十二月廿九日夜"。8月15日，《小说月报》第35期（8月号）刊载第二幕。文末标注"卅一年一月四日晚"。（此处疑为"卅二"笔误。）9月15日，《小说月报》第36期（9月号）刊载第三幕。文末标注"三十二年六月三日"。10月15日，《小说月报》第37期（十月号·四周年纪念号）刊载第四幕。文末标注"三十二年八月十八日于上海勤乐村"。后三幕刊载正文署名和正文题名与第一幕相同。

1946年1月，《京华烟云》由上海春秋社推出战后新一版，12月战后新二版，1947年2月战后新三版。全书分为三卷，即卷一"道家的女儿"、卷二"庭园的悲剧"、卷三"秋之歌"。封面署名"林语堂著"，书名页署名"林语堂著　郑陀　应元杰合译"，版权页署名"原著者　林语堂　译者　郑陀　应元杰"。封面书名、版权页书名均为《京华烟云　卷一　道家的女儿》《京华烟云　卷二　庭园的悲剧》《京华烟云　卷三　秋之歌》。

1946年7月16日，《瞬息京华》载《华侨评论月刊》第1卷第6期。署名"林语堂原著　汛思译"。目录题名《长篇小说　瞬息京华》。本期刊登第一回，文末标注"待续"。正文前有编者的导言："林语堂博士的英文原著 *Moment in Peking* 是一本伟大的杰作，自出版以来，风行一时。本刊兹得汛思先生的合作，分段译出逐期登载本刊，以飨读者，思先生不独译笔信雅，且对北平话下一般苦工，故于书中人的对话、神态身份，描摹尽致，译风别具一格，敬希读者留意。"《华侨评论月刊》，是1946年1月由国民党海外部驻加拿大总支部书记长陈立人，在加拿大温哥华创办的中文月刊。同年8月16日、9月16日、10月16日、11月16日和1947年的2月16日，《瞬息京华》在此刊共载6期。

1946年9月，大国书店出版了一本徐培仁等译著的《缩小了的巨著》，至1947年2月印至三版。该书分为上、下两编。上编分为"风行一时的文学杰作""趣味深厚的哲学巨著""最新科学佳书"，下编分为"传记精华""轰动世界的修养名著"。其中，上编"风行一时的文学杰作"部分收录了越裔节述的《瞬息京华（上）》，目录题名为《瞬息京华 Moment in Peking》，正文题名为《瞬息京华（上）》；目录无署名，正文署名"原著者林语堂 节述者越裔"。

二、浮生若梦有情怀

Moment in Peking（《京华烟云》）英文版 70 万字，共 3 卷 45 回，是林语堂首部小说，以英文写成，曾获诺贝尔文学奖提名。

Moment in Peking 原先是写给外国人看的。Moment，烟云，总是浮生漫漫的味道，而"Peking"（北平）里的这些事，这些人，也都将如浮云般散去，芸芸众生，没什么是解不开的结，没什么是过不去的事，所有的一切都会过去，而生命和信仰就是这样在时间里传承下去。《京华烟云》虽借描写北京城中姚、雷、牛三大家族的浮沉兴衰和三代人的悲欢离合来推崇道家文化，但小说"生死循环，新陈代谢，乃为至道"的题旨，始终是结合现代中国的变迁和现代人生的体验而得到表现。正如林语堂在著中序道："本书对现代中国人的生活，既非维护其完美，亦非揭发其恶。因此与新近甚多'黑幕'小说迥乎不同。既非对旧式生活进赞词，亦非为新式生活做辩解。只是叙述当代中国男女如何成长，如何过活，如何爱，如何恨，如何争吵，如何宽恕，如何受难，如何享乐，如何养成某些生活习惯，如何形成某些思维方式，尤其是，在此谋事在人、成事在天的尘世生活里，如何适应其生活环境而已。"他写了这么多种命运，而目的却是告诉我们不必感叹命运。浮生乱世，我们总是不断追寻，却又在不断舍弃，然而却始终无法正视是与非，明断得与失，在这个信仰逐渐缺失的时代里，林语堂在《京华烟云》里赋予了那些人自我的信仰，于是才有了这场悲喜华章。盛世落幕，却唯有靠着信仰的方式，我们的精神才有了传承。

林语堂认为在中国人的现实生活中，儒家起着主导作用，支配着中国人的日常生活，道家与佛教则起着补充作用，三者相辅相成，影响着上述中国国民性的形成。在现实生活中，多数人物的行为习惯是在儒家思想的影响下铸成的，理性的、实事求是的精神，积极的、功利的生活态度，乐观、和谐的社会观念，无不含蕴其中。在《京华烟云》中，则重在阐释道教文化。林语堂认为道家的学说尽管消极遁世，但它热爱自然，强调直觉，给中国文化赋予了浪漫的色彩。道家的遁世绝俗，幽隐山林，崇尚田园生活，修身养性等观念，虽然有一定的消极意义，但是它培养了中国人热爱自然、随遇而安、知足常乐的精神，赋予了中国文化自由、奔放、和平的色彩。姚思安这个"城中的隐士"端庄高洁，其思想，对事物的观察判断，富有人生哲理的言词，对书中主人公姚木兰的影响极大。

姚木兰身上集合了儒家的传统和道家的逍遥，她身为道家女，却嫁作儒家媳，然而这两家的思想却都能为其所用，并不冲突。木兰天真聪慧，独立而果敢，懂得享受现世的幸福，追求自由随遇而安的生活，沿袭父亲的信仰，是个道家的信徒。因此她相信万物有道。她很乖顺地听从了父母的安排，并平静地接受了命运。在其后的一生里，虽然没有断过对立夫的爱，但她始终没有背弃过她的婚姻，她也从没有怀疑过对荪亚的喜爱，虽然两种爱的层次大不相同。甚至当丈夫偶然出轨时，她也不是一味激怒怨愤，反而反省自身，并釜底抽薪，另想妙法解决。因为木兰从不埋怨命运，并欣然面对生活，享受着一种平静的安然。

《京华烟云》里面流淌着的是一种宁静的芬芳，人的内心都是平和安详，那种有文化的大户人家的雍容的感觉，让人非常羡慕。所以那个姚木兰虽然内心对立夫有那种奇妙的感情，但是当她的父母帮她做主嫁给荪亚之后，她也是很喜欢的。她是带着那种惆怅、憧憬开始婚姻生活的。这都是带有那个时代女性的安顺特征，而且非常真诚非常大气的，所以林语堂说若为女儿生只做木兰。林语堂笔下的姚木兰不是后来几个版本的电视剧中的那样——一个焦虑、哀怨的女人，一个欲望很多却假装克己的女人，这完全跟林语堂笔下的那个女人不是一个调。原著里那种雍容华贵的大家闺秀气质没了，成了一个怨妇、一个弃妇，而且心胸很狭窄，假装克制自己的大度，没有那个时代大户人家的安顺特征；那种现代人的焦虑、幸福感都缺失，没有道德、没有价值观、没有深沉的爱的滑稽，支离破碎的、骚动不安的、浅薄的笑弄。以改编剧本代替原著的人，还以为是林语堂功底那么肤浅，实际上不是那么回事。

在这个世界上，人分两种，一种是同命运不懈斗争，无论最终能不能赢，精神上始终是一场胜利，就像立夫；另一种是随缘而往，随遇而安，安然地接受命运的安排，不怨不嗟，享受生活，但需要强大而丰盛的内心，笃定去接受必然要经历的暴风雨，就像木兰一样，这是一种平凡的幸福。但无论如何选择，这两种人生都是存于精神探求的信仰，所有的途径并非一成不变，唯有信仰仍在。

中国古代以儒家世俗思想为主体，以道家的遁世与佛教向往天国的神学理论为补充的思想结构，适应了中国传统社会的需要，也代表着中国文化。所以，从小就受基督教影响的林语堂，在小说的创作中，更多的是稀释乡愁的个人化色彩，而进入一种理性的文化观照，又让叙事文学发挥自身的功能，把小说的艺术特性充分地表现出来。

三、民俗变迁的记录

《京华烟云》不同于其他小说，它不着重于情节的铺陈，而是涵容着深沉的学者之气，将中国传统文化对西方人一一道来，其中涉及丰富多彩的传统民俗文化，可以当作向西方社会介绍中国传统文化的著作来读。"《京华烟云》在实际上的贡献，是介绍中国社会于西洋人。几十本关系中国的书，不如一本道地中国书来得有效。关于中国的书犹如从门外伸头探入中国社会，而描写中国的书却犹如请你进去，登堂入室，随你东西散步，领赏景致，叫你同中国人一起过日子，一起欢快，愤怒。"[6]确实，林语堂把中国数千年的文化压缩到小小的北京城中，通过对北京城文化的展示，人们可以窥视到整个古老中国的文化风貌。

中国文化素来以博大精深著称，大到国家的主导思想，小到衣食住行习俗，都随着千年历史传承而深刻于中国人的骨髓。林语堂在《京华烟云》中大量地描写了中国传统的民间习俗，如衣食住行习俗、婚丧嫁娶之礼等，这些民俗都是存在于中国人骨子里的最具文化色彩的东西，也是整个中国多元文化的重要组成部分。

（一）婚嫁习俗

婚姻是维持社会稳定、家庭和谐的纽带，它不仅是人类传宗接代繁衍生息的基本形式，也是社会井然有序繁荣昌盛的重要保障。《礼记·昏义》中写道："昏礼者，将合二姓之好，上以事宗庙而下以继后世也，故君子重之。"中国人重视婚姻，并在千百年的时间里发展出了丰富的婚姻礼仪和习俗。林语堂在《京华烟云》中不惜笔墨地描写了曼娘出嫁、木兰出嫁等场景，把中国传统的婚嫁习俗摆放到桌面上，一一细数。

曼娘的出嫁是中国一种古老而又特殊的婚嫁形式——冲喜。虽是匆忙成婚，但新娘出嫁前的"绞脸"、梳头、化妆、戴首饰等每一个环节，都有详尽而细致地铺陈。然后等着男方的花轿来接。"有三尺宽的长红布，从大门经过院子，一直铺到大厅外的台阶儿，这是给新娘走的。"[7]中国人认为新娘结婚时脚不可踩到泥土，所以也就有了"背新娘"或"铺红毯"的风俗。婚礼是在男方的宗祠举行，这也是中国人对祖先的一种尊敬，也使得整个婚礼更加郑重庄严。新娘下轿，取"步步高升"之意，用新秤挑开新娘的蒙头纱，意为"称心""称意""万事如意"。随后向祖宗牌位行礼，向父母跪拜，然后由众人引领进入新房。因为新郎病重，所以就免去了"闹洞房"的习俗，只是说了些吉祥话，然后新娘向新郎一拜。最后是"新娘新郎该同进合欢酒，是一杯酒，一碗猪心汤，汤里自然还有别的东西，取二人同心和好之意。"[8]整个过程都是按传统习俗进行的。

木兰的婚礼更遵循中国传统的婚礼程序。中国古典的婚姻礼仪是所谓的"六礼"——纳采、问名、纳吉、纳征、请期、亲迎，木兰的婚礼严格按照这六种程序举行。木兰和荪亚订婚前，交换了生辰八字，并请来了傅先生为两人合字。"木兰是金命，荪亚是水命，金入于水而金光闪灼。这一门子亲事主吉。"[9]随后等木兰二十岁时，"曾家正式向姚家送上龙凤帖，请求选择好日子，举行婚礼。送有龙凤饼、绸缎、茶叶、水果、一对鹤、四坛子酒。姚家的回礼是十二种蒸食，表示同意"。[10]双方父母就开始择定好日子，在婚礼举行的前一天，新郎那边就要派人去迎接嫁妆，而新娘这边也要派人去陪送嫁妆，新娘家陪送的嫁妆是要敞开给其他人看的。"对于嫁妆丰厚且家世显赫的人家来说，送嫁妆时要请鼓乐队烘托气氛，有的甚至派专人举着书写着吉祥语的牌子作为先导，吹吹打打，欢天喜地地送嫁妆，非常隆重，场面一点也不比男方给女方家过大礼逊色。"[11] 木兰的嫁妆共有七十二抬，算是震惊了京城，嫁妆包括各种金、银、玉、首饰、古玩、绸缎、衣裳等，这些嫁妆一部分是新娘留着自用，一部分是赠送给新郎的家属，作为新娘的礼物。对于木兰婚礼的过程，林语堂则轻描淡写，一笔略过，因为之前对曼娘婚礼过程描写繁复，此时并不需要再赘述。虽然过程略写，可是对"闹洞房"却大肆铺陈。"闹洞房"也就是要逗新娘，中国人喜欢热闹，尤其是在结婚的时候，所以"闹洞房"的习俗也就一直被保留下来。婚后第三天，就是新娘"回门"的日子。在封建时代，女子并没有真正独立的社会身份，婚礼其实就是从娘家到夫家的一种过渡，而"回门"的意义就在于，从此以后新娘就要离开自己家，融入夫家生活，不能侍奉爹娘左右报答养育之恩了，所以"回门"是新娘向以往的生活的一次告别，当然现代的意义更是为了向父母表示夫妻和睦，家庭美满，让父母放心。

（二）岁时节日民俗

中国岁时节日的产生与中国古代的天文历法有直接的关系，是一种极其复杂的文化现象。中国历来重视农耕，会根据不同的季节气候安排不同的农耕活动，所以也可以说是"在农耕文明语境中的节日是由年月日时和气候寒暑变化相结合排定的节气时令，它是以农作物生长周期的循环往复规律确认的"。[12] 岁时节日随着一代一代的传承，也就形成了关系整个民族生活内容的一种重要表现形式。岁时节日包括很多，如春节、端午节、中秋节等，这些都是几千年文化沉淀下来的一种民族生活形式。这些节日的存在，使得"她知道了春夏秋冬的特性，这一年的节日就像是日历由始至终调节人的生活一样，并且使人在生活上能贴近大自然的运行节奏"。[13]《京华烟云》中的岁时节日涉及众多，虽然有的只是寥寥几笔带过，但是也可以让人感受到这种节日带来的欢喜氛围。

农历八月十五，古人们早就形成了"中秋赏月"的习俗。除了吃象征团圆的月饼，《京华烟云》还为我们介绍了中秋节的另一个老风俗，"持蟹赏菊度中秋"。姚府开宴，宴请了傅先生和立夫母子，姚老先生买了两大篓子最好的螃蟹，大家围在石桌上，边吃螃蟹边赏月，这也是一种团圆的方式。待到吃完螃蟹，众人开始"折桂传杯"，这也是庆祝中秋节的习俗之一。"这个游戏就是把一枝子桂花围着桌子传，同时一个人打小鼓。到鼓声一停，桂花在谁手里，谁就得喝一口酒，说一个笑话。"[14]

《京华烟云》中还提到了腊八节。腊八节又被腊日祭、腊八祭，原为古代欢庆丰收、感谢祖先和神灵的祭祀仪式，后演化为纪念佛祖释迦牟尼成道的宗教节日，这个节日在先秦时期就有，到了南北朝时才真正固定在腊月初八这一天。腊八节，最流行的就是喝腊八粥。"腊月初八那天都喝腊八粥，用黄黏米，白江米，红小枣儿，小红豆，栗子，杏仁儿，花生，榛子仁儿，松子儿，瓜子儿，跟红糖或白糖一起熬。"[15] 人们以这种形式，期盼着来年也能家道殷实，五谷丰登。而腊八节一过，人们就开始忙着置办年货，所以腊八节也算是真正拉开了春节的序幕。

（三）传承与变革

岁时民俗是中华民族在长期生产和实践中积累下来的文化财富，是中国先祖智慧的结晶。随着历史的变迁，传统的消祸祈福的岁时文化心理慢慢淡化，岁时民俗更具备了现代的社会服务意义，"它调节着人们的生产和生活节奏，整合着复杂的社会人际关系，调适着人们的精神意绪，成为民众时间生活的社会依据。"[16] 然而，民国是中国社会的一个大变革时期，是中国走向现代文明的一个重要转型期，中国传统文化开始逐步瓦解，而受上层社会的影响，传统的民间习俗也在慢慢地改变，呈现出了不同于其他时代的一种民俗特色。林语堂熟知中西文化，自然也就感受到了这种文化习俗的改变，他以浅显易懂的文字将民国时期民俗的转变呈现在了西方读者面前。

（1）婚俗的西化，婚姻的自主

《京华烟云》中多次写到了婚礼，前两次曼娘和木兰的婚嫁都是中国最古典的婚礼形式，有严格的礼仪要求。可是随着时代的变化，古老的婚俗已经开始西化，传统的新娘新郎服饰已经被婚纱和西服取代，一系列的婚礼过程也被简化，成为一种亦中亦西的婚礼形式。莫愁的婚礼显然就是受到了时代的影响。"她要在北京饭店举行婚礼，但是还要旧式的婚礼，也要旧式家中的洞房。新娘穿着白色结婚礼服，蒙新娘面纱，她要立夫穿西服，红玉和爱莲做伴娘，素同和阿非做伴郎，阿满做花女，丽莲担任弹《婚礼进行曲》。"[17]

在《京华烟云》里，不仅婚嫁形式发生了改变，冲破封建制度的婚姻自主也得到了张扬。素丹是个追求自由恋爱的人，敢想敢做，敢于承担自己的责任。虽然经历过一次不幸的婚姻，可是依旧有勇气去追求自己的幸福。不仅是新时代的女子素丹，就连曾家这样深受儒家思想影响的大家族，也同意了经亚和素云的离婚。这是一种时代风气的转变，预示着现代文明已经侵入了中国这个古老的国度，影响了新一代的青年。立夫的妹妹环儿和陈三的结合，更是直接对封建婚姻制度的一种宣战，既无父母之命，也无媒妁之言，更没有什么庄重的婚礼形式，只是在山上进行了"宣誓"，也就成了夫妻。随着西方文明的传入，中国的婚俗发生了很大变化，剔除了传统婚俗文化中古老保守的部分，使人更崇尚和追求自由的恋爱和婚姻。

（2）服饰的改变

中华文化重要组成部分的服饰民俗，民国时期也有了很大的兼容性。《京华烟云》中虽对服饰衣冠着墨不多，可是依旧是寥寥数言就表现出了民国服饰的变迁。最能体现民国时期服饰变迁的是男子的剪辫易服。留辫子是满族人入关时强迫汉人接受的一种行为方式，也是判断汉人是否效忠于满清政府的一个重要标志。"革命党都剪去辫子，因为留辫子是表示臣服满清。"[18] "木兰拿了把剪子，一时冲动，一切不管不顾，就把苏亚的辫子剪下来。"[19] 剪辫子的行为是一种脱离旧的制度的约束，体现了中国人开始向西方文明学习的热望和决心。发式和衣冠是密不可分的，随着剪发的流行，社会上出现了"易服热"。中国男子的服饰一贯是长袍大褂，样式简单，颜色单一，但是上层社会开始流行男子着西服，穿西服成了文明的象征，"体仁很高兴，也学会了把两只手插进裤兜里走。也系颜色鲜艳的领带，被欣赏还有个表兜！里头放着怀表，有时候儿一只手插进衣襟里，一只手抡着一根手杖，就像他所看见的潇洒的归国留学生和洋人一样。"[20] 但是并不是所有人都可以接受这种服饰的改变，"倘若他在新政府为官，他要不要穿那种丑陋的怪裤子？穿那种怪领子的衬衣？也系上那样的领带？"[21]

相对于男子的单一的服饰变化，女子的服饰更趋向于多样性、尚新性和时髦性。传统女子的服饰，基本上是上褂下裙，而且根据不同的身份，对衣着的样式、颜色也会有不同的要求，如太太可以下身穿裙子，但是妾只能穿裤子，木兰初次见桂姐时，桂姐"穿着紫褂子，镶着绿宽边儿，没穿裙子，只穿着绿裤子，上面有由 A 字连成的横宽条儿。"[22] 姚家"姊妹也穿得很讲究，上身穿的是乳白色的丝绸的褂子，极细瘦的袖子，鸭蛋青色的厚锦缎裤子。那时候极瘦的袖子突然流行，已经把早年宽肥飘洒的大袖子取而代之了。"[23] 满族妇女流行穿旗袍，可是那时候旗袍的特点是宽大、平直，直垂脚底。《京华烟云》里，女性穿着改进后的旗袍"那身段的自然之美完全显露出来了。"[24] 除了旗袍之外，女子的服饰变化还可以表现在女学生的衣服上，"环儿现在十八岁，衣裳穿得像当时的女学生一样，穿着一件红紫色的短夹大衣，紧扣在腰以下，黑长裤，高跟鞋。"[25] 这种装扮利落大方，展现了新时代女学生的风貌。总而言之，女子服饰的变化表现了时代的进步和女子的开放程度。

（3）缠足制度的取消

缠足是中国一种古老的陋习，到社会开始转型的民国时期，人们呼吁男女平等，宣扬女性也有自身的独立自主权利，各地方政府也采取种种措施实行"放足"。作为反映当时时代文化变迁的一部小说，《京华烟云》对缠足之俗也多有表现。"小脚的美，除去线条和谐匀称之外，主要在一个'正'字儿，这样，两只小脚儿才构成了女人身体的完美的基底。刚走上船的这位少妇的脚，可以说达到了十全十美的地步——纤小、周正、整齐、浑圆、柔软，向脚尖处，渐渐尖细下来，不像普通女人的脚那样平扁。"[26] 木兰对这种小脚心向往之，可是父亲因受"天足论"的影响，坚决反对给木兰缠足，致使木兰抱憾不已，等木兰见到曼娘，让曼娘帮她缠足，发现缠足之痛难忍异常，方知道女子缠足受了多大的痛苦，直恨自己不是男子。木兰并不是真的想成为男子，而是因为那时候女子有太多限制和束缚，男子享受了太多女子所不能的权利和自由。虽然政府下令禁止缠足，可是《京华烟云》中提到了一个旧学派的学者辜鸿铭，他对小脚却大加赞赏，"缠足会增加女人的妩媚，改善女人的身段儿，使女人成为淑静节制的象征。"这种言论依旧是把女性当作男性的一种玩物，一种观赏对象，而不是一个独立的个人。由于社会不断地进步，人们对之前的妇女缠足从美学和人性方面都进行了否定，认为自然的健康的就是美的。不仅如此，缠足制度的取消，也表明人们拥有更文明的现代思想，打破传统的思想僵局，给予女性恰到好处的尊敬，使得男女平等的思想能够深入人心。

对民俗文化描写的背后，是林语堂对中国整体传统文化的反思。他主张废除中国传统文化中不合理、不人性的部分，但是反对五四时期对一切传统文化都进行否定的行为，认为中国文化必须保持自身的优长，而且在那个"传统的就是坏的"的时代，林语堂到处奔走游说，向国民阐释中国古代先贤的智慧，认为这些智慧倘使注进现代文明思想，也能为时人所用，拓宽中国整体文化的前景。当然，除了保持自身的文化优势外，也应该吸收外来文化中对自身文化有益的部分，才能更好地立于世界民族之林。

四、阴阳变化与《红楼梦》的影响

林语堂非常推崇道家阴阳变化、兴盛衰败的哲学。林语堂坦承《京华烟云》的创作受《红楼梦》的影响："故后来写作受红楼无形中之熏染，犹有痕迹可寻。我是五体投地地佩服红楼梦技术的人，所以时时以小说作家眼光，精研他的文学伎俩。"[27] 不仅人物形象，故事情节有相似之处，尤其是四季象征意义对应情节发展的模式多有相似之处。曹雪芹用四季意象去自然呈现结构层次，并由此来解释社会人事的变化，把一年四季阴阳变化与贾府兴盛衰落的社会特征相配合，将百年贾府史浓缩在一年四季的审美框架内。细读《京华烟云》，我们会发现林语堂是有意将四季的象征意义与小说情节相匹配，去展现姚曾牛三大家族的兴盛衰败，家族与时代、个人与国家存亡的关系等主题。也就是说，小说的文化意蕴是通过阴阳二气产生一年四季，一年四季的象征意义对应情节发展这一顺序传达的。

按季节发生来安排小说情节，赋予了古人"感物"与"体物"两种诗思模式一新的文化意义。《京华烟云》以四季的象征意义来对应小说情节。春季是四季之首，万物复苏，开启新的轮回，对应小说情节的新生部分。夏季是万物茂盛生长的季节，对应小说情节的发展部分。秋季是收获与枯萎的季节，对应小说情节的转折与衰落部分。冬季万物进入休眠，对应小说情节的陷入黑暗或者埋下希望的部分。表格中的小说情节虽然不能完全对应相应的象征意义，但是绝大部分是能与之相匹配的。如春季情节"银屏生子被夺，上吊自杀"意味着她的儿子姚博雅将被姚家人所抚养，在健康的环境中长大，培养出正常的三观，而不是在带有报复心的母亲和玩世不恭的父亲以及私生子的阴影中成长，这是姚博雅人生的新生机会。夏季情节中有些暗示着曾家的衰落，有些暗示爱情的失落，有些则是如火如荼的运动与政治事件。秋季情节如"姚木兰走丢""曾家救出木兰"都成为木兰人生的转折，埋下了她与曾家的姻缘；"冯红玉投湖自尽"不仅是红玉与阿非爱情的结束，也是阿非婚姻的转折。冬季情节"光绪与慈禧先后去世"意味着大清王朝气数将尽；"姚木兰一家加入全民逃难，沿路收养孤儿"既表现国家民族陷入战争的灾难，孤儿也寄寓着光明的希望。

《京华烟云》中虚构内容的发生季节与真实历史事件的发生季节，都加深了阴阳二元论哲理的可信度。《红楼梦》的四季性意象结构显示出清王朝的无路可走与曹雪芹对清王朝走向没落的绝望，而《京华烟云》中一年四季之轮回是螺旋式上升，姚、曾、牛三家老一辈的去世，新一代的人又成为家与国的希望。下图表格中春夏情节多，而秋冬情节少也暗示了小说主题的积极向上暗示民族国家未来一片光明。

《京华烟云》四季情节表（阿拉伯数字代表情节所在章节）

阳		阴	
新生	发展	转折与衰落	陷入黑暗与希望
春季情节	夏季情节	秋季情节	冬季情节
20 银屏生子，儿子被姚太太夺走，上吊自杀	7—11 为冲喜，孙曼娘嫁曾平亚，平亚去世曼娘守寡	2 姚木兰走丢	18—19 姚体仁用光旅费，回到北京，与银屏在外同居
20 姚思安父子从南洋游历回家	16 姚体仁因贪恋奢华生活，滞留香港，不去留学	3—4 曾家救出姚木兰，姚木兰在泰安曾家生活两个月	20 光绪、慈禧先后去世
24 姚体仁在华太太劝导下浪子回头	25 姚体仁坠马去世	17 银屏逃出姚家，拒绝姚太太安排的婚事	21 姚木兰、曾荪亚结婚
24 姚木兰生子	29 姚莫愁生子，陈妈来到姚家做事	16 孔立夫家因暴雨受损，受邀住进姚家	22 牛东瑜恶行引起民愤，被斩首
26 姚家搬进王府花园	30 曾祖母去世	22 牛家因牛东瑜被抄家，在新政府谋职无望只能回天津	22 民国成立，清帝逊位
31 袁世凯被击败，丧命	30 牛素云投资亏损，曾家分家产	33 冯红玉投湖自尽	31 蔡锷在云南宣布起义，袁世凯崩溃
33 旗人董宝芬来到姚家做事	31 冯红玉、姚阿非一行南方游玩	44 姚阿非一家，曾经亚一家为躲日寇离开北京	34 姚阿非夫妇启程英国留学，姚思安离家修道
35 舒暗香找到家人	32 《新青年》杂志风靡，张勋复辟军阀割据，新文化运动		36 孙中山自南方来到北京，几个月后去世
36 陈三、孔环儿结婚	32 孔立夫将陈妈寻子事件写成小说，引起轰动		45 姚木兰一家加入全民逃难，沿路收养孤儿
36 国民革命大游行，袭击安福系首脑官邸	35 五四运动，曹章陆遭撤职		

阳		阴	
新生	发展	转折与衰落	陷入黑暗与希望
春季情节	夏季情节	秋季情节	冬季情节
36 曾阿满在大游行中丧命	38 孔立夫被传受审，姚木兰独闯总司令部救出立夫		
39 曾太太去世，曾府售卖，曾家正式分家	39 姚木兰一家南迁杭州，过田园生活		
39 姚思安修道十年后回到姚家	42 牛素云帮日本人制毒贩毒被抓，姚思安劝说姚家人为素云摆脱死罪；姚思安去世		
	43 牛素云间谍身份暴露被日本人杀害，莺莺被陈三枪杀		
	44 孙曼娘及其媳妇、孙子被日本人杀害，曾阿瑄为复仇加入游击队		

　　四季除了象征意义与情节发展相匹配，在小说中还表现出其他作用。其一，以自然意象暗示情节发展，这类意象往往是不好的征兆。如姚家纨绔姚体仁在父母亲人的安排之下，准备出国留学，并且他自己也打算改过自新、发愤求学，原本可能会产生"浪子回头"的经典剧情。但是在姚体仁离家后，小说中出现"那年夏天，一连十天，大雨倾盆，实在少见，因为在北京，夏天的雨总是来势汹汹，转眼就过。"[28] 以"一连十天"的大雨暗示着姚家将发生不同寻常的事，后文果然出现姚体仁因为贪图香港的舒适娱乐而滞留，取消了去留学的打算。再如姚家中秋欢聚一堂，吃蟹赏

月，此时的月亮却出现"两圈晕"，傅增湘说道："这是国家不幸的预兆。一个朝代的末朝，总有异象出现。这不是个太平年代，只是不知道有什么事发生罢了。"接下来便是应兆：民国成立，清帝退位，大清灭亡。月亮意象在文人作品中虽然多用于游子思乡，但是在天象文化中，更是国家凶吉的表征。冯红玉投湖自杀后，出现"受惊的乌鸦啼声、猫头鹰的尖叫声"[29]，乌鸦与猫头鹰向来被赋予不吉利的意义更加重了死亡的恐惧感，红玉的死亡也预示了姚太太即将去世。

其二，以季节变化引起人物情感的波动。"伤春悲秋""感时伤怀"是中国文学中经久不衰的经典模式。姚木兰在情窦初开的年纪喜欢上了孔立夫，但是她遵从父母之命，嫁给了曾荪亚。作者并没有将她变成伦理道德的牺牲品，而是表现姚木兰在不违背现代伦理道德的原则下，满足自己的爱情需求。通过季节的固有意蕴与天气变化书写女子的思慕之情。如在春天，以少女怀春的方式表达爱意，"春季到来，她思念立夫之情，忧伤之感，强烈到无法按捺，多么想和他说话，多么想听到他的声音。"在晴天和阴天又是不同的情感表现，"在阴雨多云的日子，心里便似乎像犯罪似的想到立夫，在天清气朗阳光普照的日子，就又很正常地想到荪亚。""妙想家"姚木兰是一个情感丰富的女子，"冬季平静沉稳，春来则慵倦无力，夏天则轻松悠闲，秋天则舒爽轻快。"[30] 一年四季性格的变化表现了木兰情感的丰富性。

其三，以自然之景寄寓哲理。林语堂在小说中有很多哲理性的段落穿插其中，使小说充满哲理意味，并且升华了小说的内涵。如泰山的自然风景描写，"这时暮霭四合，黑暗迅速降临，刚才还是一片金黄的云海，现在已成为一片灰褐，遮盖着大地。游云片片，奔忙一日，而今倦于漂泊，归栖于山谷之间，以度黑夜，只剩下高峰如灰色小岛，于夜之大海独抱沉寂。大自然也日出而作，日入而息。这是宇宙间的和平秩序，但是这和平秩序却含有深沉的恐怖，令人凛然畏惧。"从大自然的日出日落感悟出时光流逝和宇宙秩序。一年四季的节日与特性和人的生活的关系，人的生活又与大自然的运行节奏相吻合。再如从无字碑文中联想到人类文化历史。

从阳光照射带来的物理温度引申到人性的温暖，与扫除精神上的黑暗，"太阳一出来，使人间才有人性的温暖——把人内在的抑郁黑暗清洗净尽，使人发善心，对所有我们地球上的人类怀有善念。"[31] 人类的青春、成长、衰老循环，与一年四季的春夏秋冬，以及道的盛衰盈亏之理如何对应等等。

由此可见，《京华烟云》中的四季书写有着丰富的文化意蕴。与曹雪芹"巧妙地将'四季感'化入佛教'色空观念'的思想构架"[32]不同，林语堂则是将"四季感"化入道家的思想结构。每卷均以《庄子》名言开头，意图以庄子哲学统领，历史兴衰之理与四季循环之道相同，传递"浮生若梦"的哲学思想。

注 释

[1] 林语堂：《我怎样写〈瞬息京华〉的》，《宇宙风》1940年第100期。

[2] 林语堂原著，越裔节述：《瞬息京华（上）》，《世界杰作精华》1940年3月15日第3期，第254—272页。

[3] 林语堂：《〈语堂文集〉序言及校勘记》，《林语堂名著全集》第16卷，东北师范大学出版社，1994年，第506页。

[4] 冯亦代：《林语堂的〈瞬息京华〉》，湖南省新闻出版局：《湘版书评五集》，湖南出版社，1994年，第211—212页。

[5] 《华侨周报第廿二期昨日出版》，《南洋商报》1941年8月31日，第6版。

[6] 林如斯：《关于〈京华烟云〉》，张振玉译，《京华烟云》，江苏文艺出版社，2009年。

[7] [8] [9] [10] [13] [14] [15] [17] [18] [19] [20] [21] [22] [23] [24] [25] [26] [28] [29] [30] [31] 林语堂著，张振玉译，《京华烟云》，江苏文艺出版社，2009年，第109、112、187、228、130、183、131、322、154、247、154、258、43、162、467、289、43、266、186—290、303—426、129—134页。

[11] 何跃青：《中国婚俗文化》，外文出版社，2010年，第72页。

[12] 朱宁虹：《中国民俗风情博览》（卷三：节日娱乐），中国物资出版社，2005年，第43页。

[16] 萧放、吴静瑾：中国岁时节日民俗研究综述（1983—2003），http://www.chinesefolklore.org.cn/web/index.php?Page=1&NewsID=3826，2009年，1月。

[27] 林语堂：《我怎样写〈瞬息京华〉》，《宇宙风》1940年第100期，第102页。

[32] 沈永：《〈红楼梦〉佛教观念的民俗化及其艺术表现功能》，《红楼梦学刊》1999年第3期，第154页。

25.《怎样训练你自己》和《成功之路》

——成功可以通过自我训练获得

　　1939年10月，《怎样训练你自己》由上海的东方图书公司出版。版权页署名"美国洛德著　林语堂翻译"。原书为洛德（Everett William Lord，或译"罗特""劳德"等）所著的 *A Plan for Self-Management*（直译为《自我管理规划》）。全书分为15章，包括：

　　"自己训练"是一种什么科学

　　自己训练的四个根本原则

　　知识的第一个条件——研究

　　知识的第二个条件——记忆

　　知识的第三个条件——记录

　　审度的第一个条件——想象

　　审度的第二个条件——标准化

　　审度的第三个条件——计划和做事程序表

　　审度的第四个条件——明达

　　决断的第一个条件——勇敢

　　决断的第二个条件——决心

　　决断的第三个条件——坚持

力量的第一个条件——康健

力量的第二个条件——人格

力量的第三个条件——喜乐

自己训练的结果——成功

林语堂的译文目录又在前面增加了"译者言""作者传略"两部分。另，民国时期，洛德此书还有黄彝弼与黄霜华合译的《怎样训练你自己》（上海长城书局，1931）、施蛰存与诸贯一合译的《怎样建设你自己》（纵横社，1939）、黄维三翻译的《怎样训练你自己》（上海启蒙书店，1940）、陶慕潜与杨岐合译的《怎样改进你自己》（改进出版社，1940），郭文彬翻译的《修养的经验与学习》（重庆一心书局，1945）等译本。1943 年，上海的东方图书公司推出了一本《如何修养你自己》，列入"青年修养丛书"。该书封面署名"林语堂译"，但内容却跟黄彝弼与黄霜华合译的《怎样训练你自己》完全相同。

埃佛雷特·威廉·洛德（Everett William Lord）是美国近代著名的教育家。生于 1871 年，曾获得波士顿大学文学硕士和联合学院（Union Gollege）法学博士学位。担任过公立学校教员、波多黎各岛教育局局长、全国儿童委员会秘书、商业管理学院院长、马萨诸塞州战时效率委员会主席等职，并被邀请加入美国全国教育会、政治、社会、科学会、经济研究会，和其他学术研究会等。他对于修学治事的方法有深刻的研究。除写作本书外，还著有《教育学大纲》《效率的根本大纲》《商业道德的基本法则》等。

《怎样训练你自己》是一本有系统地教你自我训练的书。自我训练的四个基本原则是：知识、审度、决断和力量。这种训练的结果是否成功，本书带着读者去思考、实践。

1939 年 10 月，同属林语堂的励志译品的《成功之路》，由中国杂志公司增订再版，列入"青年修养丛书"。封面署名"Orison Swett Marden 著　林语堂译"。版权页署名"原著者　美国 Orison Swett Marden　翻译者　林语堂"。

马尔腾（1848—1924），是 20 世纪初美国著名的成功学奠基人和最伟大的成功励志导师之一，他创办了《成功》杂志，在美国家喻户晓，改变了无数美国人的命运。马尔腾在早年受到了和他有同样经历的苏格兰作家斯迈尔斯的影响和激励，撰写了大量鼓舞人心的著作。令人百读不厌。这类的著作，称为"励志丛书（Inspirational Book）"极为美国人士所传诵。1932 年，曹孚曾将马尔腾的 *Training for Efficiency*（《效率的训练》）一书译成中文，书名为《励志哲学》，但该译本所收作品尚欠完善。林语堂的翻译，又将马尔腾著的 *Every man a king*（《人人是一个王》）与之合在一起翻译，改名为《成功之路》。卷首收有林语堂撰写的《成功之路序》。正文分为两大部分。第一部分译自 Training for Efficiency，含 62 小节；第二部分同样题为"成功之路"，译自 Every Man King Or Might in Mind-Mastery，分为卷一（第 1—11 小节）、卷二（第 12—21 小节）。1941 年 12 月 10 日，伪满洲国"新京书店出版部"在长春翻印了林语堂翻译的这本《成功之路》，1942年 1 月 10 日、7 月 1 日两次重印。封面署名"林语堂"，书名页署名"林语堂译"。未注明原作者。

1986 年台北金兰文化出版社推出了一套《林语堂经典名著》，共 35卷，其中第 28 卷《励志文集》就是此书的扩充，书名页署名"林语堂著"，版权页署名"译者　林语堂"；该书卷首有序，正文收录了 84 篇文章。补充的篇目为："思想正当一生不败""心理如何影响身体""健康与疾病皆有心理所致""恐怕为人的大患""战胜恐惧""感情冲动的危险""要心气平和""悲观无益""乐观万事可成""消极使人无力作为""凡是须作积极肯定""思想能影响他人""理想如何实现""要自信胜于他人""培养品格""弥补缺憾""高尚人格由于高尚思想""想象力的伟大""不要让年纪上身""怎样锻炼思想""将来的人与天地同流"。

2003 年 12 月，该书由陕西师范大学出版社列入"林语堂励志经典译丛"出版，题名不变。封面与书名页署名"（美）罗杰·马尔腾著　林语堂译"，版权页署名"（美）马尔腾著；语堂译"。

1994 年，东北师范大学出版社出版的《林语堂名著全集》第 28 卷收入《成功之路》。卷首无序。目录是：

目录小标题可以看出，从个体到集体，从理想到现实，从身体到心理，从物质到精神，从情商到智商，从偶然到必然……六十几点，几乎囊括了成功学的方方面面。

全美成功者协会主席保罗·迈耶指出：这是一本每一位有志青年的世

界第一成功律，它好像一位良师益友在道德上、精神上、行为准则上指导你，给你安慰，给你鼓舞，是你立于不败之地的力量源泉。这是一本在全世界范围内影响巨大的书，适合任何阶层的人阅读。它振奋人心，激励斗志，改变了许多人的命运。

烦闷、消极、悲观、颓唐是当时中国青年的流行病。译者林语堂自我感觉，读马氏的原书后，精神为之大振，人生观念为之一变，现在所面对着的，是光天化日下的世界和人世了。然而，这个世界从来就没有救世主，一切都得靠自己！林语堂选编并翻译《成功之路》，是试图系统地介绍西方正直的生活观念。人生财富的要义，成就事业的秘诀，有助于驱除颓唐的妖雾，使当时青年的人生观念为之一变。

> 与其花钱在医士的苦味的药品上，
> 何如跑到田野中去猎取那不用钱买的"健康"，
> 聪明的人把"运动"当作"治疗"，
> 自然界中治疗的能力超过一切的人工。[1]

原文不是纯粹的文艺作品，而是兴奋激励青年的文字，所以在翻译时，不强从直译，而唯尽力于保持原文的浓厚的兴奋性、激励性。为要达到这个目的，译文即使蒙不忠实之识，也在所不惜的。这种智慧的译作，得力于林语堂对中西方文化的了解，以及对中英两种语言炉火纯青的掌握，译著才能够较好地实现与原作者产生共鸣。

注 释

[1] 马尔腾英文著，林语堂汉译：《成功之路》，《林语堂名著全集》第 28 卷，东北师范大学出版社，1994 年，第 206 页。

26.《讽颂集》

——锋芒直刺的特质　无上诚挚的讽喻

1940 年，*With Love and Irony*（《讽颂集》）由美国纽约的庄台公司出版，署名"Lin Yutang"。1941 年，威廉·海涅曼公司在英国伦敦与加拿大多伦多也出版了该书。1945 年，美国纽约州花园城的蓝丝带图书公司出版了该书。该书内附著名插图画家库尔特·威斯（Kurt Wiese）所绘插图。卷首载有赛珍珠撰写的导言。正文包括 49 篇文章，分别是：

1. The English and the Chinese

2. The Americans

3. What I like About America

4. The Chinese and the Japanese

5. Hirota and the Child

6. Oh, Break Not My Willow Trees!

7. Captive Peking

8. A Hymn to Shanghai

9. What I Want

10. What I Have Not Done

11. Crying at the Movies

40. Sex Imagery in the Chinese Language

41. The Monks of Hangchow

42. The Monks of Tienmu

43. A Talk with Bernard Shaw

44. A Suggestion for Summer Reading

45. The 500th Anniversary of Printing

46. Basic English and Pidgin

47. The Donkey That Paid Its Debt

48. The Future of China

49. The Real Threat: Not Bombs, But Ideas

文集所收录的皆是已经刊发过的英文作品，大部分刊载于上海的《中国评论周报》，也有的刊载于当时的美国，有的没有署名，有的有所增删，有的是翻译别人的作品。譬如：1930 年 9 月 4 日，所撰英文文章载《中国评论周报》第 3 卷第 36 期的"小评论"专栏，第 853—854 页。目录只印专栏名"小评论"，无署名。正文专栏名"小评论"后署"Edited by Lin Yutang"，无题名。正文文末标注"L.Y."。该文后取题名为"Ah Fong, My House—Boy"，收入《讽颂集》。

1931 年 1 月 1 日，所讲 *Confucius As I Know Him*（《思孔子》）载《中国评论周报》第 4 卷第 1 期的"小评论"专栏，第 5—9 页。之后部分内容以 *Confucius Singing in the Rain* 为题，收入《讽颂集》。

1931 年 2 月 19 日，所撰英文文章 *Do Bed Bugs Exist in China?*（《中国究有臭虫否》）载《中国评论周报》第 4 卷第 8 期的"小评论"专栏，第 179—180 页。目录无题名与署名。正文栏目名后标注"Edited by Lin Yutang"。正文末标注"L.Y."。

1935 年 5 月 30 日，所译 *The Donkey That Paid Its Debt*（《驴言》）载《中国评论周报》第 9 卷第 9 期的"小评论"专栏，第 205—208 页。该文译自唐代李复言辑录的《续玄怪录·驴言》。

1936 年 6 月，撰文 *The English Think in Chinese*（《英国人用汉语思考》）

载《论坛与世纪》第 95 卷第 6 期，第 390—343 页。署名"Lin Yutang"。正文副题名为 *Oriental Examines the British Mind*（《东方人审视英国人的心灵》）。后改题为 *The English and the Chinese* 收入《讽颂集》。

1939 年 11 月 12 日，所撰英文文章 *The Real Threat: Not Bombs, But Ideas*（《真正的威胁：不是炸弹，而是思想》）载本日《纽约时报》第 SM1—2、16 版，署名"Lin Yutang"。

正如赛珍珠在《导言》中所言："他的作品说明了他这个人。这本书则更能说明他是什么人。这里收的文章，也许是最适合林语堂的才能的，当然毫无问题，他是一个有才能的人。这些文章代表了他的思想的锋芒直刺的特质，他们都是他的才智的天赋的表现。"[1]赛珍珠从中看到的是林语堂"思想的锋芒直刺的特质"和"他的才智的天赋的表现"。"这种短而辛辣的文章，林语堂写了有一年多。这一本书便是以这些过去与现在的作品编辑而成的。但并不是全部都在这里，因为有一部分有实践性，现在已不适宜了。但这里的一些文章，也已经足够表现其多样了，而林语堂所喜欢的也便是多样，虽然他对于一件事情发生很深的兴趣时，他也能执着得很久很深。"[2]"讽颂"，梵语伽陀一译讽颂。是以讽咏赞深妙义理，颂三宝功德之言句也。名义集四曰："伽陀，亦曰讽颂。"俱舍光记十八曰：言讽颂者，谓以胜妙缉句言词而为赞咏，或二三四五六句等。若依此说，似有牵强，若说保留他一贯提倡的"幽默"之说，则更为合理。

1941 年 2 月，所著《讽颂集》由上海国华编译社出版。封面署名"林语堂著"，书名页署名"林语堂著　蒋旗译　唐纳校订"，版权页署名"原著者林语堂　译者蒋旗　校订者唐纳"。该书卷首收有赛珍珠序。正文收录了 49 篇文章，包括：《中英人民之比较》《美国人》《我喜欢美国的地方》《中国人与日本人》《广田与孩子》《"噫，勿折吾柳"》《沦陷了的北平》《讴歌上海的一曲》《余所欲者》《我未曾做过的事》《看电影流泪》《米老鼠》《买鸟》《我的图书室》《素食者的自供》《裸体谈》《我如何搬进公寓》《庆祝除夕》《阿芳，我家的童仆》《信念》《中国究有臭虫否》《讣文》《杀人记》《安徽之行》《花园春景《言论自由》《磕头在体育上的价值》《孔子忧患而乐》《英皇乔治的裤文》《苦力之谜》《乞丐》《搭乘公共洗车的旅行》《清算月亮》《猪肉将军纪略》《失落了的清吏》《我欢喜同女子谈话》《女人应当来编译世界吗?》《为中国女子辩》《挖金姑娘辩》《中国文字中之性的寓意》《杭州和尚天目山的和尚》《萧伯纳会晤记》《对于夏日读书的建议》《印刷发明的第五百周年》《基本英语与洋泾英语》《驴子还债的故事》《中国的将来》《真正的威胁:不是炸弹,而是思想》。另,1942 年 6 月,光大书店在桂林出版了一本《讽颂集(一名爱与刺)》,至 1943 年 10 月再版。封面标注"光大书店出版全译本",但书名页却标注"上海国华编译社出版"。可见光大书店其实是根据国华编译社于 1941 年 2 月出版的《讽颂集》重印《讽颂集(一名爱与刺)》。封面无署名,书名页署名"林语堂著　蒋旗译　唐纳校订",版权页署名"原著者林语堂译者唐纳"。

　　1965 年 7 月,《讽颂集》由台北志文出版社出版。封面书名《讽颂集》,署名"林语堂著",版权页署名"著者:林语堂"。书名页书名《语堂选集讽颂集》,署名"林语堂著"。该书由秦贤次编选。

　　1965 年 8 月,台北的志文出版社根据蒋旗译本,另加几篇中文作品重排出版了一本《讽颂集》但未署译者名。林语堂对该译本相当不满,将其列为"我所反对的有三书"中《讽颂集》(*With Love and Irony*)的汉译本之一种。[3]

　　1994 年,东北师范大学出版社出版的《林语堂名著全集》第 15 卷,收录了《讽颂集》,但只收录了 36 篇文章,删除了原著中的《我的图书室》等 13 篇。

注 释

[1] [2] 林语堂:《讽讼集》,《林语堂名著全集》第 15 卷,东北师范大学出版社,1994 年,第 1—2 页。

[3] 林语堂:《〈语堂文集〉序言及校勘记》,《林语堂名著全集》第 16 卷,东北师范大学出版社,1994 年,第 508 页。

27.《汉译开明英文文法》

——适合于中国人阅读的英文文法

1929 年 8 月,《开明英文文法》(上册)由上海开明书店初版。

1933 年 2 月,《开明英文文法》(下册)由上海开明书店初版。

1933 年 2 月,《开明英文文法》(上、下册合订本)由上海开明书店初版。

1940 年 10 月,《汉译开明英文文法》(*The Kaiming English Grammar Chinese Version*),(张沛霖译)由开明书店出版,1949 年 2 月印至第 14 版。封面与书名页均署名"林语堂著 张沛霖译,版权页署名"原著者 林语堂 汉译者 张沛霖"。卷首附有张沛霖于"一九四〇年八月一日,于上海"撰写的译序,以及"著者序"。正文部分包括:

第一章 表现法的科学

第二章 词类及其作用的转变

第三章 句的语气

第四章 人与事物及其性

第五章 数和量

第六章 重量、价值、体积、距离、形状、位置

第七章 代表法

第八章　指定法

第九章　修饰法

第十章　比较和等级

第十一章　动作的各方面

第十二章　主语和宾语（外对动作）

第十三章　动作时间

第十四章　事实和态象

第十五章　关系

第十六章　表现法的经济

卷末附有"形式文法概要"；"索引一：项目部分"；"索引二：词语部分"。

林语堂在哈佛大学比较文学研究所学习，写出《批评论文中的语汇变迁》一文，得到教授的赞赏。又应法国青年会的征召赴法为华工服务，编写《华工识字读本》。之后又转到莱比锡大学研究语言学，获得比锡大学语言学哲学博士学位。1927 年再次来到上海后，为开明书店编写《开明英文读本》和《开明英文文法》。在上海出版了《开明英文读本》3 册和《开明英文文法》2 册。

林语堂在自传中说：因为莱比锡大学是印欧文法的比较哲学的重镇，是被它吸引住了，才去那里攻读博士学位的。Siebold 曾发明了一套方法，用声调去分析一本古籍；Passy 的语音学，是一部极具参考价值的书。母语为汉语的林语堂，如此热衷于西方语言，他撰写的英文文法书，有的放矢，适合中国人阅读。

人们对于整篇文章、整部著作的理解，必须以对其中的字词句的正确理解为基础，但是不能停留于此，必须把握整篇文章、整部著作的内容和形式，这有一些规律和要求。跟理解字词句一样，理解整篇文章、整部著作，也必然存在误读现象，因此要不断矫正，形成正读；人们阅读整篇文章、整部著作，能力有强弱之分，能力由弱而强，必然有一个过程，应该循序渐进；阅读整篇文章、整部著作，可以有不同目的和侧重，如果跟循序渐进的过程结合起来，不同的阶段应采取不同的目的和侧重；整篇文章、整部著作可以有精读、泛读之别，一般人重泛读，对精读的窍门缺乏必要准备，因此应在精读上多下功夫。就读古书来说，不同时代的阅读方法不完全一样，封建时代阅读古书的办法今天不能完全采用。

中学和大学阶段的阅读应有大差别，中学阶段主要培养阅读和写作能力，重在写作能力；大学阶段主要培养研究能力，因此阅读应有不同。中学阶段主要阅读整篇文章。一篇好文章，必然有它的内容，表达内容的起承转合，结构层次。对整篇文章的正确的理解性阅读，我国历史上形成了以疏通文章字词句和分析文章做法为基础的理解传统，且行之有效。20世纪以来，逐步本末倒置，将文本本身的阅读放在其次，重点放在主题、艺术表达等比较抽象的分析上，没有达到中学英文阅读教学的目的。林语堂认为，阅读能力要和写作能力联系起来，培养阅读能力要为培养写作能力服务，他对当时中英文阅读教学的若干做法提出批评。讲一篇文章，首先就用很多时间介绍作者，然后讲时代背景，最后才讲文章本身，文章本身又大谈什么主题，什么描写的手法，我认为这是不合适的。应该从写文章的角度、从语言的角度多讲，而不是讲那些作者生平、主题、艺术手法之类的东西。最重要的就是要教会学生能写现代文，不是要把学生造就成文学家。

文章最重要的是逻辑性问题。文章不通，叫作思路不通，思路不通，就是没有逻辑性，层次混乱，前后矛盾。所以在语言教学中，并不要求讲主题、结构、艺术手法，甚至也不要求大讲语法修辞，大讲语法修辞效果也不大。要紧的是选择典范性的文章来读，教学生怎么样运用思想。避免阅读者和作品之间的隔阂，能使阅读者很快进入对文章的思想内容和表达形式的把握之中。

28.《汉英对照林氏汉英译作精华（第一集）》

——双语写作的典范

1940 年 12 月，《汉英对照林氏汉英译作精华（第一集）》由上海世界文化出版社出版，至 1941 年 4 月再版。封面英文书名 *Gems of Lin's Chinese-English-Translation*，书名页与版权页的英文书名均为 *Selections from Lin's Chinese-English-Translations*，书名页与版权页的中文书名均为《汉英对照林氏汉英译作精华（第一集）》；封面与书名页均署名"林语堂译"，版权页署名"翻译者林语堂"。

这些作品创作于 20 世纪 30 年代，绝大部分是先有英文作品，后又译成中文，而且大部分英文作品都先后刊发于《中国评论周报》"小评论"专栏。研读该文集不难发现，林语堂这些英文作品之后的中文自译，由于发表的时间不同，两种版本不是完全对照翻译。有些中文是英文的全译，有的几乎是重写，主要意思大致相同。

林语堂在自译中，未拘泥于原文结构和行文模式，而是针对原文与译文不同的预期读者，采用变译方法，用目的语对原文进行二次阐述。林语堂强调的是"忠实性"与"创造性"可以并行不悖。忠实是创造的基础，再创造是忠实的表现手段。他的自译效果也证明了这一理念。

相对于自选本和他选本而言，2012 年 9 月，九州出版社出版的、香港城市大学钱锁桥选编的《小评论：林语堂双语文集（英汉对照）》，可以说是最客观的选本，选文比《汉英对照林氏汉英译作精华（第一集）》收录得更全。

钱锁桥编选版本的目录：

194

On Mickey Mouse　谈米老鼠

First Impressions in America: Letter to a Chinese Friend　抵美印象

读林语堂的《汉英对照林氏汉英译作精华（第一集）》，要把握三个要点。其一，收入文章均为林语堂用中英文双语写作的哲理文章，谈论内容涉及中国社会的方方面面，如民主与法治、道德与人情，作者以冷静犀利的视角和幽默诙谐的笔调，深刻剖析了中国这个民族的精神和特质，是一部不可多得的研究民族文化及精神内涵的好书。其二，林语堂毕生从事双语写作，穿梭于中西文化之间，他那些"智性、幽默、充满魅力"的作品，并非简单的翻译，而是针对不同读者和语境的再创作。其三，林语堂作品中一贯的生动、智慧、洞察、黑色幽默，自成景观，如至友对谈，推诚相与，亲切会心，意到笔随却又自成一说，颇有大品的分量，小品的味道，有一份作者的真实性灵在。即便是以阐释自己的艺术观点的序言之类，也不板起面孔，端起架子，令人望而生畏，用林语堂自己的话说，那就是"如在风雨之夕围炉谈天，善拉扯，带情感，亦庄亦谐，深入浅出，如与高僧谈禅，如与名士谈心，似连贯而未尝有痕迹，似散漫而未尝无伏线，欲罢不能，欲删不得，读其文如闻其声，听其语如见其人"。也许你会不同意他的一些观点，但你不能不承认，读他的文章是一种愉快的"发现"经验，可以容你尽情深入思索，并从中领略到作者的学术境界、品书趣味，以及文体的流变。许多外国人在提到中国的文学与思想时，每每会以"古知孔子，现代则知林语堂"这句话作为概括。由此可以想见，林语堂对沟通文化以及增进国际视听的影响力。

29.《汉英对照有不为斋古文小品》

——理解性阅读是翻译的前提

  1940 年 5 月，《汉英对照有不为斋古文小品》由上海西风社出版，1941 年正月再版，同年 10 月三版。封面书名为《有不为斋汉英对照古文小品》，书名页与版权页中文书名均为《汉英对照有不为斋古文小品》，书名页与版权页英文书名均为 *Gems from Chinese Literature*。封面署名"陶潜等著 林语堂译"，书名页署名"Rendered into English by Lin Yutang"，版权页署名"著作者 陶潜等 翻译者 林语堂"。1981 年，台北的文源出版社重印了该书。该书收录：

  陶渊明《归去来辞》(*Ah, Homeward Bound Go!*)

  王羲之《兰亭集序》(*The Orchid Pavilion*)

  李密庵《半半歌》(*The Half-and-Half Song*)

  白玉蟾《慵庵铭》(*The Hall of Idleness*)

  《管夫人赠赵孟頫》(*Madame Kuan to Chao Mengfu*)

  金圣叹《三十三不亦快哉》(*Thirty-three- Happy Moments*) 与《论游》(*On Travel*)

  李笠翁《论居室》(*On House and Interiors*)

  蒋坦《秋灯琐忆》(*Reminiscences under the Lamp-light*)

张潮《幽梦影》（*Sweet Dream Shadows*）

陈眉公《小窗幽记》（*Sketches before the Little Window*）

林语堂翻译中有创作，创作中有翻译。他特别摘选一些为读者所熟悉且别有幽默、风趣的文章，顺势将其作者陶渊明、王羲之、金圣叹、张潮、陈眉公等才华横溢、乐享生活且旷达的文人介绍出来，使中文读者借其生花妙笔的英文书写，增加学习英文的兴趣。而西方读者，则能透彻、准确地理解原文，体会中华文化的优美与价值。

现在的英语专业一般要开"精读"和"泛读"两门课。有双语背景的林语堂强调正确的理解性阅读。理解性阅读是翻译的前提，错误的理解性阅读是追新逐奇的渊薮，正确的理解性阅读是求实创新的基石。

陶渊明《五柳先生传》，假托世外高人"五柳先生"，说他"闲静少言，不慕荣利。好读书，不求甚解；每有会意，便欣然忘食"，这区分了理解性阅读和批判性阅读。"甚"应该理解为过分地，"不求甚解"是说不寻求过分地解读书的原意，含有尊重原文的意思；"甚解"则含有批判性阅读的意思。所以陶渊明后面说，五柳先生"每有会意，便欣然忘食"，"会意"指正确领会原意。林语堂的翻译能把这种意思表达出来，可见，林语堂重视正确的理解性阅读。

"取幽人梦境，似幻如影之意"的《幽梦影》，独特之处与魅力在于，书中不仅有张潮对生活的感悟和真谛，还有张潮朋友的评论，这些评论锦上添花，每条评论都很有特色，毫无矫揉造作之感，语言诙谐幽默，妙语连珠，更添一份趣味与意境，常常令人哑然失笑，体现中国传统文人的特质。林语堂数十年间孜孜不倦地推介这部书。

"少年读书，如隙中窥月；中年读书，如庭中望月；老年读书，如台上玩月。皆以阅历之浅深，为所得之浅深耳。"一个人的阅读水平，随着年龄的增长而增长。青春年少时，风华正茂，看待世界万物的眼光不同，此时涉世未深，对书中的知识如门缝中看月亮，充满了好奇和新鲜感，看到的也许只是月亮的皎洁的外表，读到的也许只是那单纯、动人的故事，恰如"坐井观天"的青蛙，眼界只有一点点大。步入中年，阅历随着生活的磨砺一点点加深，对世界的认识由懵懵懂懂到学着思考，学的多了，看的多了，碰的钉子多了，看问题时不再是青春年少时的简单好奇，此时已能够看得更深、看得更远，此时读书就如庭中望月，一览无余，虽然广博，但是还不太明确。到了老年，阅历已经足够的丰富，对世界万物及为人处世都已经有了自己的一套准则，此时读书，就轻松如在台上玩月，自然而然沉浸在读书的快乐之中，也达到了"书中有我，书外亦有我"的境界。人生和读书何其相似，年少时不谙世事，特别容易年轻气盛，容易犯错，步入中年后，有了更多的生活经验，为人处世也老练了很多，圆滑世故；进入老年后，什么都看开了，觉得人生短暂，没有必要为琐事烦恼，活好自己才是最根本的。这段文字更多展现的是人生的经历与读书的关系。人生中很多的知识来源于书本，它包罗万象，"书中自有黄金屋"的读书可以让读者开阔视野，学到更多的东西。

短短的几句话，蕴含的智慧和深意却不是一下就能理解的，林语堂能读出这些深意，当然是理解性阅读。他是在细细品味之中，以优雅的心胸、眼光去发现美的事物，然后转化为自己的心得。《幽梦影》是一本幽静、聪慧、丰富的书。繁花，明月，饮酒吹笙，喝茶阅读，才子佳人，山水园林，参禅悟道……种种细微见闻感受，在林语堂的《生活的艺术》及其他的小品文中常常可见。读书"阅历、学道、悟性"三者皆有则为最佳，但非缺一不可。

30.《有不为斋汉英对照冥寥子游》

——个人爱好与文献理解

1940 年 9 月,《有不为斋汉英对照冥寥子游》由上海西风社出版,列为"西风丛书"第八种。初版本封面书名为《有不为斋汉英对照冥寥子游》,书名页与版权页的中文书名均为《汉英对照冥寥子游》,书名页与版权页的英文书名均为 *The Travels of Mingliaotse*,封面署名"冥寥子著 林语堂译",书名页署名"Rendered into English by Lin Yutang",版权页署名"著作者 屠纬真 翻译者 林语堂"。1947 年 12 月,西风社再版了该书。再版本封面中文书名为《有不为斋汉英对照冥寥子游》,书名页与版权页的中文书名均为《英汉对照冥寥子游》,书名页与版权页的英文书名均为 *The Travels of Mingliaotse*;封面署名"屠隆著 林语堂译",书名页署名"Rendered into English by Lin Yutang",版权页署名"著作者 屠隆 翻译者 林语堂"。此集之前都陆续发表过。

1940 年 1 月 1 日,所译《汉英对照冥寥子游(一)》载《西风》第 41 期,第 628—631 页。目录署名"屠纬真著 林语堂译"。采用汉英对照的形式,先是一页中文原文,再来一页英文译文。正文中文部分的题名为《冥寥子游》,署名"屠纬真著";英文部分的题名为 *The Travels of Mingliaotse*,署名 "By T'u Lung, Rendered into English by Lin Yutang"。后面连载的目录署名、汉英对照的形式都与此相同。本期刊登《冥寥子游》第一节中文原文及其英文译文。中文原文无小节标题（后面连载类同），英文小节另加标题 *The Reason for the Flight*。

1940 年 2 月 1 日，所译《汉英对照冥寥子游（二）》载《西风》第 42 期，第 514—521 页。正文中文部分的题名为《冥寥子游（一续）》。本期刊登《冥寥子游》第二节中文原文及其英文译文。英文译文另加小节标题 *The Way of Travelling*。

1940 年 3 月 1 日，所译《汉英对照冥寥子游（三）》载《西风》第 43 期，第 66—71 页。正文中文部分的题名为《冥寥子游（二续）》，本期刊登《冥寥子游》第三节中文原文及其英文译文，英文译文另加小节标题 *At Austere Heights*。

1940 年 4 月 1 日，所译《汉英对照冥寥子游（四）》载《西风》第 44 期，第 174—181 页。正文中文部分的题名为《冥寥子游（三续）》，本期刊登《冥寥子游》第三节，英文译文另加小节标题 *Back to Humanity*（未载完）。

1940 年 5 月 1 日，所译《汉英对照冥寥子游（五）》载《西风》第 45 期，第 276—283 页。正文中文部分的题名为《冥寥子游（四续）》，本期续载《冥寥子游》第三节及其英文译文。

1940 年 6 月 1 日，所译《汉英对照冥寥子游（六）》载《西风》第 46 期，第 390—393 页。正文中文部分的题名为《冥寥子游（五续）》，本期刊登第五节中文原文及其英文译文，英文译文另加小节标题 *Philosophy of the Flight*。

1940 年 7 月 1 日，所译《汉英对照冥寥子游（七）》载《西风》第 47 期，第 496—501 页。正文中文部分的题名为《冥寥子游（六续）》，本期续载第五节及其英文译文。

1940 年 8 月 1 日，所译《汉英对照冥寥子游（八）》载《西风》第 48 期，第 606—611 页。本期续载第五节及其英文译文，至此连载完毕。

《冥寥子游》，明代文人屠隆所著。屠隆（1541—1605），字长卿，一字纬真，号赤水、鸿苞居士，浙江鄞县人。万历五年（1577）进士，诗文俱佳，兼通音律。其语言文字则三教经典、稗官野史、街谈巷语、任意驱遣。出游之由、旅行之法、高山顶、回到尘世、出游的哲学等皆有妙论。笔法上则骈散兼行，骈文的整饬偶对之美、声韵协调之美、辞藻雅丽之美与散文的错综变化之美、气势畅达之美、本色平实之美，相辅相成地体现在极其短小的篇幅里。

《有不为斋汉英对照冥寥子游》各篇均为林语堂所选与所译，以中文名篇与英文名译两相对照，可谓珠联璧合。林语堂是著名的文学翻译家和双语作家。他早在 20 世纪 30 年代就已经开始致力于向西方读者译介大量的中国经典哲学著作和古典文学作品，为西方人较为客观公正地了解中国打开了一扇门。抱着东西融合的文化观，林语堂有力地推进了中国文化同西方文化进行交流。通过译作《冥寥子游》，可以看出林语堂翻译的个人爱好、宗教信仰、翻译动机和翻译理论等因素，以及社会意识形态、诗学传统、赞助人机制、目的与读者期待、源语文化和目的与文化的地位等文化因素对译者翻译行为的影响。

附：

序

余性好游，岁强圉大渊献，由淀泖，泛五湖，跨三竺，南望普陀。浮钱唐，历雁荡，登天台，寻刘、阮故迹。转陟四明，循鸟道，渐入仙窟，追羲、农之绝轨，蹑二老之玄踪。遇一道人，秀目白颊，披衲垂瓢，趺坐松下，旁若无人。余心揣其非凡流也，长揖造请。道人不一盼。余愧汗津津，膝行而前。不对。不敢起。道人辴然顾笑，步入松林，余肩随之。道人曰："子何随？"曰："随道人。"曰："道何在？"曰："道随在。"曰："何为道？"曰："道即道。"道人敛容闭目，良久语曰："道岂易言哉，言何容易哉？"余长跽下风，茫然自失。道人手一编示余，题曰:《冥寥子游》。

余庄诵之，道人忽不见。余观是编，浑形骸，忘物我，齐得丧，一死生；须弥非大，芥子非小，轩冕非华，鹑结非渺，彭篯非寿，殇子非夭；泯色空以合其迹，忽于有而得于玄；释二名之同出，消一无于三幡；抱其一，处其和，游神于庭；仝于大顺，行坐披阅，语语烟霞，头头是道，道人其冥寥子乎?! 彼有营营于修短，戚戚于穷通，谭匿情，礼不典，昼夜煎熬其形而不知止者，视此亦可以少休矣。余不佞，不欲秘其传以为己藏也，因引其端，以广吾同志云。

九峰赤松侣书于烟霞洞天

202

31.《风声鹤唳》

——"为友舍命，天下大爱莫过于斯。"

1941 年 11 月，长篇小说 *A Leaf in the Storm: Novel of War-Swept- China* 由美国纽约的庄台公司出版，署名"Lin Yutang"。封面印有中文书名《风声鹤唳》，书名页印有英文书名 *A Leaf in the Storm: Novel of War-Swept- China*，作者署名"Lin Yutang"。全书分为 20 章。1942 年英国伦敦的威廉·海涅曼公司与加拿大多伦多的朗曼斯＆格林公司分别出版了该书。1947 年，瑞士伯尔尼（Berne）的凤凰出版社（Phoenix Publishing Co.）出版了该书。1976 年 12 月，《风声鹤唳》（宋碧云译）由台北的远景出版社出版，列为"远景丛刊"第 59 种。1981 年 1 月，《风声鹤唳》（张振玉译）由台北德华出版社出版。1986 年，台湾金兰文化出版社推出了一套《林语堂经典名著》，其中第 20 卷就是《风声鹤唳》。书名页署名"林语堂著"，版权页署名"译者　张振玉"。1994 年，东北师范大学出版社出版的《林语堂名著全集》第 3 卷是《风声鹤唳》，扉页标明："林语堂英文原著　张振玉汉译"。

最早见到的中文译本是徐诚斌翻译的。

1943 年 7 月 25 日，《风声鹤唳（一）》载《宇宙风》第 132 期，署名"徐诚斌译"。目录题名为《林语堂新著风声鹤唳（长篇小说）》。正文题名前标注"林语堂新著""长篇小说",题名后标注 *A Leaf in The Storm*。本期刊登第一章。之后的连载,署名、目录题名正文题名与此相同。

1943 年 9 月 15 日,《风声鹤唳(二)》载《宇宙风》第 133 期("纪念林憾庐先生特辑之二"),本期刊登第二章。

1943 年 10 月 20 日,《风声鹤唳(三)》载《宇宙风》第 134 期,("创刊八周年纪念"),本期刊登第三章。

1943 年 12 月,《林氏出版社、宇宙风社启事》载《宇宙风》第 135、136 期合刊号。署名:林语堂。启事说:"林语堂先生新著《风声鹤唳》长篇抗战爱情小说,原在本刊按期连载,本刊因特殊缘故不得不暂缓发表(下期当可继续刊载),而原定出版单行本之日期(正月),亦因是故展期至三月底,此系无法之事,敬望读者鉴谅为荷!"

1944 年 2 月,《风声鹤唳(四)》载《宇宙风》第 137 期,本期刊登第四章。

1944 年 8 月,《风声鹤唳(五)》载《宇宙风》第 138 期,本期刊登第五章。

1945 年 2 月,《风声鹤唳(上册)》(徐诚斌译)由重庆林氏出版社推出渝初版。[1] 该书虽为特许全译本,但仅译出原著 20 章中的前 7 章。另 1954 年,香港海星图书社翻印了该译本。林语堂后来称该译本"得作者许可而文字可观"。

"风声鹤唳",形容惊慌失措,或自相惊扰。典出"淝水之战",《晋书·谢玄传》载:"闻风声鹤唳,皆以为王师已至。"《风声鹤唳》正如《宇宙风》1943 年第 130 期上的广告宣传那样:"该书为以中日战争为背景的爱情小说,描写中国近代佛教思想与潮流、伦理观念、牺牲与博爱精神。场面伟大,布局严谨,情节动人,为抗战小说之最有趣味、最有意义的一部巨著。"这部小说与《京华烟云》有着承续关系——《京华烟云》中姚府的主要人物在《风声鹤唳》中有了下落,姚家的第三代姚博雅在战争中有着与倭寇血战到底、牺牲成仁的壮举。作者要表达的文化思想主要是通过与博雅无所不谈的好友老彭来完成的。老彭的思想、性格、气质个性与《京华烟云》中的姚思安极其相似，不同的是姚思安满口道家言词，老彭则以佛教徒的神态出现。有着小康生活基础的老彭十年前由于家庭的变故，信奉了禅宗，按佛教教义自我修养，但又广为交游，同各色人物都有来往。日军占领北平后，他用宗教人性论的观点来看待战争，认为战争是人对人造成的罪孽。他厌恶战争，为了弥补这种罪孽，就要助人，让所有人都能活下来。他设置难民屋，收容难民，"多救一个小孩也算是一件大喜事"。

《风声鹤唳》出版后，曾被纽约时报誉为中国的《飘》。女主人公丹妮（梅玲）是《飘》中郝思佳式的人物，同样的放荡不羁、个性飞扬，同样都经历了战争的磨难，仍然坚强不屈。她有着不堪回首的过去：做了汉奸的未婚夫，冒用她"梅玲"的姓名，向敌人通风报信，事败后梅玲被全国通缉。她无处可逃，只得投奔到好友罗娜的大家庭中。正是在这里，与男主人公博雅邂逅，一段难忘的爱情从此萌芽开花。可相见恨晚，博雅已经娶妻凯南。博雅克制不了自己对梅玲的爱，短暂的相处，他已经爱上了这个娇小迷人的南国女子。"爱情，欢笑，生活，在一个人一生中并不能常有真正的快乐。"春明堂之行中，博雅对梅玲表白了心意。同样爱上了对方的梅玲却犹豫不决。她知道，自己的加入对博雅的家庭完全是一种伤害。可是，经历了那么多伤心往事，梅玲多想真正的找到一个可以依赖的人，而眼前这位温文尔雅的公子，或许就是她的归宿。梅玲悲伤地说："社会永远站在妻子这一方，一个聪明的女人永远有错，但一个女人对她的聪明又能做什么呢？社会绝不责怪一个一再有外遇的男人，他们称之为找乐子。但是女孩子恋爱呢？婚姻对女人较男人重要，因为婚事影响一生，她甚至不能寻乐。假如她婚姻不幸——她又能怎么办呢？她要装聋作哑，忍受下去吗？如果她有韵事，社会又会怎么说？假如有人发现我们在这儿——谁知道是你追我，还是我追你？但是人们责备的是我，不是你，同时我又错了。"博雅向梅玲保证，他一定会和凯南离婚，然后带梅玲去上海生活。乱世见真情，战争年代丹妮和博雅的爱情令人动容。

人到中年的老彭，身上依然散发着人格的光辉。博雅为了照顾梅玲，让梅玲住在了老彭家。老彭像父亲一样照顾着梅玲，梅玲也对他产生了依赖感。然而，梅玲因为身份暴露，不得不在未通知博雅的情况下跟着老彭提前逃到上海。在上海，老彭以朋友的名义照顾梅玲，为了帮助梅玲忘掉不堪回首的过去，他还给梅玲改了一个新名字——"丹妮"。

博雅思念丹妮心切，他迫不及待地追到了战火纷飞的上海。因为被特务跟踪，博雅为了保护丹妮，不得不假装不认识她。丹妮误解了博雅的心意，以为博雅和其他男人一样，在他眼里，爱不过是过眼烟云。博雅喜欢的，或许只是她那祸水红颜，喜欢给她穿漂亮衣服给自己长脸面，喜欢她做她的姘妇。丹妮发现自己怀了博雅的孩子，更是悲痛欲绝。老彭安慰这个可怜的女人，并且说他愿意替博雅照顾这个孩子，做他的父亲。

此时的博雅已处理好和前妻凯南的关系，正准备筹办与丹妮的婚礼。可此时的丹妮，心意改变了。她看出默默照顾自己的老彭深深埋藏的对自己的爱。特别是在汉口与老彭共同照顾患肺病的难民小女孩萍萍的过程中，丹妮发现老彭的责任感和踏实感，才是她心目中爱情的样子。丹妮顾不了那么多了，她不怕被别人骂自己不守妇道，骂自己水性杨花。她这一次只想大胆地追求所爱。她要和老彭走完一生。

"朋友妻不可欺。"老彭知道自己纵使再爱丹妮，也不能去做这种伤害朋友义气的事情。他逃走了，逃到郑州，逃到看不见丹妮的地方，独自一人默默疗伤。萍萍死后，丹妮带着心口未愈合的情伤找到老彭，这时博雅也终于赶来了。就在三位主人公聚齐之际，突然一队国军闯进安静的村庄，村民们四处逃跑，博雅、丹妮和老彭走散了。为了保护最爱的丹妮，博雅引开了敌人，为爱牺牲。"她低头一面哭一面叫他的名字。'丹妮，别哭，'他张嘴低声说，'嫁给老彭'。"原来博雅已经觉察到了丹妮与老彭之间的关系。只是，他不愿揭穿真相，只想保护好自己爱的人，并且成全。

博雅的坟墓上，刻的是丹妮选的墓志铭，老彭也表赞同。那是佛教名言，而且是全世界通行的圣经诗句——"为友舍命，天下大爱莫过于斯。"战争时代一位佳人的爱情故事，开始走向悲痛，走向崇高。

《风声鹤唳》中的人物，除了梅玲带有传奇色彩，超越一般恋爱和婚姻的常轨之外，其他青年女性的恋爱与婚姻，都是中国社会常见的，表现了中国女性对爱情的专一，对婚姻的持重，遵从婚姻道德。但从手法层面看，是从符合西方读者文化审美并力求传播中国文化的翻译视角下进行的英文书写。从主体与对话的共存、欢乐与悲剧的互证、幽默与闲适的回归三个方面探讨《风声鹤唳》中的文化观照和思想问题，能更好地发掘作者在抗战书写中传达出的对生命的感悟和独特的人文关怀，探寻林语堂文化交融的启示意义，尤其是从道教文化转向了佛教文化（佛道对比）。但由于创作时强烈的"为国家作宣传"的念头，男女主人公的活动都直接置于抗日烽火之中，佛教文化的文学诠释也直接联系于抗日战争，这部小说在美国的阅读反响远不如《京华烟云》。这也说明了，《京华烟云》的话语方式更适合林语堂的创作个性和西方世界的阅读习惯。

注 释

[1] 甘振虎等：《中国现代文学总书目·小说卷》，知识产权出版社，2010 年，第 232 页。

32.《彷徨漂泊者》
——别样的人生

　　1941 年 7 月，《彷徨漂泊者》由朔风书店出版，列入"朔风文学丛书"。封面署名"谭维斯著　林语堂译"，书名页署名"英国谭维斯著"，版权页署名"译者林语堂"。卷首收有萧伯纳序与林语堂写于"二四，七"的序，正文分为 34 章。该译本译自英国作家 W.H. Davies 所著 *The Autobiography of Super Tramp* 一书。另，亚东出版社于 1943 年推出了鲁丁完成的同名译本《彷徨漂泊者》，封面标注"林语堂　萧伯纳推荐"1980年 5 月，台北的德华出版社重印了这个译本，列为"爱书人文库"第 126 种、林语堂经典名著"第 14 种。1986 年，台北金兰文化出版社推出的《林语堂经典名著》，第 14 卷收录。版权页标明"林语堂编著""译者　戴维斯"（编辑者有误）。

　　目次为：

萧伯纳序

林语堂序

著者五版自序

著者新版绪言

一、我的童年

英国独腿诗人戴维斯（W.H. Davies）以诗歌创作闻名于世，但这本书是例外，叙述的是诗人冒险的生涯，而没有一行诗人的诗作。正是这种以真实的描写、幽默的笔调来讲述的彷徨漂泊故事，才感人励志。以至于萧伯纳"仅读了三行，便抓住了我的神经"，并欣然提笔为其作序。林语堂也是有感于此，才尽全力翻译推广，他在1935年7月的"序"中诚挚地写道："他的前半生中，曾经横跨大西洋，在欧美两大洲过着流浪生涯；他做过叫化、流氓、窃贼，他们大伙儿衣食不用愁，几乎无所虑，无钱可以乘车，监狱当做旅馆。他的生活，形式上虽然痛苦的，其实正充满着诗样的情绪：浪漫，奔放，趣味，刺激……幽默老作家萧伯纳氏在本书的序文中，也羡慕他的自由不止。""因此我敢用十二分的热忱，推荐这位伟大的独腿作家的文墨。"

33.《有不为斋文集》

——有所为也有所不为的辩白

　　1941 年 6 月，《有不为斋文集》由人文书店出版。封面与书名页均署名"林语堂著"，版权页署名"著作者林语堂"。全书分为四编。第一编"读·写·修养"收 15 篇文章，包括：《言志篇》《读书的艺术》《论笑之可恶》《方巾气研究》《论文》《大荒集序》《国文讲话》《怎样写"再启"》《新旧文学》《文章无法》《作文六诀序》《作文六诀》《论幽默》《论语丝文体》《论语录体之用》。第二编"衣·食·住·行"收 14 篇文章，包括《有不为斋解》《我怎样买牙刷》《梳，篦，剃，剥，及其他》《论西装》《说避暑之益》《我的戒烟》《伦敦的乞丐》《秋天的况味》《大暑养生》《增订伊索寓言》《脸与法治》《论躺在床上》《论坐在椅上》《论谈话》。第三编"娘儿们的生活"收 11 篇文章，包括：《婚嫁与女子职业》《让娘儿们干一下吧!》《与德哥派拉书》《夏娃的苹果》《悼刘和珍杨德群女士》《理想中的女性》《我们的女子教育》《恋爱和结婚》《妓女与妾》《论性的吸引力》《中国人的家族理想》。第四编"社会随笔"收 14 篇文章，包括《论土气》《谈理想教育》《萨天师语录》《水乎水乎洋洋盈耳》《从梁任公的腰说起》《哈佛味》《文妓说》《祝土匪》《回京杂感》《读书救国谬论一束》《咏名流》《论政治病》《郑板桥》《黏指民族》。另，1954 年 4 月，香港文摘出版社翻印《有不为斋文集》。1979 年 4 月，台北的德华出版社重排出版了该书，但书名改为《有不为斋随笔》，篇目页基本不同（目录：《有不为斋丛书序》《辜鸿铭》《笑》《笔名的滥用》《读萧伯纳传偶识》《再谈萧伯纳》《读邓肯自传》《谈牛津》《哥伦比亚大学及其他》《浮生六记译者序》《讨狗檄文》《读书救国谬论一束》《从梁任公的腰说起》《说浪漫》《中国人之聪明》《写作的艺术》《散文》《诗》《戏剧》《小说》《五四以来的中国文学（1961）》）。东北师范大学出版社 1994 年版的《林语堂名著全集》，并未收录《有不为斋文集》。

《有不为斋文集》所收录的多为二三十年代发表过的文章。像《祝土匪》《悼刘和珍杨德群女士》等篇目其他文集也多有收录。

1934 年 9 月 1 日，所撰《有不为斋丛书序》载《论语》第 48 期"我的话"栏目，第 1098—1100 页。"廿三年八月五日龙溪林语堂序于牯岭"（写于 1934 年 8 月 5 日）。1934 年 9 月 5 日，所撰《有不为斋丛书序》载《人间世》第 11 期，第 25—27 页。《有不为斋丛书序》虽然不是为《有不为斋文集》专作之"序"，但大抵与此时的心境相关。

"序言"首先说明了出版这套丛书的由来，原因有二：一是鼓励自己专心著作，二则为亲友著述、收藏提供便利。其实深层次的原因是这套丛书符合他们提倡"性灵"文学这一"所好"。作者料到这一举动会招致非议，所以名目叫作"有不为斋丛书"；而不以"性灵丛书"为名。

其次说明了"性灵"文学存在的理由。他申明自己的思想就是要"做人"，而"做人并不容易，先要近情"，而现实是有"口沫喷人之徒"，"就不容人近情"。他举例孔子、墨子都是"近情"的，认为即便是"救国心切""国势阽危"也不能没有必要地放松调节。从他为抒写性灵的辩护，可以看出他反对文艺对政治的依附，反对文艺中只能有一种写法、一种主张、一种声调的偏狭局面。从长远艺术发展规律看，他的主张是有道理的，但在当时却不合时宜。

再次，他进一步谈论了出版这套晚明小品丛书的用意，提出了自己的卓识远见。他说，这套有性灵文字的文学佳作的出版，不仅是他个人的爱好，对于他人，一则为了重新肯定袁宏道的作品。二则因为这些作品"那样地旧而又是这样地新"，这些作品仍具有可供现代人阅读的生命力。三则认为读古书才能对文化溯源知流。四则他认为"中国人说古的都是坏的"也不正确。五则他认为读古书，对做学问、情操修养，性情抒发都有益无害。在这里，他由性灵之书推及古典文学又推及一切古代的文化遗产，强调有继承的必要，最后结论："古书便仍可读。"这较之当时文艺界对古典文学的意义肯定不够、否定有余的情形，应是更接近公正之态度。

林语堂可以说是一个通晓中西文化的学者，他既秉承了中国传统文化，又涉猎了西洋文明，有较开阔的文化视野和不趋同的文学主张。他在当时提倡写性灵、读古书，今天看来我们不能简单地全归因于其立场消极、逃避现实、疏离政治，恐怕也是基于一种文化的考虑。创作自由、抒写自我、继承古代文化，在当时是一种较弱的声音，甚至遭受批判。今天看来其中不乏真知灼见，可供今天历史条件下的我们借鉴。从艺术角度看，这篇散文谈论为人为文道理，平易自然；申明观点、辩驳诘难从容不迫，条理清晰，亦庄亦谐，体现了林语堂散文的"幽默"风格。

自五四新文化革命以后，一些进步知识分子强调译介和学习西方的文学、社会学书籍，对我国的古典文学大多采取轻视甚至否定的态度。这无疑缩窄了人们的文化视野，还有割裂中国文化传统的危险。而随着社会矛盾的加剧、文学政治使命的加强，这种文化上的偏狭又表现为对非关政治的文学的排斥。30年代以来，日军侵华，内战频频不断，民族危亡人民饥苦的水深火热之中，知识分子的责任感使命感应更加强。鲁迅1933年在他的《小品文的危机》中写道："生存的小品文，必须是匕首，是投枪，能和读者一同杀出一条生存的血路的东西；但自然，它也能给人愉快和休息，然而这并不是'小摆设'，更不是抚慰和麻痹，它给人的愉快和休息，是休养，是劳作和战斗之前的准备。"鲁迅的主张无疑是正确的，合乎时势要求的。林语堂这时没有了1925年前后"北师大学潮"时般的斗争锋芒，他主张写"幽默闲适"的"性灵"小品，这就难免与当时的一些文学观念发生冲突。《〈有不为斋丛书〉序》就是在这一背景下产生的。在序文中，他谈了出版这套晚明小品丛书的理由，同时也是对自己文学、文化见解的辩解申明。

在具体文章选编和实际行动方面，完全体现出林语堂的有所为。作为新文化运动的先驱，胡适对林语堂实有知遇之恩，然而，思想、信念究竟是另外一件事——林语堂也积极加入批判"现代评论"派的行列中，他曾多次讲到，当时《语丝》《现代评论》这两个周刊，关于教育部为女子师范大学问题而发生的论战，真是令人惊心动魄，那里真是一个知识界发表意见的中心，是知识界活动的空气，那一场大战令他十分欢悦。在女师大学潮中，林语堂也以极高的政治热情积极投入，他也加入学生的示威运动，用旗杆和砖石与警察相斗。警察雇用一班半赤体的流氓向学生掷砖头以防止学生出第三院而巡行。于是他大有机会以施用掷棒球的技术了。1926年段祺瑞执政府大规模屠杀爱国学生，李大钊、鲁迅、周作人、林语堂、胡适、徐志摩等五十多位平时坦言相陈批评政府的左翼教授，也都上了黑名单，林语堂等人不得不暂时躲避，相继南下上海、厦门等地。林语堂祖籍福建漳州，厦门则是夫人的娘家，这里不乏他的亲朋故旧。因此，他选择了厦门大学作为栖身之所。在林语堂的串联下，鲁迅、沈兼士、孙伏园等不久均南赴厦大，其中甚至包括"现代评论"派的顾颉刚。回到家乡，回到那风景秀丽的南国鹭岛，林语堂想起在北师大学潮中牺牲的刘和珍、杨德群等学生，想起北京的血腥，愤慨痛苦，不能自已，奋笔疾书，写下了那篇《冢国絮语解题》，以"酸辣文章"抨击当时的黑暗现实。

34.《语堂文存》

——历史的记忆

1941 年 6 月,《语堂文存(第一册)》由林氏出版社出版,至 1943 年 1 月再版。封面书名《语堂文存》,书名页为《有不为斋文集语堂文存(第一册)》,版权页为《语堂文存(第一册)》。封面与书名页均无署名,版权页署名"著作者林语堂"。该书内收林语堂的 35 篇文章及 2 篇附录,包括:《中国文化之精神》;《子见南子(独幕悲喜剧)》(附录:《宋还吾答大公报记者》《关于〈子见南子〉的话》);《译尼采〈走过去〉》;《萨天师语录四篇》;《论土气》;《读书的艺术》;《论读书》;《新旧文学》;《文章无法》;《论文(上)》;《论文(下)》;《做文与做人》;《论中西画》;《谈牛津》;《吸烟与教育》;《哥伦比亚大学及其他》;《哈佛味》;《增订伊索寓言》;《伦敦的乞丐》;《为洋泾浜英语辩》;《女论语》;《婚嫁与女子职业》;《我的戒烟》;《买鸟》;《冬至之晨杀人记》;《阿芳》;《郑板桥》;《刘铁云的讽刺》;《冢国絮语解题》;《笑的可恶》;《提倡俗字》;《纪元旦》;《春日游杭记》;《山居日记》;《秋天的况味》。

此书是从其全部著作中精选出来的,内容偏重于文化艺术方面的见解,不但是中国文化,还有西方文化,譬如:《伦敦的乞丐》就是探讨伦敦的乞丐文化,"尤其可爱的就是伦敦的乞丐"。"伦敦告地状的乞丐尤可表现英人自重自信自强的精神。""伦敦并无乞丐，因为这是法律所不许的。有老妇站在街旁卖自来火的，那便是乞丐。知者总是给点钱而不取自来火，或是给价特别高，算为施舍。"不同区域的文化现象，能为广大读者、尤其是青年学生提供一面思考的镜子。

林氏出版社当时设在上海赫德路（今常德路）赵家桥荣源里13号，在此书封底，印有一枚少见的"林氏出版社"的出版印记。此书的发行者是林语堂之兄林憾庐之子林翊重；总经售者为当时社址在上海四马路（今福州路）384弄的文化生活出版社。之后，由林氏出版社出版的其他著作极少见。

35.《中国与印度的智慧》

——重构东方文明的核心价值

1942 年，*The Wisdom of China and India*（《中国与印度的智慧》）由美国纽约的兰登书屋出版，列入"现代文库"，后多次重印。同年，美国纽约的西蒙＆舒斯特公司也出版了该书，书名改为 *The Wisdom of India and China*（《印度与中国的智慧》），1955 年，美国纽约的现代文库沿用这个版本出版。1978 年，台北的美亚书版股份有限公司重印了该书。该书分为 *Part One The Wisdom of India*（"印度的智慧"）与 *Part Two The Wisdom of China*（"中国的智慧"）两部分，具体如下：

Part One: The Wisdom of India

1. Introduction

2. Indian Piety（内含：Hymns from the Rigveda; The Upanishads; The Lords Song [The Bhagavad-Gita]; The Yoga Aphorisms of Patanjali）

3. Indian Imagination（内含：The Ramayana）

4. Indian Humor（内含：The Fables of Panchatantra; The Enchanted Parrot）

5. Buddhism（内含：The Dhammapada; Three Sermons by Buddha; Some Buddhist Parables and Legends; The Light of Asia; The Surangama Sutra; What

Is Nirvana?)

6. Glossary of Hindu Words

Part Two: The Wisdom of China

1. Introduction

2. Chinese Mysticism (内含：Laotse, the Book of Tao; Chuangtse, Mystic and Humorist)

3. Chinese Democracy (内含：The Book of History, Documents of Chinese Democracy; Mencius, the Democratic Philosopher; Motse, the Religious Teacher)

4. The Middle Way (内含：The Aphorisms of Confucius; The Golden Mean of Tsesze)

5. Chinese Poetry (内含：Introduction; Some Great Ancient Lyrics; Ch'u Yuan; LI Po; The Tale of Meng Chiang The Mortal Thoughts of a Nun)

6. Sketches of Chinese Life (A&: Introduction; Chinese Tales; Six Chapters of a Floating Life)

7. Chinese Wit and Wisdom

8. The Pronunciation of Chinese Names

9. Table of Chinese Dynasties

The Wisdom of India（《印度的智慧》）由美国纽约的兰登书屋出版后，多次重印。1944 年，英国伦敦的迈克尔·约瑟夫公司出版了该书。1963 年，英国伦敦的新英语文库也出版了该书。

The Wisdom of China（《中国的智慧》）由美国纽约的兰登书屋出版后，多次重印。1944 年 11 月，该书由英国伦敦的迈克尔·约瑟夫公司出版。1948 年，迈克尔·约瑟夫公司又推出了出口专供版。1949 年 7 月又重排出版，至 1949 年 11 月重印。1964 年，英国伦敦的新英语文库也出版了该书。

1942 年 12 月，翻译、评注的 *The Epigrams of Lusin*（《鲁迅隽语》）载《亚细亚杂志》第 42 卷第 12 期（第 687—689 页），署名 "Lin Yutang"。另该文亦录入 *The Wisdom of China and India*（《中国与印度的智慧》）（第 1087—

1090 页），正文前附导言。

1943 年，所译 *Tales and Parables of Old China*（《古代中国故事与寓言》）由旧金山的加州图书俱乐部（The Book Club of California）出版，署名"Lin Yutang"。内容录自林语堂的 *The Wisdom of India and China*（《印度与中国的智慧》）一书中的相关章节。

1946 年 3 月 20 日，所撰《林语堂著〈中印智慧的宝库〉"印度智慧"序》载《宇宙风》第 142 期。封面印有"林语堂：中印智慧的宝库"字样，目录题名为《林语堂著〈中印智慧的宝库〉》，目录署名"苏思凡译"；正文题名为《林语堂著——〈中印智慧的宝库〉"印度智慧"序》，正文署名"苏思凡译"。正文前有"译者按"："中印两国，同为历史数千年，名闻全球的古国，其与西洋各国之接触，亦为时不暂。而时至今日，西洋先进诸国一部分人士，对之仍为一谜，甚而误解百出。这不但无补于各国本身，还有碍全人类的和平前途。语堂先生为使各国人士更明了中印两国对人类发展史上所贡献的智慧起见，乃数年功夫，编译《中印智慧的宝库》（*The Wisdom of China and India*）一书，该书系于一九四二年由美国兰达姆书屋出版社出版。内容先介绍印度古今经典，和印度的'精神知识之歌'、佛教的经典等；继介绍中国经典，如老子的《道德经》、庄子的《南华经》、孔子的《中庸》、《孟子》，以及《诗经》等。总之，举凡影响东方民族数千年来的生活，而成为不朽的中印智慧，莫不搜罗编入。使读者（尤其西方友人）手此一册，对于东方的思想，以及东西思想的关联，能一目了然，茅塞顿开。本书对于中印思想之源流、发展以及互相影响的密切关系，尤有特别的阐剖和说明！译文未经语堂先生校阅，错误之处由译者负责。"[1]

1986 年，台北金兰文化出版社推出的 35 卷本《林语堂经典名著》，1994 年，东北师范大学出版社出版的 30 卷本《林语堂名著全集》，皆未收录该书。2006 年 10 月份，陕西师范大学出版社出版了杨彩霞回译的中文译本《中国印度之智慧》，分为两部分，即《中国之智慧》与《印度之智慧》。但《中国之智慧》中存在删节问题，而回译有的没有找对原文。

2013 年，万卷出版公司出版了中文版的《中国印度之智慧——独特视角重构中华文明的核心价值》，与杨彩霞译本大致相同。

目录

中译本印度部分含有：

序言：

第一部分　印度信仰：《梨俱吠陀》颂诗；《奥义书》；《薄伽梵歌》；钵颠阇利的瑜伽箴言；《罗摩衍那》。

第二部分　印度幽默：《五卷书》；《鹦鹉故事七十则》。

第三部分　佛教：《法句经》；佛的三个布道；佛教寓言与传说；《亚洲之光》；《首楞严经》；佛教生活方式；涅槃为何物。

附录　主要参考书目

中文回译部分

第一部分　中国的玄学

老子　《道德经》　序言　第一编　道的法则　第二编　道的诠释　玄学家和幽默大师庄子　序言　逍遥游　齐物论　养生主　人间世　德充符　大宗师　骈拇　马蹄　胠箧　在宥　秋水

第二部分　中国民主文献

《尚书》　序言　尧典　大禹谟　皋陶谟　五子之歌　汤诰　太甲　咸有一德　说命　泰誓　金縢　召诰　秦誓　民主哲学家孟子　序言：《孟子》　宗教大师墨子　序言：法仪　尚同下　兼爱中　兼爱下　非攻上　非攻中　非攻下　天志上　天志中　天志下　非儒下　耕柱　孔子格言《论语》　序言　一、孔子本人及他人对孔子的描述　二、孔子的情感世界与艺术世界　三、谈话风格　四、约翰逊风格　五、谋略与智慧　六、人文主义和仁　七、君子与小人　八、中庸作为理想的人格及孔子鄙夷的几种人　九、为政　十、关于教育、礼仪和诗　子思《中庸》　序言　一、中和　二、中庸　三、道无处不在　四、人文主义标准　五、模式　六、伦理与政治　七、诚身　八、至诚者　九、孔子颂词　十、后记　子思《中庸》　序言　一、中和　二、中庸　三、道无处不在　四、人文主义标

　　《中国印度之智慧》系统梳理了印度和中国几千年文明的发展脉络，
视角独特，视野宽广。《印度的智慧》部分是对印度文明及其特质的全面
展现和总结，作者在书中与读者分享了他对印度文学的深刻体验。林语堂
认为，印度在宗教、想象文学、哲学等很多方面，不仅是中国的老师，更
是世界的老师。林语堂与读者分享了他对古老印度文明的深刻体验，展现
了印度思想的特质和精华。古印度哲人对人生的真理和生命的意义孜孜以
求，那执着的好奇仿若稚拙可爱的孩童，而那些充满智慧的语言却像出
自一位沧桑老者之口。这也就是古印度文明，在今天仍吸引着众多目光的
原因。《中国的智慧》部分是对中国传统文化和哲学思想的深刻体察，作
者精选中国文学、哲学等方面的元典之作进行解读，让读者感受到中华文
明的岁月传承。内容所涉猎的都是印度、中国文化中最为精髓和深刻的方
面。林语堂以其文学天分和中英文造诣使本书视角独到、视野宽广，两个
古老民族的文化积淀和文学述说汇集于此，使读者能得到人生的启示。

　　《中国的智慧》部分，全景式展现了中国传统文化的精髓，让读者感受
到了中国思想和精神的根基所在。对老子译介与辨析是一个很好的例子。

老子的政治哲学，"无为"是其要旨。但后世理解常常偏离老子本心，以为"无为"就是无所作为，甚至认为是一种不思进取、空虚颓废的政治观念。正确理解老子的"无为"思想，首先要破除"执"念，要深入理解"有无相生"这一理论前提。无为与有为，是在"有无相生"的前提下诞生的政治哲学。"为"可以理解为受意志驱遣、掌控的行为活动，从国家治理方面看，"为"的发动来自君王意志，兴衰成败系于一人，福祸吉凶也系于一人。王朝有史官，又掌握强势的官方话语，所以百姓既无自主权，又无话语权，长期处在受宰制、被愚弄的地位。老子说"圣人无常心，以百姓心为心"，目的就是要君王弱化其权力意志，变刻意"有为"为自然"无为"。老子的"无为"思想，越千年而后看，其实蕴含着政治改革的观念，弱化君权意志，强调民心所向，是其核心价值。基于"有无相生"的原理，"无为"带来的是更加卓有成效的"无不为"，是广阔的大有作为的运行空间。老子说"为无为，则无不治"，显然这是一种最理想的政治格局。

其次，"无为"的观念来源于老子道论，是老子通过对"道"的观察体认提出的一套政治哲学。老子说"道常无为而无不为。侯王若能守之，万物将自化"，君王的任务就是"守之"，让万物自然运行演化。在坚守"道"的法则过程中，应该"处无为之事，行不言之教"，不要搞什么王朝形象工程，也不要搞什么意识形态宣传。"万物作焉而不辞，生而不有，为而不恃，功成而弗居"，在"无为"的前提下，可以有所"为"，但不要自"恃"，错误地以为"非我莫属"，从而孳生"自矜""自伐"的愚蠢心态。

最后，"无为"是一种极高的政治境界，老子说"爱国治民，能无知乎？天门开阖，能为雌乎？明白四达，能无为乎？"一国之君，若能真正"爱国治民"，就不要玩弄机巧心智，要洞悉"天门"的开与阖，时代的运与化，要懂得顺从天道。天道不是以君王的主观意志为转移的，也不是浅薄虚假的"历史经纬"所能改变的。"明白四达"是高深的道学修行，是真正落实"无为"的学理基础。老子解释"明"："复命曰常，知常曰明"，可见"明"是对常道的了然；又解释"白"："知其白，守其黑，为天下式"，可见"白"是对光明的了然。所谓"四达"，即宏通，是指旁通无碍，无远弗届的运行形态，庄子说"精神四达并流"颇得其旨。"无为"的政治，非庸人政客所能妄为，亦非犬儒学者能妄议。

老子的无为政治论，究其实质，是一种自然主义政治哲学，"人法地，地法天，天法道，道法自然"，落脚处是自然。而老子所谓自然，其实是将玄冥之"道"拉近到天地万物和人情日常；从深远处看，是道，从浅近处看，是自然。老子说"我无为而民自化，我好静而民自正，我无事而民自富，我无欲而民自朴"，"自化""自正""自富""自朴"，可视为"自然"的分疏，也可视为人民自治的纲领。"功成事遂，百姓皆谓我自然"，至矣尽矣，蔑以加矣！

林语堂的译介本身就是一个现代化的过程，而认识和表述有差异也是正常的。英译的表达，是对中国古代哲学和道德思想体系的阐述，老子、孔子、孟子、荀子、庄子，以及他们的各种著作，再加理解与感悟，林语堂能恰如其分将这些都融入英文的翻译当中，比如翻译"天时不如地利，地利不如人和"这样的名句之时的困扰，对"heaven opportunities of time"的质疑，都是作者精雕细琢之后的想法。而他在本书中将各种古籍分段命名，这也是一种创意。比如，"孔子憎恶的几种人"，这种比较时髦的评论，给你带着幽默的心态和既定的思路，再去读一读之前早就耳闻目睹的名段，着实还是别有一番风味。

注 释

[1] 苏思凡译：《林语堂著——〈中印智慧的宝库〉"印度智慧"序》，《宇宙风》1946 年 3 月 20 日第 142 期，第 59—60 页。

36.《啼笑皆非》

——睿智聪慧的政论

1943 年 7 月，*Between Tears and Laughter*（《啼笑皆非》）由美国纽约的庄台公司出版，署名"Lin Yutang"。1943 年，加拿大多伦多的朗曼斯 & 格林公司出版了该书。1945 年，美国纽约州花园城的蓝丝带图书公司与英国伦敦的多萝西·克里斯普公司（Dorothy Crisp &Co.ltd.）分别出版了该书。该书卷首载有林语堂的自序。正文分为 4 卷（24 章），具体如下：

I. The Situation

1. A Confession

2. Karma

3. The Emergence of Asia

4. The Suicide of Greece

5. Churchill and Pericles

6. World War III

II. The Method

7. The "White Man's Burdens"

8. Government by Music

9. Mathematics And Peace

1944 年 7 月 1 日，所撰英文《啼笑之间》的中译版载《敦邻》第 2 卷第 1 期第 23—26 页，署名"林语堂"。未署译者名。正文前有说明文字："在重庆政权下多数的英美派最占势力，林语堂更是其中色彩最浓厚代表的人物之一。他留学美国，接近美国式的生活，是第一流的美国醉心派。尤其是由中日事变最初起就住在美国，以得意的英文及著作，担当重庆的民间外交使节工作，功绩颇大。但是最近他的著作，调子渐渐改变，于是美国人渐渐敬远着他，由于昨秋在纽约出版的《泪和笑之间》，他遂被称为'林语堂疯狂了'。他确是疯狂吗？或者为什么被美国绅士们以为是狂人呢？不用说明，读者自能判断。该书是约翰·迪出版公司的战时版，共二百六十一页，由四部廿四章组成，以下择其重要的部分略为介绍。"

据 1944 年《杂志》第 12 卷第 5 期"世界之窗"栏目报道说："林语

堂近著《啼笑皆非》（*Between Tears and Laughter*）一书出版后，又轰动一时。林氏在该书中对于杨基主义（美国独善主义）与盎格罗·撒克森世界独霸野心，痛加申斥，因此《纽约时报》最近于其'星期书报栏'中，竟谓林语堂业已疯狂（Lin yu-tang must hane gone Gracy）。然而林氏此书虽遭美国舆论界反感，但美国读者对于林氏则颇重视，其著作销路之佳，非普通美国名作家所能望其项背。"

1944 年 8 月，所撰《啼笑皆非中文译本序言——为中国读者进一解》载《宇宙风》第 138 期第 198—200 页。封面印有"林语堂：啼笑皆非"字样，目录无题名与署名，正文署名"林语堂"。文末标注"卅三年二月十八日序于重庆"。

《啼笑皆非》出版后，也有过不同的译本。

1944 年 3 月，《啼笑皆非》载《时代生活》第 2 卷第 1 期第 1—10 页。目录题名为《林语堂新著　啼笑皆非》，目录署名为"陈封雄译"，正文署名"林语堂原著　陈封雄译"。正文前附有"者识泽"（当为"译者识"之误）。本期刊登"忏悔""羯磨（因果）""亚洲的出现"。文末标注"未完"。

1944 年 8 月，《啼笑皆非》载《时代生活》第 2 卷第 2 期，目录题名为《林语堂新著　啼笑皆非（续完）》，目录署名为"陈封雄译"，正文署名"林语堂原著　陈封雄译"。本期刊登"治之以乐""和平的哲学""人类的共同标准"。文末附"译者注"。

1944 年，《啼笑皆非》（陈封雄节译）由时代生活出版社出版，列入"时代生活丛书"。该书为节译本，仅译出林语堂所著 *Between Tears and Laughter*（《啼笑皆非》）中的十六章。卷末载有陈封雄撰写的"译后言"。另，1977 年 9 月，台北的远景出版社重排出版了该译本，列为"远景丛刊"第 76 种。

1945 年 1 月，《啼笑皆非》由商务印书馆于 1945 年 1 月推出重庆初版，1945 年 9 月推出上海初版，1946 年 11 月推出上海四版，1947 年 2 月推出上海五版，列入"新中学文库"。1966 年 4 月，台湾新竹的重光书店重排出版了该译本。1980 年 10 月，台北的德华出版社也重排出版了该译本。该书封面与书名页均署名"林语堂原著并自译"，版权页署名"著作者林语堂"。不过，该书第 1—12 章其实是由徐诚斌翻译，第 13—23 章才是由林语堂自译。[1] 扉页标注"此书赠良友华尔士先生赛珍珠女士"。卷首收有林语堂"三十三年二月十八日于重庆"撰写的《中文译本序言——为中国读者进一解》，以及原序；卷末收有后序。正文包括 4 卷，共计 23 篇。

1986 年，收入台湾金兰文化出版社出版的《林语堂经典名著》第 22 卷。书名页署名"林语堂著"，版权页署名"译者 编辑部"卷首载有林语堂"三十三年二月十八日于重庆"撰写的《中文译本序言——为中国读者进一解》。1994 年，东北师范大学出版社出版的《林语堂名著全集》收入第 23 卷。标明"林语堂英文原著 林语堂 徐诚斌汉译"。目录如下：

中文译本序言——为中国读者进一解

原序

卷一 局势

前序第一

业缘篇第二

时变篇第三

述古篇第四

证今篇第五

果报篇第六

卷二 道术

排物篇第七

明乐篇第八

卜算篇第九

明礼篇第十

欧化篇第十一

愚民篇第十二

1944 年 2 月 18 日写于重庆的《中文译本序言——为中国读者进一解》，林语堂就自己的著作做了很好的解读。

其一，创作的缘由："本书原名 *Between Tears and Laughter*，作于一九四三年二月，三月中旬脱稿，七月纽约出版，年底已五版。当时骨鲠在喉，不吐不快。盖一感于吾国遭人封锁，声援无方，再感于强权政治种族偏见，尚未泯除，三感于和平之精神基础未立，大战之宗旨未明，《大西洋宪章》之适用范围未定，自由与帝国之冲突难关未破。甚或为帝国主义张目，或倡武力治安，或斥世界平等联邦而盛倡武力挟制天下。以此国外民众彷徨玄惑，莫知适从。时余憧憬乎第一次大战之际，威尔逊高举正义之旗，天下闻风而起，一若世界新纪元即将实现，不禁为之慨然。盖自《凡尔赛和约》以后，世事每况愈下，各国尔诈我虞，廉耻丧尽，正义无存，以致造成一种悲观气氛。理想家不敢复言'了结战争之战争'，现实主义者愈倡言强权政治，而'第三次大战'之名词，已叠叠见诸文字报章，出诸政界名流之口。好梦打破，花落鸟啼。余有感于怀，乃作是书，以究世乱之源。其言苦,其志哀,虽谓用血泪写成,未尝不可。"

其二,核心观点:"是书主旨,可以一言蔽之,即由现此战事战略之处置,明强权政治之存在,由强权政治之存在,推及物质主义之病源,再由物质主义之病源,追溯欧美百年来学术思想上自然主义、科学定数论,及悲观思想之所由来,而后指出最近科学思想之转变,可以打破唯物观念,改造哲学基础,复建精神与物质之平衡配合,使人道主义得超越自然主义之上。由人道与自然之新配合,宇宙观人生观必随之而变,即见老庄与恩斯坦相去不远,东西哲理,可以互通,而人道得以重立于人间。"

其三,布局结构:"书分四卷。卷一论'局势'。陈述今日世界之危局,及第三次大战之伏机。卷二论'道术',指出道术之沦丧,及以物质主义方术解决危机之错误。卷三论'征象',批驳现行战后和平之各种论著,以见今日思想之症结。卷四论'治道',由学术思想上分析近百年来文化之去向,及推陈人道扫地之史因,并由科学穷极思变之新倾向,透入一道曙光,摆脱唯物机械论,重立自由意志论。以内容言之,卷一多谈亚洲复兴所引起之新局面。卷二多论种族偏见、欧化愚见、数学迷信、机械心理等小枝节。卷三多举今日西方讨论和平之方案。卷四专谈学术思想哲学基础问题。"

"啼笑皆非",有既使人难受,又使人发笑之意。一贯温和宽厚的林语堂,在批评美英盟国的远东政策时,锋芒毕露。在提以中西互补建立世界新秩序的观点时,睿智聪慧。作为政论著作,林语堂留下的经典言论,远远超越了论争的范畴。

《啼笑皆非》表面上是从哲学和道德角度谈论国际政治及战争策略,实质上是弘扬中国文化。在林语堂看来,解决战争与和平问题,除奉行老庄哲学外,孔孟哲学也能化干戈为玉帛,特别是儒家关于"仁"的学说美妙无比,在国与国之间大有用"仁"之地。他在"卜算篇第九"中说:"我还是相信孔夫子,相信礼乐治国。"[2]

不争篇第十五"是"申明老子不争哲理以破强权思想";"齐物论二十一"是以老子"弱之胜强,柔之胜刚"的论断,证明希特勒的失败在于

"妄信武力"，违背自然之道；"一揆篇第二十三"写道："孟子排斥了'两足动物'的理论，以人心精神上之共同点建立共通标准。""我们碰上孟子，倒给我们恢复了人的精神观，给我们定了人类和平的原则，世界合作的基础，以及自由的可能性。"[3]

　　不争是要遵循"天道"，而建立在此理论基础上的"善"，是无亲疏之别，甚至对于生活中的"善者"和"不善者"，也一视同仁，主张"以德报怨"："善者，吾善之；不善者，吾亦善之，德善。"（《四十九章》）老子将"善"定义为近于道的无为无形、普惠万物的最高境界，这显然区别于社会伦理意义的"善"的标准，也就是说，一切社会意识形态定义的"善"都不是终极的"善"，一切被规定，被教导的"善"也未必是真的"善"。老子的善论，包含对远古"帝力于我何有哉""百姓皆谓我自然"的历史记忆。在老子看来，善是一种原发的自生秩序，人心向善不需要谁来教化干预。比较而言，孔子论"善"，则基于周文化的传统观念，"郁郁乎文哉，吾从周"。《尚书·周书·毕命》说："旌别淑慝，表厥宅里，彰善瘅恶，树之风声。"善恶两分，惩恶扬善，教化下民，形成风气。《论语·为政》记季康子问："使民敬、忠以劝（努力），如之何？"孔子回答说："临之以庄则敬，孝慈则忠，举善而教不能，则劝（努力）。""举善"与"彰善"义同。所谓"教不能"，也就是教不能为善者。这就是教化。教化就是用统治者的观念、标准来规范民众的行为，形成最初的观念茧房。《论语·述而》记录孔子的一段话："德之不修，学之不讲，闻义不能徙，不善不能改，是吾忧也。""不善不能改"，这才是孔子忧心忡忡的地方。与善相比，不善总是不好的。但若进一步追问，谁导致了"不善"的社会现象？这个问题，庄子说得最清楚。好的制度，使人向善，不好的制度，使人为恶。老子深知恶在上而不在下，善说得越多，恶就越显。所以一直是对圣人、侯王提要求。

　　林语堂说，在现代西方文化的冲击下，很多中国人丧失了自信，很多"洋场孽少，认为固有文化整个要不得，不曰士大夫意识，则曰小资产阶级，并忠孝廉节，一切詈为封建，必欲行其根本毁灭中国旧社会之阴谋而后已"。他说"此辈一见西方文物，则捧屁而恭闻，稍谈孔孟、《周易》，则掩鼻而却走，是为亡国灭种思想，名为摩登，实则买办之流亚。"[4]

注 释

[1] 林语堂:《无可不谈 林语堂文集》，海南出版社，1993年，第403页。

[2] 林语堂:《林语堂名著全集》第23卷，东北师范大学出版社，1994年，第75页。

[3] 林语堂:《林语堂名著全集》第23卷，东北师范大学出版社，1994年，第191—192页。

[4] 林语堂:《林语堂名著全集》第23卷，东北师范大学出版社，1994年，第5页。

37.《枕戈待旦》

——性情急切报国心

　　1944 年 12 月，所著 *The Vigil of a Nation*（附中文书名《枕戈待旦》）由美国纽约的庄台公司出版，署名"Lin Yutang"。另，1945 年，加拿大多伦多的朗曼斯 & 格林公司出版了该书。1946 年，威廉·海涅曼公司在英国伦敦加拿大多伦多与澳大利亚墨尔本出版了该书。不过该版本的内容跟庄台公司版本有所不同，卷首增加了 1945 年 9 月 1 日撰写的英文版作者序言，卷末增加了 5 种附录，分别是《〈新民主主义论〉摘要》（*A Digest of Chinas New Democracy*，内含林语堂撰写的前言）、《〈党的建设〉摘录》（*From Tang Ti Chien Sheh Chinese Communist Handbook*）、迈克尔·林赛（Michael Lindsay）的《北中国的冲突：1937—1943》（*Conflict in North China: 1937—1943*），原载 1945 年 7 月 4 日的《远东调查》（*Far Eastern Survey*）第 14 卷第 12 期、《内战的根源与模式》（*Origin and Pattern of the Civil War*，原载 1945 年 7 月 18 日的《远东调查》第 14 卷第 14 期，题为 *Conflict in China Analyzed*；这是对迈克尔·林赛所论的回应）、《中国共产党人是真正的民主派吗?》（*Are the Chinese Communists True Democrats?*），原载 1945 年 3 月 24 日的《民族》第 160 卷，题为 *China and Its Critics*；这是对埃德加·斯诺（Edgar Snow）在 1945 年 2 月 17 日的《民族》上发表的 *China to Lin Yutang*

一文的回应）。该书卷首载有序言与"本书的形式与内容"（*Propos of the Manner and Matter of the Book*），卷末载有索引。正文分为 15 章，分别是：

1. Flight into China

2. Chungking

3. Pandas, Widows and the Literary Famine

4. The Nation's Leaders

5. Ships and Machines

6. To the Northwest

7. Ancient Sian

8. The "Civil War"

9. Young China and the War

10. Huashan

11. Paochi and the Japanese Prisoners

12. The Northwest Highway

13. Old Chengtu

14. Out of the Bamboo Age

15. Reflections on Democracy and the Futur

该书成书前有些章节以文章形式发表，有些内容出版后又摘录出来单独发表：

1944 年 11 月，*Some Impressions of India*（《关于印度的一些印象》）载《印度之声》（*Voice of India*）第 1 卷第 3 期，第 3940 页。*A Talk with Japanese Prisoners*（《日本俘虏访问记》）载《亚细亚杂志》第 44 卷第 11 期，第 484、487 页。上述两篇文章之后皆收入 *The Vigil of a Nation*（《枕戈待旦》）中。

1945 年 1 月，*The Civil War in China*（《中国内战》）载《美国信使》（*The American Mercury*）第 60 卷第 253 期，第 7—14 页，署名"Lin Yutang"。该文录自林语堂所著 *The Vigil of Nation*（自附中文书名《枕戈待旦》）。

1945 年 3 月 24 日，*China and Its Critics*（《中国及其批评者》）载《民族》第 160 卷，第 324—327 页。1945 年 2 月 17 日埃德加·斯诺在《民族》

上发表的 *China to Lin Yutang*（《林语堂眼中的中国》），该文是回应，后作为附录之一载 *The Vigil of a Nation*（自附中文书名《枕戈待旦》）一书。

1947 年 1 月 1 日，由苏思凡译的《枕戈待旦》在《宇宙风》第 146 期开始连载，至 6 月 15 日第 151 期中辍。署名：林语堂著，苏思凡摘译。选载第一章：飞入中国；第二章：重庆；第三章：熊猫、寡妇和文艺饥荒。

"枕戈待旦"语出《晋书·刘琨传》："吾枕戈待旦，志枭逆虏。"枕着兵器躺着等待天亮，比喻杀敌报国的性情急切，一刻也不松懈。林语堂所撰的《枕戈待旦序》载 1946 年 2 月 1 日《宇宙风》第 141 期，第 9 页。封面印有"林语堂：枕戈待旦 序"字样，目录署名"林语堂"，正文署名"林语堂著 林友兰译"。

《枕戈待旦》以 1943 年林语堂回国后的见闻为主线写成的，有重要的历史资料价值，文笔也清新可读。书中许多事件人物林语堂不曾亲历而是道听途说，未加甄别，许多地方都缺乏事实依据。从不同角度阐述中西文化之异同，希望国人确立正确健康的文化观、外交观和人生观等也有参考价值。

此书的出版引起众声喧哗。许多自由人士批评他，写过《西行漫记》的斯诺对林语堂大加指责，完全否定。赛珍珠夫妇也严厉告诫林语堂不能越走越远。他们觉得林语堂这本书像是国民党的宣传，政党意识明显。而这本书最终在美国一出版，便遭市场冷遇。这其中与此时美国对中国的立场有很大关系。

1943 年 9 月林语堂将要离美返回祖国时，在一档电台节目中号召美国民众以个人身份给中国民众写信，由他将信件带回国，这一倡议得到了热烈的响应。那么，也就是说 1943 年 9 月时，美国公众对中国的态度是友善和认可的。但是到了 1944 年 3 月林语堂再次抵达美国，林语堂给宋美龄写信，说美国媒体对重庆政府充满了偏见与不信任。短短半年时间，美国对国民政府的态度为什么会有这么大的一个转变？

这里不排除民间对民间、美国公共舆论对国民政府的概念混淆的问题，但造成这一公共舆论的倾向的原因，有两点是显而易见的。第一，这要归功于中国共产党的宣传做得很好。当时他们带着一大帮美国记者参观根据地，呈现给美国记者的是：你看我们不是要革命，我们是帮助农民，不是要没收他们的田地，我们是要搞改革；你看我们这里也有选举。最终印象是：中国人需要先吃饭，中国共产党的努力就是要解决这一关键问题。第二，就是美国的知识分子、政客、精英、媒体人，都有一个很严重的帝国主义倾向。这里所谓的帝国主义，不是说我要把你变成我的殖民地，而是我要来帮你——但这种帮助不是平等地对待你。他们觉得，你那么贫穷，我来帮你，你就要听我的话。他们会听他愿意听的、喜欢听的、认为对的东西。那么为什么他们会觉得国民政府不能让中国人民吃饱饭？国民政府的腐败现象一眼就能看到，国民政府里面都是官，都是有钱人。再看中共，他们穿得都很朴素，他们比较穷。美国人欣赏弱势，这也是美国人的一个传统。所以这时美国人就觉得中共更可靠，他们是更加民主的，因为民主就是要帮穷人说话。那些有"帝国主义倾向"的美国人，只希望听他自己愿意听的话，不在乎什么理解、误解。所以跨文化理解是多么的难，现在也还是一样。

在国、共之间，林语堂有情感的倾斜，但大体上还是心系中国。之前在 1939 年版《吾国与吾民》的补充章节里，林语堂对于共产党的工作也是有很多肯定的，他还特别谈到了对战后国共建立联合政府的设想。但是到了 1944 年写《枕戈待旦》的时候，他似乎对于国共联合政府就不再抱有希望了。

林语堂一直想看到一个新的中国的诞生，他以为 1927 年大革命能够产生一个新的中国，但是失败了。30 年代，林语堂是不要革命的。但是到了抗战的时候，国共再次联合起来，林语堂又燃起了希望，《京华烟云》里对共产党的描写还是很正面的，因为他是希望能够有一个新中国的诞生。1938 年的武汉会战，国共是联合在一起抗敌的，大家都很振奋，这给了林语堂很大的希望，他觉得中国又有救了。国共联合起来建设一个新的中国，他是乐见其成的，他希望能够有新的、进取的中国诞生。但是武汉会战之后，国共开始对峙。赛珍珠说要联合，林语堂在《枕戈待旦》里面也写了国民党应该开放党禁。但实际上在他看来国共肯定还是要打。尽管《枕戈待旦》遭到很多非议，但并不影响他的政治智慧。一个自由主义批评家，要有政治大局观，要对时局有一个具体的判断。林语堂心中想的，永远是中国。如果连"中国"在哪里都搞不清楚，还可以算是有智慧吗？

38.《苏东坡传》

——跨越千年的握手

    1947 年，所著 *The Gay Genius: The Life and Times of Su Tungpo*（《苏东坡传》）由美国纽约的庄台公司出版，署名"Lin Yutang"。1948 年，威廉·海涅曼公司在英国伦敦、加拿大多伦多与澳大利亚墨尔本同时出版了该书。1969 年，该书由台北的钟书书局推出台一版。1979 年 8 月，台北的美亚书版股份有限公司再版了该书。该书卷首载有序言（署名"Lin Yutang"，卷末载有三种附录，分别是《年谱》（*Chronological Summary*）、《书目》（*Bibliography and Sources*）与《人物对照表》（*Biographical Reference List*），最后还有索引。正文分为 4 卷，共计 28 章，分别是：

Book One: Childhood and Youth (1036—1061)

1. Literary Patriotic Duke

2. Meishan

3. Childhood and Youth

4. The Examinations

5. Father and Son

Book Two: Early Manhood (1062—1079)

6. Gods, Devils, and Men

《苏东坡传》的英文原名为 *The Gay Genius: The Life and Times of Su Tungpo*。"Gay"这个词本是形容词，本意是明朗艳丽的、生机勃勃的、令人愉快的。林语堂笔下的苏东坡就是个生气淋漓、豁达幽默的人。所以被称作gay genius。林语堂仍从他偏爱的"幽默"出发，将苏东坡写成一位深悟

238

儒、道、释文化精义的"快活天才"，借苏东坡在贬谪黄州、流放海南的困境中，既不失道义上的浩然之气，又善于在"超脱"中享尽人生乐趣，写出了"道地的中国人的气质"，"骨子里的""纯然道家"。苏东坡的人生哲学、处事态度在需要武力抗争的 20 世纪 40 年代，构成不了社会民众心理的主要内容，但当时连遭战争厄运的中国民众，还是有可能从苏东坡"无所畏惧""过得快活"的一生中有所领悟、共鸣。林语堂笔下的苏东坡不仅反映了他考察、表现历史的独特视角和方式，也包含了战争环境中一部分中国人的生存体验，将这样的信息传达给西方世界，构成了战时对外文化交流的一种内容。

1948 年《燕京学报》第 34 期就刊有聂崇岐的书评："本书名称，华文可作《快乐才子：苏东坡之生活与时代》，共分四卷。第一卷述东坡童年及少年时期，由降生起，至登临京城止；第二卷述早期壮年时期，由入仕起，至因诗狱被贬止；第三卷述晚期壮年时期，由到黄州起，至元祐末年止；第四卷述放逐时期，由绍圣初年过岭起，至释还疾终止，文前复东坡履所届地图；文中插有影印东坡肖像、西园雅集图、东坡墨竹、东坡诗帖及仇英绘苏蕙回文诗与花蕊夫人画卷；文末附年代简表、引用书目及人名中西对照表。""总而言之，本书大致尚佳。惟以林君习于写作轻松文字，且非习史学者，故间有驳杂讹误之处。更以对熙宁变法时期之政治情形，无深刻了解，又蔽于宋人诗文，于王安石个人与其设施，未能作客观批评致蹈学术研究上之大忌，则深为可惜耳。"

而在英文表述时也是煞费苦心，正如林语堂自己所言：本书正文并未附有脚注，但曾细心引用来源可证之资料，并尽量用原来之语句，不过此等资料之运用，表面看来并不明显易见。因所据来源全系中文，供参考之脚注对大多数美国读者并不实用。资料来源可查书后参考书目。为免读者陷入中国人名复杂之苦恼，他已尽量淘汰不重要人物的名字，有时只用姓而略其名。此外对人也前后只用一个名字，因为中国文人有四五个名字。原文中引用的诗，有的译英诗，有的因为句中有典故，译成英诗之后古怪而不像诗，若不加冗长的注解，含义仍然晦涩难解，他索性就采用散文表达文意了。

英文版《苏东坡传》的部分内容在正式出版前已有刊发。如该书第八章《拗相公》(*The Bull Headed Premier*),载于 1947 年 5 月《联合国世界》(United Nations World),署名"Lin Yutang"。

《苏东坡传》译本有多种。

1948 年 8 月,《苏东坡传》载《好文章》第 1 集(甲集),第 121—140 页。目录署名"林语堂",正文署名"林语著 何文基译"。正文前有译者撰写的导言,内称:"此稿系原文之节译,但抉择其精华之精华,故约及原著十分之一,并此说明。"正文文末标注"未完"。

1948 年 9 月,1948 年 11 月,1949 年 2 月,《苏东坡传(二)》《苏东坡传(三)》《苏东坡传(四)》分别载《好文章》第 2 集,第 93—108 页;第 3 集,第 85—104 页;第 4 集,第 71—103 页。

1970 年,《苏东坡传》(宋碧云译)由台北远景出版事业公司出版。封面与书名页均署名"林语堂著 宋碧云译"。卷首附林语堂的原序与宋碧云的译序。正文分为 4 卷,即第一卷"童年至青少年时代(1036—1061 年)"、第二卷"壮年期(1062—1079 年)"、第三卷"成熟(1080—1093 年)"与第四卷"流放生涯(1094—1101 年)",共计 28 章,卷末收有"附录一年谱""附录二参考书目及资料来源""书目表"及黄燕德编撰的"人名索引"。1977 年 5 月,该版本由台北远景出版事业公司出版列为"远景丛刊"第 73 种。

1986 年,台北金兰文化出版社推出了一套《林语堂经典名著》,共计 35 卷,《苏东坡传》列为第 4 卷,书名页署名"林语堂著",版权页署名"译者 张振玉";卷首载有张振玉于 1978 年撰写的译者序。

1994 年,东北师范大学出版社出版的《林语堂名著全集》,第 11 卷为《苏东坡传》。标明"林语堂英文原著 张振玉汉译"。其译本目录如下:

译者序

原序

卷一 童年与青年

编余絮语

这里需要说明的是，"编余絮语"是这部 30 卷本"名著全集"主编梅中泉的"絮语"。《苏东坡传》可谓是林语堂最得意的作品，梅中泉先生作为主编，破例做些文字说明。

苏东坡的诗、文、词、书、画均达到了登峰造极的水平，他是中国文学艺术史上罕见的全才。尽管林语堂声称自己写《苏东坡传》只是"以此为乐而已"，但绝对不是那么轻松简单。1936 年林语堂举家赴美，千里迢迢，漂洋过海，而带上的那几只最笨重的大箱子，就装满了中文典籍，特别是有关一代文豪"苏东坡的以及苏东坡著的珍本古籍"，导致"在行李中占很多地方一事，就全置诸脑后了"。由此不难想见林语堂对苏东坡的那份感情。他说："旅居海外之时，也愿身边有他相伴。像苏东坡这样富有创造力，这样守正不阿，这样放任不羁，这样令人万分倾倒而又望尘莫及的高士，有他的作品摆在书架上，就让人觉得有了丰富的精神食粮。"正因为林语堂把苏东坡视为真正能够产生共鸣的知己，他才能真正了解苏东坡，才把《苏东坡传》写成了一个"心灵的故事"。

在《苏东坡传》里，林语堂用散文化的、略带幽默的笔调描绘了苏轼颇不平凡的一生：达则金马玉堂为帝王师，穷则食芋饮水为南荒客。仕途升降，几经沉浮，早年进士及第，文名早播，制举试策又声名远扬，然初入仕途却只是一个小小的凤翔县判官，但这丝毫没有削弱他的政治热情。林语堂曾这样描写当时的苏东坡"轻松愉快，壮志凌云，才气纵横而不可抑制，一时骅骝长嘶，奋蹄蹴地，有随风飞驰，征服四野八荒之势"。在凤翔，为解百姓之苦，他曾以饱满的政治热忱上书宰辅韩琦。面对王安石新政的弊端，他更不顾己身，直言进谏，《上神宗皇帝书》《再上神宗书》

《谏用兵书》等俱是拂逆龙鳞之什。

这种性格令其一生必定多历坎坷与挫折。约略言之，黄州、惠州、儋州三地是苏轼一生境遇最为困顿、险恶的时期。乌台诗案，身陷图圄，对正当壮年的苏轼是个不小的打击。出狱后，他的锋芒与锐气不复当年，多了一份深沉与静默。林语堂是这样理解的：苏东坡死里逃生，心魄震撼，尽量少说话，他开始思考声名的真谛。人生岂能一帆风顺，最为难得的是，面对苦痛，他能以超脱的心态去面对，茂林修竹、陂池亭榭的安国寺是他时常光顾之所，"焚香默坐，深自省察，则物我两忘，身心皆空。求罪始所生而不可得。一念清净，染污自落。表里翛然，无所附丽，私窃乐之……"。感悟生命，品味人生，历经风雨而心态恬然，乃至于达到物我两忘的境界，这一切也正是林语堂深为感佩之处。哲宗亲政后苏轼再遭贬谪，从礼部尚书的高位沦为七品承议郎，被贬惠州。其时，惠州尚属荒蛮之地，但此时的苏轼，已然心境平和，达观知命。可家书中谈惠州啃羊脊的快意，叙一饮一酌间的喜悦："惠州市井寥落，然犹日杀一羊，不敢与仕者争买，时嘱屠者，买其脊骨，骨间亦有微肉……意甚喜之，如食蟹螯，率数曰辄一食，甚觉有补……戏书此纸遗云，虽戏书，实习施用也。然此说行，则众狗不悦矣！"惠州的荒僻、困顿，风土之恶，瘴毒之厉，均在嬉笑戏谑之间为之消隐。笔触所及，展现的是东坡的这一份乐观与旷达。对此，林语堂是首肯的。

桑榆之年，东坡谪放海南儋州。此地极炎热而海风甚寒，山中多雨多雾，林木荫翳，燥湿之气不能远，蒸而为云，停而为水，草不有毒……风之寒者，侵入肌肤，气之浊者，吸入口鼻，水之毒者，灌于胸腹肺腑，其不死者几希矣。海天阻隔，有时甚至达到衣食无着的境地。现实生活的种种险恶似乎都不允许东坡乐观起来。然而，这个沦落天涯的老人，精力永不衰竭，他能以无限的生命力笑对生活的种种苦难，世间冷暖，仕途蹭蹬，都能以超然的态度去珍爱生命。他在诗中写道："我昔堕轩冕，毫厘真市廛。困来卧重裀，忧愧不自眠。如今破茅屋，一夕或三迁，风雨睡不知，黄叶满枕前。……"茅屋破漏至一夕三迁，唯有乐观旷达如东坡者，才会以生花妙笔，来表达那份心态与意趣。这是怎样的一份真性情啊！

林语堂完全把苏东坡当作灵魂上能够沟通的知音，他曾坦言："知道一个人，或是不知道一个人，与他是否为同时代人与否，没有关系。主要的倒是是否对他有同情的了解。归根结底，我们只能知道自己真正了解的人，我们只能完全了解我们真正喜爱的人。我认为我完全知道苏东坡，因为我了解他。我了解他，是因为我喜爱他。喜爱哪个诗人，完全是由于哪一种癖好。我想李白更为崇高，而杜甫更为伟大——在他伟大的诗之清新、自然、工巧、悲天悯人的情感方面更为伟大。但是不必表示什么歉意，恕我直言，我偏爱的诗人是苏东坡。在今天看来，我觉得苏东坡伟大的人格，比中国其他文人的人格，更为鲜明突出……"两人意趣之相投，来自相同或相近的生命历程和生命体验——镇定，智慧与成熟，以乐观旷达的态度去对待人生、体味人生。同时，作为有血性有良知的文人，对待民众的爱心与热情也是他们的共同特点。

林语堂的思想历程和人生态度与苏轼有诸多的相似之处。1925年，为支持学生的爱国行为，作为"语丝"派的成员，林语堂积极加入批判"现代评论"派污蔑学生进步活动之中。1926年，因批评段祺瑞执政府大规模屠杀爱国学生，而上遭通缉的黑名单。1927年，失望于清党、分共与屠杀等社会政治，他在武汉国民政府仅仅待了6个月，便辞职离去，开启了上海之旅。

上海十年，林语堂既文名广播，也遭到来自左翼和右翼的围剿与攻击。他所创办的《论语》取得了巨大的成功，而在此前不久任《中国评论周报》主要撰稿人期间，他的幽默小品即已广为人知，在当时的文坛可谓开风气之先。稍后的《人间世》则取法晚明的"公安"一派，更加强调"闲适"与"独抒性灵"。可以说，这两份刊物成为奠定林语堂一代幽默大师地位的基础。也正是提倡幽默、标举性灵，使其成为批判的靶子。作于1934年的《四十自叙》道出了他当时的人生追求："喜则狂跳怒则嗔，不懂吠犬与驴鸣，掣绦啮笼悲同类，还我林中乐自如。"同年所写《吾国与吾民》中，有这样的话："我喜欢春天，可它过于稚嫩；我喜欢夏天，可它过于骄矜，因而我最喜欢秋天……你真不知道这种落叶的歌咏是欣喜的欢唱还是离别的泪歌，因为它是新秋精神的歌咏：镇定、智慧、成熟。这种歌咏用微笑面对感伤的景象，赞许那种亢奋、敏锐而冷静的神情。"这一诗一文，实际是以林语堂此间在上海生存环境的改变为背景的。这期间，林语堂先与鲁迅交恶，同时因与章克标等人的不和而离开《论语》，随后其闲适小品更被以左翼为代表的大众舆论大批特批。正所谓历尽沧桑方能洞澈世事，经历了这一系列变故之后，他的思虑更加成熟，对人生的理解也更加深刻，用他自己的话来说就是"用微笑面对感伤的景象"。面对苦痛，不是逃避，不是悲伤落泪，而是以一种乐观与旷达的心态去面对，以一份睿智与沉静去解读。政见立场姑且不论，由此所导致的作者个人心性的修习、人格精神的不断完善却已得到清晰的呈现。从这一点不难看出，对于生命意义的感悟与理解，林语堂与苏东坡又何其相似，他们人性深处的自信、坚强、高贵与卓尔不群是相连相通的。

可以说，也只有依靠这种精神，方能笑傲苦难，超越人生的种种痛苦，从而获得生命的快乐和生命的超越。"镇定、智慧、成熟"的新秋精神便是林语堂人格魅力之所在，是林语堂人生信念完全成熟的体现。正是这一种精神，成为联结林语堂理解和接受苏东坡的纽带与关节。《苏东坡传》中苏东坡的故事，实质上就是一个心灵的故事，是一个投射了作者个人影子的真实的而又艺术化、情感化的故事。林语堂为苏东坡作传，在还原传主形象、情感体验和思想倾向的过程中，由于传记作者个人情感、立场的影响，在还原过程中自然会染上传记作者的主观色彩。可以说有什么样的传记作者就有什么样的传主，而喜爱哪种类型的人也即说明了作者的价值取向和审美情趣。林语堂认为，传记文学虽不同于小说，却是以历史事实为依据的，但"事实虽然是历史上的，而传记作者则必须在叙述上有所选择，有所强调，同时凭借头脑的想象力而重新创造，重新说明那活生生的往事。"[1] 所以林语堂书中的苏东坡是一个"乐天才子"，是透射出林语堂幽默人格的"快乐天才"，这个艺术形象寄寓了林语堂对美好人性的全部理解。书中，他对苏东坡的个性魅力给予全面的肯定和热情的歌颂：

"（苏东坡）是个秉性难改的乐天派，是悲天悯人的道德家，是黎民百姓的好朋友，是散文作家，是新派的画家，是伟大的书法家，是酿酒的实验者，是工程师，是假道学的反对派，是瑜伽术的修炼者，是佛教徒，是士大夫，是皇帝的秘书，是饮酒成癖者，是心肠慈悲的法官，是政治上的坚持己见者，是月下漫步者，是诗人，是生性诙谐爱开玩笑的人。"

回观林语堂先生本人，面对忧患泰然处之的人生态度也是一以贯之的。正如他自己所说的，"人类的快乐属于感觉"："我们所说的欢乐，我所认为真快乐的时候，例如在睡过一夜之后，清晨起身，吸着新鲜空气，肺部觉得十分宽畅，做了一会深呼吸，胸部的肌肤便有一种舒服的感觉，感到有新的活力适宜于工作，或是手中拿了烟斗，双腿搁在椅上，让烟草慢慢地均匀地烧着，或是夏日远行，口渴喉干，看见一泓清泉，潺潺的流水声已经使我觉得清凉快乐，于是脱掉鞋袜，拿两脚浸在清水里……" [2]

没有宁静、智慧、成熟的生命体验无法体会这其中的况味，只有懂得生活的人，才知道如何去品味生活、品味人生。相隔千载的两代文人有着相似的人生体验，以及由此产生的人格魅力，譬如仁爱之心，对待民众关怀与热情等，使林语堂视苏轼为知音。

早在 1936 年，林语堂在《文艺界同人为团结御侮与言论自由宣言》上签名。抗日战争爆发后，身在海外的林语堂亦是积极投入抗日斗争，在国内外报刊上发表了不少宣传抗日救国的文章。他不仅针对美国国会害怕卷入冲突、实行"中立"的孤立主义的一派予以撰文痛斥，更向主持正义的世界各国人士介绍中国战场的形势。此外，他还及时向国内报道了美国公众抵制日货的运动，鼓舞国内抗战军民的士气；支持夫人廖翠凤出任纽约华侨妇女组织中国妇女救济会副会长，募捐救赈国内抗战伤兵。他还捐款 4220 法郎抚养了六个孤儿。4220 法郎对于卖文为生的人来说并不是一个小数目，对于帮助别人，林语堂乐在其中。

在《苏东坡传》中我们所看到的苏东坡，也正是这样一个对百姓充满了深切关爱的仁者形象。早在凤翔期间，苏轼即关心民瘼，热情为民，对百姓怀有一种情不自禁的同情心，这种单纯而强烈的感情迫得他常常挺身而出，为民请命；黄州待罪期间，苏轼几乎自顾不遑，但当他听到岳鄂民间的"溺婴"恶俗，便如芒刺在背，奋力以赴去设法营救；惠州缺医少药，瘴毒肆虐，苏轼甫一到任便开始搜购药材，施舍百姓。此外，像营义冢、修桥梁、制农具……但凡于百姓有利者，东坡无不抱以满腔的热情。这热情简直像一团火，"我简直不由得要说苏东坡是火命……说他是火性并无不当，因为他一生都是精力旺盛。简单说来，他的气质，他的生活，就犹如跳动飞舞的火焰，不管到何处，都能给人生命温暖……"特别应当指出的是，凡此种种，俱发生于传主人生历程最为困厄的时期，不难想见，这需要何等的毅力和勇气。同时，这一切又都与人物乐观旷达的心态相为表里——林语堂为我们所展示的，正是苏轼人格魅力之所在，环境愈险恶，人物形象便愈迷人。这是真正的丈夫气，有气骨，有操守。因此，贬谪海南的苏东坡最受林语堂青睐，他满含深情地写道："他那不屈不挠的精神和达观的人生哲学，却不许他失去人生的快乐。""苏东坡也许是固执，也许真是克己自制，至少也从未失去那份诙谐轻松。"

在这一方面，两人实在有着太多的相似。一生历尽风波，饱经磨难。爱一己之身，更爱天下苍生。多姿多彩而又多灾多难的生命历程，贯穿其中的，是他们不朽的人格魅力、丰沛充盈的生命形态和乐天达观的人生态度。在这一种相同相近的生命体验中，他们一面感受着生命的快意，一面更实现着生命的价值。苏东坡一生载歌载舞，深得其乐，忧患来临，一笑置之。对他的这种魔力，就是林语堂"所要尽力描写的，他这种魔力也就是使无数中国的读书人对他所倾倒，所爱慕的"。

至于梅中全在"编余絮语"中所言："从思想内容看《苏东坡传》，应当指出，作者对王安石变法的评述持的是保守派观点……这说明《苏东坡传》并非完美无瑕。"这是见仁见智之说。

王安石在热衷于自己那套社会改革新法之下，自然为达到目的而不择手段，自然会将倡异议之人不惜全予罢黜。一项神圣不可侵犯的主张，永远是为害甚大的。因为在一项主张成为不可侵犯之时，要实现此一目的的手段，便难免于残忍，乃是不可避免之事。当时情况如此，自然逃不出苏东坡的慧眼，而且兹事体大，也不是他可以付之轻松诙谐的一笑的。他和王安石是狭路相逢了，他俩的冲突决定了苏东坡一生的宦海生涯，也决定了宋朝帝国的命运。

《苏东坡传》从酝酿到脱稿耗时长达十余年，由此观之，实为林语堂呕心沥血之作，里面处处寄寓作者个人对于理想自我的孺慕。岁月失于道路，命运困于党争，生活寄于风雨，襟怀奉于苍生，在本书中，林语堂讲述了一个与世人眼中不同的苏东坡，一个政绩卓著、爱民如子、文韬武略兼备的苏东坡，一个虽累遭打击而乐观情怀不变的苏东坡。一位大江东去浪淘不尽的豪情诗人，一位吾国吾民始终在心的国学大师，相似的心灵是灵魂的转世，看东坡光风霁月，渡危抓机，从容应对，听林语东坡，显中国智慧。亦庄亦谐，本性自然流露，情感发乎内心，为中国现代长篇传记起了开标立范的作用。

注 释

[1] 林语堂：《苏东坡传》，《林语堂名著全集》第 11 卷，东北师范大学出版社，1994 年，第 12 页。

[2] 林语堂：《生命的享受》，《林语堂散文经典全编》（四），九州出版社，2004 年，第 207—208 页。

39.《老子的智慧》

——田野哲学的起始

    1948 年，*The Wisdom of Laotse*（《老子的智慧》）由美国纽约的兰登书屋出版，列入"现代文库"。1948 年，美国纽约的格林伍德出版集团出版了该书。1958 年英国伦敦的迈克尔·约瑟夫公司也出版了该书。该书卷首载有《中国人名的读音》（*Pronunciation of Chinese Names*）、导言（*Introduction*）与《庄子的"前言"》（*Prolegomena by Chuangtse*），卷末载有《老子与孔子之间的虚构对话》（*Maginary Conversations between Laotse and Confucius*）与《〈庄子〉章节转换表》（*Conversion Table of Chapters in Chuangtse*）。正文即为《道德经》（*Book of Tao*），分为 7 卷（共 81 章），中间穿插有《庄子》中的相关内容。具体如下：

Book I The Character of Tao

1. On the Absolute Tao

2. The Rise of Relative Opposites

3. Action without Deeds

4. The Character of Tao

5. Nature

6. The Spirit of the valley

　　道家思想是中国文化的重要组成部分，而老子是道家的开山鼻祖，影响深远。《老子的智慧》是林语堂向西方介绍道家乃至整个中国古代哲学思想的一部重要著作。本书阐释了老子思想的独特性、道家哲学与儒家哲学的不同以及要结合庄子研究老子等观念。

1981 年 7 月，《老子的智慧》（王玲玲译）由台北德华出版社出版。
1986 年《老子的智慧》收入台北金兰文化出版社推出的《林语堂经典名著》
第 18 卷。书名页署名"林语堂著"，版权页署名"译者 编辑部"。1994
年，东北师范大学出版社出版的《林语堂名著全集》，《老子的智慧》编入
第 24 卷。标明"林语堂英文原著 穆美汉译"。穆美汉译版的目录如下：

中国的神仙哲学

绪　论（一）

绪　论（二）

序　文

第一篇　道之德

　　　第一章　论常道

　　　第二章　相对论

　　　第三章　无为而治

　　　第四章　道之心

　　　第五章　天地

　　　第六章　谷

第二篇　道之训

　　　第七章　无私

　　　第八章　水

　　　第九章　自满的危险

　　　第一〇章　抱一

　　　第一一章　"无"的用处

　　　第一二章　感官

　　　第一三章　荣辱

第三篇　道之体

　　　第一四章　太初之道

　　　第一五章　古之善为士者

想象的孔老会谈

过去人们做老子研究，分为"整理"和"批评"，"整理"指理解性阅读，"批评"指批判性阅读。"整理"事较易为，至于"批评"要等到"储识稍富"后才敢做。林语堂是向外译介老庄哲学，既有"整理"，亦有"批评"，还有孔老会谈的想象，这些都是在理解性阅读基础上进行的。

在《中国的神仙哲学》这篇绪论中，林语堂对孔、老哲学的比较论述虽然简单，却很明了。

1. 孔、老适合谁，谁选择孔、老。孔子的人文主义能否叫中国古人感到充分的满足呢？答复是：它能够满足。同时，也不能够满足。假使已经满足了人们的内心欲望，那么就不复有余地让道教与佛教得以传播了。孔子学说之中流社会的道德教训，既适合于服官的阶级，也适合于向他们叩头的庶民阶级。但是也有人一不愿服官，二不愿叩头。他具有较深邃的天性，孔子学说未能深入地感动他。于是那些喜欢蓬头跣足的人走而归于道教。

2. 肯定与否定，孔、老对人类文明如何判断。如果说孔子学说为一大"肯定"，那么道家学说则为一大"否定"。孔子以义为礼教，以顺俗为旨，辩护人类之教育与礼法，而道家呐喊重返自然，不信礼法与教育。孔子设教，以仁义为基本德性。老子却轻蔑地说："失道而后德，失德而后仁，失仁而后义……"

3. 孔、老哲学的本质，都市与田野：孔子学说的本质是都市哲学，而道家学说的本质为田野哲学。一个现代的孔教徒大概是取饮城市的消毒牛奶，而道教徒则自己从农夫乳桶内取饮乡村牛奶。因为老子对于都市、消毒以及甲级等等，必然会依例怀疑，而这种都市牛奶的气味将不复存在天然的乳酪香味，反而氤氲着重大铜臭气。谁尝了农家的鲜牛奶，会不首肯老子的意见或许是对的呢？卫生官员可以防护牛奶感染病菌，却免除不了人为的操控。

4. 尚实与想象，经典派与浪漫派。孔子学说中过于崇尚现实而太缺乏空想的意象的成分。孔子的学说是所谓敬鬼神而远之；他承认山川之有神，更象征地承认人类祖考鬼灵之存在。但孔子学说中没有天堂地狱，没有天神的秩位等级，也没有创世的神话。他的纯理论，绝无掺杂巫术之意，亦无长生不老之药。然而道教则有神仙之说，国人也常怀有长生不老之秘密愿望。道教代表神奇幻异的天真世界，这个世界在孔教思想中则付阙如。由此又衍生出中国思想之浪漫派、经典派。一个民族常有一种天然的浪漫思想，与天然的经典风尚，个人亦然。确实，道教是自始至终浪漫的：第一，他主张重返自然，因而逃遁这个世界，并反抗狡夺自然之性而负重累的孔教文化；第二，他主张田野风的生活、文学、艺术，并崇拜原始的淳朴；第三，他代表奇幻的世界，加缀之以稚气的质朴的"天地开辟"之神话。

5. 入世与出世，工作姿态与游戏姿态。道教是中国人的游戏姿态，而孔教则为工作姿态。中国人曾被称为实事求是的人民，但也有他浪漫的一面；这一面或许比现实的一面还要深刻，且随处流露于他们的热烈的个性，他们的爱好自由，和他们的随遇而安的生活。这一点常使外国旁观者为之迷惑而不解。中国人有自己的特性，每一个人的心头，常隐藏有内心的浮浪特性和爱好浮浪生活的癖性。生活于孔子礼教之下，倘无感情上的救济，必有不能忍受的痛苦。所以，林语堂才说，每一个中国人当他成功发达而得意的时候都是孔教徒，失败的时候是道教徒。道家的自然主义是服镇痛剂，抚慰创伤者的灵魂。

林语堂对孔、老的比较论述，这里是放在《老子的智慧》之前的，所以不免有一点点"扬老"的意味。但综观林语堂之于圣哲的智慧，并不是简单地肯定或否定，而是辩证地分析。譬如"仁"是先秦，乃至古代非常重要的一个伦理观念，老子和孔子在"仁"的问题上有交集，有分野，却无交锋。早期"古史辨"学者认为，孔子尚仁，老子反对仁，按思想逻辑，倡导者在先，反对者在后。其实问题根本不能这么简单化。老子否定"仁"并不是针对孔子的主张，因为在老子面前，孔子永远是一个请益者。老子学说中，最核心的概念是"道"与"德"，是"无"与"有"，而"仁"和"孝"都是迹，是末，不是本。在天道框架下讨论"仁"，"仁"必须有所依附，不可能占据核心位置，故对舍本逐末的"仁"有所质疑，有所扬弃也就在所难免。孔子学说的核心观念是"仁"与"礼"，"仁"与"礼"本质上是王官之学，是文王周公以来建立的意识形态和等级规范，孔子论"仁"与"礼"，是在王道的框架下展开的；孔子认为王道是至高无上的，不可质疑，也无须追问的。老、孔论"仁"的分野，在此不在彼。老子批判的是王官之学，不是孔子之学，在老、孔交集的过程中，老子始终是启蒙者的姿态，不是批判者的口气，确实是因为孔子于老子只是后学。这种关系都是清晰明了、毋庸置疑的。孔、老会谈的想象不是无源之水，无本之木。

《周书·泰誓》云："虽有周亲，不如仁人。"《周书·武成》载："予小子既获仁人，敢祗承上帝。"《周书·金縢》曰："予仁若考能，多材多艺，能事鬼神。"仁与礼并举，则见于《礼记·文王世子》记周文王语："爱之以敬，行之以礼，修之以孝，养纪之以义，终之以仁。"又《礼器》云："故君子有礼，则外谐而内无怨，故物无不怀仁，鬼神飨德。"仁作为一种美德，自有其合理性，但行之既久，人为操控，则弊端丛起，有偏私，有虚伪，逐渐演变为道德口号或御民之术。所以老子说，"上德不德"，"上仁为之而无以为"（三十八章）。"无以为"就是要不带目的性、功利性，要发于自然。发于自然，出自真心，仁就有了依凭，与道就合二为一了。老子所反对的"仁"，是一种已经乖离自然本体之道的政治观念，他说，"大道废，有仁义；智慧出，有大伪"（十八章），"失道而后德，失德而后仁，失仁而后义，失义而后礼"（三十八章），缺失了自然之道的支撑，仁和义就是一个观念的空壳，再有执政者智慧的加持，必生大伪大恶。老子站在天道的立场，重新审视人伦的观念，"天地不仁，以万物为刍狗；圣人不仁，以百姓为刍狗"，天地自然没有偏私，对万物一视同仁，衣养万物而不为主。说这就是"仁"吧，那就是大仁、上仁；说不是"仁"吧，确实天地自然没有意志，没有意志，哪会有仁？

孔子说"仁者安仁"（《里仁》），说"求仁而得仁"（《述而》），确实不知"仁"之所本。"孝悌也者，其为仁之本与"（《学而》），一涉孝悌，就局限在血亲范围，有亲就有疏，有亲疏就有偏私，这就悖离了大仁、上仁之义。与孔子的求仁得仁截然不同，老子是弃仁得仁，所以他说"绝圣弃智，绝仁弃义"（十九章），在超越中获得自然本真的大仁、上仁。"与善仁，言善信，正善治，事善能，动善时"（第八章），交往以仁为善，老子何尝弃仁，他在期待一种新型的"上仁"。

在《老子的智慧》中，林语堂认为，儒家之外，老子和庄子另辟了一条更宽广的路，带来一种更超越的人生智慧。林语堂抛开烦琐的训诂考辨，以《道德经》为蓝本，对其解构，重构新篇；各篇循着主（老子）辅（庄子）两条线展开对话，以"庄"释"老"。如《论常道》一章，他用自由诗体译出《道德经》，用《庄子》内篇、外篇和杂篇之《知北游》《齐物论》《德充符》《大宗师》《庚桑楚》等章节的内容分别阐释"道不可名、不可言、不可谈""有与无""道与心灵的合一""道法自然"和"众妙之门"的内涵，语篇上诗与散文相对，《道德经》八十一章的变译达三百余页，俨然庄老会谈，儒道对话。将那原本生涩难解的文字赋予血肉，给予全新的灵魂。

《道德经》比《易经》好读，若没有注解，很多人根本读不了《易经》，而老子的话则都是通俗又形象的表述。《道德经》九九八十一章，《易经》八八六十四卦，从总体上讲，《易经》是一个大系统，严谨周密，无所不容，充满相生相克和辩证，探讨天地人的客观规律，不绝对什么，在无形中提高了人们的认识及预测未来的能力。《道德经》也构建了一个大系统，那就是关于道和德，即天之道、圣人之道、上德、玄德，老子通过大量的辩证、对比、反复、比喻，提出利而不害的天之道、为而不争的圣人之道，提出负阴抱阳、以柔胜刚、清静无为的处事之德，老子是在为世人解答社会生活中诸多的疑惑，进而快乐又自信地为道为德、为圣为人。

老子教人们充分认识客观世界的辩证，包括事物本身和事物之间的辩证，不仅如此，他还说得格外地形象。他说"天下皆知美之为美，斯恶矣；皆知善之为善，斯不善已"，世界有很多美好，当然也有很多丑陋。真善美是我们都喜欢和追求的，那么假丑恶呢？所谓"有无相生，难易相成，长短相形，高下相倾，音声相和，前后相随"，知道这一点，一个人就会对凡事有包容。我们总想世上没有坏人，这可能吗？要知道坏人灭不了，也要相信好人会不断涌现。我们总想消灭贫穷和两极分化，可是没有贫穷，哪来所谓的富足？世界之可爱，在于其多样性，在于其差异性，在于其变化中。

即便像老子提出"不尚贤，使民不争。不贵难得之货，使民不为盗。不见可欲，使民心不乱"，有点愚民之治，但说的句句是客观事物的辩证。单位要标兵，那谁愿去后进；家藏无数奇世珍宝，当然就会有小偷瞄上了；改革开放给大家创造了大量的赚钱的机会，欲望横流，民心就乱了。老子从诸方面对此进行了反复论证，既然凡事都有两端，得此必失彼，过于追求则必有所失，他提出顺其自然、无为而治的观点，提出了圣人应该有的状态，是"为腹不为目"，是要"去甚、去奢、去泰"，这就是我们熟悉的《道德经》。

《老子的智慧》，让人能感受到国学经典的魅力。世界的辩证也不是静止的，而是存在发展之中。老子说"飘风不终朝，骤雨不终日""天地尚不能久，而况于人乎"，意思是说老天爷刮大风下大雨都不会长久，总会有雨后彩虹，何况人呢？你想"持而盈之""揣而锐多""金玉满堂"，能够守得住吗？物壮则老，极强终衰，老子从来都是反对以一种刚强、圆满的状态，他认为这必定不是长久的状态。一个装满水的杯子，它还能装多少水呢？你若想再攀高一层，那你必定不会在最顶层，所以在很多时候"以退为进"是有其中的道理的，我们也可以此辩证地看待发展中的事物。一个人现在得意洋洋，会不会有落魄的时候呢；表面上你与人无争，但到头来别人能争得过你吗？反之亦然。这就是老子的不争哲学，不争，则天下莫能与之争。老子说不敢为天下先，而实际上呢，他开启了人们的视野，开创了道家学说，是为一代先师。

"上善若水"，《道德经》不少章节都是说水之善，都说"人往高处走，水往低处流"，我们又该学习水的哪些品性呢？老子说"水善得万物而不争，处众人之所恶，故几于道"，是说水滋养了万物，如人体就有大半水，但水却从不争上，生而不有，它从来不说人是她的孩子，草木是她的孩子，她是万物的主宰，相反，所有脏的它都清洗掉，包容掉，净化了，就是符合"道"的。水至柔，但水滴能穿石；什么都能改变水的形状，但"抽刀断水水更流"，一切改变都是徒劳的；积少能成多，水汇集江海成为百谷王，是其"善为下"的结果。这样看来，柔弱是胜于刚强的，老子说刚强是死的特征，柔弱则是生的特征，"人之生也柔弱，其死也坚强；草木之生也柔脆，其死也枯槁"，生的时候人的肌肉是柔的有弹性的，草木也是柔的，风吹即动，但死了就硬了、枯了，这就是"柔以胜刚"的道理。

老子为世人倡导的清静无为、为而不争之道，并不为众人特别是主流社会认同，这或是老子本身负阴抱阳的定位，也正是它的生命所在。老子在七十章中更是指出"吾言甚易知，甚易行，天下莫能知，莫能行"，他说"知我者希，则我者贵"，圣人有时也是孤独的。是呀！道理再明白不过了，但人们能抵制社会的纷繁诱惑吗？还是叶落的时候才归根，人老的时候才还乡，年轻的时候总是要到外面闯一闯的。

有人说，上班的时候读《论语》，闲暇的时候读《老子》；得意的时候读《论语》，失意的时候读《老子》；年轻力壮的时候读《论语》，年老力衰的时候读《老子》；在城市读《论语》，在乡下读《老子》；反之亦然也。《老子的智慧》，有助于我们处理好人与自然、人与社会的关系。就是万事定要顺其自然。人生在世，终免不了一死，万事不能强求，要顺其自然发展才好。名与利皆为过眼云烟，追逐金钱，就会受金钱的束缚；追逐功名，就会受功名的束缚。只有抛开名利，才能超脱于种种名利之外。平平淡淡才是真。淡然地面对生活中的一切吧，你会从宁静的心境中感受到生活的美妙的。万事要坚持中庸。人生也就几十年，万事到一定程度就好了，不要太过，太强求。为什么要把自己搞得那么累呢，现代人，压力太大，抑郁的很多。从懂事那天起，大部分人就要为了生存忙碌奔波，要不然一家人的生活就没有着落。当一家人因为自己的努力而得到全家人的生活改善时，你说这种奋斗的过程难道就没有幸福的感觉吗？其实生命中奋斗也是一种幸福。

40.《唐人街》
——海外华文文学的重大贡献

1948 年，英文长篇小说 *Chinatown Family*（《唐人街》）由美国纽约的庄台公司出版，署名"Lin Yutang"。1949 年，英国伦敦的威廉·海涅曼公司与加拿大多伦多的朗曼斯＆格林公司分别出版了该书。1975 年，该书由台北的美亚书版股份有限公司推出台一版，全书分为 25 章。1977 年 5月，《唐人街》（宋碧云译）由台北远景出版事业公司出版，列为"远景丛刊"第 74 种"。1986 年台北金兰文化出版社出版的《林语堂经典名著》第 8 卷收入《唐人街》。书名页署名"林语堂著"，版权页署名"译者 唐强"。1994 年，东北师范大学出版社出版的《林语堂名著全集》第 4 卷收入《唐人街》，标注"林语堂英文原著 唐强汉译"。

《唐人街》写道："这整片地方，他的手臂一挥，他所指的地区就把伍斯华斯大厦、市政府、华尔街和自由女神雕像包括在内。从我脚下开始算起，这一大片地方，都是我的地盘。"汤姆，伊娃，还有母亲三个初来乍到的人，感动得无以复加。"而且我是个白手起家的人。"他又加了一句。

这就是林语堂刻画的来自中国的老汤姆一家在纽约唐人街同舟共济，艰苦创业的故事。在中国现代文坛上，《唐人街》也是极具文学史意义的。作为最先集中描写"唐人街"人生，从而开拓了 20 世纪华文文学一个重要母题的作品,《唐人街》属于早期"移民文学"范畴。老汤姆一家通过辛苦的劳作和诚实的努力,最终实现了"美国梦"的故事。《唐人街》人呈现了中华传统的异域生命力。在它之前的作品中,很少有与之类似的主题内容和情感表达。它像一座桥梁一样,连接着二三十年代凸显民族意识和爱国情感的域外小说与表现"美国梦"的追求。书中终生研读"中国古文"的老杜洛,更是中华文化异域形态的一种象征。他以宽容善良的心对待暴力排华的美国人,并坚信:"硬的松脆的东西迟早都会破裂,但柔软的东西仍然存在。"这种沉默的乃至可怕的忍耐力,恰是异乡华人的生命力。而在日常生活中表现出来的坚韧强毅,尤其具有天长地久的奇妙魅力。同其他的文化乡愁主题一样,中西文化融合也是林语堂在这部作品中对海外华文文学所做的重大贡献。

小说中几个代表人物的故事:

1. 冯老二,即老汤姆,祖籍广东,有三个儿子,一个女儿。他为了生活,来到了美国打工,在美国经历了修建铁路时非人般待遇,及异常艰辛的劳工生活,并幸运地活了下来。后来他带着他的大儿子来到纽约的唐人街,他们开了一家手工洗衣店,日夜操劳,勤奋地为客人们手洗衣服,熨烫平整。他的最大理想是要将他的妻儿接到美国,全家人能团聚在一起。与此同时他希望开一个饭店,他知道达此目的需要时间,需要等待,然而他的执着和意志都隐藏在那不起眼的外貌和略显木然的表情中。冯老二深谙水的哲学,水性柔弱,顺自然而不争;水性居下、谦卑、沉静。他一辈子就是这样过来的,虽谈不上事业,没有轰轰烈烈的所谓辉煌,但活得平静、实在,亦不缺少凡人之乐。

2. 冯太太,一个明白自己面临的处境和责任、应该怎样做和做什么的人。即使她对某件事失望极了,但她不会去埋怨,她的心中默默地想着一大堆的事情——家庭的收支、房子以及孩子们。她是一个善于将情绪和想法压入内心深处的人,一旦采取行动也许不像男人那样雷厉风行,可扎实稳妥,且百折不回。"面子"于冯太太而言,是指"任何一个人,包括她自己,都不能做出使家庭蒙羞的事。她在中国有这种想法,在美国也如此"，而不让家庭蒙羞，最重要的就是"节俭""勤劳"。

3. 洛伊，汤姆的大儿子，跟着汤姆开洗衣店，并与相邻的意大利区的一位意大利姑娘结了婚。洛伊深深爱着他的家庭，是一个传统的好男人，孝敬父母，懂得回报。从不为自己谋私利、充满理性的洛伊总是懂得在适当的时期做适当的事。同时洛伊也是个很谨慎的人，对于是否放弃一直都很顺利的洗衣店，他深思熟虑，而且善于权衡利弊，对餐馆的规划也有自己的一套思路。他的太太也是写得很成功的一个人物。佛罗拉身上有很多美国元素存在，比如热情奔放，比如信奉上帝，总是希望有自己独立的家庭，但是她是个地道的"中国媳妇"，勤劳孝顺、重视家庭、不喜欢过于暴露的打扮等等。佛罗拉的这些特点，正是林语堂所要体现中美文化的差异。

4. 弗雷德，汤姆的二儿子，自己偷渡到美国，在保险公司工作，收入还算不错，帮着老汤姆凑够了妻儿来美国的路费，之后一家人团聚在纽约的唐人街。曾与一位中国交际花结婚，受到母亲的反对，又由于两人感情不合，最终分手。

5. 汤姆，老汤姆的三儿子，从小便有着美国孩子难以企及的刻苦勤奋。他鄙视拿破仑，说他不过是个"鼓动人杀来杀去的家伙"。他很小就懂得"不争"的道理，懂得拳头下的胜利不值一谈，懂得小事的忍让丝毫不会失去什么。小汤姆在学校面对美国同学的挑衅嗤之以鼻，不予理睬。在送衣服的路上遇到顽童们的袭击，他忍住怒气，主动避开。最后和一位为了参加抗日救亡社团的募捐工作，只身一人来到美国的女子，在唐人街相识并相爱，成为一对恋人。

《唐人街》，通过对冯家每一个成员成长轨迹的描述，用中国文人细腻而敏锐的笔触展现出以儒、释、道三家为主的多元文化熏陶下的中国人质朴、睿智的整体民族特性，以及对于美国文化的采纳摒弃。作者没有为点出文化差异所带来的冲突而矫饰一些场景，而是以看似信手拈来的平铺直叙，将这种深刻的冲突糅合。在散淡的描述中强化了"文化中国"的形象，并"解构"现实美国背后的精神危机。两种文化有碰撞，也有融合。

由此，向西方人描绘了唐人街中的辛酸与快乐，为西方人了解海外华人的生活以及中国传统文化搭建了一个便利的平台，同时，也宣泄了身处异国的林语堂，对美国文化与物质文明的赞美和惊羡之情，以及对故国和故国传统文化的留恋与怀旧思绪。

如果把《唐人街》看作是一部反映现实的小说，那么它很难算得上是一流的佳作。但是林语堂成功地在异域他国直接进入了最大语种的文化消费国，向西方读者传达了中华文化传统和中国人民现实生活的真实信息，并为西方平民读者广泛接受，从而大大扩展了中国现代文学的开放性格局。从这个方面说，《唐人街》一书显然是广有成效的。

41.《英译重编传奇小说》《寡妇，尼姑与歌妓：英译三篇小说集》

——中国古代短篇故事的重述策略

1948 年，*Famous Chinese Short Stories*（自附中文书名《英译重编传奇小说》，但常译为《中国传奇小说》等）由美国纽约的庄台公司出版，署名 "Lin Yutang"。该书内含 20 篇中国古代短篇小说，可分为六类：

冒险与神秘小说 ["Adventure and Mystery"，内含：《虬髯客传》(*Curlybear*)、《白猿传》(*The White Monkey*)、《简帖和尚》(*The Stranger's Note*)]。

爱情小说 ["Love"，内含：《碾玉观音》(*The Jade Goddess*)、《贞节坊》(*Chastity*)、《莺莺传》(*Passion*)、《离魂记》(*Chieniang*)、《狄氏》(*Madame D.*)]。

鬼怪小说 ["Ghosts"，内含：《西山一窟鬼》(*Jealousy*)、《小谢》(*Jojo*)]。

儿童小说 ["Juvenile"，内含：《叶限》(*Cinderella*)、《促织》(*The Cricket Boy*)]。

讽刺小说 ["Satire"，内含：《东阳夜怪录》(*The Poets' Club*)、《书痴》(*The Bookworm*)、《中山狼传》(*The Wolf of Chungshan*)]。

幻想与幽默故事 ["Tales of Fancy and Humor"，内含：《李卫公靖》(*A Lodging for the Night*)、《薛伟》(*The Man Who Became Fish*)、《张逢》(*The Tiger*)、《定婚店》(*Matrimony Inn*)、《南柯太守传》(*The Drunkard's Dream*)]。

1948 年，美国纽约的西蒙 & 舒斯特公司、美国纽约的华盛顿广场出版社，1953 年，威廉·海涅曼公司都出版了该书。1983 年，登特公司（J. M. Dent&Sons, Ltd.）在英国伦敦、澳大利亚墨尔本和加拿大多伦多出版了该书。

林语堂是很看重这本编译的，亲自撰写《英译重编传奇小说弁言》，（载 1952 年 10 月《天风》第 7 期，第 2—5 页）做介绍，后来又特意指出："这是我精心结撰之作，故事是重编不只翻译。取唐宋小说及《聊斋》，独不取冯梦龙所作，因为小说技巧较差。"[1]

1955 年，《英译重编传奇小说》由台湾的天祥出版社出版，书名为《中国传奇小说》，但未标注译者姓名。这是 *Famous Chinese Short Stories* 的第一个汉译版本。林语堂后来指出："早希望有人译成中文，所以看见译本，心里高兴，可惜为什么不标出译者名氏？"[2]

1961 年 6 月，《中国传奇小说》（张振玉译）由台北的新中出版社分 4 册出版。这是 *Famous Chinese Short Stories* 的又一个汉译版本。1976 年，张振玉开始对该译本进行修正，后由台北的德华出版社于 1979 年 1 月再版。

1994 年，东北师范大学出版社出版的《林语堂名著全集》第 6 卷收入《中国传奇小说》。标明"林语堂英文原著　张振玉汉译"。从目录看，编排体例与英文本有所变化：

目次

林氏英文本导言

　　神秘与冒险

虬髯客传　白猿传　无名信

　　爱情

碾玉观音　贞节坊　莺莺传　离魂记　狄氏

　　鬼怪

嫉妒小谢　讽刺　诗社　书痴　中山狼传

　　幻想与幽默

龙宫一夜宿　人变鱼　人变虎　定婚店　南柯太守传

童话

促织　叶限

1951 年，*Widow, Nun and Courtesan: Three Novelettes from the Chinese*（《寡妇，尼姑与歌妓：英译三篇小说集》）由美国纽约的庄台公司出版，署名"Lin Yutang"，卷首载有导言（署名"L.Y.T"）。正文含 *Widow Chuan*（《全家村》）、*A Nun of Taishan*（《老残游记》二集）与 *Miss Tu*（《杜十娘》）三个部分。1951 年，加拿大多伦多的朗曼斯＆格林公司出版了该书。1952年，威廉·海涅曼公司在英国伦敦、加拿大多伦多与澳大利亚墨尔本出版了该书，书名 *Window Chuan*（《全家村》）。1954 年，美国纽约的口袋文库（Pocket Library）出版了该书。1961 年，美国纽约的华盛顿广场出版社出版了该书，卷首载有导言与"阅读准备"（*Preparatory Note*）。1971 年，该书由美国康涅狄格州西港（Westport）的格林伍德出版社再版。1979 年 11月 27 日，该书由台北的美亚书版股份有限公司推出台一版。

《英译重编全寡妇的故事》和《中国传奇小说》，因为有故事的重复和翻译策略的一致，故而一起讨论。

《中国传奇小说》的英文名是 *Famous Chinese Short Stories: Retold by Lin Yutang*，直译为：著名中国古代短篇故事——由林语堂重述。这里包含两个问题：其一，选择什么样的东西来"重述"？其二，如何"重述"？既然是要将中国文化推向海外，就必然会考虑到在翻译中将中国传统文化现代化。既是作家，又是翻译家，而且还在中西两个世界穿行的林语堂，他的"重述"，无论是语言、结构，还是叙事呈现，处处给人"很现代"的感觉。

根据林语堂的《林氏英文本导言》和具体的篇章，《中国传奇小说》体现了作家的以下意图：一、观照到中国古代短篇小说符合现代小说的主旨，以求得在理解上消除隔阂费解之处；二、注重表达作家的浪漫情怀，表现中国古代小说中体现的人类共同情感因素；三、改变叙述的角度，基本上以"叙述体"来完成故事的讲述，又更换作品故事情节，有时甚至使作品与原作貌合神离。因为"本书乃写与西洋人阅读，故选择与重编皆受限制"。受到哪些方面的限制呢？"或因主题，或因材料，或因社会与时代基本之差异，致使其多名作无法重编。"即基于文言的语言障碍以及中国古代特有的名物、制度等方面的独特性，无法做到"严格之翻译。有时严格之翻译实不可能。语言风格之差异，必须加以结实，读者方易了解，而在现代短篇小说的技巧上，尤不能拘泥于原文，毫不改变，因此本书乃采用重编办法，而以新形式写出"。[3]

在"重述"从唐代传奇到明代拟话本小说方面，林语堂有几个策略。

一、突出传奇的爱情，营造浪漫的氛围。林语堂对唐代的浪漫传奇故事中对爱情故事关注最多，如《虬髯客传》《白猿传》《莺莺传》等。"于宋、明短篇小说中的爱情小说也是如此处理的：爱情与神怪为小说中最多之题材。……最纯正之青春爱情故事当推《离魂记》……盖夜深独坐之际，最乐之事莫若见一美丽之幽灵，悠然出现于暗淡之灯光下，满面生春，狡笑相诱；然后为之生儿育女，病则为之百般调护。"[4]

为了突出爱情的主题，林语堂往往在具体的作品中，改变原作中不符合于浪漫爱情故事的结局，把女主人公的配偶改变为与其情投意合的情人。比如，《无名信》改写自《简帖僧巧骗皇甫妻》，却改变原作中对和尚的憎恶感情，把故事的结尾改为"使皇甫氏依恋洪某，不愿回归前夫"，而把皇甫大官人写得是一个虐待妻子、不体贴妻子的中年人，写他最后落得"潦倒不堪，面黄肌瘦"。《白猿传》续写了原作中欧阳将军的夫人为白猿玷污的传奇遭遇。白猿这个异族的英雄击败欧阳将军而赢得夫人的爱情，使原作中夫人为白猿生子的不确定猜疑得到坐实。故事的结尾一段耐人寻味：

第二年，事情发生得很离奇。欧阳将军再去探望他的夫人，她已经为白猿生了一个男孩子。他吃惊的是，她打扮得像土人一样，两臂提着婴儿，很得意的教他看。将军大发脾气。

"我相信我还能劝酋长放你跟我回去。"

但是夫人很坚定。"不必。你自己走吧。我离不开孩子。我是孩子的妈妈呀。"[5]

浪漫的故事情节却跃然纸上。甚至，现代西方人的求爱礼仪和情色成分在"重述"的故事中也不乏出现。

"夫人，我爱您，您不能怪我的。"他说着就要吻夫人的手。夫人把手递给他，芳心荡漾不定。

······

狄夫人说着起身就要走。······她立起身，脸上发红。忽然脸上有点异样，弯下了腰，又跌在椅子上，痛得直呻吟。

······

······夫人走到里间去，狄夫人躺在床上，盖好之后，她跟慧澄说："你派人跟香莲回家去······告诉家里人，我忽然一阵腹痛，今天晚上不回家了。"

······（慧澄）凑到滕生耳朵跟前小声说："滕先生，给您道喜。"[6]

行吻手礼的仪式盛行于西方世界，尤其流行于英、法两国。男子同上层社会贵族妇女相见时，女方先伸出手，男方就可以将手提起轻轻地吻。《狄夫人》中滕生示爱的描写完全是西式的。狄夫人下定决心要成为滕生的情人，故装腹痛，尼姑慧澄顺水推舟，把她安置在里间过夜，接着慧澄向滕生道喜。一切场景都富有偷情的暗示，极富浪漫韵味。这是被林语堂添加到中国古代"传奇"小说中最为显著、效果也最为突出的一种现代性。

二、增加传奇色彩的"重述"。林语堂认为明代的《警世通言》："其病在各篇皆为叙述体，介于唐代传奇及现代短篇小说之间；主题皆陈陈相因，叙述亦平庸呆板······"[7] 能看出这种弊端，实际上对自己的"重述"无形中起到借鉴作用。《中国传奇小说》共 20 篇，无一例外采用按照故事发展前因后果进行"重述"，又在"重述"中穿插"他述"。如《碾玉观音》原作的末尾写崔宁听得妻子是鬼，到家中寻丈人、丈母问个究竟，二人跳下水去，不见尸首，原来二人都已经做了水鬼；崔宁回到家中，见到秀秀，秀秀才告知当日被捉入咸安郡王后花园中的后续情节——被打死埋在后花园，并非只被打了三十竹篦，而灵魂却追随崔宁到建康府。这些情节构成一定的悬念，形成回旋的效果，造成故事的可读性。《碾玉观音》的故事虽宣称美兰亲口所述，但与宋代原作《碾玉观音》面目全异，几乎是作家的个人创作，所谓的"真正经过"和"本文谨据原作前部"之语都是子虚乌有故事的掩饰。《白猿传》中"所增番人风俗材料得自唐宋三本书"，加入雷某的讲述中，并改变了故事的讲述者；《诗社》"因原作中禽兽之诗无翻译之价值，故此篇无异完全重编。"林语堂对所选的 20 篇中国古代短篇小说，16 篇的"前记"都对所引用的材料加以说明。这些说明均带有考证的性质，"虽有更动，必求不背于正史"。这显然是有意避免叙述上"平庸呆板"的单一，由不同的故事讲述者讲述故事，在客观上起到增添传奇色彩的作用。

三、改变叙述者的身份和功能。林语堂在《中国传奇小说》中，常常将自己和设定的叙述者以及其他视角混同、杂糅在一起。《白猿传》先改变该故事的原作者江总对故事的话语权力，改变为随员雷某讲述欧阳将军失妻于白猿的故事；使用第一人称叙述，带有"我"（专指雷某）和"我们"（专指寻找欧阳夫人的 27 个人）字眼的有 34 段，非常明显地显示该故事出于雷某以第一人称讲述，有时还捎带对人物的心理推断："欧阳夫人在旁观看，如痴如梦。欧阳将军越来越不耐烦，白猿却看得很高兴，欢笑饮酒，一心无牵挂。"对人物的心理推断，可以通过人物的表情来确定，它是以潜在的雷某的观察而推定的。第一人称的叙述身份渐渐隐藏起来，在最后两段转化为全知视角："过了一会儿，他想过来了，白猿的办法原来并不像想象的那么愚蠢。白猿是胜过了他，这是毫无疑问的。他也想通了是什么缘故。最后这一场羞辱，给他的打击太大了。从此以后，他再没有力量振作起来。"这一段对将军的心理活动的熟知只有在全知视角下才能写出的，它在深度和广度上都超过了心理推断。《狄夫人》原作据称是太学生廉布亲闻而写成的，可是狄夫人和滕生在尼姑庵中的一间房子初次幽会，尼姑慧澄借故避开，在场没有第三者，而狄夫人和陌生的滕生发展成情人整个过程的对话却进入廉布的讲述中，也是使用全知视角的技法，唯有如此，才能绘声绘色地描写。

注 释

[1] 林语堂：《〈语堂文集〉序言及校勘记》，《林语堂名著全集》第 16 卷，东北师范大学出版社，1994 年，第 507 页。

[2] 林语堂：《〈语堂文集〉序言及校勘记》，《林语堂名著全集》第 16 卷，东北师范大学出版社，1994 年，第 507 页。

[3] 林语堂：《林氏英文本导言》，《林语堂名著全集》第 6 卷，东北师范大学出版社，1994 年，第 1—5 页。

[4] 林语堂：《林氏英文本导言》，《林语堂名著全集》第 6 卷，东北师范大学出版社，1994 年，第 2 页。

[5] 林语堂：《白猿传》，《林语堂名著全集》第 6 卷，东北师范大学出版社，1994 年，第 36—37 页。

[6] 林语堂：《狄夫人》，《林语堂名著全集》第 6 卷，东北师范大学出版社，1994 年，第 145—146 页。

[7] 林语堂：《林氏英文本导言》，《林语堂名著全集》第 6 卷，东北师范大学出版社，1994 年，第 3 页。

42.《论美国的智慧》
——慧灵的闪烁

1950 年，*On The Wisdom of America*（《论美国的智慧》）由美国纽约的庄台公司出版，该书卷首载有林语堂于 1950 年 3 月 26 日在法国戛纳撰写的《周日清晨序言》（*Preface on Sunday Morning*），署名"L.Y.T."，卷末载有索引。正文分为 16 章，分别是：

I. The Wisdom of Living

II. Counsel for Living

III. Our Animal Heritage

IV. The Rhythm of Life

V. Man as Sentiment

VI. New England Interlude

VII. Life

VIII. Liberty

IX. The Pursuit of Happiness

X. The Arts of Living

XI. Nature

XII. God

XIII. Love

XIV. Laughter

XV. War and Peace

XVI. The Summing Up

英文著述的部分内容在成书前发表过，如：

1950 年 7 月 8 日，*The Case for Sentiment*（《情感一例》）载《星期六文学评论》第 33 卷第 27 期，第 7—8、39 页。正文前摘录有："人类灵魂要到我们的眼泪和欢笑中寻找。"

1950 年 7 月 15 日，*Do American Writers Shun Happiness?*（《美国作家顺应快乐吗?》）载《星期六文学评论》第 33 卷第 28 期，第 7—8、38—40 页。

《论美国的智慧》是一本通俗哲学著作，尘封了半个多世纪后，2009年由当代世界出版社出版了刘启升翻译的、约 36 万字的汉译本，书名《美国的智慧》，目录编序为：

译者序

前言

第一章 生活的智慧

一、智慧的范围

二、哲学家眼里的盲人的探路棒

三、美国人的事实观

四、渴求信仰

第二章 生活的决策

一、一切是谜

二、重视梦一般的虚幻

三、谁是梦想家?

四、当笑比哭明智的时候

第三章 我们的动物遗产

一、用精神分析法研究现代人

二、亚当和夏娃

277

汉译本《美国的智慧》，从开篇的"前言"到最后的"总结"，在整本书中，林语堂介绍了美国建国以来的许许多多的重要哲学家、作家们的个人生活。在他们的个人生活中，他们面临着和我们一样的生存问题。书中内容涉及他们相关的生命、情感、自由、幸福、自然、宗教、幽默与讽刺、爱情与婚姻、战争与和平及社会生活的方方面面。另外，该书还引用了像拉尔夫·沃尔多·爱默生、本杰明·富兰克林、戴维·格雷森、奥利弗·温德尔·霍姆兹、托马斯·杰弗逊、亨利·大卫·梭罗、乔治·桑塔雅那、沃尔特·惠特曼、克莱林斯·戴伊、詹姆斯·拉塞尔·洛威尔、威廉·詹姆斯、克利斯朵夫·毛利、亚伯拉罕·林肯、约翰·杜威、亨利·亚当斯以及中国古代的孔子和庄子等古今中外三百余位思想家的作品。书中缜密的思辨不输给正统哲学著作；清新恬淡的语言，堪比《瓦尔登湖》。阅读本书，犹如与大师面对面交谈，心灵会得到一次净化和升华。

　　林语堂对笔下的每位人物都有所研究，点评很到位，如在谈到美国伟大的思想家时所述："爱默生谈及找见'尼罗河的源头'、发现'个人的无限范围'……赫曼·梅尔维尔嘲笑声名，霍桑冥思苦想，沃尔特·惠特曼建议人人之间都存在'兄弟般的亲吻'，从而建立模糊性特征的民主。可是，富兰克林说教起来仿佛美国的孔子，具有良好的理性意识，闪烁着智慧和想象力；奥利弗·温德尔·霍姆兹的漫谈风格宛如美国的蒙田。"由于这些作家的生活方式、思想感情与写作风格各有区别，原创者林语堂与翻译者刘启升在行文过程中，都尽力体现出各自的特点：爱默生的超脱、深奥，格雷森的朴实、随意，詹姆斯的说教，杰弗逊的庄重，富兰克林的睿智，霍姆兹的漫谈，惠特曼的多情，等等。引文的体裁也各种各样：诗歌、演讲、小说、政论、文学评论，等等。尤其是在诗歌的翻译上，译者可谓费尽心机。原文有韵脚的，尽量保持其原有的对仗；在第二章《生活的决策》中，霍姆兹盛赞爱默生的诗《在星期六俱乐部》部分原文如下："Where in the realm of thought, whose air is song, /Does he, the Buddha of the West, be—long? /He seems a winged Franklin, seetly wise, /Born to Lmlock thesecrets of the skies." 刘启升的译文是："思想的王国，如歌的空气，/ 西方的佛陀是否住在这里？/ 仿佛长有翅膀的富兰克林，优雅而睿智，/ 天生可以解读太空的秘密。"可见译者的"推敲"。

林语堂在本书中也引用了孔子、庄子、孟子、老子、屈原、陶渊明等中国古代思想家的作品，其中，庄子的《南华经》引述最多。原书中，这些文字大部分都是林语堂自己翻译成英语的，可见其渊博的学识以及驾驭语言的能力。有这样一句话："美国人的金钱掌握在犹太人的手中，而美国人的智慧却是掌握在华人脑中。"林语堂以自己深厚的东方文化底蕴、在美国生活十几年来的经历为我们深刻阐述这一义理。本书明确地提出了"中国人应该向美国人学习什么？"的问题，全书的内容涉及美国社会生活的方方面面，包括生活的智慧、决策、艺术等等。对很多有争议的问题，作者时刻保持警惕和观察，借助近百位中外名家的作品将自己的观点融入其中，避免简单的是非判断。

因为灵慧，林语堂在书中也就敢于对欧美国家做出精细的判断：美国人难以了解真正的中国人与中国文化，因为美国人通常宽容、单纯，但不够深刻。英国人不能了解真正的中国人与中国文化，因为英国人一般深刻、单纯，却不够宽容。德国人也不能了解真正的中国人与中国文化，因为德国人深刻、宽容，但不够单纯。至于法国人，在我看来是能了解并已经是最了解真正中国人与中国文化的。因为法国人在灵性上曾达到一种卓越的程度，一种想了解真正的中国人与中国文化所必须具有的灵性。

43.《朱门》

——迈出"朱门"的意义

1953 年，*The Vermilion Gate*（《朱门》）由美国纽约的庄台公司出版，署名"Ling Yutang"。1954 年，威廉·海涅曼公司在英国伦敦出版了该书。1971 年，苏珊娜·托伦（Suzanne Toren）录制了该书的有声版，总共录了三盒磁带。该书卷首载有"作者注"（文末署名"L.Y.T."）。正文分为六卷，分别是：

Book I The House of Tafuti

Book II The Manchurian Guest

Book III Sunganor

Book IV The Disowned

Book V Lanchow

Book VI The Return

1975 年 7 月 31 日，该书由台北的美亚书版股份有限公司出台一版。1976 年 9 月，宋碧云翻译的《朱门》，由台北的远景出版社出版，列为"远景丛刊"第 54 种。

1981 年 2 月，谢绮霞翻译的《朱门》，由台北的德华出版社出版。该版本收入了 1986 年台北的金兰文化出版社出版的《林语堂经典名著》（第

18卷），书名页署名"林语堂著"，版权页署名"译者　谢绮霞"。1994年，东北师范大学出版社出版的《林语堂名著全集》第5卷收录了《朱门》，标明"林语堂英文原著　谢绮霞译"。目录为：

自序

第一部　大夫邸（1、2、3、4、5、6）

第二部　满洲客（7、8、9、10、11、12）

第三部　三岔驿别庄（13、14、15、16、17、18）

第四部　玉叶蒙尘（19、20、21、22）

第五部　兰州（23、24、25、26、27、28）

第六部　归来（29、30、31、32）

《朱门》与《京华烟云》《风声鹤唳》合称"林语堂三部曲"。

故事发生在1933年，主要讲述了两位西安人——记者李飞和名门闺秀杜柔安跨越门第界限的爱情传奇。李飞和柔安，一个是平民百姓，一个是朱门大户，一扇大门并没有阻隔两个人的心灵。虽然，他们经历了非常人的遭遇，但最终他们是幸福的。正如林语堂在自序中所言："本书人物纯属虚构，正如所有小说中的人物一样，多取材自真实生活，只不过他们是组合体。"尽管作者只截取1931—1934年新疆"回变"中，1933年的那一部分，但在30年代初中国西北部的社会背景中，随着两位主人公的经历，动荡时局、种族混居、西疆风情、西安古城风貌无不融入笔端，表现了善与恶的冲突，正义与非正义的较量，并处处流露出作者平等博爱的人道主义情怀。

小说情节跌宕起伏，可读性极强。就小说艺术而言，《朱门》中人物形象的塑造尤其值得注意。

首先是柔安、遏云、香梅、香华等众多女性形象的塑造。

"背朝华于朱门，保恬寂乎蓬户"，朱门与蓬户相对，意指富豪之家。在中国传统建筑中，豪绅之家多采用朱红色的大门，门上镶有镀金的手扣环。高大的朱门象征家族的地位、财富与权力。千百年来，无数的女性以嫁入朱门为人生的目的，敢于走出朱门者则少之又少。林语堂在小说《朱门》中，却塑造了一位为爱情而大胆走出朱门的女性——杜柔安。

若按出身来论，杜柔安是典型的名门之女。杜柔安的父亲杜忠是清朝的翰林，曾在孙传芳手下任职，她的叔叔杜范林是西安市的前任市长。按门当户对的常理来说，这样一位女性必然嫁给高官或富商之子，然而柔安不同于世俗的女性，她断然拒绝了叔叔为她选择的银行家之子和父亲钟爱的小刘，而爱上出生于普通家庭，任职于《新公报》的记者李飞。柔安与李飞相识于一场抗日游行造成的混乱之中，李飞好心地帮助受伤的柔安，一场爱情由此发生。柔安敬仰李飞的才情，当她得知李飞正是写出那篇关于碴头的文章的名记者时，她显得激动而热忱。在随后的相处中，他们谈文学、谈政治，而不谈情人间的甜言蜜语。柔安喜欢李飞"说话的态度，仿佛他们已经认识很久……她也喜欢那双大而清晰的眼里那股锐利的眼光"[1]，她欣赏李飞的才华和独立精神，她也喜欢李飞对生命一笑置之的冒险精神。在柔安心中，李飞是一位"内心思想都为她所熟悉的男人"[2]，同时也是一位和她感觉相近、观点相同的男人。

正如柔安所说："主宰命运的神仙真是幽默大师。他喜欢捉弄人，看到一对男女为爱情受折磨，他就开怀畅笑。"[3]当柔安与李飞陷入热烈的爱情之中时，他们却受到命运的捉弄。柔安因三岔驿献身而怀孕，此时李飞却被扣押在新疆哈密城，唯一能证明二人已订婚的父亲突然身亡。在传统的家族中，未婚先孕视为不贞，这样的女性被视为浪荡女，是整个家族的耻辱，出生于名门的柔安更是如此。突如其来的变故使柔安的心灵受到巨大的打击，柔安一度试图打胎，却又受到孩子和爱情的鼓舞，面对叔叔和婶婶的蔑视与嘲笑，柔安大胆地说出："除了我自己，没有人能负责任。所以我才要走。"[4]决意离家之后，柔安并不难过，反而感受到"一种自立的感觉"，[5]在兰州的生活，她也展现出一个女性的勇敢与毅力。为了十元钱的工资，柔安在孕期坚持家教工作；为了李飞，她找回族上校帮忙，又请报社探求李飞的消息。她每周三冒着风雨孤身前往机场，只为向游客探得有关哈密一丝半点儿的消息。在机场，她结识了飞行员包天骥，并通过包天骥与李飞取得联系。在柔安的努力下，李飞平安回归。柔安

"爱李飞，千辛万苦也不变心，这才是所谓的矢志不渝"[6]。柔安以她的坚贞、以她的牺牲与勇气赢得了李飞母亲的认可，一对有情人终成眷属。柔安的爱不掺杂任何功利性的东西，她之所以爱李飞，仅仅因为他就是李飞。对柔安而言"爱情是一件美事……是优美、无私、勇敢的事情"[7]，她为爱而自豪，爱情让她"有愿望，有个方向，有一个真正的目标"[8]，为着这一个目标她走出朱门，甘愿牺牲，甘愿奉献，没有人能阻挡得了。柔安是中国版的娜拉，但她既不堕落，也不回到"空荡、冷清"的家，她在爱情中找到了自己，她凭借自己的毅力和勇气走向了爱情的怀抱，寻求到一个她理想中温馨的家。朱门，一道门隔着李飞与杜柔安的爱情，让他们遭遇不平凡的事情，不一样的人生。他们冲破朱门，勇敢地在一起，打破世俗，值得钦佩。同时，这又是一段战争中的童话，给人以希望，教会人勇敢。

遏云，一个唱大鼓的姑娘，本有机会嫁做商人妇，去做阔太太，摆脱抛头露面的工作，但她不接受。她资质聪慧朴实纯真，一下子捕获了见惯中外美女的蓝如水的心，为她亡命天涯也在所不辞。然而遏云却坚决排斥这种贫富悬殊的结合，她宁可做农夫的妻子，"早起烧饭，看他荷锄出门，中午送午饭到田里给他"。她是朱门外的女子，她没有杜柔安那样大小姐的命，也没有春梅那样的机遇和手段，她有的是质朴纯真，也有很深的门第观念，不看好蓝如水对自己的感情。当她在义父范文博的鼓励与支持下，终于勇敢地跨过那道深渠，正式接纳蓝如水的感情，但恶魔的爪牙却也伸出了双手，扼住了她的咽喉，使她不得不为保住大家而投河自杀。她的遭遇让人惋惜，却不失为一个铮铮好女子。她不仅是大鼓唱得好，还有她对生活执着的追求，深得作者敬佩。

春梅是个目不识丁的丫鬟，但在书中是个近乎完美的女人。她不但有美丽的面孔，而且有机智的应变能力和熟谙的处世之道，在所有场合都能应付自如。天生丽质的外表加上与生俱来的聪颖心智，帮助她成为老爷两个儿子的母亲，并为自己和孩子争取到了杜家的合法地位。她并没有像那些得宠的小妾，迫不及待地排挤正房或是刁蛮地对待下人。春梅有礼有节地生活在这个大家族里，低调地相夫教子并帮助老爷打理家里的事务。她会用智慧化解不利的局面，她知道女人要为自己争取，但也知进知退。她在对待可能与自己争夺财产的杜柔安时，表现的是人性的善良，她不赞同杜范林将柔安赶出家门的做法，却也无可奈何，但在暗地里一直默默地帮助柔安，尽自己所能。杜范林死后，她和柔安遵从祖训，将湖水还给回民，与回民友好相处，体现她的智慧和当家作主的风范。被困于朱门里的春梅，在结局中与文博的娇羞对话，使人觉得这是一个十分可爱的女人。

即便是香华，虽是几笔淡淡地带过，也透露出作者对其生活的同情。她是杜范林的媳妇，杜祖仁的妻子，她明确告诉别人自己与杜祖仁无感情，而她也如她所言，在杜祖仁"意外"身亡后戴孝仅戴了三个月，惹得公公不满却依然我行我素，不被封建礼教所束缚，勇敢地追求新生活……在书中并不是一个很重要的女子，但也体现了她不一样的一面。

在中国传统的观念中，顺乎人性的爱情如同空中楼阁一般，可望而不可及，而像牡丹这样的寡妇更是不允许踏入爱情的领域。但是在林语堂笔下，寡妇同样拥有爱情的权利。在小说《朱门》中，林语堂借春梅表达了自己对寡妇恋爱、再婚的看法："年轻的寡妇想要改变生活，有自决的权利。就是古代，皇帝老子也不能逼寡妇守寡呀。必须是自愿的，所以才受到推崇。"[9] 出于对人性的追求，林语堂公开批评"宋明理学家使妇女必须过掩藏的生活，而使妇女再嫁成为犯罪行为"[10]。在林语堂看来，对爱情的渴望，是人性中自然的一种需求，人皆可有，寡妇也不例外。单身男女想要追求爱情，自然是合法合理，无需隐藏。出于这一观点，林语堂在《朱门》中香华欲与蓝如水结婚，范文博与春梅暗生情愫。青年男女勇敢追逐爱情的故事自然无比动人，但寡妇的恋爱与再婚却具有打破常规、不惧世俗的魅力，其中人性之美也体现得淋漓尽致。

其次是李飞、杜范林、杜忠等众多门内门外男性形象的塑造。

书中的男主角李飞是门外人。对待爱情他就像一个天文爱好者，发现一颗彗星——柔安；对待亲情他买了个地球仪，在北极穿了个洞，开始存铜板，等到存满，就是一个地球的铜板，这是他送给母亲的；对待友情，他为帮助蓝如水的心上人，范文博的义女逃难，不惜请求爱人杜柔安的帮助。

杜范林，前西安市市长，曾经发表反对娶妾的言论，却言行不一，收了丫鬟春梅，还生了两个孩子。但他不曾承认春梅的身份，使她陷入尴尬的境地，最后还借早逝大儿子之名，使春梅成为孀居的寡妇，使两个儿子变成孙子，荒谬至极。他就是拦住人与人的接触，拦住李飞与杜柔安的爱情的一道朱门。

杜忠，凸显了另一种形象。他是杜柔安的父亲，处处显露出儒家"哲人王"的种种特质。首先，从这个人物的名字来看，姓"杜"名"忠"，"杜"的谐音可为"笃"，而"忠"，为儒家信条"仁、义、忠、信"之一。整个名字连起来可为"笃忠"，其意可理解为坚定地保持自己的忠君之心。（林语堂英文原版是"Tu Chong"，用威氏拼音法拼写的，也许本意就是要将这个人物命名为"笃忠"。至于"杜忠"，那是后来被人翻译的。）从整个名字来看，这个人物有可能是个儒家的忠实信徒。有意思的是，小说中对这个人物第一次介绍时就巧妙地表达了这层意思，"身为儒家信徒，他对已逝的王朝具有莫名的忠诚，对民国毫无好感。虽然他坚持实行帝制，但是袁世凯称帝时，他拒绝为他做事。他认为袁世凯出卖了光绪皇帝，是篡位者。光绪皇帝被慈禧太后囚禁时，他和翁同龢、康有为都是保皇党，极力反对孙中山先生领导的国民革命。"[11] 由此看来，林语堂把小说中这个人物命名为"Tu Chong"是有深刻寓意的。而他的言行举止，无不表现出儒家正统思想的继承者的风范。在学识上，"杜忠"曾经担任过大清的"翰林"。可见，这个人物在儒家学识方面有很深的造诣。他对年青一代国学教育的缺失感到不满，"他看不起祖仁，虽然他接受了西方教育，却连一封中文信都写不好。杜忠对他谈古典作品，简直是对牛弹琴。就他来说，大夫的第三代已经变成文盲了。"[12] 在政治上，他坚定地维护帝制。他的一生都在践行这个政治理想。他蔑视混乱的共和政府、不识字的军阀、不学无术的官员，和失去儒家经典教育的年青一代。他认为日本之所以崛起，是因为他们保留了天皇制；国民政府之所以政治分裂，是因为帝制的废止。在思想上，他坚定地履行儒家信条——"仁、义、忠、信"。毕生对皇室的拥戴，可谓"忠"；对那些在汉人压迫下的少数民族人民他满怀同情，对于杜范林父子二人对三岔驿湖畔的回民的所作所为感到不耻，可谓"仁"；遵照自己父亲——大夫杜恒与三岔驿回民的约定，要求弟弟杜范林拆掉水闸，并允许湖畔的回民们自由捕鱼，可谓"信"；当自己的请求遭到杜范林父子的拒绝后，他毅然加入回民当中，并亲自带领回民们拆掉弟弟所建的水闸，可谓"义"。

《朱门》是一个大团圆的结局，杜柔安尽管历经无数战事与惊险，尽管被扫地出门流离失所，尽管身陷图圄不停地卷入种族与军阀的战争中，但总之夫妻团聚又喜得贵子，算是人生一大喜事。反观不知为善与感恩，不懂道家哲学的杜范林父子的丧命，倒算是一个因果报应的经典案例，不予他人生路，自然也是在断自己的后尘。在对待祖产松花湖的问题上，他不遵从父亲的做法，与湖附近的回民友好相处，而是自私自利建大坝把湖水拦住，断了附近回民的生计。结果自己的儿子死在了大坝上，自己也被沼泽所淹，这大概就是所谓的善恶终有报吧。朱门，门内是家，门外是天下。门里的人勇敢地冲出门外，门外的人真心地接纳门里冲出的人，共同建立他们美满幸福的世界。不管是门内还是门外，最应切记的是：家要和，天下也要和，大概这就是《朱门》含义之所在。

注 释

[1] [2] [3] [4] [5] [6] [7] [8] [9] [11] [12] 林语堂：《朱门》，《林语堂名著全集》第5卷，东北师范大学出版社，1994年，第71、16、51—52、300、302、307、385、260、396、32、205页。

[10] 林语堂：《吾国与吾民》，陕西师范大学出版社，2003年，第95页。

44.《远景》(《奇岛》)

——一个乌托邦的镜像

1955 年，*Looking Beyond*（《远景》）由美国纽约的普林蒂斯·霍尔公司（Prentice Hall, inc.）出版，署名"Lin Yutang"。全书分为 45 章。1955 年，英国伦敦的拜利 & 斯温芬公司（Bailey & Swinfen）出版了该书。Looking Beyond，译为"远景"，表露出作者对这一虚构出来的国度的心生向往，而非现实所能实现的透彻理解。1955 年，威廉·海涅曼公司亦在英国伦敦、加拿大多伦多与澳大利亚墨尔本同时出版了该书，书名改为 *The Unexpected Island*（《奇岛》）。

1975 年初，《远景》（郑秋水译）由台北远景出版社出版，至 11 月再版，列为"远景丛刊"第 23 种。译者署名"郑秋水"，即宋碧云。12 月 31 日，该书由台北的美亚书版股份有限公司推出"八十岁生日纪念版"。

1980 年 12 月，中译本《奇岛》（王玲玲译）由台北德华出版社出版。

1986 年，台北金兰文化出版社出版的《林语堂经典名著》第 21 卷，收录《奇岛》，书名页署名"林语堂著"，版权页署名"译者 张振玉"。

1994 年，东北师范大学出版社出版的《林语堂名著全集》第 7 卷，收录《奇岛》，标注"林语堂英文原著 张振玉汉译"。

这是一部以异国为背景，以西洋人为主人公的科幻小说，因为故事讲述的是五十年之后的事（21世纪之初）。第三次世界大战战罢，民主世界联邦的科学研究员，因一场偶然的奇遇，到达太平洋深处与世隔绝的泰勒斯岛上。岛上的居民肤色各异，来自不同的国家，他们被富商和哲学家带领着来到这里，在岛屿上建立了一个全新的社会。他们推崇文学、艺术而轻政治。主要情节就是一个美国女人尤瑞黛和未婚夫保罗在一次地质考察时发现这个小岛，在那里她所感到的神奇、诡异、美好、和谐之处等所见所闻，以及最后爱上岛上一个年轻人的过程。

"奇岛"，一种基于古希腊文明与中国道教文化所建构起来的乌托邦国度。尽管岛民们在宗教信仰上选取了基督正教为底板的修改版，但精神领袖劳思却秉承着儒家高雅的智慧，有着老庄超脱澄明的心境。林语堂试图通过劳恩之口，把他对旧世界中的各种体制弊端和人性的丑陋面，对现代艺术、哲学及其他人文学问脱离人和歪曲人的荒谬，都给予了痛快淋漓的批判。同时也阐述他自己对世态万千的各种哲学狂想：要尊重人性，先要弄清人是什么、人需要什么、人生为着什么以及什么才使人真正快乐，然后再去确定文化的目标和方向，再去确定什么是真正的社会发展和进步。

《奇岛》以科幻小说的形式，来表达全球化人类想象的主题。

林语堂在《奇岛》里，对2004年的"旧世界"作了预测：大规模的破坏同时伴随着技术上的进步。人类战胜了癌症，寿命延长，同时人口暴涨；路修得更多更好，旅行更快捷，车祸死亡率也更高；为了躲避原子弹，人们习惯于地下生活，造出地下三十几层的建筑，通风水电一应俱全；另外，到那时人们随手带只"口袋电话"，随时和世界上任何人通话。林语堂对这些科幻想象，今天都成为现实。

《奇岛》实际上是作者构想的一个乌托邦镜像。主人公劳思是"奇岛"的精神领袖。他的身体里流淌着东方和西方的血液：他的外祖父是中国人，父亲是希腊人；劳思的文化资源也主要来自中国文化和希腊文化。劳思从身体到心灵都可以说是全球化的产儿。在劳思看来，人性是理想文明的基点，但是西方现代文明却严重压抑着人性："人性不再完整了，有些东西失落了。人类原始而充盈的人性被禁锢、压榨、脱水，在角落里缩成了一团。"[1] 他身上集中地体现了林语堂理想之中的主人公应具有的文化素养、个性品质，而这种素质和品质则体现了中国传统文化的精髓和核心。劳思也就成为林语堂文化全球化想象的代言人。

对传统文化的认同是林语堂中西文化综合的基础和必然的延伸。在进行中西文化比较和综合时，林语堂有个基本的模式：中西文明各有其长，大体而言，西方文明有利于物质生活，东方文明有利于精神生活，故应取各自之长，综合而成理想的人类文明。所以，对传统文化的认同很自然地发展至中西文化综合。在《奇岛》中，林语堂比较集中地展现了他在文化方面的全球化想象。小说写到 20 世纪 70 年代初，希腊驻联合国代表、哲学家劳思和希腊富翁阿山诺波利斯，带领一群欧洲人乘船来到南太平洋上的泰诺斯岛。此后，他们断绝了与"旧世界的来往"，在劳思的设计下经营着这个桃花源般的"奇岛"。他们"不知有汉，无论魏晋"，对"旧世界"两次世界大战毫不知晓。显然《奇岛》属于乌托邦虚构文体。文艺复兴之后的这种虚构文体曾一度与空间背景密切相关，诸如一个遥远的岛屿和未被发现的地方等等。但《奇岛》不同之处在于，它主要是一种文化诉求而非政治、经济的诉求。

西方现代哲学无视人性的失落，走向抽象和重逻辑的理论演绎。显然，要想构建最适合人类生活的整体性的全球文明，就必须强调合乎人性的文化。在劳思看来，在补救西方机器文明之弊方面，中国古代的老庄哲学和儒家中庸观念至关重要。劳思这样说道："套中国哲学家庄子的话说，就是使人过和平的一生，完成他的本性。'大块载我以形、劳我以生、供我以劳、息我以死。'享受宇宙的和谐这一周期的美，使人性在其中得以完成。"[2] 他还引用子思的话说，"凡是上苍所给予的就是自然；实现自然的就是法律；培养这种法律就是文化"。[3] 通过化约和抽象，林语堂将这种合乎人性的东方传统文化作为西方现代文明的有益补正，这样，就达到了他所设想的取各自之长，综合而成一体的理想的人类文明。小说中劳思有段话："此外我还相信，世界文明可以建立在国际生活的共同基础上，把各种文明最优良、最精致的部分组起来。我认为，理想的生活是，住在有美国式暖气的英国山庄、娶日本太太、有法国情妇和中国厨子。这差不多是我所能表述的最清楚的方式了。"[4] 这种"理想的生活"被"幽默大师"多次提到过。毫无疑问，这样"理想的生活"过于抽象和虚幻，但取各自文化之长，在"国际生活的共同基础上"建立一种整体性的人类文明，不正体现出林语堂在文化方面的全球化想象吗？

倘若对照一下 1929 年林语堂在光华大学的演讲《机器与精神》，就更能看出《奇岛》的全球化立场了。在《机器与文明》中，林语堂首先指出："若以爱国以情不以理，是非利害不明，对于自己与他人的文明，没有彻底的认识，反以保守为爱国，改进为媚外，那就不是我国将来之幸了。"[5] 从批驳"以保守为爱国"到《奇岛》对老庄和中庸哲学的推崇，林语堂的文化立场悄然置换，从民族国家到全球化，林语堂开始以超越性的眼光进行全球化想象了。

林语堂专为 21 世纪的人创作的《奇岛》，描绘了一个乌托邦，一个以古希腊文明和中国道家文化为灵魂的智慧、快乐、闲适、风雅、自然、近情的理想共和国，同时对现代物质主义漠视。可谓是林语堂将中西溶合的文化理想置于超前的时代背景下考察其形态的一次尝试。从中可以看出林语堂"两脚踏东西文化，一心评宇宙文章"的大智慧与大胸襟。《奇岛》是作家心目中的乌托邦乐土。一个具有中国血统的希腊哲学家，从哲学、宗教、艺术、教育以及社会制度等诸多方面入手，对"旧世界"进行了一次全面的检讨，并建立起一套新的文明体系。在小说中，融汇了古希腊的热爱智慧和老庄的自然无为的哲学把研究生活的艺术作为目的，它引导岛上的人们执着于对美好生活的追求，用象征性的语言解释宇宙的奥秘，用令人愉快的故事来记录人类发现真理的瞬间印象，现代人日渐丧失的想象和虚构能力复活了，人类与自然的对抗在这里也转化为人类与自然的和平共处。小说对现代工业社会中人性失落现象的揭露称得上鞭辟入里，对未来世界的文化构想也可谓美轮美奂，但这一带有浓厚的乌托邦色彩的文化构想实现永远只能是遥遥无期的"远景"。

1955 年 5 月 24 日《纽约时报》（*The New York Times*）刊载 Orville Prescott

写的书评认为，林语堂对"二战"时期弥漫西方的种族主义、帝国主义情结毫不留情予以痛批，要让西方政客、民众明白：战后的新世界再也没有英帝国主义或任何西方帝国主义的市场。现代文明太过执迷于物质主义和强权政治，林语堂非常失望于"美国式和平"所代表的现代文明，憧憬战后新的世界文明可以由东西方的智慧来共同创建等等，给予了充分的肯定。但相比于以前的畅销书而言，《远景》这部政治性乌托邦式隐喻小说，引起的反响要小得多。

《远景》又是一部反对战争、憧憬和平、反思现实的小说，第二次世界大战，给世界各国人民、特别是被侵略者蹂躏的国家的各族人民，带来了巨大的灾难和伤害。20 世纪 50 年代以来，世界战火纷飞、动荡不已，与此同时，反对帝国主义侵略与霸权的保卫世界和平运动蓬勃开张起来。《远景》就是在这种时代背景下产生的，"我是和平主义信徒，爱好和平"。作品中女主人公的宣言，寄寓了作者的和平主义思想。

注 释

[1] 林语堂著，张振玉译：《奇岛》，《林语堂经典名著》第二十一卷，台北：金兰文化出版社，1986 年，第 50 页。

[2] 林语堂著，张振玉译：《奇岛》，《林语堂经典名著》第二十一卷，台北：金兰文化出版社，1986 年，第 152 页。

[3] 林语堂著，张振玉译：《奇岛》，《林语堂经典名著》第二十一卷，台北：金兰文化出版社，1986 年，第 154 页。

[4] 林语堂著，张振玉译：《奇岛》，《林语堂经典名著》第二十一卷，台北：金兰文化出版社，1986 年，第 214 页。

[5] 林语堂：《剪拂集·大荒集》，人民文学出版社，1988 年，第 139 页。

45.《武则天传》

——智能犯罪的一项研究

　　1957 年，*Lady Wu: A True Story*（《武则天》，或译《武氏传》《武则天正传》等）由威廉·海涅曼公司在英国伦敦、加拿大多伦多与澳大利亚墨尔本同时出版，署名"Lin Yutang"，该书卷首载有"唐皇家谱"（"The House of Tang"）、序言；正文分为 4 卷（共计 45 章）。1965 年，美国纽约的 G.P. 普特南公司（G.P.Putnam's Sons）重印了该书，该版本正文改为 3 卷（共计 23 章）。

　　1976 年 5 月，《武则天传》（张振玉译）由台北的德华出版社出版，列为"爱书人文库"第 15 种；1986 年台北金兰文化出版社的《林语堂经典名著》，收入第 6 卷。

　　1979 年 3 月，《武则天传》（宋碧云译）由台北远景出版社出版，列为"远景丛刊"第 105 种。

　　1994 年东北师范大学出版社出版的《林语堂名著全集》第 12 卷有收录，标识为"林语堂英文原著　张振玉汉译"。目录为：初唐系统略图；第一章—第四五章；武后谋杀表一；武后谋杀表二；武后谋杀表三。

　　2005 年，陕西师范大学出版社出版的《林语堂文集》第 21 卷，收录了《武则天传》，只标明"林语堂著"，无译者。目录为：

Lady Wu: A Ture Story "武夫人、武贵人"。探讨的是在中国这样一个以男权为中心的文化中，武则天由一个才人成为女皇，她靠的是什么？又是什么导致了她最后的失败？

《武则天传》是对智能犯罪做的一项研究。一个典型的家族故事，一方面是唐王朝李家，一方面是武后武家，是这两家的仇恨故事。这本书中，林语堂带有强烈的主体意识"对这个古代女强人的感情倾向是憎恶，甚至可以说是非常的憎恶。""我不是把本书当作小说写的……书中的人物、事件、对白，没有不是全根据《唐书》写的。不过解释说明之处，则以传记最客观的暗示含蓄为方法。事实虽然是历史上的，而传记作者则必须……凭借头脑的想象力而重新创造，重新说明那活生生的往事。"传记中，存在大量没有史料佐证的偏颇之语，这也是客观的事实。有人说《武则天传》写了一个被政权迷乱心智的女人，也不无道理。

在《武则天传》中，武则天是智能犯罪的典型，是权力至上的恶魔，是颠覆伦常的女皇帝。但是，在其骄奢淫逸、有违人伦的背后，武则天的聪明才智与宏大志向也被淋漓尽致地展现出来。太宗在位时武则天虽然不得其时、处境不利，但她却善于变通去争得太宗对她的信任。"太宗皇帝已经看出来，女人如此，确属可怕"，因此没有宠幸她，但她还是尽量地表现自己，终因提供驯服狮骢马的方法得到太宗的当面夸奖。武则天善于察言观色，忍辱负重，正确把握机会取得成功果实，取得政治果实之后又有卓越的领导才能，很好地巩固了自己的统治地位。可见智慧对一个女人的巨大影响。

在中国历史中，总是不乏被后世唾骂的君主。他们有的品行不端，恣意妄为，如商纣王；有的生性残暴，杀人如麻，如秦始皇；有的任人唯亲，宠信外戚，如汉灵帝。但很少有能够将这些缺点集于一身，后世却不乏对她大肆褒奖的君主。作为一个站在大唐政治顶峰的人物，武则天的成就让无数男儿汗颜，她的雄心壮志气冲牛斗，可高处不胜寒。她打碎了关陇统治集团的藩篱，重塑了科举制度，维护了唐朝的统一安定。其治下被史家称为"政启开元，治宏贞观"。这也是抹杀不掉的史实。她是一位果断刚强，心机深重又绝顶聪明的女人，但多少人命，多少筹谋，多少道德和人格，都葬送在她的名和权的谋划中。万事总有个道德底线，这位野心极大的皇后在图谋改朝换代的过程中，不仅亲情都变得可有可无，连女性该有的母性品德也失去了。作者称武则天拥有所有女人应该有的美德，但唯独少了女人该有的柔顺，所以造就了这样一个时代的历史。

与浓墨重彩的主角武则天相比，倒是唐高宗李治，这个躲在武则天背后阴影中的人物，他的历史功绩不堪后人评说。为武氏情色所迷的唐高宗李治，将尼庵中怀孕的武氏接回宫中，从此对武氏宠爱倚重有加，对其"公正无私的忠言"更是不用任何怀疑地言听计从。王皇后竟然掐死武昭仪的不足十天的女儿。王皇后要用魇魔法害皇上，并且证据确凿。如此劣迹的王皇后，目标岂不直指被废？他怎么就不反问一下自己，英明睿智的父皇为儿子选中的贤淑女子竟会如此阴毒险恶且又如此愚蠢透顶？而废掉王皇后，武氏便是那直接的受益人。难道皇上对他人言之凿凿的王皇后的劣迹就没有一点怀疑？为了武氏，此时只想感情用事，宁信其有。

李治听从武氏的劝告，御驾亲临长孙府第，积极配合武氏想拉拢长孙无忌为己所用的计划。并且封无忌的儿子们官爵，武氏又赐厚礼。看着他们的表演，无忌心里明白却不为所动。托孤大臣褚遂良对王皇后魇魔皇上的事，提出疑问，请皇上调查时，皇上只默然以对。有武氏强大的幕后支撑，面对托孤大臣、朝廷股肱反对废王皇后的诤言忠谏，唐高宗李治那是置之不理，独断专行。最终，耿介刚正、忠言直谏的老臣统统被逐出朝廷，武氏终立后。怯懦软弱，昏庸不明，执迷不悟，不仅无察人之明，还助纣为虐，如此愚昧昏聩，成了傀儡这能怪谁？

除了重现历史上武则天敏锐冷静的智慧和野心之外，林语堂还把她作为女人的反复无常、虚荣自私、刚愎自用、荒淫放荡刻画得入木三分。年号一改再改——她一生更改皇帝年号达 33 个之多；为追求奢华而大兴土木，不顾民众劳苦，建富丽堂皇的明堂、万象神宫等。武则天成为一国之主以后，林语堂笔下的武氏是一个极其健硕的女汉子，重点在介绍如何骄奢，荒淫，设男宠，阴谋与杀戮，整个儿是没有一点阳光、晦暗无边的感觉。在集中否定和批判了武则天的专制之后，在她的功过是非上，林语堂也尽力保持客观："武后是个杰出的女人，这个无可否认。除去疯狂热衷于权力，极端自尊自大以外，头脑非常清楚，非常冷静，个性聪明而坚强……武后之从容镇定，老成练达，虽然难以洗涤其残忍狠毒之罪，却也使人敬佩"。这说明作者虽然对武则天是批判的，但也较为客观、理智。

至于说到林语堂的个人的主观意识过于强烈，这也是事实，仅从书名及结尾，便足以说明。原名"Lady Wu"，按中国人爱争名分的习惯，怎么着也要"Queen Wu"。林语堂不想把她看作女王，仅仅是当作一名女性。"Lady Wu"用在此处有点轻蔑的意思，可能是林语堂觉得她窃取了不应当属于她的皇权。武则天算不上明君，可怎么说也是一个政治家。一个原本很复杂的武则天，在林语堂的笔下基本上是从权力到欲望写其一生。所以书的终篇是：中国历史上最骄奢淫逸，最虚荣自私，最刚愎自用，名声坏到了极点的皇后的一生，就这样结束了。掩卷之际，林语堂又留下确凿的证据："武后谋杀表一（武后的近家族）""武后谋杀表二""武后谋杀表三"（文武大臣）。这就是历史上真实的武则天？不可否认，从价值观看，她乱了世间纲常，窥窃神器；从为政看，她残害忠良，阴鸷狠毒；从宫闱生活看，她放纵男宠，为祸宫廷……但从政局来看，断送李唐强国梦想的不是她，而是那位终结伍氏祸端的玄宗李氏三郎。

武则天，一代女皇，上至历代政客，文人雅士，下至村野匹夫，却不住回头望，不休评说有关她的是是非非：无视男权社会规则，成功地挑战了男权社会；英明果断，治世有方，政绩昭昭；玩弄权术，排除异己，心狠手辣，残暴冷酷……是非功过，历史云烟已远去千余年，正如那风中屹立的无字碑，任后人揣测浮想联翩，它只不理不睬静默无语。

46.《从异教徒到基督徒》

——个人宗教经验的辑录

1959 年，自传 *From Pagan to Christian*（《从异教徒到基督徒》，或译为《信仰之旅》《皈依耶教》等）由美国克里夫兰与纽约的世界出版公司出版，署名"Lin Yutang"。1959 年，美国纽约的埃文图书公司（Avon Book Division）出版了该书。1960 年英国伦敦的威廉·海涅曼公司出版了该书。1979 年，该书由台北的美亚书版股份有限公司推出台一版。该书卷首载有序言，卷末载有索引。正文分为 8 章，分别是：

1. Childhood and Youth

2. The Grand Detour Begins

3. The Mansion of Confucius

4. The Peak of Mount Tao

5. The Dissolving Mist of Buddhism

6. Reason in Religion

7. The Challenge of Materialism

8. The Majesty of Light

From Pagan to Christian 的中译本首版于 1976 年，胡簪云译，台北道声出版社出版，列为"道声百合文库"第 48 种。

1981 年 7 月《从异教徒到基督徒》（谢绮霞译）由台北的德华出版社出版，列为"爱书人文库"第 176 种；1986 年台北金兰文化出版社出版的《林语堂经典名著》，收入第 32 卷。1994 年，收入东北师范大学出版社出版的《林语堂名著全集》第 10 卷，署名"谢绮霞汉译"。目录皆为：

序言

第一章　童年及少年时代

第二章　大旅行的开始

第三章　孔子的堂奥

第四章　道山的高峰

第五章　澄清佛教的迷雾

第六章　理性在宗教

第七章　物质主义的挑战

第八章　大光的威严

林语堂在《序言》中表明："本书是个人探求宗教经验的辑录，记载自身在信仰上的探险、疑难及迷惘，与其他哲学和宗教的磋研，以及对往圣先哲最珍贵的所言、所诲的省求。"他怀疑那种以便捷方式获得的宗教的价值。"我获得宗教走的是一条险路，我认为它是唯一的路；我觉得没有其他的路是更妥帖的。因为宗教本身是个人自始至终面对那个令人惊悸的天，纯属自身与上帝之间的事；它自个人内心生出，不能由他人'赐予'。宗教最好像田野边生长的花朵；盆栽和花房培育出来的，容易失色或枯萎。"而"那些自信在天堂上已有定座的人，我与他们不起共鸣。"那种"装在箱子里的拯救"，在人们信仰上，加上过重的负担，这就是他所反对的"教条及灵性上的独断主义"。[1] 这些观点在下面相关文章中有更详尽的解释：

1. 1959 年 4 月 15 日，*Why Came Back to Christianity*（《我为何回归基督信仰》），载《长老会生活》（*Presbyterian Life*）第 7 卷，第 13—15 页，署名"Lin Yutang"。

2. 1959 年 12 月，*My Steps Back to Christianity*（《我回归基督信仰的历

程》），载《读者文摘》第 75 卷第 12 期，第 23—26 页，署名"Lin Yutang"。

3. 1959 年 12 月 21 日，《我重新归皈基督教》，载《中国一周》第 504 期，第 19 页。

综合以上资料，大致可以知道，《从异教徒到基督徒》主要记述了林语堂的信仰之旅。他真诚、反叛、不愿人云亦云，他要自己寻找探讨是必然的途径。因为他自小生长在牧师的家庭里，他小时候就读经、祈祷、参加礼拜，就连他在自称是异教徒的一段时期，他仍是以基督徒的原则处世为人。他自称是异教徒，因为他不想做一个挂名的基督徒，他的名字没有记录在任何一个教会的教友名册上。

生于基督教家庭，并始终在教会学校上学的林语堂，自然潜移默化受到基督教的影响。基督教文化和外国传教士给予了他和他的家人美好的一面，尤其是一位叫林乐知的外国教士，他的著作影响了林语堂一家人。他在童年时是一个十分热诚的教徒，甚至进入圣约翰神学预科，是预备献身为基督教服务的。

然而他的人生并没有按照这个预设进行，先是从上海圣约翰大学的神学预科改入文科，再是在清华学校时从基督徒变为"异教徒"。上海的地理位置使西方的先进科学文化知识大量涌入，林语堂在这里受到其开放的科学文化氛围的感染，无法再坚信圣经中烦琐的信条教义以及各种"神迹"故事等，神学功课成绩也不佳，再加上自大傲慢的神学科主任的逼退，于是改入了文科。但是他在行为上依然是一个合格的基督徒，用英文写过多篇《基督教青年会活动记录》，参加学校的"唱诗班"，做礼拜，最后一学年还担任圣约翰大学合唱团的团长。来到清华学校教书后，虽然在校内自动主持星期日圣经班、圣诞晚会等宗教活动，但是他对自己并不完全信教却要传给无知的青年们这方面知识感到十分矛盾与痛苦。林语堂无法坚信基督教的一些基本教义，但又对基督教无法割舍。因为他的宗教经验已经很深了，他无法设想一个无神的世界，觉得如果上帝不存在，整个宇宙将至彻底崩溃，特别是人类的生命。而这时来到了中国文化的中心——北京，激发了他强烈的文化责任感，开始恶补"中国学问"，找回失去二十多年的文化身份。文化的认同与皈依是他要求背离基督教即成为一个"异教徒"的直接原因。

　　同时，辜鸿铭和刘大钧在林语堂的信仰问题上产生了重要的影响。林语堂曾说辜鸿铭在他的信仰方向上扮演着一个吹毛求疵的角色。辜鸿铭并不攻击耶稣基督的教训，他尊敬真正的基督教，曾谈及真基督徒和真基督教。他认为"真正的基督徒是因为爱好圣洁及基督教里面一切可爱的东西而自然成为基督徒的。而那些因为害怕地狱之火而做基督徒的，是伪善的基督徒。那些只是为了向进入天堂饮茶及与天使们共唱圣诗而做基督徒的，是下流的基督徒。现在的那些耶稣会教士是那些自己不大相信天堂、天使，及地狱之火，但却想让别人相信这些东西的基督徒。"辜鸿铭这些激烈的文字，很容易刺激到像林语堂这样的青年读者的思想与灵魂，给他留下了难以磨灭的影响。辜鸿铭将儒家文化与基督教文化对应起来，找到两者的共通点，即都是让世人"仁慈、体贴他人，以人道胜过不人道"。[2]这无疑影响到林语堂对基督教的理解。虽然辜鸿铭是一个言辞激烈尖酸的怪人，但是林语堂非常敬佩他，在圣约翰大学时就已经读过辜鸿铭在英文日报上的文章。林语堂认为辜鸿铭的英文写作能力超越所有的中国人，具备一流的才智，拥有远超那个时代的见识。林语堂喜欢他幽默的性格，也赏识他为信仰而殉道的精神。

　　林语堂因为担心情感无所寄托而游离在基督教的世界，刘大钧则以人文主义的观点直接将林语堂拉向异教的世界。林语堂说："我一切由理性而生的信念亦由理性而尽去，独有我的爱，一种精神的契谊（关系）仍然存留。这是最难撕去的一种情感。"这种情感一直牵绊着他。直到他与同事刘大钧谈到上帝信仰问题时，林语堂认为如果不信上帝是天父，就不能普爱世人，世界将因此大乱。刘大钧表示不赞同，并回答他："我们还可以做好人，做善人呀，只因我们是人的缘故。做好人正是人所当做的咧。"[3] 这个回答没有也不需要什么假定之说，而是以人性（人道）之尊严为号召，一下子把林语堂和基督教的最后一线关系剪断了，他接受了这个人文主义观点，不再被无形的恐慌所缚，从此成为一个"异教徒"。但是他的"异教徒"和一般的理解并不一样,林语堂认为"一个异教徒为不信宗教的人是错误的;其实他所不信的不过是不信各式各样启示罢了。"[4]这样才能回到原始式的基督教。这时的林语堂斩断了从前身为基督徒所做的一切外在的形式如教堂祷告、圣经班传教,以便精神上回归到真正的基督教。

如果说从神学科转入文科,是因为上海环境、基督教条等外部因素的影响,那么从基督徒转为"异教徒"则是对"人"的存在真正理解之后的清醒抉择。他曾在《林语堂自传》中说道:"我的宗教信仰之进化,和我离开基督教之长远而艰难的程序,与乎此程序所给我内心许多的苦痛。"[5]从早年为抛弃"箱子"连"信仰"也一起抛弃,到后来"我重回我父亲的教会,只是找到一个适合我而不用教条主义来阻拦我的教会而已。它发生得极其自然。"[6]不论是基督徒还是"异教徒"都是林语堂在人生某个时期极其自然的选择。放弃与叛依都是其自由意识之表现,林语堂已经超越实体而获得心灵的胜利。

此后的生活中,林语堂发现人们正面对着"物质主义的挑战",使得他对人文主义的信仰逐渐减退。"我们生活在一个没有信仰的世界中,一个道德犬儒主义而且正当是人类理想崩溃的世界。"他认为"除了耶稣的基本教义之外,没有任何东西可以改变它"。1957年的某个礼拜天,虔诚基督徒的廖翠凤带林语堂去听布道。听了纽约麦迪生街长老教会大卫·利达博士(The Reverend David Read,1910—2001)第一篇布道词之后,觉得有一种万虑皆释的轻松感,且有丰富的收获。这样他和妻子每个礼拜到麦迪生街长老会教会去,持续半年之久。因此当正式参加教会的问题被提出的时候,甚至没有经过一次家庭讨论。利达博士在他的布道词中常固守基督徒生活上的问题,他不去讲一些不相干的话。这反而让林语堂改变了过去基督教会"欠缺甜美的人情味"和"次级的布道词"的印象。他总结了离开基督教30年的原因是那些纯理论家对教义喋喋不休的讨论,"妨碍了我看见耶稣"。现在觉得去便成为一件令人愉快的事,因为在教会等于接近耶稣基督的真精神。1959年,已逾花甲的林语堂又回到了上帝身边,这个过程，在《大光的威严》中写得很清楚。《从异教徒到基督徒》的第一章，林语堂写下来这样一句话：童年最早的记忆之一是从教堂的屋顶滑下来。作者也许无意一语双关，但他的人生确实如此，好在，大卫·利达最后帮他重新回到了教堂的屋顶。

在《从异教徒到基督徒》里，林语堂将儒家、道家、佛教和物质主义都详尽分析解说，也将他自己在其中兜转流连的过程一一道来。他曾说："我获得宗教走的是一条险路，我认为它是惟一的路。"在他看来，宗教是个人与上帝之间的事，纯粹是个人内心生出的，不能由他人"赐予"。也就是说，经过怀疑、否定、辗转、迷雾……在痛苦中不断迷失过而最终寻觅到的，才是最坚定的。

在谈到佛教的这一章中，林语堂特别提到了禅。禅是一种革命的教义，它不能忍受所有的经典，所有的思维系统，一切逻辑的分析，一切用木或石造成的偶像，一切僧侣制度，一切神学，及一切修炼的直接方法……他说，对于中国人，佛的一句话，迦叶尊者的一个微笑已经够了，为什么要有为否定言语而说的言语？为什么要有为分析现象的空虚而有的沉思系统？佛不是教人思虑是无益的吗？为什么还要有什么天台宗以及华严宗……他也提到了禅这种仅仅是生存、感觉、知觉但绝不推论或思考的精神，其实就是庄子的精神。

林语堂对佛教最终的态度，是他自己的态度：如果宗教是意味着超脱凡世的，我反对它。如果宗教是意味着我们必须从这个现世，知觉的生活中走出，且有多快就多快地"逃避"它，像一只老鼠放弃快要下沉的船一样，我是和它对立的。我以为一个人必须有中国人的共有意识，勇敢地接受现世生活……假如我们从上帝所赐给我们的这个这般丰富有知觉的生命中逃避，我们将是上帝真正不知感恩的儿女……宗教是较高的理性？

《理性在宗教》这一章中，林语堂谈到了理性与宗教间的关系。其实，许多人都认为信仰基督教是一种不理性的行为。认为一个原来理性健全的人信仰了基督教，也必定是受了某种打击，身上起了"化学反应"之故。林语堂问："一个趋向上帝的人必须从理性走开吗？人认为理性的意义是什么？在理性和宗教的概念之间有必然的对立吗？如果没有，什么是它们之间的关系？哪一种是人类智力的较高状态？一个纯理性主义的心，抑或是一个能接受较高直觉的宗教概念的心？什么是理性？什么是信仰？……"

林语堂还引用柏拉图的话说，我们所能看见及知道的，只是一个影子的世界。这是对人类缺陷的悲哀的宣判：我们是以官觉的知识为根据……我们所认为存在的不过是知觉，且可能是一种幻觉。而那些我们对真理"创作性的猜测"究竟是什么呢？它们是思考的努力，是心智所见，不能有直接的证据，可能属于较高级心力，一种比只观察影子、声音、臭味等更大的了解力。这也许是人理性的较高表现呢？

值得注意的是，林语堂回归基督教时对"唯物主义"有过偏激甚至错误的认识，他说偶像崇拜者也比唯物主义者更近乎真理，甚至出现了"愚蠢的唯物主义者"这样的字眼。在他看来，唯物主义是缺乏灵性和想象力的。为什么许多人没有对我们这个世界感到"惊异"呢？至少人应该保留这种"惊异"的能力而不是认为一切都理所应当。而"在耶稣的世界中，包含有力量及某些其他的东西——绝对明朗的光。没有孔子的自制，佛的心智的分析，或庄子的神秘主义……"。耶稣是唯一的。无论将来无法预料的现象是如何，耶稣都无法被超越。而耶稣那独特的、炫目的光是从哪里来的呢？他认为是来自耶稣教训的态度与声音，及他自身的典范。耶稣所说的话，简单，明了，有力，"统统是历史上一种新的声音，一种从前没有听过的声音""一种高贵的声音，一种温柔的声音，同时也是强迫的声音，一种近两千年来超过人所能支配的声音。"这声音是那样的"清楚、无误，而且令人信服。"更令林语堂感动和信服的，是耶稣的行动。在这一片平凡之中，有一些升向天空的柱，证明人类可能有较高贵的天命。耶稣是这些柱子中最高一根，对人显示他是来自何处及他应趋向何处。人类性格中的一切善良及崇高都浓缩在他身上，这就是他为什么受人敬重、受人崇拜的原因。

林语堂最后提到：每个人信仰上帝都有自己的方式。神让我们用心灵和诚实来崇拜它。神说如果你们记得我的戒命，你们就要彼此相爱。在中国，只有基督徒能制造基督徒，基督教义则不能。人们在基督徒身上看到爱，从爱中看到神。他还提到了一个他的同事，从小受严格儒家家教，克己自制，品性高洁，怎样在一个基督徒的爱的感动下，成为一个基督徒的。而他自己，也曾因为不能忍受教会的腐朽和僵化，不能忍受去听那些次一等的讲道，而离开了基督教。《从异教徒到基督徒》可以说是一个宗教唯心主义者的独白，但不是用神秘著译去渲染神的观念，而主要是探索人的心灵活动的奥秘，并且广泛地涉及多种人生哲学，是一部记录心灵旅程的自传，也有一定的学术性。

注 释

[1] [2] [6] 林语堂：《从异教徒到基督徒》，《林语堂名著全集》第 10 卷，东北师范大学出版社，1994 年，第 39—42、78、42—236 页。

[3] [5] 林语堂：《林语堂自传》，《林语堂名著全集》第 10 卷，东北师范大学出版社，1994 年，第 25、24 页。

[4] 林语堂：《生活的艺术》，《林语堂名著全集》第 21 卷，东北师范大学出版社，1994 年，第 384 页。

47.《古文小品译英》

——中国文学魅力的呈现

1960 年，*The Importance of Understanding: Translations from the Chinese*（自附中文书名《古文小品译英》），由美国克里夫兰与纽约的世界出版公司出版，署名"Lin Yutang"。1961 年，英国伦敦的威廉·海涅曼公司出版了该书。1963 年，美国克里与纽约的世界出版公司重印了该书，但书名改为 *Translations from the Chinese（The Importance of Understanding）*。1969 年，台北的文源书局翻印出版，卷首载有序言，卷末载有林语堂中文手写的《古文小品译英目录》（*Contents*）。正文分为一、人生（*Human Life*），二、长恨（*Love and Death*），三、四季（*The Seasons*），四、山水（*Nature*），五、处世（*Human Adjustments*），六、闺阁（*Women*），七、燕居（*The Home and Daily Living*），八、艺术（*Art*），九、文学（*Literature*），十、茶余（*After Tea and Wine*），十一、机警（*Ancient Wit*），十二、解脱（*Fools to This World*），十三、尘悟（*Wisdom*），十四、禅悟（*Zen*），十五、清言（*Epigrams and Proverbs*），共计 107 章。

2009 年 7 月，在北京的外语教学与研究出版社出版了该书，版权页标明，本书"由林相如女士授权外语教学与研究出版社在中国大陆独家出版、发行"。"林语堂编译"。"出版说明"做了这样的说明："本书中文书名沿用原著，但需要指出的是，其选文不限于古文。原版未附中文，为方便读者阅读，本次出版，特搜集补充中文附录，但个别选段因信息不全等原因，中文原文缺失。除对古籍版本的繁体字、异体字适度简化并补充标点外，其他方面尽量保持选段原貌，通假字、段落划分等未作处理。"

目录编辑为：

HUMAN LIFE

EPIGRAMS AND PROVERBS

林语堂是向西方传播中国文化的先驱之一，他孜孜不倦地向世界解说中国，为中国文化的传播做出了巨大的贡献，成为西方透视中国的文化窗口。《古文小品译英》中收录了 107 篇英译古代及近代作品选段，题材包罗万象，自然风光、人生感悟、女性命运、文学艺术、古人智慧等无不涉猎；体裁涉及随笔、诗词、传记、小说、序跋、经传等；翻译内容既涵盖了中国古代的儒家思想和孔孟之道，又涉及了各个时代的风土人情和历史文化。林语堂将这些经典译介到西方国家，可谓是将中国灿烂的古典文学发扬光大。

"两脚踏东西文化，一心评宇宙文章"的林语堂，在《古文小品译英》中，尽可能地做到最大限度地保留源文化，从而最大程度地实现源文化的保真传递。在他的翻译理念中，强调"存异"，而非"求同"，强调异化翻译策略的同时，又指出这一策略能够起到抵抗文化霸权主义，提高弱势文化的地位。林语堂所翻译的中国古典文学作品最初在美国发表时，在英美文化中尚属于非主流的、被边缘化的文学形式，而林语堂致力于向西方推介中国文化，有着"以我为主""中西融通"的文化姿态。

《古文小品译英》在翻译过程中，存在突出的选材、语言以及文化方面异化现象，而对于这些异化现象，林语堂主要运用了音译、直译和直译加注等翻译技巧，最大限度地保留了语言文化的差异，并以此促进中西文化的交流。作为一位"文化使者"，林语堂的古文小品英译，让不少西方人对中国传统文人乃至中国人的精神、审美、趣味和日常生活有了直观的了解。作为作家和翻译家，林语堂素来看重向西方介绍中国智慧和精神，因而被西方人看成中国的一个文化符号。林语堂的人文主义、个性自由主义思想、普世情怀、道家的审美与趣味、幽默闲适的姿态、近情的语言，让他的著译别具一格；他把中国儒、释、道思想以及李白、苏东坡等中国传统文人通过著译推介到西方，一定程度上促进了西方人对中国文化的了解。清朝苏州落魄文人沈复的《浮生六记》深得林氏赞赏，林语堂在1935年把该书译成了英文，之后又"前后易稿不下十次"，最终于1939年旅欧期间定稿。1940年林语堂出版英译《冥寥子游》与《古文小品》；1960年出版《古文小品译英》，收录并翻译了张潮、张岱、郑板桥、史震林、陈继儒、金圣叹、袁子才、李渔、曾国藩、林嗣环、黄宗羲等文人，陶渊明、苏东坡、王维等诗人以及司马迁、班固等史家的小品文。

林语堂的翻译，具有独特的审美现代性特征。表现为"对'新'、'异'的追求""审美'救赎'意识""对感性和人文精神的呼唤""多元混融的效果和'弹性'协调的艺术"，最终"书写了翻译的自由个性。"林语堂的翻译实践能产生这种积极影响，与其翻译思想有关。林语堂曾说："翻译的艺术所倚赖的：第一是译者对于原文文字及内容上透彻的了解；第二是译者有相当的国文程度，能写清顺畅达的中文；第三是译事上的训练，译者对于翻译标准及手术的问题有正当的见解。翻译标准……第一是忠实标准，第二是通顺标准，第三是美的标准。"其实，林语堂的翻译思想并未超出严复"信达雅"的范畴，但林氏"美"之一字，含义更为广泛。含义广泛意味着包容力和解释力强，但同时因缺乏具体性而缺乏微观层面的可操作性与指导意义。林语堂指出，"绝对忠实"不可能，"忠实非字字对译"，而是贵在"传神"。而"神"字又可用林语堂提出"字神"说来概括，即一字之暗示力，并在此基础上，才能进而寻求"总意义"（Gesamtvorstellung）。通过林语堂的译论，我们不难发现，林语堂认为"翻译是艺术"。林语堂的这一立场，首先取决于翻译内容的文学艺术本质，即艺术性或文学性，同时也取决于林语堂本人写作与翻译的融合性特征，换句话说，林语堂的英文写作中包含着或隐或显的翻译，其英译又有着明显的创作印记。这种融合给了林译更大的自由空间，但是，其前提始终未变，即"忠实"。

48.《红牡丹》

——婚姻犹如一艘雕刻的船

1961 年，英文小说 *The Red Peony*（《红牡丹》）由美国克里夫兰与纽约的世界出版公司出版，署名"Lin Yutang"。同年，英国伦敦的埃莱克图书公司（Elek Books Ltd.）出版了该书，后多次重印。1962 年英国伦敦的威廉·海涅曼公司出版了该书。1964 年，英国伦敦的新英语文库出版了该书。*The Red Peony* 分为两卷，共计 32 章。卷末载有作者简介（About the Author）。1978 年 9 月，中文版《红牡丹》（宋碧云译）由台北的远景出版社出版，列为"远景丛刊"第 83 种。1986 年，台北的金兰文化出版社推出的《林语堂经典名著》，第 7 卷收有《红牡丹》，书名页署名"林语堂著"，版权页署名"译者 张振玉"；卷首载有张振玉于 1977 年 11 月 26 日撰写的译者序。1994 年，东北师范大学出版社出版的《林语堂名著全集》第 8 卷为《红牡丹》，扉页标明"林语堂英文原著 张振玉汉译"。

人生在世，总离不开一个"情"字。"情"这一字，包罗万象，爱情亦属于其中。林语堂推崇爱情，并且从不吝惜在小说中描写爱情。文学是作家心灵的体现，因此林语堂小说中的爱情书写必然承载他对爱情的看法。林语堂的爱情观与他的人性观密不可分，林语堂崇尚人性，对他而言，顺乎本性，就是身在天堂。对于人性的推崇体现在他的爱情观上，他认为爱情既是两颗心灵的结合，也是灵与肉的统一。

民国时期，传统婚恋观依旧占据着绝大多数中国人的思想。在传统的中国人眼中，婚姻的准则是"门当户对"，是"父母之命，媒妁之言"，而男女的交往应该"发乎情，止乎礼"。林语堂的观点与此不同，他认为爱情是自然而自由的，爱情之美正在于顺乎人性。出于这种想法，林语堂在小说中塑造了众多追求自由婚恋的男女，在追求爱情的过程中，他们将情感作为首要的因素，他们的爱情不受理学思想的压制，呈现出鲜明的去物质化和去利益化的倾向。

在小说《红牡丹》中，林语堂塑造了不拘礼法、多情风流的梁牡丹这一形象。在林语堂笔下，离经叛道，不遵古训的牡丹，是封建社会中的"异端"。牡丹所作所为皆出于天性，能挑逗牡丹心情的"不是别人，那是生理和自然"。[1] 在对爱情的追求上，牡丹不拘礼法，不畏世俗的流言蜚语，表现出对天性的遵循和对自由的向往。在丈夫的丧礼上，作为寡妇的牡丹，表现与一般妇人迥异。"她的眼睛干涩无光。她既不号啕大哭，也不用鼻子抽噎"[2]，除了鞠躬还礼以外，这场丧礼似乎与她并无关系。对牡丹而言，她的婚姻里没有爱，是父母之命媒妁之言的产物，因此并没有什么可悲伤的。作为一个寡妇，牡丹对于今后生活的选择也与一般女性大相径庭。在礼教势力依旧强大的背景下，寡妇必须要遵守妇道，"所谓寡妇要遵守的道德，已经由圣人分为两类：一是终身守寡，做节妇；一是抗命不嫁，一死作烈妇"[3]。对于这两种想法，牡丹都置之不理。在她看来，每个男女都有寻求幸福快乐的生活的权利。当老学究王老师向她灌输"收养一个儿子……清心寡欲，安心守节"[4] 的大道理时，牡丹却用孔子说的"内无怨女，外无旷夫"加以辩驳。她批判"理学家自己坚拒人生之乐，而又坐观女人受苦为可喜"[5]，同时认为顺乎天性才是圣贤讲的人生理想。牡丹推崇天性，渴望自由婚恋，但却深陷于封建的婚姻之中。丈夫费庭炎公然玩女人，粗俗不文、年轻气傲，实在不是她的理想夫婿。对她而言，丈夫的死是一段可悲婚姻的结束，同时也是一段新生活的开始。在丈夫死后，牡丹终于不受封建家庭的束缚，其天性得以更好地发挥。

出于对天性的遵循，牡丹在爱情之路上爱她所爱，毫无顾忌。牡丹虽然深陷于封建的婚姻之中，但与初恋金竹藕断丝连，暗中幽会。对于金竹的爱使牡丹迫不及待地想与婆家断绝关系。虽然金竹已经结婚，但在牡丹看来"二人既如此深挚相爱，焉能分而不合，各度时光"[6]。爱情的力量使她将礼教习俗抛诸脑后，"无论牺牲若何，我也不顾"。[7] 牡丹和堂兄梁孟嘉的爱情，同样是顺乎天性、不顾世俗。同宗不婚的传统使牡丹原以为自己和堂兄梁孟嘉无法共结连理，但牡丹却说："咱们若一直这样相爱，那还怕什么？这些年我一直在寻找这种爱，这种爱才有道理，才使人觉得此生不虚。"[8] 和诗人安德年的相遇，牡丹如遇人生知己，她不顾安德年已有妻室，又是一番热恋，甚至与安德年共同谋划婚姻之路。牡丹一直追寻理想的爱情，并将爱情视为生活的全部，对于爱情，牡丹不慕名利、不贪图虚名，她一心所想的只是两个相爱的人"你属于我，我属于你"[9]。在追求理想爱情的道路上，牡丹全然不受封建礼教的束缚，她大胆而热情，频频主动出击，她的爱情追求完全顺乎天性，表现出一种自由主义的色彩。

《红牡丹》写得典雅、温文、诗意、古色古香，故事不急不缓，人物美丽清新。主人公梁牡丹，多姿妖娆，风情万种。她个性张扬，敢爱敢为，与金竹之爱，如令人陶醉之玫瑰；与德年之爱，如纯白耀目之火焰；与孟嘉之爱，如淡紫色之丁香；即便是与粗人傅南涛的爱，也是那样率真奔放。她认定的喜欢就是喜欢，不喜欢了就直截了当地告知对方。没有被社会改造过的牡丹清新脱俗，不造作，不装什么样子。最为关键的是，从《红牡丹》的爱情故事中，能看到林语堂的一些影子。

牡丹与金竹初遇，眼波流转，微笑蔓延，黯然心动。彼时，他们是意绵绵、情切切的少年郎与少女的相遇。没有重重阻隔，没有外在强加的礼节，她娇唤他：竹塘，我的竹塘。两人的心底暖意浓浓。于是，他便用自己的所有去取悦她、满足她。她也不要什么荣华富贵，只愿每时每刻都能看到他，与他欢笑，恋着他的一言一行。在他面前，她忘乎所以。当包办婚姻吞噬而来的时候，她措手不及，疼痛难忍。

牡丹，这个像一缕易散的云烟一样的女子，到底狠心地北上，离开了金竹的世界。此情此意，各自东西流，挽留不住的，终究挽留不住。从此，金竹此恨绵绵无绝期。此恨之深，超越时空而进入了无极之境。渐渐地，"衣带渐宽"，他无心理会，他"焚稿断痴情"，任凭自己憔悴而死。即使在生命的最后，牡丹来了，他也不愿见。彼时他们那般浓腻的纠缠与爱意却要以其中一人离去而收场。牡丹的抚棺恸哭，也是空余缠绵悱恻的相思：我曾以为能与金竹相伴到老。可他却不愿舍弃家族的生意，抛弃了我们共同追求的美满婚姻。他依旧是我的男人，却不再是我终身的倚靠，没有坚韧不摧的承诺，没有遮风挡雨的屋檐，单薄地凭借相爱的习惯带着对各自婚姻伴侣的背叛苟且偷生。我是不在意的，可我亦是不能够满足的。他不曾为心爱的女子向这个世界抗争过分毫，却在遗憾中耿耿于怀不能自已，终日恍恍惚惚，自我麻痹，失掉了健康的灵魂。他的死，似乎刹那间崩落了我终其一生所笃定的信仰，我忘记了他曾将我舍弃，忘记了他的不争，只留下曾经的美与好。我不愿意承认他是一个懦弱的男人，因为他是爱我的。

这就像林语堂的初恋：青涩而难忘。语堂与"橄榄"——赖柏英之间的种种。人比花娇，柏英是那么的迷人，一颦一笑都打动着年轻语堂的心。语堂拉着她的手，热切地倾吐了思恋之情："橄榄，看到你真好！"在田间，他们肩并肩慢慢前进，高兴得不知道走了多少路。柏英不再害羞了，大部分时间都把手环在语堂的腰上。有时候，语堂走得快，柏英就一把拉住他，然后自己两步并作一步走，跑到了语堂的前面，得意地朝他笑。语堂心里热乎乎的。他感受到了爱情的甜蜜，比书上说的更激动，更让人沉醉。

后来的后来，孝道与爱情，柏英做出了自己的选择。爱情与事业，语堂也做出了自己的选择。两人都有自己的想法，谁也说服不了谁，只能友好而遗憾地分手了。但是，这青涩的初恋永远地留在了语堂心中，甚至乎，柏英赤足奔跑在草地上的情景成了林语堂永不能割舍的"情结"，赞美赤足之美成了他的偏好，还专门写了篇《论赤足之美》："赤足是天所赋予的，革履是人工的，人工何可与造物媲美？赤足之快活灵便，童年时快乐自由，大家忘记了吧！步伐轻快，跳动自如，怎样好的轻软皮鞋都办不到，比不上。至于无声无臭，更不必说。"

少年时的林语堂，努力追求自己心仪的女子，单纯而美好的日子令人心生羡慕。而他笔下的梁牡丹，其人生历程为读者营构了一个独特的审美形象，其中不乏那位曾经沧海难为水，除却巫山不是云的飘逸"长发"。

那"若琼林玉树"的女子，于一个美丽的时间，迎风涉水飘进了才子梁孟嘉的生活，演绎了一场爱恨交加的凄美故事。牡丹的声音、慵懒的姿态怎样地先是让他惊异而后欣喜，怎样地悄然打开他的心；他的感觉和思虑，他的原本自足的精神怎样被她融化……细腻得好像一幅精美的画卷，让人不忍触摸，而是慢慢细品。

日子来了又去，她依然杳无音讯、一去不复回。牡丹把什么都抹得干干净净，留下孟嘉一脸的愁云惨雾。而他，依然紧紧地抱着那份念想——"不管你行为如何，不管你身在何处，在我的心灵里，你还是至美无上的；在我的身体里，你还是最纯洁最光亮的一部分。在我心里，任谁也取代不了你的位置。""你把我高举到九天之上，又抛弃于九渊之下。这是我的命，我没有话说。"他还是一如既往地把苦痛往心里憋，然后彻彻底底地大病了一场。缘尽之残酷，岂不如是？

在牡丹遭人绑架时，孟嘉毫不犹豫地去救她，他为她担心为她忧愁，为她奔走于官府之间。在看到翰林与安德年的一瞬间，她暗淡的眼眸里，荡漾起水意。孟嘉不语，心疼与爱恋全写在眼里了。美好的感情，最终如琴声般哀怨，不成调，化为了一声叹息。他们的恩爱，他们的浓情，如同冬日渐渐短促的天光，越走越快。但温暖的是，牡丹最后爱的依然是丁香般的孟嘉。遥远的是儿时的相识，命定的是成人后的相知。他"说话的声音低沉，是喉音，雍容大雅，眼光锐敏，元力充沛，仿佛当前的事无不透彻。他游踪甚广，见闻极富，永远是心气平和。"他知道我对美满人生的渴望，他懂我的热情、任性与不肯节制，他休了富家之女，他给我买票到杭州看金竹……对于这个混乱动荡的世界，他是清醒而理智的，因为他了解自己，也了解我。不负我儿时对他的敬仰与崇拜，他终是能够理解与疼惜我的男人，在浅薄的一见钟情之后，我们本应该有更加漫长与温馨的人生道路要相邀同行，可是，他同金竹一样，无法给我名正言顺，而我亦不忍牺牲他的前途和事业与我双双赴港。我深知自己是永远成不了翰林夫人的。他在大病初愈后真切地向温柔体贴的素馨求婚，才是终于完满了他华丽的人生。然而，背后的遗憾和错失，并不是单单靠我们彼此终生背负的深情就能够消化的。若能把对方放在心里很深很深的地方，如此，地角天涯未是长。她懂，他也懂。这样便好。

德年是我的浪漫诗人。若以我的恻隐为酒糟酿一杯清酒，素手递给人间，他是愿意借着宿醉同我畅饮的。即使那丑态暴露无遗，即使畅饮了这杯酒也无法畅饮人生。他单纯浪漫而富有激情，而在他的爱情生活中，家庭的悲剧唤起了我温柔的良知，我那时通过与孩子的接触，已很想成为一个合格的妻子与母亲，我果断地决定，"也许这是我生平做的唯一的一件善事"。一个刚刚失去孩子的女人，是无法再失去一个丈夫了。而我，来来去去不曾握紧过一纸忠洁的约定，最终离开也不会有撕心裂肺的牵挂。那曾经的赤裸相见的性欲是对于爱的真诚和坦荡，还是对爱的轻蔑和抹杀都不该再多受世人的纠结，恕我遇见你，恕我离开你。情欲与理性，还是有一杆秉性良知来作称量，人性如这世界，遗憾而美丽。

这，好比林语堂与陈锦端。语堂钟情于锦端，情之所至，更是妙语连珠，满口锦绣。他对锦端说："世界是属于艺术家的。艺术家包括画家、诗人、作家、音乐家等。这个世界透过艺术家的想象，才有光有色有声有美，否则只不过是个平凡为求生存的尘世。"共同的思想和审美情趣让两人靠得更近了。他们交流着对美的看法，也在互相的身上发现了美。在林语堂的心目中，锦端就是美的化身。在教堂，锦端虔诚地祷告，在语堂眼里，她的身上散发着圣母玛利亚似的纯洁光辉。黄昏时分，他们沿着静静的苏州河散步。他们的爱情，真挚纯洁得打动人心。

然而，"门当户对"又把林语堂从梦幻中拉到了现实。陈天恩促成他与廖家二小姐的婚事，不是喜悦，是痛苦和无可奈何。后来，林语堂每次画少女，总是长长的头发，用一个宽大的发夹别着。语堂说，这是他第一次见锦端时她的打扮。他一直忘不了几十年前，那个阳光照耀的下午，一个用发夹别住头发的少女在微笑着向他招手。他说："吾所谓钟情者，是灵魂深处一种爱慕不可得已之情。由爱而慕，慕而达则为美好姻缘，慕而不达，则衷心藏焉，若远若近，若存若亡，而仍不失其为真情。此所谓爱情。"他和锦端也许就是这种爱情吧。

林语堂晚年腿脚不便，常年坐在轮椅上。当得知锦端还住在厦门，语堂激动地站起来，推着轮椅要出门，说："我要去看她！"这番深情，让人一遍又一遍地陶醉。

《红牡丹》里的梁孟嘉——学识渊博，受人尊重，满腹"革新"思想的大翰林梁孟嘉，"他光棱闪动，一览无遗的锐利目光"。抑或是作者林语堂有着一样的柔情与大度，他对锦端的爱，是付出，再付出。知道她幸福快乐，语堂才觉得幸福快乐。他又借安德年之口说："唯一能保持爱情之色彩与美丽的方法，便是死亡与别离。这就是何以爱情永远是悲惨的缘故。"真是可歌可泣！

初见傅南涛，"诙谐调笑，无所不至"，温柔而可爱；而当他意外入狱，她不得不屈从于现实，奔赴挚爱的病危的金竹的身旁；最后当她知道他出狱后一直寻找自己时，她的心疼了、软了。他还是那么正直、那么天真、那么豪爽。在充分了解了南涛对她的爱和他能给她的生活之后，牡丹决定嫁给他。她想要一个家，她想做一个贤德的妻，想要一堆孩子，想做母亲。她追随他而去，即使生活平平淡淡却足以满足。女人的爱情大多终结于母性，或者升华于母性。林语堂在《生活的艺术》里说道：一个女子最美丽的时候是在她立在摇篮的面前的时候；最恳切最庄严的时候是在她怀抱婴儿或挽着四五岁小孩行走的时候；最快乐的时候则如我所看见的一幅西洋画像中一般，是在拥抱一个婴儿睡在枕上逗弄的时候。这正如牡丹怀抱妹妹素馨的儿子时所表现出来的美丽模样。

牡丹，多么勇敢、多么独立、多么单纯、多么富有个性的女子。如果说她之前的狠心离去是罪过，那么其后的补过已经足矣。我们看到的是她身上闪耀的人性之美，它可以暂时被隐藏，但不会迷失，它会在适当的时候重新闪现，像夜雨后的星空，像霜雪下青草的根芽。最后，南涛与牡丹结发为夫妻，恩爱不相疑。谁说小户人家不能娶富家女子？南涛做到了。

这，好似林语堂与廖翠凤。廖翠凤是鼓浪屿的首富廖家的二小姐，而语堂是牧师的儿子。这又何妨？林语堂曾说："只有苦中作乐的回忆，才是最甜蜜的回忆。"他们即使穷得没有钱去看一场电影，也可以去图书馆借回一叠书，两人守住一盏灯相对夜读，其乐不改。所以林语堂说，穷并不等于"苦"，他从来没有"苦"的感觉。结婚后，他烧掉结婚证书，以表示他们永远相爱、白头偕老的决心。终其一生，林语堂对妻子始终爱恋。他们创造了半个世纪的"金玉缘"。他们说，爱情、婚姻的持久，只有两个字，"给"与"受"。在过去的无数天里，他们相互之间，尽量多地给予对方，而不计较接受对方的多少。林语堂说："婚姻犹如一艘雕刻的船，看你怎样去欣赏它，又怎样去驾驭它。"

林语堂如同书中的牡丹，有着与她一样的生存哲学：珍视生命、超凡脱俗、回归自然。在历经风雨、尝遍人生百味后，他选择平淡生活、相濡以沫。再没有比这更美妙的生存方式了，执子之手、与子偕老，平静如水、恩爱如初。

注 释

[1] [2] [3] [4] [5] [6] [7] [8] [9] 林语堂：《红牡丹》，《林语堂名著全集》第 8 卷，东北师范大学出版社，1994 年，第 182、5、10、3、18、25、24、59、109 页。

49.《辉煌的北京》

——灿烂的中国文化

1961 年，*Imperial Peking: Seven Centuries of China*（《帝国京华：中国七百年》，或译《辉煌的北京》）由美国纽约的皇冠出版社（Crown Publishing）出版，署名"Lin Yutang"，内附北京平面图，以及彼得·C. 斯旺（Peter. C.Swann）撰写的一篇关于北平艺术的文章。

1994 年东北师范大学出版社推出的《林语堂名著全集》第 25 卷收录了《辉煌的北京》，扉页标明："林语堂　英文原著""赵沛林　张钧　陈亚珂　周允成　汉译"。正文十一篇，外加附录。

第一篇　老北京的精神

第二篇　四季

第三篇　城市

第四篇　古老的辉煌

第五篇　军阀、皇后和嫔妃

第六篇　皇宫和御苑

第七篇　形式研究：寺庙、佛塔和雕塑

第八篇　线条研究：绘画和书法

第九篇　民众生活

《辉煌的北京》详细地科普北京的历史与文化，兼具学术性与艺术性，灌注了林语堂对北京的深情与崇尚。正如东北师范大学出版社的"编余小语"所言：这部"向西方介绍光辉灿烂的中国文化"的专著，"旁征博引，纵横捭阖，以丰富的文史资料和自由的行文风格阐释主题。纵：叙述数千年的历史演变。横：展示北京文化的各个层面——内城与外郭；市区与郊野；皇室与民众；皇宫、御苑、寺庙、佛塔、雕塑、绘画、书法等艺术的概观或细节。所有这些，尽可能以照片和地图辅助表达，可谓图文并茂，多姿多彩。"[1]北京在林语堂的内心及作品中都具有非常重要的意义。《辉煌的北京》的书写，从效果来看其实不仅是北京形象的塑造，也是中国形象的塑造。

当西方人用黑暗、堕落、专制、停滞、衰败等负面词语评价北京时，林语堂都予以委婉反击。因为西方传教士传教的失败，而认为北京是黑暗、堕落的地方，林语堂提出"中国民众主要还是信仰多神教，而且在很大程度上信仰万物有灵"。[2]北京的天坛"是世界上最能体现人类自然崇拜意识的建筑。与其他森然可怕的宫殿或优雅别致的楼阁不同，天坛与哥特式大教堂一样，真正能让人们体察到神灵的启示。"[3]放大北京的优点与展现无与伦比的魅力，有助于西方人加深对理想帝都的幻想。

林语堂在《吾国与吾民》及以后的作品中，确实将北京塑造成为一个唯美梦幻的城市。他告诉西方读者，北京在自然、文化、生活方式等方面都能产生理想的效果，认为北京可与世界名城巴黎与维也纳相媲美。北京"代表着古老中国的灵魂，代表着文化和温和，代表着优良的人生和生活，代表着一种人生的协调，使文化的最高享受能够跟农村生活的最高美点完美和谐。"[4]

林语堂认为"北方的中国人天生乐观好玩，喜欢互相打趣，也喜欢自嘲，所以，北京城的娱乐形式种类繁多，数不胜数。"北京的娱乐大众化的一个重要原因，便是场所的选择。"出门的娱乐场所多得是，如前门外的天桥、歌曲、音乐、女人、拳术与杂技，应有尽有。戏院通常是露天的或坐落在院子里。……梅兰芳等伟大艺术家过去常常在东安市场里的小戏院演出，而不是在雄伟辉煌的大歌剧院。"京戏是北京的一大特产。无须专门的鉴赏家，因为"北京的观众熟谙此道，格外挑剔。业余水平的演员会被观众轰下台，因为观众非常清楚一种唱腔该是怎么完成，何时何处该用何种笑法，这些标准是绝对精确的。"京剧让艺术走出殿堂，走向民间，北京居民的文化教养离不开这些露天的表演。"与大多数西方剧种不同，京戏不是专属少数富人的娱乐形式，它是为广大民众服务的，……戏迷在北京的大街小巷随处可见……"[5] 为此，他将想象中的北京与现实的北京相融合，塑造了一个唯美梦幻且现代化的北京新形象，有利于改善西方人视野下北京的负面印象，同时加深他们对理想帝都的幻想。

林语堂在《辉煌的北京》中说："对北京的第一印象是它的气候。冬季，天蓝得让人无法置信，阳光灿烂，却又干燥寒冷，夏季，雨水充足，凉爽。其次是鳞次栉比，蔚然壮观的建筑群。再其次就是在传统习俗影响下的北京人所独具的幽默感，耐性和彬彬有礼。"[6] 北京的每一个季节都能给人带来不一样的生命体验。春季，北京人可以到市郊采桃花枝、寺庙内赏丁香、昭阳寺观牡丹、先农坛观览桑树叶、东岳庙祭拜神灵。夏季，人们懒洋洋地躺在藤椅上，在古老的绿柏树下品茶，闲看周围世界，身旁伺候着深谙悦人之道的小伙计，"这些似乎表达了北京生活的精华"，[7] 透露着宁静悠闲的氛围。秋季有南迁的野鸭，名目繁多的菊花，又肥又香的螃蟹，响个不停的蟋蟀。冬季，孩子们在结冰的湖面上滑来滑去，大人在混杂着蒸汽与呼出气体的酒馆中穿梭，还有烧得暖乎乎的土炕，外面大雪纷飞，屋内温暖舒适。在林语堂的四季描写中传达出"四时之景不同，而乐亦无穷也"的意味，也正如北京不是一个单调的城市。丰富繁多的色彩再现了北京的浪漫与诗意，又充满了历史的厚重感与文化气息，让西方人见识到中国古人的智慧。

就北京人而言，也是突出快乐与自信。与同时代其他作家笔下的北京人所呈现出"看"与"被看"的关系相比，林语堂笔下的北京人，是如画风景中的一个要素，他们成为北京的一道独特风景线。在鲁迅、老舍等人的作品中，看热闹是他们所批判的，带有贬低嘲讽意味。老舍眼中的北京人具有鲁迅眼中的中国人"爱看热闹"的劣根性，"只要眼睛有东西可看，他们便看，跟着看，一点不觉得厌烦。他们只要看见了热闹，便忘了耻辱，是非，更提不到愤怒了。"[8] 在林语堂笔下，看热闹是人情味的体现，更是北京人对于日常生活的密切关注。即使是出殡队伍，在北京人眼里也有"看点"，他们注意到殡仪队伍华丽颜色的服装，举着的旗、牌、伞、仗，气派的队伍，偶尔发生的意外，惹得哈哈大笑，"北京城一般的老百姓随时会哈哈大笑"，他们不会严肃地冷眼相看，或是漠不关心，他们对生活采取随性、宽容的态度。林语堂认为"北方的中国人天生乐观好玩，喜欢互相打趣，也喜欢自嘲"，[218] 也就是北京人看热闹只是生活乐趣的一部分。林语堂认为北京不管穷人富人，都具有友善热诚通情达理的生活态度。这数百万人口都有耐性，心情好，生而谦恭和蔼。北京人的本性是慷慨大方的，随时随地可以看得见，一般老百姓喜欢闲聊瞎扯嘻嘻哈哈。北京的仆人、餐馆里的服务员，黄包车夫和出租车司机，"他们可能偶尔会由于芝麻小事或无缘无故地找你的麻烦，但平时他们循规蹈矩，温和有礼，无偿地创造快乐的生活。"北京人的生活情调也使得北京这个城市变得可爱。在小说中，林语堂写到他们各种各样的庙会与活动。人们总是生活在富有生活情调的生活之中，逗鸟、养花、品茗也是北京人生活情调的一种表现。因此，林语堂笔下北京的民生风景呈现出悠闲从容的特点，他的"悠闲"是一个褒义词，充满了哲学意味。"悠闲，一种对过去的认识，对历史的评价，一种时间飞逝的感觉和对生活的超然看法油然而生。……这不是自然状态下的现实存在，而是一种人们头脑中幻化出的生活，它使现实的生活带上了一种梦幻般的性质。"[10] 他们追求的不是纸醉金迷的快乐，而是淡朴自然的快乐。因为北京人有一种中产阶级的生活理想，"不必大福大贵，养成好吃懒做的恶习，当然也不能缺衣少食，忍饥挨冻"。[11] 北京人在工作的时候工作，却又不将过多的生命时间投入足够维系生活的工作中，而是重视个体生存的闲适快乐和精神上的自由超脱。

林语堂在《辉煌的北京》中对北京建筑的见解，不是梁思成在1944年完成的《中国建筑史》那样完善、系统的学术研究。林语堂是从直观感受与审美趣味角度，去鉴赏北京建筑，并由北京建筑延伸到中国建筑，这些见解不是简单的介绍，而是参透了中国建筑的精髓与永恒价值，有助于今日使用现代的材料与方法而仍能表现中国特有的建筑技艺及审美趣味。从林语堂对北京建筑的分析中我们看出他对中国文化的自信。

林语堂从北京旧建筑中提炼出其所包含的中国质素。他认为"中国建筑的特点——形式、线条、色彩和结构——是构思的基础，与西方建筑大相径庭"[12]，表现出中国的智慧与美感。因此当谈到北京的全城设计时，林语堂称赞"它是全世界最美丽的古城之一"[13]，城市沿中轴线对称规划的设计非常特别。在《辉煌的北京》中，他以中国人的趣味，由近及远，由粗入细，由东到西的方式描绘出煤山望去，北京宏伟对称的布局与清晰的轮廓线，耀眼的颜色配合之下的壮丽景象。

建筑效果与直线和曲线的配合密切相关，"没有坚实结构的曲线产生的是柔弱有加，力量不足的效果，而直线形若无曲线的配合，所产生的则是僵直之感。……只有通过直线与曲线的交互配合，线条的并用才能产生和谐统一的整体效果。"联合国大楼笔直的线条使得建筑看起来稳健有力，却不优美。"天坛上的坛檐所构成的线条绝妙地表现了其古典的美，沉静平实"[14]，而泰国和缅甸的檐角上翘过猛，将这种艺术构思过分发挥，弄巧成拙。"宁静"的紫禁城南端的典礼大殿，与令人振奋的西方哥特式教堂有着不同的建筑效果。这种宁静风格并非由巍峨高耸的屋脊，而是由起伏延展的屋脊所造成。林语堂认为中国人的建筑美观念是静穆而不是宏伟，与温克尔曼形容古希腊艺术"高贵的单纯与静穆的伟大"是相似的美感经验。关于中国建筑的顶部曲线来源，有一种说法是源自蒙古包的天然线条，林语堂认为这纯属主观臆想，从而提出"中国人对于形式和线条的天然趣味"的观点，"当人们站在那儿，深为这些宫殿和天坛的线条的完美纯净而震惊时，必定会感觉到那种对形式和结构的敏锐直觉，以及对比例、结构、曲率的精密鉴别"[15]，这直接源于中国书法中的美学修养。

林语堂的女儿林如斯在日记中写道："父亲是喜欢颜色的，看见了颜色鸟，他便凝视不已。"[16] 林语堂不仅喜欢颜色而且非常敏感，从北京建筑的叙述中可以发现，色彩词汇非常丰富，除了常见的红橙黄绿青蓝紫，还有金色、深黄色、赤褐色、灰蓝色、干灰色、碧蓝色、米黄色、翠绿色、暗红色……"西方宫殿建筑中色彩的运用不很明显，如凡尔赛宫和汉普顿庭园。这种情况同样表现在英国和法国的古城堡中。欧洲宫殿的主要色彩，像凡尔赛宫，似乎都呈流行的白色或是一种显示时代荣耀的暗黄色、灰色。它们在绿树的环绕下，衬托在绿地中显得极其美丽。相反地，北京的宫殿及其附属建筑，被建筑师们设计得色彩缤纷。这可能是运用琉璃瓦造成的效果，由此获得漆釉的红、黄、蓝、绿、淡紫或蓝绿色等色调，运用油漆和清漆装饰木质建筑也有同样的表现力。"[17] 北京建筑的色彩运用，表现了古人的智慧，无论何种难以搭配的颜色，在北京建筑中都能和谐统一，赏心悦目。林语堂让我们从古人以及大自然中获得色彩运用的灵感，打破对色彩的简单认知与偏见，任何颜色都能成为流行色。

首先是颜色的搭配。煤山是蓝绿用色的典范，林语堂描绘了煤山上各色的亭台建筑与山丘、树木、宫殿构成一组迷人的景色，色彩之组合极为神奇，任何人看到这些都会感到心旷神怡。北京的色彩因为搭配得当，所以颜色多元仍然和谐统一，不像西安整座城充满了显眼炫目的色彩，像集市场里村姑们的打扮那样，鲜红、"鸭蛋绿"和深紫色。其次是天气和时间。"太阳光将尘土晒至黯淡的深黄色和灰色。一色黄灰的房屋墙壁，被寺庙赤褐色的古墙点缀着，地衣覆盖的屋脊呈黑色或灰蓝色，如此单一凝重的色彩只有在阳光灿烂的大晴天，才会闪烁夺目，显出特色。"不同季节的阳光产生的效果也不一样，白天或是傍晚又能产生新的色彩体验。秋天的西山颜色变幻无常，"公园和西山都泛着红、紫色。西山上红土与蓝天映衬混杂一起，产生了著名的西山紫坡景观。在更高、更远的山顶，山色渐渐变成暗红色和灰色。"[18] 清洁干爽的空气才可以明显地看到纯正的颜色，天使水晶般的碧蓝，居民的住宅和胡同里长而低下的墙，是鲜明的米黄色，与深灰色的屋顶成鲜明的对比。北京的色彩是历史积淀的产物，它有的是"老的色彩和新的色彩。它有的是帝皇时代的宏伟色彩，古代的色彩以及蒙古平原的色彩"。[19] 这些多姿多彩的颜色使得北京城如"国王的梦境"。

北京宫殿建筑在整体结构上与西方宫殿不同。林语堂形容西方宫殿像"平行封闭的军队列阵"，如卢浮宫、凡尔赛宫，一个宫殿就是一座完整建筑，北京宫殿却像展开的、分别行进的对阵，"遵循了一家之内分屋别室的观点"，"在不同的庭院建起不同的建筑物，由长长的石道和遮蔽走廊相连结"，分成不同的生活空间，最后"都贯通集中在行礼大厅的开阔空间，突出强调的是梯形大理石台阶，围栏，和它们之间的景色"。由于尊卑观念与隐私考虑——"任何臣民都不应该将头抬得高过皇宫，或高得能窥视邻人的私宅"——导致的低矮的平民房屋，林语堂从中发现了不会"妨碍人们仰望天空"的好处。以审美的观点看，北京整个城市给人的感觉除了雄伟，更多的是开阔与肃穆，这"很大程度上源于对空间的自由运用……北京并不显出刻意追求。它倾向于自然的延伸扩展。这是由那些低矮的，宽阔的，绵亘的殿堂的金色屋顶显示的一种效果"。[20] 北京建筑理念在无意间启示现代人减少高楼大厦。

中国建筑在选材上一直选用木材为主体。林语堂说"对石头建筑材料的忽视束缚了中国的建筑，木质材料朽坏得很快，使得有着数千年辉煌历史的中国今天可以引以为傲的古老建筑屈指可数"。[21] 梁思成在《中国建筑史》中分析了其中原因，认为中国匠人对石质力学缺乏了解，无法充分利用石头的性能，垫灰也只是用作木材之间的胶水，同时也没有原物长存的观念，因此不重视修复，而偏爱重建，虽然有墓室的砖石叠砌经验但也没有改变中国建筑以木构为主体的做法。

林语堂认为"色彩、形状、线条与气氛是构成一切艺术的基本因素，而艺术的任务就是创造美。艺术直接诉诸感官，但美感的衰退经常把艺术引向歧途，促使人们用智力、几何方面的分析来替代已丧失殆尽的对美的感受。那实际是一种绝望的体现。对这种艺术进行任何理论上的辩白都是毫无意义的"。中国人的审美趣味素来没有理论可言，北京城的设计直接来源于工匠们数千年积累下来的美感体验。古人将对美的感受在天坛上发挥尽致，林语堂认为中国所有的艺术创造中，天坛是单件作品中至美无上的珍品，甚至超过绘画艺术，"天坛对人们情感的震动，除了它的壮丽雄伟之外，还来自其建筑本身的比例合度，其色彩的完美，及其与苍天的浑然一体"。[22]《辉煌的北京》一书中可以说蕴含着老北京的建筑艺术，在他的北京书写中，我们能品察到中国建筑美学的魅力。

城市都有其个性。所有古老的城市都是历经若干世纪成长演变的产物。一个城市绝不是某个人的创造，多少代人通过自己的生活方式和创造成就了这个城市，留下宝贵遗产，并把自己的性格融于整个城市。无论是战争的创伤，还是积淀历史的痕迹，都是人们的梦想与见证。无需遑论，从林语堂对北京的描述和评价之中，就能感知到他对北京的了解和对代表中国文化北京城的敬畏！

北京的一山一水、一草一木似乎都牵扯着林语堂的心，让他既快乐又感伤。如今，他要写一本关于北京文化的书，表达自己对北京文化有独到的见解——"老北京的精神"。"老北京的精神"主要不是那些外在的表面化的风景和人事，而是一种创造性，它是自生的，是不受其他人事影响的那种发自生命本身的创造性。他说："什么东西最能体现老北京的精神？是它宏伟、辉煌的宫殿和古老寺庙吗？是它的大庭院和大公园吗？还是那些带着老年人独有的庄重天性站立在售货摊旁的卖花生的长胡子老人？人们不知道。人们也难以用语言去表达。它是许多世纪以来形成的不可名状的魅力。或许有一天，基于零碎的认识，人们认为那是一种生活方式。那种方式属于整个世界，千年万代。它是成熟的，异教的，欢快的，强调的，预示着对所有价值的重新估价——是出自人类灵魂的一种独特创造。"

北京的魅力不仅仅表现在金碧辉煌的皇朝宫殿，也体现在宁静得令人难以置信的乡村田园景象，还包括北京人知足常乐、快乐自由的生活方式。自然、艺术和人生结合，才是林语堂笔下构成的老北京特性的三个重要因素。

注 释

[1] [2] [3] [4] [5] [6] [7] [9] [10] [11] [12] [13] [14] [15] [17] [18] [19] [20] [21] [22] 林语堂：《辉煌的北京》，《林语堂名著全集》第 25 卷，东北师范大学出版社，1994 年，第 331、233—136、166、48、218—222、5、24、218、11—24、217、113、303、126—173、126、113、8—24、52、43—115、113、165 页。

[8] 老舍：《四世同堂》，百花文艺出版社，1979 年，第 849—850 页。

[16] 林如斯：《吾家》，《林语堂名著全集》第 30 卷，东北师范大学出版社，1994 年，第 109 页。

50.《不羁》
——一部中国文化介绍的自选集

　　1962 年，林语堂赴南美委内瑞拉、哥伦比亚、智利、阿根廷、秘鲁、乌拉圭及巴西等国参观、游览及演讲。同年所著 *The Pleasures of a Nonconformist*（自附中文书名《不羁》）由美国克里夫兰与纽约的世界出版公司出版，署名 "Lin Yutang"。演讲稿绝大部分收入其中。1964 年，英国伦敦的威廉·海涅曼公司出版了该书。该书卷首载有序言，正文含 36 章，分别是：

1. Confessions of a Nonconformist
2. Some Good Uses for Our Bad Instincts
3. Intuitive and Logical Thinking
4. The Philosophy of Yin-Yang and the Problem of Evil
5. The Chinese Cultural Heritage
6. Science and the Sense of Wonder
7. Materialism As a Faith
8. Chinese Humanism and the Modern World
9. The Chinese Temper
10. The Principles of Writing

11. The Art of Cooking and Dining in China

12. How I Bought a Toothbrush

13. I Adore Postscripts

14. On Political Sickness

15. The Crushed Fender School of Art

16. Madison Avenese

17. Do It Yourself

18. Easter Without Hats

19. The Lady in the Dior Sack

20. Spadavecchia

21. She Wants Babies

22. Dogs in New York

23. The Sparrows Have Something to Say About It

24. Crullers

25. This Santa Claus Nonsense

26. The Necessity of Summer Resorts

27. If I Were a Bandit

28. On Chinese Names

29. What Is Face?

30. Confucius As a Human Character

31. Aphorisms on Art

32. Notes on Chinese Architecture

33. Calligraphy As an Abstract Art

34. Feminist Thought in Ancient China

35. A Chinese Satire on Footbinding

36. Chinese Letters Since the Literary Revolution

《不羁》实际上是一部自选集，包含 30—60 年代的一些演讲和评论。
很多篇目曾选入《英文小品甲集》（商务印书馆，1935）等集子中。

1930 年 10 月 16 日，所撰英文文章载《中国评论周报》第 3 卷第 42 期的"小评论"专栏（第 996—997 页）。目录无题目和署名。正文栏目名后标注"Edited by Lin Yutang"。该文后取题名为 *On Chinese names*（《谈中国人的姓名》），1962 年收入《不羁》。

1931 年 2 月 23 日，林语堂在英国牛津大学发表题为 *The Chinese Temper*（"中国人的性情"）的演讲。1962 年收入《不羁》。

1931 年 4 月 16 日，*What is Face?*（《脸与法治》）载《中国评论周报》第 4 卷第 16 期的"小评论"专栏（第 272—373 页）。目录无题名与署名。正文栏目名后标注"Edited by Lin Yutang"。正文末标注"L.Y."。此外，林语堂自译的《脸与法治》载 1932 年 12 月 16 日出版的《论语》第 7 期，第 211—212 页。1962 年收入《不羁》。

1932 年 6 月 16 日，*On Political Sickness*（《论政治病》）载《中国评论周报》第 5 卷第 24 期的"小评论"专栏（第 600—601 页）。目录与正文文末均署名"Lin Yutang"。该文曾收入林语堂的《英文小品甲集》（商务印书馆，1935）。1962 年收入《不羁》。

1932 年 8 月 18 日，*How I Bought a Tooth-Brush*（《我怎样买牙刷》）载《中国评论周报》第 5 卷第 33 期的"小评论"专栏（第 850—851 页）。该文曾收入林语堂的《英文小品甲集》（商务印书馆，1935）。1962 年收入《不羁》。

1933 年 8 月 3 日，*The Necessity of Summer Resorts*（《说避暑之益》）载《中国评论周报》第 6 卷第 31 期的"小评论"专栏（第 766—767 页）。目录与正文文末均署名"Lin Yutang"。该文曾收入林语堂的《英文小品乙集》（商务印书馆，1935）。1962 年收入《不羁》。

1934 年 7 月 12 日，*Aphorisms on Art*（《关于艺术的格言》）载《中国评论周报》第 7 卷第 28 期"小评论"专栏（第 686 页）。目录与正文文末均署名"Lin Yutang"。正文署名"Edited by Lin Yutang (Translated and With Interpretations by S.P.C.)"，该文曾收入林语堂的《英文小品乙集》（商务印书馆，1935）。1962 年收入《不羁》。

1934 年 12 月 13 日，*The Santa Claus Nonsense*（《圣诞老人赘语》）载《中国评论周报》第 7 卷第 50 期"小评论"专栏（第 1218—1219 页）。目录与正文文末均署名"Lin Yutang"。该文曾收入林语堂的《英文小品乙集》（商务印书馆，1935）；又改题为 *This Santa Claus Nonsense*，1962 年收入《不羁》，内容略有变化。

1935 年 9 月，*Feminist Thought in Ancient China*（《中国古代的女性主义思想》，或译《中国之女权思想》）载《天下月刊》第 1 卷第 2 期，署名"Lin Yutang"。该文曾收入林语堂的《子见南子及英文小品文集》（商务印书馆，1937）。1962 年收入《不羁》。

1961 年 1 月 16 日，应邀赴华盛顿哥伦比亚特区美国国会图书馆柯立芝礼堂（Coolidge Auditorium）演讲 *Chinese Letters Since the Literary Revolution*（《"五四"以来的中国文学》）。这是格特鲁德·克拉克·惠特尔诗歌与文学基金会（Gertrude Clarke Whittall Poetry and Literature Fund）举办的系列演讲之一。该文收入美国国会图书馆咨询部于 1961 年汇集出版的 *Perspectives Recent Literature of Russia, China, Italy and Spain*（《视角：俄罗斯、中国、意大利与西班牙最近的文学》），1962 年收入《不羁》。

1962 年 1 月 5 日，林语堂在委内瑞拉首都加拉加斯的典耀（Ateneo, Caracas）发表题为 *The Confessions of a Nonconformist*（《一个不墨守成规的人的声明》）的演讲。林语堂后对该演讲稿进行修订，1962 年收入其《不羁》。

1962 年 1 月 9 日，林语堂在哥伦比亚首都波哥大的国家银行图书馆（National Bank Library, Bogota）发表题为 *Some Good Uses for Our Bad Instincts*（《使不好的本能发生良好的作用》）的演讲。林语堂后对该演讲稿进行修订，收入《不羁》。

1962 年 1 月 24 日，林语堂在秘鲁首都利马的圣马科斯大学（San Marcos University, lima）发表题为 *Philosophy of Yin-Yang and the Problem of Evil*（"阴阳哲学与邪恶问题"）的演讲。林语堂后对该演讲稿进行修订，收入《不羁》。

1962 年 1 月 30 日，林语堂在智利首都圣地亚哥的智利大学暑期学校（The Summer School, University of Chile, Santiago）发表题为 *Intuitive and Logical Thinking*（"本能和合乎逻辑的思想"）的演讲。林语堂后对该演讲稿进行修订，收入《不羁》。

1962 年 2 月中下旬，林语堂在阿根廷港口城市马德普拉塔的阿克托斯俱乐部（Salon de Actos, Mardel Plata）与蒙得维的亚的乌拉圭俱乐部（Club Uruguay, Montevideo）两次发表题为 *The Chinese Cultural Heritage*（"中国的文化传统"）的演讲。林语堂后对该演讲稿进行修订，收入《不羁》。

1962 年 2 月 23 日，林语堂在乌拉圭埃斯特角城的康特格里乡村俱乐部（Cantegril County Club, Punta del Este）发表题为 *Science and the Sense of Wonder*（"科学与好奇心"）的演讲。林语堂后对该演讲稿进行修订，收入《不羁》。

1962 年 5 月 2 日，林语堂在加拿大蒙特利尔的皇家加拿大人俱乐部（Royal Canadian Club, Montreal）发表题为 *Materialism as a Faith*（"作为一种信仰的唯物主义"）的演讲。林语堂后对该演讲稿进行修订，收入《不羁》。

1962 年 10 月 24 日，林语堂在美国密苏里州富尔顿市威斯敏斯特学院（Westminster College, Fulton Mo.）发表题为 *Chinese Humanism and the Modern World*（"中国的人文主义与现代世界"）的演讲。这是约翰·芬德利·格林基金会（John Findley Green Foundation）主办的年度系列演讲中的一种。林语堂后对该演讲稿进行修订，1962 年收入《不羁》。

《不羁》有三点值得注意。

其一，林语堂善谈文化。这次中南美洲之行，是学生马星野安排的，但带有台湾当局的意思，这一点林语堂心知肚明。但出访过程中，他没有外交辞令，没有党派说辞，演讲都是谈文化，如《一个不羁者的自白》《我们不良习性的好用途》《阴阳哲学和罪恶问题》《中国文化遗产》《科学与好奇心》《直觉和逻辑思维》等等，能起一定的文化交流作用，使拉丁美洲人民增加对中国文化的了解。

其二，演讲不乏幽默妙语。林语堂在中南美六国到处受到热烈欢迎，以至于有时演讲，因听众太多，警察只好将街道封锁起来。在巴西的一场演讲时，他插入一段幽默风趣的话："世界大同的理想生活，就是住在英国的乡村，屋子里安装有美国的水电煤气等管子，有一个中国厨子，有个日本太太，再有个法国情妇。"听众们忍俊不禁。

其三，对历史是负责任的。《"五四"以来的中国文学的演讲》，虽然宣传自己个人心灵表现的文学观有争议，但对新文学的发展的评价是客观公正的。他高度评价鲁迅"五四"以来的战绩，认为鲁迅在打倒旧中国方面是个主将，而在 20 世纪 30 年代使中国青年转向"左倾"，鲁迅发挥了重要作用。他也强调胡适在"文学革命"中的作用，以现代白话代替在中国具有神圣不可侵犯的文言，这就是革命。中国最好的短篇小说作家是鲁迅、沈从文、冯文炳和徐訏；最好的诗人是徐志摩；老舍的故事最富于北平的泥土气息等等，这些评价有情感，无成见。

51.《赖柏英》

——半自传体小说

1963 年，*Juniper Loa*（自附中文书名《赖柏英》）由美国克里夫兰与纽约的世界出版公司出版，署名"Lin Yutang"。全书分为 20 章。1964 年，威廉·海涅曼公司在英国伦敦出版了该书。1975 年 1 月 31 日，该书由台北的美亚书版股份有限公司推出"八十岁生日纪念版"。

1976 年 5 月，《赖柏英》（宋碧云译）由台北的远景出版社出版，列为"远景丛刊"第 36 种。

1981 年 7 月，《赖柏英》（谢超云译）由台北的德华出版社出版。版权页上误印成"谢青云译"。

1994 年，东北师范大学出版社出版的《林语堂名著全集》第 9 卷收有《赖柏英》，扉页标识"林语堂英文原著 谢青云译"。

林语堂调用了联想、回忆、穿插、倒叙等多种手法，把《赖柏英》写成一部具有抒情色彩，充满缠绵、幽婉而又温淳、甘美的爱情小说。小说的男主角陈新洛是一个 19 岁离开福建漳州，到新加坡求学的青年，25 岁毕业之后住在叔叔家里（新加坡华侨），在英国商行当律师。小说开头描写了年轻有为的新洛在新加坡陷入了韩星、琼娜、吴爱丽等女性的情感包围圈中，然而他的心里不能忘却远在故乡的赖柏英，那个两小无猜的姑娘。也上过学的赖柏英为了服侍眼睛失明的祖父，不能和新洛一起走出大山。两人不能结合，但情意连绵不断。新洛身边仍然保存有赖柏英送的名为"鹭巢"的山村照片和漳州名花。

林语堂把《赖柏英》视为"自传小说"，是自有理由的。其一，男主人公"新洛"身上有不少林语堂自身的经历和身世。林语堂小名"和乐"，小说中"新洛"的童年生活就是"和乐"早年身世的再现。其二，小说中的女主人公赖柏英在现实生活中确有其人，她是林语堂母亲的义女的女儿，也是林语堂儿时的好伙伴。1974年，林语堂在《八十自叙》书中写道："我以前提过我爱我们坂仔村里的赖柏英。小时候，我们一齐捉鲦鱼，捉螯虾，我记得她蹲在小溪里等着蝴蝶落在她的头发上，然后轻轻的走开，居然不会把蝴蝶惊走。"这里的"提过"，所指的就是自传体小说《赖柏英》（*Juniper Loa*）。所谓"自传体"，是说其中有很多作者的真实生活；而"小说"又有虚构的成分，称"半自传体"更为得当，不能一一对号入座。譬如林语堂的初恋情人"赖柏英"，在书中此"柏英"非彼"柏英"，而是李代桃僵。

林语堂早年生活圈子里确实有赖柏英的存在，而且就像坂仔的山和水，那样纯朴、自然，使他无限深情地怀念和终身难忘。然而，林语堂写《赖柏英》时年近七十，已有整整五十年不曾到过坂仔了，年届八十才写《八十自叙》。原本是要做一个美好的回忆，但难逃自然规律的消磨，对儿时的记忆有些朦胧，朦胧得记不住初恋的真名实姓。因为林语堂离开家乡时，赖柏英才一两岁，不可能有和她青梅竹马之恋以及准备带她走出大山之说。

从时间看，与赖柏英感情的不合理性。

在平和县坂仔镇，从查阅族谱到咨询老人，得知赖柏英有兄妹七个，按顺序排列是赖天柱、赖天启、赖桂英、赖天兴、赖天赐（早夭）、赖柏英、赖明月。

2005年，笔者拜访过仍健在、已满88岁的赖明月老人。她回忆说："我二姐大我四岁，个子比我高，有近165厘米，脸尖漂亮，身材匀称，比我漂亮多了。"这就是说，此时的赖柏英应该是 92 岁，也由此可推算出她出生于 1913 年。这与赖柏英的儿子蔡益昌的说法相一致。他说："母亲死于 1967 年，当时 55 岁。"

林语堂出生于 1895 年，1912 年考入上海圣约翰大学，1916 年毕业。1914 年林语堂爱上了上海圣玛丽女校美术系学生陈锦端，从此后与村姑的情感由厦门首富的千金大小姐所替代，一直到后来与廖翠凤结婚，都不曾有那个"已经成长，有点儿偏瘦，所以我们叫她'橄榄'"的人出现了。

那么，林语堂书中所写的"我们长大之后，她看见我从上海圣约翰大学返回故乡。我们俩都认为我俩相配非常理想"，那个"理想"的人，肯定不是赖柏英。他们的年龄相差 18 岁，林语堂进上海上学时，赖柏英尚未出生，就算中途返乡一两次，她也仅仅一两岁而已。林语堂和赖柏英之间要发生恋情，有悖于常理。

从归属看，与赖柏英的生活不相符合。

林语堂说他的初恋情人因为要侍奉失明的祖父而放弃与恋人走出大山，"嫁给坂仔本地的一个商人"。笔者查阅档案资料和走访赖柏英的亲属得知：赖柏英于 1932 年嫁到平和县小溪镇坑里村下坂社，丈夫叫蔡文明，原名叫蔡启新，毕业于北京大学，毕业后在厦门一所中学教书，1937 年，抗日战争爆发后学校迁到平和县。

至于作为当时平和县为数不多的北京大学毕业生的蔡文明，为何会跟赖柏英结婚？赖柏英三哥的儿子赖益中说："当时我们的家族有土地，是坂仔镇的名门望族，我姑姑赖柏英又读过女子学校，她嫁给蔡文明也就符合常理了。"还有赖柏英的妹妹所说的赖柏英很端庄美丽，那么她跟蔡文明的婚事也就不难理解了。

赖柏英和蔡文明育有一女三子：蔡阿玲（已去世），大儿子蔡益琛（孤身一人），二儿子 1968 年上吊自杀，小儿子蔡益昌（生有一儿一女）。1967 年夏天的一天，生产队通知赖柏英，说第二天要批斗她，她就选择了自杀。赖明月说姐姐是跳水自杀。蔡益昌说母亲是吃断肠草死亡的。

导致赖柏英家庭大悲剧的根由是蔡文明被枪杀，与身在海外的林语堂毫无关系。1949 年除夕之夜，蔡文明与另外 16 名教师被枪毙，他们成为解放后平和县第一批被枪毙的人。1959 年政府认定是"错杀"，但到 1982 年才公布"错杀"结论，给予"平反"。

赖柏英嫁的是一个知识分子，而且还有很深的历史印记，这与"她嫁了坂仔本地的一个商人"不相吻合。

究竟谁是林语堂的初恋情人。

与林语堂年龄相仿的是赖桂英。二妹代替了大姐，桂英成了柏英，林语堂的初恋情人应该是赖桂英。赖明月老人非常明确地表达"是我大姐"的看法。她回忆说"我的母亲就是林语堂母亲的教女，两家就跟亲戚似的，我们应该叫林语堂五叔"。"五叔"在这里的辈分关系不重要，更重要的是年龄差距。赖益中讲到的也是这个意思："林语堂的初恋情人应该是我的大姑妈赖桂英，我大姑妈出生于 1898 年，今年 107 岁了，跟林语堂相差三岁。"

赖桂英嫁给了一个当地名叫林英杰的人，他家庭经济条件比较好，早年开有典当行，日本人进入平和后，改当屠夫。这符合林语堂所说的"她嫁了坂仔本地的一个商人"的说法。林英杰做屠夫后，开始变得性情暴躁，解放之初，又背上了"富农"成分，精神完全失常，而且发展到经常打人，小孩子都很怕他。赖桂英和林英杰生有三女（添净、添惠、添洁），后来又抱养了一个女儿，叫庄亚珍，长大成人后嫁到当地下尾社，赖桂英晚年一直和她生活在一起。

庄亚珍现已病逝，之前的接触中，她多次讲到其养母跟她感慨："如果我当时嫁给林语堂，我也不会现在这么凄惨。"而且，她还非常肯定地告诉我们，赖桂英的外号叫"橄仔"（即橄榄的意思，闽南语发音"故椎"），恰好与"我们叫她橄榄"的说法一致。庄亚珍的丈夫林江汉补充了一个细节："丈母娘 71 岁那年的一天，因琐事与我发生激烈争吵，老人边哭边诉：都怪我命不好，才嫁给一个疯仔，若当年跟和乐（林语堂上大学前的名字）走，我也不会像今日这般凄惨！"

20 世纪 60 年代，家住平和坂仔教堂附近的林土明先生，在他 6 到 14 岁这个期间，跟赖桂英有过长时间的接触。他画出记忆中的坂仔教堂的结构图送给笔者，也带人去拜谒过赖桂英的坟墓。据他回忆，身高约 165 厘米的赖桂英端庄淑雅，说话温柔，"是一位极富魅力的山乡淑女"。林土明经常到赖桂英家玩耍，赖桂英给他讲过一些故事，其中印象最深的一段就是她跟和乐的爱情故事。她说为什么不和林语堂一起离开平和：我只在铭新小学读了几年书，他已经是个坂仔少有在上海读书的大学生，我真的太爱他，我不能拖累他，最后我以要照顾爷爷为借口，痛苦地选择了与他分手，让他安心地出去。后来知道他有了出息，我暗自高兴，当时我不后悔我的选择。

　　笔者比较倾向于赖益中的说法："我看了《赖柏英》这本书，觉得有很明显的我家族的影子，赖柏英这个人，应该是指赖桂英，我听我母亲讲过我的大姑妈，文中写到的事情跟现实中的我大姑妈说话和做事的风格都很像。"合理推断，林语堂的初恋情人应该是赖柏英的姐姐赖桂英。至于为什么会出现李代桃僵之事，笔者认为可能有如下原因：

　　首先是，时间跨度大，记忆模糊。林语堂晚年的记忆常有失误，如胡适 1917 年 7 月回到上海的，8 月林语堂出席北京大学举行的欢迎胡适的大会，但在悼念胡适的文章《我最难忘的人物——胡适博士》和《八十自叙》中都将这一年误记为 1918 年。

　　其二，一种文学的表达方式。林语堂的故乡情结中，有一段挥之不去的青梅竹马情缘。虽然现实生活中，他的婚姻生活也很美满，但在心灵深处却永远有那活泼美丽，浑身充满了乡村纯朴气息的"橄榄"姑娘的影子。何以解忧，唯有写作。《赖柏英》这部作品，应该正是从乡愁的感伤和苦涩中化出的。在小说中描绘的新洛家乡闽南山水风光，正是林语堂童年生于斯嬉于斯的家乡坂仔的风光。作者营造了一幅充满浪漫色彩的超越尘世忧患和痛苦、光明和谐的世界，在这里，新洛对于童年柏英的追恋之情和对于童年故乡的怀念之情水乳般融为一体。在这样的场合，我们几乎难以分辨，林语堂是在写他的人物，还是用着梦幻的调子追忆那种不自觉的、朦胧的恋情。《赖柏英》中男主角名字叫"新洛"，而不是"和乐"或"语堂"，便是一种文学创作的手法。而作品中大团圆的结局处理，也就是"无意识愿望"在"想象中的满足"，一种间接的、替代性的满足，一种以改装的途径达到心理的平衡的创作方法。

其三，是对故乡的怀念，少年时的男女情感如今已经沉淀为故乡情结了。"在黛湖我们有山。可是我在你们那个地方，可没看见那样的山。我们附近的山是真山，不是你在新加坡看见的那种不像样子的山。我们那儿的山令人敬，令人怕，令人感动，能够诱惑人。峰外有峰，重重叠叠，神秘难测，庞大之至，简直无法捉摸。"而那位集诸多美德于一身的闽南女子，最终定位为高地人生："一个女孩子站在空旷处，头后有青天做陪衬，头发在风中飘动，就比平常美得多。她决不显得卑躬屈节摇尾乞怜的样子。她浑身的骨头的结构就是昂然挺立的。""我之所以成为这样一个人，也就是因此之故。我之所以这样，都是仰赖于山。这也是人品的基调，我要享受我的自由，不愿别人干涉我。犹如一个山地人站在英国皇太子身旁而不认识他一样。""山逼得你谦—逊—恭—敬。柏英和我都在高地长大。那高地就是我的山，也是柏英的山。我认为那山从来没有离开我们——以后也不会……"故乡的那个外号"小橄榄"的赖柏英在林语堂的一生中留下不可磨灭的美好印象。她柔情似水，纯净无瑕，在情窦初开的岁月里，到处都是恋人甜美的歌声，温暖的阳光，少男少女嬉戏的身影，青梅竹马，天真烂漫，无忧无虑……她，勤劳、能干、善良、孝顺、坚忍、敢做敢为……显然，此时的"赖柏英"也是一种乡情的寄托，而非具体的赖柏英或赖桂英。

52.《平心论高鹗》

——为曹雪芹伸冤

1966 年 7 月 25 日,《平心论高鹗》由台北文星书店出版列为"文星丛刊 148",分为平装与精装两种。封面署名"林语堂著",版权页署名"者林语堂"。1969 年 12 月,台北的传记文学出版社再版了该书,列为"文史新刊 67"。该书卷首载有林语堂于 1966 年 7 月 1 日撰写的弁言。正文收有 8 篇论文,分别是《论晴雯的头发》《再论晴雯的头发》《说高鹗手定的〈红楼梦〉稿》《跋曹允中〈红楼梦后四十回作者问题的研究〉》《〈红楼梦〉人物年龄与考证》《论大闹红楼》《俞平伯否认高鹗作伪原文》《平心论高鹗》。卷末载有 2 种附录,即胡适的《〈红楼梦〉考证》与俞平伯的《〈红楼梦〉研究》。

为了能找到乡音,体验到乡情,在厦门大学时的学生马星野的安排下,林语堂夫妇 1958 年 10 月 14 日第一次到台湾。两天后的下午,蒋介石宋美龄夫妇在士林官邸接见林语堂夫妇,并与林语堂大谈《红楼梦》的评述问题。10 月 24 日在台湾大学院礼堂林语堂就《〈红楼梦〉考证》问题发表演说,认为《红楼梦》120 回完全是曹雪芹所作,反对高鹗续书之说。演讲中,还特地朗诵了他自己所作的两首词。

其一是:"叹意志仙笔生花,偏生得美玉有瑕。若说没续完,如何学者说序话？这猜谜儿啊，教人枉自嗟呀，令人空劳牵挂。一个是泮宫客，一个是傲霜花，想此人能有几支笔杆儿，怎经得秋挥到冬，春挥到夏。"

其二是："都是文字姻缘。俺只念十载辛勤。空对着奇冤久悬难昭雪，终惹得曲解歪缠乱士林。"

两首词都是为曹雪芹伸冤，肯定《红楼梦》是他个人所作，但也不否定高鹗有补缀残稿之功。

1958 年 11 月，六万言文长的考证文字《平心论高鹗》，刊登于《"中央研究院"历史语言研究所集刊》第二十九本，下册第 327—387 页。尽管也有像严明这样的专家学者有不同意见，并写出系列商榷文章，如《〈红楼梦〉后四十回的考证问题——对林语堂先生的翻案提出商榷（上）（下）》；《曹雪芹身世辩说（上）（下）》；《论林语堂红楼翻案》；《论林语堂所谓"曹雪芹手订本"红楼梦之真相》等等，但不可否认林语堂的一家之言。

几年后，从 1966 年元月起，林语堂陆续在台湾《联合报》特约专栏发表了七篇文章，即：1 月 24 日，刊发《论晴雯的头发》；3 月 21 日，刊发《再论晴雯的头发》；3 月 28 日，刊发《说高鹗手定的红楼梦稿》；3 月 29 日，刊发《〈枉凝眉〉用红楼梦曲文原韵改作》；4 月 20 日，刊发《跋曹允中〈红楼梦〉后四十回作者问题的研究》；5 月 2 日，刊发《〈红楼梦〉人物年龄与考证》；5 月 30 日，刊发《论大闹红楼》；6 月 6 日，刊发《俞平伯否认高鹗作伪原文》，其中在引用俞平伯原文时插入了多条"语堂按"。与此相关的是，3 月 14 日，在香港中文大学陆佑堂发表题为《红楼梦的男女》的演讲。

之后，1967 年 5 月 4 日，林语堂在台湾的所谓"文艺家协会"专题演讲《〈红楼梦〉的新发现》；5 月 5 日《红楼梦出版曹雪芹手稿》《红楼梦后四十回真伪辩》刊载于台湾所谓《中央日报》第 5 版和第 10 版，《新发现曹雪芹收订一百二十回红楼梦本》刊载于《台湾新闻报》；6 月 2 日，《再论红楼梦百二十回本——答葛赵诸先生》刊载于《联合报》；6 月 19 日，《英译黛玉葬花诗》刊载于台湾所谓《中央日报》。

林语堂对《红楼梦》评价很高，认为"是中国文学史上最伟大的一部创作，也是想象文学顶峰，最高峰。我想应与托尔斯泰的《战争与和平》同列为世界十大小说之一"。[1] 他不同意胡适关于《红楼梦》后四十回的考证和结论，他根据程乙本考证推断，后四十回是曹雪芹的残稿并经作者修订补写而成。高鹗续书的话已经为一般人所接受，翻案文章，必有读者疑信参半，所以不惮辞费，说明原委。况且《红楼梦》是中国文学史上第一本有结构、有想象力的奇书，其后四十回真伪之辨，非常重要。林语堂的文章，从晴雯的头发说起，一直说到俞平伯及近人对此说的怀疑，把各种论辩的要点指出来。文虽陆续发表，大体上有互相印证之处，最终表达出个人的意见，认为高鹗续书证据不能成立。

最近发现的资料表明，林语堂在逝世之前，对《红楼梦》的研究一直没有停止过。早年间他曾尝试将其翻译为英文，但因种种原因而搁置。到了台湾，他终于得以再次开启这项工作。他曾在信中告诉秘书陈守荆，整理、校对《红楼梦》英文打字稿，"这是我最快乐的时候，我一星期来专心看红楼英文打字，觉得很值得做，因为英文尚无好的翻译，而红楼经我删节成一个，成为篇幅较不泛滥，而中心故事却能保存（的故事）"（552：1973.04.29）[2]。后因遭遇世界性纸荒，英译《红楼梦》只得转译为日语在日本出版："全球纸荒，原本作罢之红楼梦英译出版忽有转机，……又日本也有译者拟以新译重版及日本译文问世，总之此书页数甚多，适逢纸慌，尚有问题，只好听之而已。"（695：1973.12.03）而后得确切消息："红楼梦已经有日本译者决定以一年内译成日文（旧已有日译，此以我所译之本为根据）。"（773：1974.04.22）承担日译工作的是翻译家佐藤亮一。"日本译者佐藤亮一信来报告，七月可以译完红楼梦，我已经去信请约书局可以出版，未复。"（1017：1975.11.23）一段时间后"……又一份寄交日本佐藤亮一"，并比较自己译本和王际真译本，"林译后来居上，而林译细心考虑，又有全书人名索引，又英文流利，信达兼到，定必人人居家必备"（1019：1975.12.02），对自己所编本十分有信心。"日本之伊藤亮一（此处应为笔误）今将所译之本寄下以便细心改订，亮不日必可寄来。"（1028：

1975.12.12）林语堂后期由于身体每况愈下，经常写错字，他感慨"近来写字每每误写，甚至永福里亦常写错，年老无用"（1053：1975.12.25）。当年年底他兴奋告知陈守荆："日本红楼梦七月译完甚望。可以出版，重要。……《红楼》日本译者来函，当有 Tuttle 或较好的书局（可出版）。"（1059—1060：1975.12.27）12 月 28 日提到收到佐藤来信，称《红楼梦》日译本拟 1976 年出版，"可以告慰"（1063：1975.12.28），且于翌年 1 月 5 日去信确定日版将于 1976 年底出版。1976 年 1 月 13 日书信中，林语堂称昨日收到佐藤《红楼梦》的翻译底稿，"不胜快活，以前翻译的名字，如'鸳鸯'还是 Jay，佐藤亮一还加日本注释，非常慎重，又前后次序都井井有条，共 64 章"（1078：1976.01.13），对佐藤的工作甚是满意。14 日信中提及已收到日译《红楼梦》底稿，"大约经过十天八天，阅后可以送还"（1080：1976.01.14）。这是林语堂最后一次提及《红楼梦》。七年之后日译本《红楼梦》才面世，而英译本《红楼梦》至今未得出版。

另外，1974 年 11 月林语堂开始编纂《红楼梦人名索引》。工作开始不久，林语堂便感到此项工作极为繁重："现拟红楼梦人物引得，恐极麻烦"（887：1974.11.04）。在后续的编写过程中，林语堂多次谈到了编纂之困难（889：1974.11.20；899：1974.12.16；910：1975.01.06；1040：1975.12.15）。面对作该索引的巨大挑战，他极为仔细："里头或有不明白处，我已尽可能检阅五六七八次。（1034：1975.12.14）1975 年底，此项工程终于接近尾声："红楼梦人名索引，已经差不多，再一礼拜，就可以好了，现正在校对。"（1057：1975.12.26）历时两年余，1976 年 12 月《红楼梦人名索引》终得以出版面世。

注 释

[1] 林语堂：《新发现曹雪芹手订百二十回红楼梦本》，《无所不谈合集》，台湾开明书店，1974 年，第 525 页。

[2] 2021 年 4 月，中国嘉德（香港）拍卖的《故纸清芬见真如——林语堂手迹碎金》，标注为"页码：书信写作年月日"。为尊重原作者，引用信件内容时完全遵从原文，因此会有错字及句子过长无断句的情况，但不影响对信件内容的整体理解。

53.《无所不谈》

——"复归旧业"之见证

    1964 年 11 月中旬，林语堂在纽约会见过去在厦门大学教过的学生、时任"中央通讯社"社长的马星野。两人交谈中，"欣然答应"为中央通讯社撰写专栏的邀请。自 1965 年 2 月 10 日始，每月四篇，到 1967 年共写了一百八十多篇。林语堂从 1936 年用英文写作后，三十年来中文写作几乎中止，现又重新开始，用中文写随笔散文。这些文章包罗万象，文化感强，观点精辟，笔调放逸，给台湾文坛面目一新的感觉，尤其是以不凡的阅历和文化积累来放谈文化人生，最为精到。

    1966 年 2 月 25 日，《无所不谈》由台北文星书店出版，列为"文星丛刊 140"。封面与版权页书名均为《无所不谈》（一般称《无所不谈一集》），封面署名"林语堂著"，版权页署名"著者林语堂"。1968 年 8 月，该书由香港文艺书屋推出港一版，1970 年 8 月推出港二版，1973 年 3 月推出港三版。

    1967 年 4 月，所著《无所不谈二集》由台北文星书店股份有限公司出版，列为"文星丛刊 140"，分为平装与精装两种。封面署名"林语堂著"，版权页署名"著者林语堂"。除林语堂自撰文章外，还附有羊汝德所撰《林语堂北山乐隐图》等九篇文章。自撰《无所不谈第二集序》于 4 月

17 日载《中央日报》第 6 版。[1]

"前出一、二集已经售罄,读者向隅。乃与开明书店商量,连同一九六八年所写(本应为三集)汇为合集,复分类排比或略补注篇题,以求详备。"而"开明书店意将此《合集》与以前《论语》《人间世》《宇宙风》及《语丝》《晨报副刊》所发表文字汇为《语堂文集》,二书合刊为本人中文著作全集,与本集所言互相发明,以见本人之一贯旨趣。"[2]《无所不谈》一般是《无所不谈一集》《无所不谈二集》《无所不谈合集》的总称。

1974 年,《无所不谈合集》由台湾开明书店出版,至 1985 年 3 月印至四版,分精装本与平装本两种。封面署名"林语堂著",版权页署名"著作者林语堂"。卷首收有《无所不谈合集序言》《马序〈无所不谈初集〉》《"中央社"贺寿词》《语堂七十自寿和"中央社"诸君贺词原韵〈临江仙〉一首》《语堂题联》;卷末附有黄肇珩所撰《林语堂和他的一捆矛盾》等九篇文章。正文收林语堂在"中央社"专栏"无所不谈"发表的全部文章(部分已经收入《无所不谈一集》《无所不谈二集》),以及《平心论高鹗》等有关《红楼梦》的论著。1994 年,东北师范大学出版社出版《林语堂名著全集》,第十六卷收《无所不谈合集》,计有序言及作品123 篇。

《无所不谈合集》是一部文化内涵比较丰厚,学术性、知识性较强的杂著。正如林语堂《序言》所言:"书中杂谈古今中外,山川人物,类多小品之作,既有意见,以深入浅出文调写来,意主浅显,不重理论,不涉玄虚,中有几篇议论文,是我思想重心所寄。如《戴东原与我们》《说诚与伪》《论中外之国民性》诸篇,力斥虚伪之理学,抑程朱,尊孔孟,认为宋儒之以佛入儒,弹性说性,去孔孟之近情哲学甚远,信儒者不禅定亦以半禅定,颜习斋、顾亭林已先我言。词为儒家由动转入静之大关捩,国人不可不深究其故。《论东西思想之不同》,是我一贯的中心思想。"[3] 其中,有关中外文化比较研究的文章,最有深度和特色的。从性格层面他认为:"中华民族与西方国家比较,进取不足,保守有余,勇毅有为精神不足,而动心韧性之功夫甚深。……中国文化是静的文化。西洋文化是动的文化。中国主阴，外国主阳。"[4] 在《论东西思想法之不同》一文中，从哲学层面论及，中国重实践，西方重推理。中国重近情，西方重逻辑。西洋人重求知，求客观的真理。中国人重求道，求可行之道。林语堂还认为没有自信，无以谈建设。"自信心不立，就是没有心理建设，没有心理建设，物质的建设，便感困难"。要想确立自信，"必须国人对于吾国文化及西方文化有一番相当正确的认识"，必须找到"儒家的中心思想"，这样才"可以谈中国的固有文化"。而且，"尤其要与西方比较之，权其轻重，知其利弊，弃其糟粕，取其精华"。[5]

针对民族自卑主义者的主张，诸如打倒孔家店、古书有毒之类，林语堂认为：第一，只有读古书才能系统认识中国文化。他说："文化是有源流的，不溯其源，无从知其流"，不读中国古典，"又何能知中国文化之底蕴"？西方人虽然"自由激进，时时另求新路进展下去"，但是对古代文化并没有全盘否定。第二，古典文学更是必须研读。他认为："文学与科学不同"，如果研究文学，"我却主张应读离骚或者是无名氏十九首"。因为"古今人同是圆颅方趾，悲欢离合之际，大同小异"。第三，读古书可以以史为鉴。因为"史者鉴也，有许多地方可以借鉴，因今推古，设身处地，你不但可了解前人，也可借此了解自己"。所以，即便说是"古书有毒"，也要让青年人尝尝，以提高鉴别能力。其实如果说古书真的有毒，孔孟之道"吃人"，不要说是对几千年中国人智慧的侮辱，就事实而言，"试想怎么四千年传到今还能产生并保存这样的老百姓？"[6]

从学术、文化方面考察，林语堂的一些观点是有一定价值的，如果像民族自卑主义者那样，对中国文化没有自信，否定一切，何谈现代化？因此，必须在比较西方现代文化的情况下，研读中国古代文化，才能明确本国文化的长处与不足，才能确立自信，才能实现国家的富强。但学术界感觉到林语堂《无所不谈》中的散文题材偏狭，看似缤纷灿烂，但新意不多，与早年《我的话》相比，趣味境界变化不大。

注 释

[1] 郭碧娥、杨美雪:《林语堂先生书目资料汇编》,台北:台北市立图书馆,1994 年,第 34 页。

[2] 林语堂:《序言》,《林语堂名著全集》第 16 卷,东北师范大学出版社,1994 年,第 1 页。

[3] 林语堂:《序言》,《林语堂名著全集》第 16 卷,东北师范大学出版社,1994 年,第 1 页。

[4] 林语堂:《论中外的国民性》,《林语堂名著全集》第 16 卷,东北师范大学出版社,1994 年,第 74 页。

[5] 林语堂:《拾遗集》(下),《林语堂名著全集》第 18 卷,东北师范大学出版社,1994 年,第 105—106 页。

[6] 林语堂:《拾遗集》(下),《林语堂名著全集》第 18 卷,东北师范大学出版社,1994 年,第 404 页。

54.《中国画论》
——气韵流动百相生

　　1967 年，编译的 *The Chinese Theory of Art: Translations from the Masters of China*（《中国画论》）由美国纽约的 G.P. 普特南公司出版，署名"Lin Yutang"。内收 23 位中国古代名家的各自一篇画论，包括：孔子的《绘事后素》（*Powder Applied Last*），庄周的《宋元君将画图》（*The Unbuttoned Mood*），韩非的《绘策》（*Easy to PaintGhosts*），曹植的《画赞序》（*Inspiring Portraits*），顾恺之的《画云台山记》（*Notesfor a Landscape*），宗炳的《画山水序》（*The Enjoyment of Painting*），谢赫的《古画品录》（*The Six Techniques of Painting*），王维的《山水论》（*Formulas for Landscape*），张彦远的《历代名画记》（*Record of Famous Paintings to A.D.841*），荆浩的《笔法记》（*A Conversation on Method*），郭熙的《林泉高致》（*A Father's Instructions*），郭若虚的《图画见闻志叙论》（*A Record of Paintings, A.D. 689—1074*），苏东坡的《论画》（*The Rise of the Literati School*），米芾的《画史》（*Connoisseurship*），赵孟頫的《松雪论画》（*The Antique Spirit*），倪瓒的《云林论画》（*Calm Detachment*），黄公望的《写山水诀》（*Perspectives*），高濂的《遵生八笺》（*A Layman's Point of View*），顾凝远的《画引》（*On Brush-work*），袁宏道的《瓶花斋论画》（*Be Yourself*），谢肇淛的《五杂俎论画》（*Gossip*），石涛的《苦瓜和尚画语录》

（*An Expressionist Credo*），沈宗骞的《芥舟学画编》（*The Art of Painting*）。卷首载有一篇导论，卷末有"朝代一览表"（*Table of Dynasties*）、"艺术家一览表"（*List of Artists*）与索引。

林语堂能画画，但无心当画家，对中国画的看法却十分精妙。早在1935年，《吾国与吾民》里专辟一节谈《绘画》，之后他又写有《谈中西画法之交流》的文章。这些都是他多年来对中国传统绘画艺术研究的结晶。我们或说林语堂是文化使者，或说他"两脚踏东西文化"，几千年中国绘画理论，便是他向西方世界介绍中国文化的一部分。

《中国画论》是以中国的绘画为媒介，让西方人更好地了解中国的文化，也不失为一种好方法。毕竟对绘画的欣赏，就是对美的欣赏，没有那么明显的隔阂，容易为人所接受。林语堂论画，不随世俗，不落窠臼。他说艺术上所有的问题，都是节奏的问题，不管是绘画、雕刻、音乐、建筑，美是运动，每种艺术形式都有隐含的节奏。节奏把握得好，就气韵生动。气韵在林语堂的论述里，应该是两个方面的内涵，一是自然万物的气韵结构，一是艺术家的性灵表现。"西洋艺术中的气韵还未能取得主宰之地位，而中国绘画则常能充分运用气韵的妙处"，所以中国艺术处在人类艺术发展过程的前沿。

林语堂介绍说中国艺术的特征是平静、和谐，气韵生动与自然相融，这种特征源自画家天性。《庄子·田子方》描述了这样一位画家："宋元君将画图，众史皆至。受揖而立，舐笔和墨，在外者半。有一史后至者，僵僵然不趋，受揖不立，因之舍。公使人视之，则解衣般礴，赢。君曰：'可矣，是真画者也。'"《庄子》中的这个故事以众画家的拘谨、服从衬托了一个"真画者"的形象。这样的真画者只有一个，他的气质如林语堂所说，天性安静和平、淡泊名利、内心澄净，而其他的画家们就没有这个气度了。有意思的是，林语堂将这一个画家的风度，描述为中国艺术家的基本特征。"中国艺术家是这么一种典型的人，他们的天性安静和平，不受社会的桎梏，不受黄金的引诱，他们的精神深深地沉浸于山水和其他自然的现象之间。"中国的绘画总是坐在山顶上实地画出来的"。基于这种视野的开阔性,中国画在空间上的跨度极为广阔,尤其是山水画,尺寸之间即是万里山河,有着无限的延展性,给人一种无尽之感。这样的一种绘画角度可以说是中国画的一大特色,画家们隐居山林,正是为了寻求这种自然的壮观之景,"在飘飘欲仙的高度用平静广博的精神俯瞰世界,他就会把这种精神融会贯通到他的绘画中去"。至此,一幅完整的画作方才孕育而生,跃然纸上,这正是一种"成竹在胸"的表现。总之,他们胸怀澄清而不怀卑劣的心意。说到画家胸怀澄清高雅,这是宗炳在《画山水叙》中对画家的要求,这段论述后来被概括为"澄怀味象""澄怀观道"等说法,这也只是希望画家努力做到内心澄净、旷达,从而表现自然山水的神韵。其实,中国历代的画家,都是三六九等的。古代品人、品画、品诗,往往分上、中、下品,或逸、神、妙、能诸品,并不一概而论,能达到最高品位的人,总是少而又少。

书画同源,古代的文人们作为书画创作的主体,在一定程度上可以说是"通才",琴棋书画、天文地理都有所通。正因为如此,中国的书画承载着中国传统文化中最精华的部分。林语堂用浅显的语言简明扼要地叙述了中国书法与中国画的主要特征,以及历史的沿革。他用幽默风趣的笔触,将中国传统文化中极具代表性的两种文化介绍给了西方国家。同时,他又认为中西画法互相影响是必然的,应该各自发挥神韵或形态之所长,对那种"白被单上补上一块女人三角裤"的现代西洋画,不甚欣赏,即便是名家毕加索,也毫不掩饰自己的反感。他反对的只是"像一盘炒鸡蛋,或像北平东兴楼的木须肉"之类的所谓艺术品,并不是一概地否定抽象画,相反,他认为中国的书法,便是一种抽象画,当代的中国画家应该好好借鉴。

林语堂深谙中国"书法艺术表示出气韵结构的最纯粹的原则"。因为有了对这一原则的把握,中国画摆脱了照相式描绘客观事物的负担,强调以书法用笔入画,画中的线条("笔触"),不仅表现事物的外形,还能够表现事物的气韵、神韵。这是中国画与西方绘画明显不同的地方。西方绘画中的"笔触"也能体现画家的风格特点,但它更强调的是服从表现对象的需要，所以西方古典的写实主义绘画，如达芬奇、拉斐尔，有时还有意掩盖笔触痕迹，让所绘对象看上去像真实客观的形象，如现代的照相。而中国画却有意强调线条、用笔本身的形状，什么"吴带当风""曹衣出水""兰叶描""铁线描"之类，描述的都是线条本身的特点。林语堂指出，这些生动活泼、变化无穷的线条，"无不暗含自然之韵律"。同时，以书入画，用线条造型，正体现书法用笔在中国绘画中的重要性。每一笔触都有自己的特性，所有笔触的聚散离合须符合形式美的韵律，每一笔触同时还要为描绘事物形象所用，要以形写形，这就构成了一对矛盾。以书入画的观念，牢固地坚持笔法独立的审美价值、艺术意味，所以中国画的线条、笔触没有在描摹客观事物的过程中丧失自身的审美价值，中国画用笔与造型的矛盾一直保持足够的张力，中国画也在解决这个矛盾的过程中创造了丰富的艺术作品，成功之作，从而进入空灵、自由的艺术境界。林语堂也认为书法还为绘画提供了最基本的技巧，书法的一划下去，隐含了这幅作品的造型、构图特征，这个说法，林语堂其实是深入浅出地介绍了石涛的"一画论"。林语堂介绍的是中国画既保持生动的用笔，又能表现事物的真实与神韵。

　　中国画的诸多特性在林语堂看来都并非巧合，而是应该归结为"抒情性"这一词语，这是极为恰当而准确的。"中国绘画在神韵和技巧上与中国书法和中国诗歌是息息相通的"，也就是说中国画给人的不仅仅只是美的视觉感受，更多的是绘画者对世间万物的主观感受，画者的胸襟和抱负在他笔下都是有所显现的。在一定程度上甚至可以说，一幅画就是作画之人所构造的一个小世界。这样的绘画作品是在中国画发展后期才正式形成的，由一代代的画家不断创新突破才得来的：由吴道子的"莼菜条"到王维时"南宗"的应运而生，由此而开始萌生"文人画"，至宋代完全成型。"文人画"并不是专业画家所作，而是文人们的业余爱好。但也正是因为这一特质，使文人画所呈现的画风千奇百怪，而又异彩纷呈。"文人画"多是即兴之作，很能表现出作画之人当时当刻的思想感情，显得极为真实，可说是率真可爱。同时，文人的这一作画特点更好地体现了中国画极为讲究的"笔意"，所谓的"意在笔先，花尽意在"，一种极为巧妙的暗示艺术，展示了一种"空灵"之境。寥寥几笔便可道尽"胸中意气"，这才是写意画的精髓所在。

就中国画而言，"中国绘画能使人获得一种对事物的强烈的主观印象，而无任何曲解之虞"。一句话就简单明了地概括出了中国绘画尤其是写意画的主要风格特征。应该说，中国绘画的最高成就便是文人画，或者说是写意画，更具体说是谁水墨写意画。水墨写意画，才是真正意义上的执简驭繁，寓意深远。水墨画中黑白二色如太极之两仪，生生不息地演绎了天地间的万事万物。在写意的水墨画中，人的主观选择对物的干预到了一个极点，即便如此，"但绘画本身却不是艺术家自我的强烈表现，没有给人以任何不愉快的感觉，反而使人感到一种与自然的极端和谐。"这或许就是绘画之人在体悟自然之后所总结出的极简之"道"。而以书法为美感基础，与诗相通的表现，能"传达景物的神韵性灵而引起吾人的情感的共鸣"，才是中国画的最高目标。

林语堂在文学上主张性灵说，这与他的艺术观也是相通的。所以，对艺术而言，他也要求能充分表现艺术家的性灵（个性）。艺术如何表现性灵，林语堂说在"中国诗中早经解决"，而在绘画中，正是诗意的引入，使得中国画既能表现客观事物的神韵，又能表现画家的性灵。林语堂通过介绍中国画中的"南派"，阐释中国画表现性灵的特征。林语堂所说的"南派"，我们现在一般称文人画、士大夫画。正是这些文人、士大夫，读书之余以作画为"陶情遣性，修养身心的娱乐"，从而获得"心情上的解放与自由"，正是这些非专业的游戏之作，发现了人类艺术最重要的功能，至今，真正懂得中国画的知识者，还是以此修养身心，塑造高雅情怀。以此目的作画，画画就可以不求工细、写实，以书法用笔为画骨，对事物形状的描绘可以意到笔不到。于是，林语堂将中国画的最高目的定为"传达景物的神韵性灵而引起吾人的情感的共鸣"。"一切细节都将忘却而只剩留心中的一点性灵。这便是中国艺术的最高理想——气韵生动。于是诗与画又复相通。"

今天，听林语堂讲中国画和中国画家，我们应该有些汗颜，不管是历史上还是当下的艺术家，总有太多的人热衷于名利。但他介绍中国画时，对外，是从好的方面介绍中国艺术，对内，应是对所有中国画家、艺术家的美好希望。说的是中国有优良的艺术传统，作为中国的艺术家应当像真正的画家那样，不为名利所缚，创作出平静、和谐，表现美好德性的作品。

55.《林语堂自传》《八十自叙》

——文化认同

　　1935 年林语堂应美国一书局的邀请写个人传略，即《林语堂自传》，也叫《四十自叙》。林语堂之所以答应，他在《弁言》中已经明言：是觉得"一个人要自知其思想和经验究竟是这怎样的，最好不过是拿起笔一一写下来。从另一方面着想，自传不过是一篇自己所写的扩大的碑铭而已。……作自传者不必一定是夜郎自大的自我主义者，也不一定是自尊过甚者。写自传的意义只是作者为对于自己的诚实计而言。如果他恪守这一原则，当能常令他人觉得有趣而不至于感到作者的生命是比他人较为重要的。"[1]

　　《林语堂自传》目录：

弁言

第七章　由北平到汉口

第八章　著作和读书

第九章　无穷的追求

1936 年 11 月 5 日，所撰《林语堂自传》载《逸经》第 17 期，第 64—69 页，署名"工爻译"。目录题名为《林语堂自传（附图）》。内含"弁言"、第一章"少之时"、第二章"乡村的基督教"。正文前有译者撰写的引言，并附"匈牙利幽默家赖西鲁速写"的一张林语堂画像。

1936 年 11 月 20 日，所撰《林语堂自传（二）》载《逸经》第 18 期，第 30—35 页。署名"工爻译"。内含第三章"在学校的生活"、第四章"与西方文明初次的接触"与第五章"宗教"。

1936 年 12 月 5 日，所撰《林语堂自传（三）》载《逸经》第 19 期，第 22—26 页，署名"工爻译"。目录题名为《林语堂自传（三）（续完）》。内含第六章"游学之年"。

1968 年 3 月，所撰《林语堂自传（上）》载《传记文学》第 12 卷第 3 期（第 5—9 页）。

1968 年 4 月，所撰《林语堂自传（中）》载《传记文学》第 12 卷第 4 期（第 21—26 页）。

1968 年 6 月，所撰《林语堂自传（中）》载《传记文学》第 12 卷第 6 期（第 26—30 页）。

1970 年 1 月，所撰《林语堂自传》载《中国文选》第 33 期，第 12—35 页。

1975 年 12 月 31 日，所著 *Memoirs of an Octogenarian*（《八十自叙》）由台北的美亚书版股份有限公司推出单行本。版权页署名"原著者 Lin Yutang"。卷尾附有亚瑟·詹姆斯·安德森编撰的《林语堂英文著作及英译汉书目录表》

八十自叙目录：

译者序

第一章　一捆矛盾

1977 年，《八十自叙》（张振玉译）由台北德华出版社出版。1980 年 6 月，台北的远景出版社出版了《八十自叙》（宋碧云译），列为"远景丛刊"第 161 种。卷木附有亚瑟·詹姆斯·安德森编撰的《林语堂》英文著作及英译汉书目录表。1984 年 5 月，台北的金兰文化出版社也出版了该译本，收入《林语堂经典名著》。1994 年，东北师范大学出版社出版的《林语堂名著全集》，第十卷收入了《林语堂自传　从异教徒到基督徒　八十自叙》，署名"林语堂英文原著　工爻　谢绮霞　张振玉译"。

5 万多字的《八十自叙》，描述了自己一生中主要经历，但又不同于一般的自传。书中没有"传记"所具备的准确时间和事件的记载，而是一些概况性的回顾和总结。前八章同 30 年代发表的《林语堂自传》大同小异，比较起来思乡之情更为浓厚，思乡观念愈加凝固。30 年代在上海的生活写了两章，美国生活的 30 年只写了一章，居台 8 年的生活未提及。其中童年时家庭生活的部分最为精彩，他满含深情地描写父亲、二姐及青年时代的恋人赖柏英，抒发思乡怀亲之情。

一个从闽南农村出去的孩子，成长为海内外知名的学者和作家，他没有忘记自己的根，在晚年这最后一部书里，归纳、整理自己的"一捆矛盾"：自称异教徒，骨子里却是基督教友；他爱中国，批评中国却比任何中国人坦白；他一向不喜欢法西斯主义者和共产主义者，主张中国的理想流浪汉是最有尊严的人，也是最能抗拒独裁领袖的极端个人主义者；他仰慕西方，但是看不起西方的教育心理学家……从思想、性格、志趣到政治观、人生观等都有真实的解剖，毫不隐瞒。（有些版本把其中比较敏感的字句删除，如东北师范大学出版社出版的《林语堂名著全集》第10卷。）林语堂把共产主义与法西斯主义相提并论，这是缺乏政治常识的糊涂观念，自然应该接受批评乃至批判，但他能披露自己的矛盾心态，也是出于学者的坦诚。

在《八十自叙》中，林语堂再次说明，他的中国文化认同，不是产生于去国之后，在清华时期，就萌动了文化的归属意识，并恶补中国文化。林语堂从小上的是教会学校，国文一定程度上是被忽略的，很少有机会接触中国的传统文化，看中国书、听中国戏。就像林语堂自己所说"巴勒斯坦的古都哲瑞克陷落的约书亚的使者，我都知道，我却不知道孟姜女的眼泪冲倒了一段万里长城"。[2] 所以当他投身到中国文化中心的北平，浸染在浓厚的中国传统文化的氛围中的时候，我们不难想象林语堂当时的心里是何等的惭愧和窘迫。于是，林语堂从那时开始在中文上下功夫了。他看《红楼梦》，学说北平话，甚至到卖旧书的琉璃场去和书商闲谈，总之他尽他所能地吸收着中国文化。这时候起，林语堂自己作为一名"中国知识分子"的归属意识萌动了，对于当时的心理状态，林语堂说："我身为大学毕业生，还算是中国的知识分子，实在惭愧。"[3] 身在异国这种文化环境的反差使林语堂更清醒地意识到自己"中国知识分子"的身份。"国"在中国的文化里不仅仅是一个人国籍上的归属，还是一种文化上的了解和认同。如今，远离了祖国，而祖国又正处在水深火热之中，"中国""中国文化"才在林语堂的心里那么清晰地凸显出来。

成为文化使者的林语堂，更有了文化"根"的意识，但他绝非"妄自尊大"，而是认为在现代化过程中，不能像民族自卑主义者那样否定一切，我们应该树立自己的信心，在继承本民族优秀传统的基础上，吸收现代西方文化的长处，走东西融合之路。

注 释

[1][2][3] 林语堂：《林语堂自传》，《林语堂名著全集》第 10 卷，东北师范大学出版社，1994 年，第 3、271、271 页。

56.《林语堂当代汉英词典》

——毕生的心愿

1972 年，《林语堂当代汉英词典》（*Lin Yutang's Chinese-English Dictionary of Modern Usage*）由香港中文大学出版社出版，为精装本，全书正文 1450 页，附录说明 2 页。版权页署名"编著者林语堂"，出版者为"香港中文大学词典部"，发行者为"香港中文大学"。另，1973 年 6 月，纽约的麦格劳－希尔公司（Mcgraw-Hil）也出版了《林语堂当代汉英词典》。全书内容如下：

上下形检字法 The Instant Index System

How to Use the Dictionary (Romanization, Pronunciation and Abbreviations)

导码索引 Numerial Index of Characters

汉英词典 The Chinese-English Dictionary

附录 Appendices

A. 甲子周期 The Sexagenary Cycle

B. 二十四气节 The Solar T

C. 度量衡及数码 Weights, Measures and Numerals

D. 朝代表 Dynasties and RIgns

E. 地名 Geographical Names

F. 化学元素表 List of Chemical Elements

G. 康熙部首 The214 Radical

H. 繁简字对照表 List of Regular and Simplified Characters

a. Regular to Simplified

b. Simplified to Regular

"国语" 罗马字索引 Romanized Index of Characters

英文索引 English Index

林语堂的著译生涯，从钻研一本《袖珍牛津英文字典》（*Pocket Oxford Dictionary*）开始，以《林语堂当代汉英词典》结束。

尝试过或者从事翻译的人都知道，翻译过程中总会遇到不熟悉的字、词或短语。这个时候，我们一般都求助于各类词典。但是，词典是一把双刃剑：用得好，它是我们的得力助手；用不好，它会误导我们——一个词在特定上下文的词义可能与词典提供的词义不一致；更糟糕的是，我们可能成为它的奴隶——离开词典就无法翻译。

向西方世界宣传中国文化是林语堂毕生的志愿，他翻译了许多经典名著并传播到国外。要达到译笔流畅优美的程度，译者的深厚功力必不可少，一部好的工具书也是关键。要将中文译成英文，亟须一部精良的汉英词典，以利于中英文化的交流。

林语堂曾尝试仿效《牛津英文字典》，编一部中文词典。早在 20 年代，林语堂就以现代语言学观点考察汉语现象。1932 年，林语堂开始着手编纂一本中文词典，参与者有其三哥憾卢和海戈（张资平）。1934 年成稿，共六十余册，未来得及付印，毁于战火，仅剩下林语堂带到美国的十三册。

1967 年，林语堂受聘为香港中文大学的研究教授，在校方的大力赞助下，才开始认真着手编纂词典的重新启动计划，还有一组人员在台北担任资料收集、查核、抄写等工作。

这次不再是中文词典，而是一部适应现代需要的汉英词典。在此之前，已经出版过多部中外国人士编写的汉英词典，但存在一个共同的问题，即"检字"方法的诸多弊端。如何开发一套科学的检字法，这是林语堂早年就开始思考的问题，这次正好一并解决。这部字典是完全按他的想法编纂的，字典的检字法是根据他发明的"上下型检字法"修订的字典所采用的拼音法，也是将他当年参与制定的罗马字拼音法简化而成的，称作"简化国语罗马字"。

1916 年，林语堂任教于清华学校时，就开始接触西方的语言学。以语言学的专业角度回头来看汉字，他不得不为字体的烦琐、检字法的不合逻辑摇头不已。他以《康熙字典》为例，说明它的部首检字法是多么地不合理：如"知"字，归类在"矢"部，而"和"字，却归类在"口"部，究竟要取左形还是右形为部首？又如"凤"字为"鸟"部，"凰"字是"几"部，字义相近的两个字是根据什么原则分在不同部首？几乎毫无规则可言。不用"部首"，用"字音"来检索呢？也是一样不科学。因为中国方言众多，用一套统一的字音绝对没办法兼顾各种口音，况且许多字的古音与今音并不一致，必定会造成检索上的困难。

有鉴于过去词典检索上的种种问题，林语堂决心发明一套"易学易检"的检字法。1918 年，他发表《汉字索引制说明》一文，探讨部首改革的问题。他提出一个新方案，即将汉字的笔画以英文字母代替，看到某个笔画就对应一个字母，就算不知道部首归类与字音，也可以根据相对应的字母找到那个字，这个方案获得了蔡元培与钱玄同的支持。日后，林语堂以这个初步构想为基础加以改良，发明了《汉字号码索引法》，截取字的首笔和末笔作为索引依据，这就是"上下形检字法"的雏形。"上下形检字法"的操作简单，就是取一个字的左旁最高笔形为一个字码，再取右旁最低笔形为一个字码，无论笔画多少，每一个字基本上都是两个字码的组合，例如要找"樂"字，左上笔形为"幺"，最低笔形为"木"，只要掌握了这两个字码，再剔除几个相同字码的组合，可以快速找到这个字。除了"上下形检字法"，词典的检索还结合了经林语堂改良的"简化国语罗马字注音"，这套检字法，既顾到"形"，又顾到"音"，可谓是一项开创性的发明。

《当代汉英词典》就决定以"上下形检字法"进行检字，原理极其简易，但要完全应用在词典的编排上就不是那么容易了，林语堂带着团队成员花了六个多月时间才将体例问题解决。工作上轨了，助手们帮林语堂选择要收入词典中的中文单字与词句，并加以注释，写在稿纸上，再将稿纸交给他，由他审定，再译成英文。虽然身为统筹者，但林语堂事必躬亲，所有原稿一定亲自过目、润饰。

　　编纂词典的过程相当艰苦，但也不乏乐趣，林语堂认为这项工作"如牛羊在山坡上遨游觅食，寻发真理，自由其乐"。每当灵感一来，译出了绝妙的文句，这位喜不自禁的老先生即刻把稿件交给司机，托他赶紧送到位于双城街的词典编纂办事处，和同仁分享成果。

　　在林语堂看来，好的词典不仅能够在"解惑释疑上触类旁通，引人入胜，而且还能起到指示修学门径，节省时间的作用"。因此，《当代汉英词典》对于字词释义进行了全面的创新。

　　其一，明确各项词性。这部词典面向的人群不仅仅是汉民族语使用，也向西方母语为英语的人群开放使用。因此，林语堂在编纂时，充分考虑到外国读者的需要，在为每一个汉字释义时都准确表明了该含义的不同词性，而且在不同的词性之下用英文细致地列出该字所能表达的各个含义，并配以英文短语或短句帮助使用者理解该字所能代表的含义，以利于他们更方便地学习和使用汉语。

　　其二，词条内容丰富。每一个汉字在进行具体释义之后，林语堂均会给出含有该字的一系列常用词汇，并为每一个词汇注音、表明词性及释义。在释义过程中又补充成语、典故、构词法等内容。

　　其三，附加常识众多。附录部分向读者展示了多项包含大量专有词汇的分类，如元素周期表、二十四节气、朝代、地名、度量衡等八大类学术和专有词汇。

　　有别于当今的诸多汉英或者英汉词典，林语堂词典提供的中英文对应词实在有限，而更多的是阐释，对普通译者帮助不大。林语堂认为词义是活的，受语境或情境限制。读者（译者）应该根据语境或情境来判断一个词语的意义。以"烧香"一词为例，词典译为"to burn incense – to pray"，to burn incense 是字面意义，而 to pray 则是象征意义。翻译时一般不会两种意义同时用。俗语"平时不烧香，临时抱佛脚"则分别译为"neglect one's prayers in times of peace, then embrace the Buddha's feet in a crisis"和"to neglect saying prayers when there is no need and then hug the Buddha's feet during a crisis"。并不是所有的宗教信仰都需要烧香（burn incense）这种仪式，因此 pray 才是一个普遍接受的词汇。当然，也有人抱怨，"在《词典》的英译中，林语堂倾向于诉诸解释，完全不利于翻译"。

《当代汉英词典》历经几番波折，终于在 1972 年由香港中文大学出版。《纽约时报》称其为世界上最大规模使用的两种语言沟通的里程碑，"从此，汉语不再是神秘、难以解释和不可学习的符号语言"。李卓敏盛赞它是"迄今为止最完善的汉英词典"。作家黄文范读该词典时，有感于编者译笔的雅健，常使不忍释卷，并产生"心领神会的狂喜"，他认为这部词典"堪称我国类书史上的伟大成就之一"。林语堂对这部词典也很是满意，认为这是自己写作生涯当中登峰造极的作品。

《当代汉英词典》的出版，有利于中外文化交流，有益于中外学者的翻译，是林语堂在词书领域做出的一个重要贡献。同时，这部词典的编纂，可以看成是从语言学起步的林语堂，以语言学成果达到学术生涯的终点。

有必要说明的是林语堂有"词典三部曲"，即《当代汉英词典》《袖珍汉英词典》《中文词典》。《当代汉英词典》大功告成后，林语堂马不停蹄投入《袖珍汉英词典》《中文字典》的编纂。《袖珍汉英词典》的最初构想，来自他在圣约翰大学求学时受益匪浅的一本《牛津简明英语词典》（*Concise Oxford English Dictionary*）。根据林语堂一开始的打算，袖珍词典"可作三年计划"（152：1971.02.06）[1]，至 1972 年林语堂提到工作进展："Pocket（与下文 POD 同指《袖珍汉英词典》）修改工作现初稿已改至 1150 页，其余共 1450 页，1150 页后未修正。"（381：1972.08.07）修改工作持续至 1973 年。其间因专心于袖珍词典，还拒绝了美国国务院与香港中文大学合作中英文翻译机的请求（432：1972.10.20）。《袖珍汉英词典》的编务、校对工作持续四年，林语堂去世前一个月仍在与美亚公司李瑞麟讨论定价问题："由原价二万美元，大减为美金十九元。"（1096：1976.02.02）可惜的是《袖珍汉英词典》因林语堂于当年3月去世而未得出版。而《中文字典》因编纂工作量过于庞大，精神体力不济的林语堂便忍痛放弃了此项编排工作："中文词典已经决定不做，因为一天要看15000字，在我的岁数实在吃不消，只好作罢。"（784：1974.05.15）这也成为林语堂个人创作史和中国词典出版史上的一大憾事。

注 释

[1] 2021年4月，中国嘉德（香港）拍卖的《故纸清芬见真如——林语堂手迹碎金》，标注为"页码：书信写作年月日"。为尊重原作者，引用信件内容时完全遵从原文，因此会有错字及句子过长无断句的情况，但不影响对信件内容的整体理解。

后记　林语堂著译的版本说

1975 年，林语堂在其《八十自叙》中专辟一章"精查清点"。清查之后发现，无论是所著还是所译，是中文书写还是英文书写，"上海和香港的出版商擅自翻译出版，所出的书之中，有的根本不是我写的，也有的不是我翻译的，未得我允许，就硬归做我的，其中不管有无删节或译与未译，这类书至少有十几种"。[1] 林语堂是个很有版权意识的人。20 世纪 30 年代为《开明英文读本》被抄袭，状告过作者和出版社；40 年代怒斥过"无耻之徒"擅刊文集，分割他的著作权；50 年代也因版权问题，与曾把他推向世界的赛珍珠夫妇 / 庄台公司（John Day Company）对簿公堂。1968 年 8 月 3 日刊发的《语堂文集序言及校勘记》，极力申斥冒他的名的伪作；对于盗版，则说"只要文字不糊涂，盗印不必究，究也无用"，颇有些因无奈而不得不看开了的意思。

林语堂离世之后，尤其是最近三十年来，其作品在大陆长销不衰，遗憾的是，版权版本情况颇为混乱。如《翦拂集》《大荒集》《行素集》和《披荆集》等民国时期出过的中文作品集，如今再版，其中收录的文章，常被随意选编，有时更与林语堂英文著述的中译文和他晚年的中文著述一起混编，不注出处，结集出版。而其英文作品的中译本，时有不标译者姓名，充作他的中文作品出版；又有错标译者姓名或删节而不加说明的，以至于有不少读者以为《吾国与吾民》是林语堂的中文著述。《生活的艺术》标识为：越裔汉译——实为出版者不察，越裔"汉译"，断为越裔汉"译"。版本的梳理，是"导读"的一个侧重点，便于读者了解林语堂作品版本的演变。

一、林语堂版权事例（1941 年）一说

1942 年 12 月 9 日，所撰《林语堂启事》载本日《大公报》（桂林版）第 1 版。无署名。正文全文如下："（一）自前年起，鄙人之文字著作，除林氏出版社外，向未委托外间代为出版。乃有无耻之徒，在沪擅为刊印《有不为斋文集》《行素集》《披荆集》等，实属分割鄙人之著作权，惟以在渝沦陷区域，不欲诉之法律。今特郑重敬告，如国内有效尤者，决不允许其逍遥法外。又，凡选集未经作者同意，即一篇亦不得随意选载。（二）鄙人之英文著作，其翻译权一概保留，经已呈请内政部在案若未经鄙人许可，不得擅自选译国内出版家幸各留意，切勿贸然印行未经鄙人许可之译本，以免发生法律问题。以上二者，均委托宇宙风社为鄙人在国内全权代表。谨启公鉴。"文末标注"三十一年十月七日，于纽约"。

林语堂为什么要公开刊发这样的"启事"，因为市场上"各种文集、选集、内容最乱，有的名同实异、名异实同，有的是出自《生活的艺术》及《吾国与吾民》译本的专书割裂而成的，连我自己看了也迷乱起来。"[2]

1941 年 2 月，《语堂随笔》由上海人间出版社出版。封面另附英文书名 *With Love and Irony*，署名"林语堂"，出版者标注为"人间书店刊行；书名页署名"林俊千译"，出版机构标为"上海人间出版社印行"；版权页署名"原著者林语堂　译者林俊千"，出版者则标为"人间出版社"。林语堂明确指出这属"割裂而成"的作品。而同时由上海国华编译社出版《讽颂集》（*With Love and Irony*），封面署名"林语堂著"，书名页署名"林语堂著　蒋旗译　唐纳校订"。该书卷首收有赛珍珠于 1940 年撰写的导言。正文内收 45 篇文章，大都曾刊登在《中国评论周报》上面。林语堂对该译

374

本相当不满，将其列为"我所反对的有三书"之一。

1941 年 4 月 1 日，朔风书店出版《英汉对照锦秀集》，至 1941 年 5 月 1 日再版。封面的中文书名为《锦秀集（英汉对照详细注译）》，书名页与版权页的中文书名为《英汉对照锦秀集》；封面、书名页与版权页均附英文音译书名"Zing Siu Zi"；封面页署名"林语堂著"，书名页中文署名"林语堂著　梁迺治编注"、英文署名"Lin Yutang Compiled and Annotated by Liang Nai-zii"，版权页署名"著译者林语堂　编注者梁迺治"。该书内收《美国人》《美国人的三件恶习》《中国的人文主义》《写作的艺术》《我们的女子教育》《中国的书法》《陶渊明》《张潮的警句》《不亦快哉三十三则》等文章，采取英汉对照的形式，并附有注释。

1941 年 4 月，《林语堂幽默小品集》由上海朔风书店出版。封面与版权页的中文与英文书名分别为《英汉对照详细注释林语堂幽默小品集》与 *Selected Humorous Essays of Lin Yutang*。封面署名"林语堂著　梁迺治编注"，版权页署名"著作者林语堂　译注者梁迺治"。该书内收《我怎样过除夕》（*How I Celebrated New Year's eve*）、《论躺在床上》（*On Lying in Bed*）、《买鸟》（*Buying Birds*）、《一些西洋怪俗》（*Some Curious Western Customs*）、《我爱美国的什么》（*What I Like About America*）、《看电影流泪》（*Crying At The Movies*）等六篇小品文。

1941 年 5 月，《语堂佳作选》由上海国风书店出版。封面标注"英汉对照"，封面、书名页与版权页均附英文书名 *Essays by Lin Yutang*；封面署名"林语堂新编　朱澄之编译"，书名页署名"林语堂新著　朱澄之编译"，版权页署名"著作者林语堂　译述者朱澄之"。该书为英汉对照本，一页英文再一页中文。内收 25 篇文章，包括：《磕头运动》（*The Calisthenic Value of Kow-towing*）、《讣文》（*Funeral Notices*）、《我的书童阿凤》（*Ah Fong My Houseboy*）、《裸体运动》（*On Being Naked*）、《素食者自述》（*Confessions of Vegetarian*）、《我的书斋》（*My Library*）、《有不为》（*What I Have Not Done*）、《迷人的北京》（*Captive Peking*）、《洋泾浜和基本英语》（*Basie English and Pidgin*）、《天目山的和尚》（*The Monks of Tien-mu*）、《女人将统治世界吗》

（*Should Women Rule the World?*）、《为中国女子辩护》（*In Defense of Chinese Girls [An open Letter to French Writer]*）、《车行杂记》（*A Bustrip*）、《苦力的神秘》（*The Coolie Myth*）、《孔子雨中吟歌》（*Confucius Singing in the Rain*）、《怎样过阴历年》（*How Celebrated New Year's eve?*）、《我需要些什么?》（*What I Want?*）、《中国没有臭虫》（*Do Bedbugs Exist in China?*）、《春在我的花园里》（*Spring in My Garden*）、《言论自由》（*Freedom of Speech*）、《叫化子》（*Beggars*）。

1941 年 5 月，《林语堂选集》由上海的万象书屋出版，列入"现代创作文库"。书名页署名"徐沉泗　叶忘忧编选"，版权页署名"编选者　徐沉泗　叶忘忧　校订者　沈益明"。该书内收 39 篇文章，包括：《论幽默》《论文》《论中西画》《怎样写"再启"》《新旧文学》《做文与做人》《思孔子》《冬至之晨杀人记》《从梁任公的腰说起》《增订伊索寓言》《文章无法》《说文德》《语录体之用》《论握手》《摩登女子辩》《伦敦的乞丐》《秋天的况味》《刘铁云之讽刺》《作文六诀》《提倡俗字》《山居日记》《春日游杭记》《语录体举例》《蚤虱辩》《郑板桥》《水乎水乎洋洋盈耳》《一篇没有听众的演讲》《论西装》《少蒂斯姆与尊孔》《纪元旦》《婚嫁与女子职业》《涵养》《吸烟与教育》《纸烟考》《中国究有臭虫否》《金圣叹之生理学》《民众教育》《哈佛味》《一张字条的写法》。

1941 年 6 月，《中国圣人》由朔风书店出版，列入"朔风文学丛书"。封面署名"林语堂著　沈沉译"，书名页署名"林语堂著"，版权页署名"译者沈沉"。该书内收 19 篇文章，包括：《孔夫子的另一种观点》《中国人的幽默和现实观念》《给美国朋友的公开信》《怎样写文章》《什么是面子》《我有了一辆汽车》《旅途杂记》《为中国女子辩护》《怎样了解中国人》《中外服装》《中国文化的精神》《中国人》《扎拉图斯脱拉和吉斯脱》《服装的展览》《臭虫问题的辩说》《需要更多的政治监狱》《洋泾浜英语辩护》《用韩非来救中国》《政治病》。

1941 年 6 月，自著自编的《语堂文存（第一册）》由林氏出版社出版。封面书名《语堂文存》，书名页书名《有不为斋文集语堂文存（第一册）》，版权页书名《语堂文存（第一册）》。封面与书名页均无署名，版权页署名

"著作者林语堂"。该书内收林语堂的 35 篇文章及 2 篇附录，包括：《中国文化之精神》、《子见南子（独幕悲喜剧）》（附录：《宋还吾答大公报记者》、《关于〈子见南子〉的话》）、《译尼采〈走过去〉》、《萨天师语录四篇》、《论土气》、《读书的艺术》、《论读书》、《新旧文学》、《文章无法》、《论文（上）》、《论文（下）》、《做文与做人》、《论中西画》、《谈牛津》、《吸烟与教育》、《哥伦比亚大学及其他》、《哈佛味》、《增订伊索寓言》、《伦敦的乞丐》、《为洋泾浜英语辩》、《女论语》、《婚嫁与女子职业》、《我的戒烟》、《买鸟》、《冬至之晨杀人记》、《阿芳》、《郑板桥》、《刘铁云的讽刺》、《冢国絮语解题》、《笑的可恶》、《提倡俗字》、《纪元旦》、《春日游杭记》、《山居日记》、《秋天的况味》。另，林氏出版社当时设在上海赫德路（今常德路）赵家桥荣源里 13 号，发行者是林语堂之兄林憾庐之子林翊重。

1941 年 6 月，《中国文化精神》由上海国风书店出版，列为"语堂佳作之一"。封面另加英文"The Spirit of Chinese Culture by Lin Yutang"。封面与书名页署名均为"林语堂著　朱澄之译"，版权页署名"原著者　林语堂　译述者　朱澄之"。该书内收 28 篇文章，包括：《中国文化的精神》《怎样了解中国人》《妇女的结婚和事业》《忠告妇女》《什么是自由主义》《假使我是土匪》《怎样写作文》《什么是面子》《怎样买牙刷》《服装的炫耀》《南京一瞥》《我曾有了一辆汽车》《我对"尼古丁"的叛变》《怎样使我成为尊贵者》《想到了中国》《罗素的离婚》《中国艺术中的生气》《中国建筑上的几个原则》《艺术上的格言》《我们怎样吃》《中国的爱神》《中国养生术》《天良》《我很凶》《避暑》《中外服装的比较》《附白的写法》《忠告圣诞老人》。

1941 年 6 月，所著《有不为斋文集》由人文书店出版，封面与书名页均署名"林语堂著"，版权页署名"著作者林语堂"。全书分为 4 编。第一编"读·写·修养"收 15 篇文章，包括：《言志篇》《读书的艺术》《论笑之可恶》《方巾气研究》《论文》《大荒集序》《国文讲话》《怎样写"再启"》《新旧文学》《文章无法》《作文六诀序》《作文六诀》《论幽默》《论语丝文体》《论语录体之用》。第二编"衣·食·住·行"收 14 篇文章，包括《有不为斋解》《我怎样买牙刷》《梳，篦，剃，剥，及其他》《论西装》《说避暑之益》《我的戒烟》《伦敦的乞丐》《秋天的况味》《大暑养生》《增订伊索寓言》《脸与法治》《论躺在床上》《论坐在椅上》《论谈话》。第三编"娘儿们的生活"收 11 篇文章，包括：《婚嫁与女子职业》《让娘儿们干一下吧!》《与德哥派拉书》《夏娃的苹果》《悼刘和珍杨德群女士》《理想中的女性》《我们的女子教育》《恋爱和结婚》《妓女与妾》《论性的吸引力》《中国人的家族理想》。第四编"社会随笔"收 14 篇文章，包括《论土气》《谈理想教育》《萨天师语录》《水乎水乎洋洋盈耳》《从梁任公的腰说起》《哈佛味》《文妓说》《祝土匪》《回京杂感》《读书救国谬论一束》《咏名流》《论政治病》《郑板桥》《黏指民族》。

1941 年 7 月，《英汉对照老残游记（卷上）》由上海朔风书店出版。封面署名"刘铁云著　林语堂译"。书名页中文书名为《英汉对照　详细注释　老残游记（卷上）》英文书名为 *Tramp Doctor's Travelogue. Volume I.*，中文署名"林语堂译　梁遖治注译"，英文署名"Translated by Lin Yutang"。版权页中文书名为《英汉对照　详细注释　残游记（卷上）》，英文书名为 *Tramp Doctor's Travelogue. Volume I.*，署名"原注者　刘铁云　翻译者　林语堂注译者　梁遖治"。

1941 年 7 月，《彷徨漂泊者》由朔风书店出版，列入"朔风文学丛书"。封面署名"谭维斯著　林语堂译"，书名页署名"英国谭维斯著"，版权页署名"译者林语堂"。卷首收有萧伯纳序与林语堂写于"二四，七"的序，正文分为 34 章。该译本译自英国作家 W.H. Davies *The Autobiography of Super Tramp* 一书。

1941 年 8 月，《英汉对照孔子之学（第一集）》由上海一流书店出版。版权页中文书名英汉对照孔子之学（第一集）》，英文书名 *The Wisdom of Confucius* (*book I*)，中文署名"林语堂编著　罗潜士译述"，英文署名"Edited and Translated With Notes By Lin Yutang, Rendered into Chinese By James Lo"。该书为英汉对照的节译本，英文原文在前、中文译文在后。卷首收有"本书之重要人物"（*Important Characters Mentioned Introduction*）与"孔

子世家"（*The Life of Confucius* [*by Szema Ch'ien*]）两部分。"序论"分为"孔子思想之性质"（*The Character of Confcian Ideas*），"略说孔子之性质"（*A Brief Estimate of the Character of Confucius*），"本书之取材及计划"（*Sources and Plan of the Present Book*），以及"译述之方法"（*On the method of translation*）四节。"孔子世家"译自司马迁《史记》，分为"先祖、儿童及少年时代（公元前551—前523）"（Ancestry Childhood and Youth [551B.C.—523B.C.]）、"三十岁至五十岁（公元前522—前503）"（Between Thirty and Fifty [522B.C.—503B.C.]）、"握权时代（公元前502—前496）"（The Period of Great Power [502B.C.—496B.C.]）三节，介绍了孔子的一生。

1941年9月，《偶语集》由朔风书店出版。封面无署名。书名页署名"林语堂著　插绘：寇脱·维斯作"。版权页署名"原著者　林语堂　译述者　今文编译社"。该书卷首收有赛珍珠序。正文内收林语堂在英文《中国评论周报》"小评论"栏目发表的31篇杂文，包括《英国人与中国人》《美国人》《我爱美国的什么》《"无折我树杞"》《上海颂》《予所欲》《有不为》《看电影流泪》《米老鼠》《买鸟》《叩头的柔软体操价值》《一个素食的自白》《论裸体》《我搬家的原因》《我怎样过除夕》《阿芳》《信念》《中国有臭虫吗?》《我杀了一个人》《车游记》《我喜欢同女子讲话》《家园之春》《萧伯纳一席谈》《我的书室》《孔子在雨中歌唱》《挖金姑娘》《杭州的寺僧》《乞丐》《忆狗肉将军》《遗老》《洋泾浜与基本英语》。

1941年10月，《林语堂代表作》由三通书局于1941年10月5日再版，1941年10月15日发行，列为"现代作家选集之五"。卷首收有"一九四〇年十月二十五日编者"写的序。正文分为三辑。第一辑"幽默文"包括：《论幽默》《说避暑之益》《论握手》《罗素离婚》《怎样写"再启"》《论看电影流泪》《与又文先生论逸经》《记性灵》《论躺在床上》《谈螺丝钉》《再谈螺丝钉》《三谈螺丝钉》《四谈螺丝钉》《谈米老鼠》《母猪渡河》《论裸体运动》。第二辑"论说文"包括：《中国人之德性（一、圆熟；二、忍耐；三、无可无不可；四、老猾俏皮）》《妇女生活（一、女性之从属地位；二、家庭和婚姻；三、理想中的女性；四、我们的女子教育）》。第三辑"小说"包括：《道家的女儿》《园中的悲剧》《秋日之歌》。

1941 年 10 月，《雅人雅事》由上海一流书店出版。封面与版权页均无署名，书名页署名"语堂著"，书名页标注"上海一流书店出版三十年十一月初版"，版权页标注"中华民国三十年十月初版"。该书内收 28 篇文章，包括《避暑之益》《说浪漫》《略谈大出丧》《伪麻雀小言》《谈谈古代英雄》《鬼学丛谈》《别发票》《新年醉话》《骂人的艺术》《文人与装鳖》《处女与登龙》《新秋》《弱者》《打架》《物语》《狡兔有三窟》《赋得乐而不淫》《苍蝇之灭亡》《黄土泥》《雅人雅事》《游宦回味记》《公寓里的风波》《马桶风潮》《戒烟》《无业者的天地》《圣人对斗弟子的几种态度》《子路已与其岳父归于好》。另，1942 年 9 月 20 日，长春文化社印刷部翻印了这本《雅人雅事》。封面无署名，书名页署名"林语堂著"，版权页署名"编辑人　尹汐"。

1941 年 11 月，*A Leaf in the Storm: Novel of War-Swept- China*（《风声鹤唳》）由美国纽约的庄台公司出版，署名"Lin Yutang"。封面印有中文书名《风声鹤唳》，书名页印有英文书名 *A Leaf in the Storm: Novel of War-Swept-China*，作者署名"Lin Yutang"。

1941 年 11 月，《爱与刺》由桂林的明日出版社出版，封面、书名页与版权页题名均为《爱与刺》，版权页加注英文书名 With Love and Irony。封面署名"林语堂著"，书名页署名"林语堂著"，"插图：寇脱·维斯作"，版权页署名"原著者　林语堂""翻译者　今文编译社"。卷首载有赛珍珠序，正文收有 35 篇文章，包括《英国人与中国人》《美国人》《爱美国的什么》《中国人与日本人》《广田和孩子》《"无折我树杞"》《动人的北京》《上海颂》《予所欲》《有不为》《看电影流泪》《米老鼠》《买鸟》《叩头的柔软体操价值》《一个素食者的自由》《论裸体》《我搬家的原因》《我怎样过除夕》《阿芳》《信念》《中国有臭虫吗?》《我杀了一个人》《车游记》《我喜欢同女子讲话》《家园之春》《萧伯纳一席谈》《我的书室》《孔子在雨中歌唱》《挖金姑娘》《杭州的寺僧》《乞丐》《遗老》《洋泾浜与基本英文》《中国的未来》《真正的威胁——观念，不是炸弹》。民国期间，上海自强出版社曾翻印过这个译本，书名改为《爱与讽刺》。不过，书中未标注具体出版时间，且删掉了《中国人与日本人》《广田和孩子》《动人的北京》《中国的未来》《真正的威胁——观念，不是炸弹》5 篇文章。

1941 年，《林语堂杂文集》由上海的大地图书公司出版，列入"中国现代名家散文书系"。本书选录了林语堂的 15 篇散文，包括《郑板桥》《水乎水乎洋洋盈耳》《一篇没有听众的演讲》《论西装》《沙蒂斯姆与尊孔》《纪元旦》《婚嫁与女子职业》《涵养》《吸烟与教育》《纸烟考》《中国究有臭虫否》《金圣叹之生理学》《民众教育》《哈佛味》《一张字条的写法》。

从上面列出的材料可以看出，仅 1941 年，以林语堂的名义出版的书何其之多，但绝大部分是"改头换面，或以译品冒充原著"之作。而且编辑极为随意，不讲究选编的体例、方法等等。对此，林语堂也只能宽容，只要"肯标明出处，翻印的人都是有功于作者、读者"的，都不予追究。问题是，在版权方面，连作者自己"也看糊涂了"。时至今日，对读者而言，更是一本糊涂账。

二、林太乙对林语堂版权的认定

林太乙是林语堂的二女儿，也算是林语堂文字衣钵的传承人。1989年，台北联经出版公司出版了林太乙所著的《林语堂传》。书中最后，她专列"林语堂中英文著作及翻译作品总目"。编辑体例是按中文著作、英文著作、翻译作品三类来分的。

中文著作

1.《翦拂集》，上海北新书局，1928 年。

2.《语言学论丛》，上海开明书店，1933 年。

3.《大荒集》，上海生活书店，1934 年。

4.《我的话　上册（行素集）》，上海时代图书公司，1934 年。

5.《我的话　下册（披荆集）》，上海时代图书公司，1936 年。

6.《语堂文存》（第一册），上海林氏出版社初版，1941 年。

7.《无所不谈一集》，台北文星，1965 年。

8.《平心论高鹗》，台北文星，1966 年。

9.《无所不谈二集》，台北文星，1967 年。

10.《无所不谈合集》，台北文星，1974 年。

11.《红楼梦人名索引》，台北华岗，1976 年。

英文著作

1. *Letters of Chinese Amazon and Wartime Essay*《林语堂时事述译汇刊》，上海开明书店，1930 年。

2.《开明英文读本》（三册），上海开明书局，1930 年。

3.《英文文学读本》（二册），上海开明书局，1930 年。

4.《开明英文文法》（二册），上海开明书局，1930 年。

5.《现代新闻散文选》（*Readings in Modern Journalistic Prose*），上海商务印书馆，1931 年。

6.《开明英文讲义》（三册），林语堂、林幽合编，上海开明书店，1935 年。

7. *The Little Critic: Essays, Satires and Sketches on China, First Series, 1930—1932*《英文小品甲集》。

8. *The Little Critic: Essays, Satires and Sketches on China, First Series, 1933—1935*《英文小品乙集》，上海商务印书馆，1935 年。

9. *Confucius Saw Nancy, and Essays About Nothing*《子见南子及英文小品文集》，上海商务印书馆初版，1935 年。

10. *A Nun of Taishan and Other Transtion*《英译老残游记第二辑及其他选译》，上海商务印书馆初版，1935 年。

11. *My Country and My People*《吾国与吾民》, New York: Reynal & Hitchcock. (A John Day Book)，1935 年。

12. *A History of the Press and Public Opinion in China*《中国新闻舆论史》，上海别发洋行，1936 年。

13. *The Importance of Living*《生活的艺术》，Hitchcock Inc. (A John Day Book)，1937 年。

14. *The Wisdom of Confucius*《孔子的智慧》，Random House, The Moder Library，1938 年。

15. *Moment in Peking*《京华烟云》，The John Day Company，1939 年。

16. *With Love & Irony*《讽颂集》，The John Day Company，1940 年。

17. *A Leaf in the Storm*《风声鹤唳》，The John Day Company，1940 年。

18. *The Wisdom of China and India*《中国与印度之智慧》，Random House，1942 年。

19. *Between Tears and Laughter*《啼笑皆非》，The John Day Company，1943 年。

20. *The Vigil of a Nation*《枕戈待旦》，The John Day Company，1944 年。

21. *The Gay Genius: the Life and Times of Su Tungpo*《苏东坡传》，The John Day Company，1947 年。

22. *Chinatown Family*《唐人街》，The John Day Company，1947 年。

23. *The Wisdom of Laotse, Edited and Translated with Introduction and Notes by Lin Yutang*《老子的智慧》，Random House，1948 年。

24. *On the Wisdom of America*《美国的智慧》，The John Day Company，1950 年。

25. *Widow, Nun and Courtesan: Three Novelettes from the Chinese Translated and Adapted by Lin Yutang*《寡妇，尼姑与歌妓：英译三篇小说集》，The John Day Company，1951 年。

26. *Famous Chinese Short Stories, Retold by Lin Yutang*《英译重编传奇小说》，The John Day Company，1952 年。

27. *The Vermilion Gate*《朱门》，The John Day Company，1953 年。

28. *Looking Beyond*《远景》，Prentice Hall，1955 年。

29. *Lady Wu*《武则天传》，William Heinemann, London，1957 年。

30. *The Secret Name*《匿名》，Farrar, Straus and Cudahy，1958 年。

31. *The Chinese Way of Life*《中国的生活》，World Publishing Company，1959 年。

32. *From Pagan to Chrostoanity*《信仰之旅》，World Publishing Company，1959 年。

33. *The Importance of Understanding: Translations from the Chinese*《古文小品译英》，World Publishing Company，1960 年。

34. *Imperial Peking: Seven Centuries of China*《帝国京华，中国在七个世纪的景观》，Crown Publishing，1961 年。

35. *The Red Peony*《红牡丹》，World Publishing Company，1961 年。

36. *The Pleasures of a Nonconformist*《不羁》，World Publishing Company，1962 年。

37. *Juniper Loa*《赖柏英》，World Publishing Company，1963 年。

38. *The Flight of the Innocents*《逃向自由城》，G.P.Putnam's Sons，1964 年。

39. *The Chinese Theory of Art: Translation from the Master of Chinese Art*《中国画论，译自国画名家》，G.P.Putnam's Sons，1967 年。

40. *Chinese-English Dictionary of Modern Usage*《当代汉英字典》，香港中文大学，1973 年。

翻译作品

英译汉：

1.《国民革命外记》，原著者待查，约十七年，上海北新书局。

2.《女子与知识》，英国，罗素夫人原著，约十八年，上海北新书局。

3.《易卜生评传及其情书》，丹麦，布兰地司原著，1929 年上海春潮书局。

4.《卖花女》（剧本），英国，萧伯纳原著，1929 年上海开明书店。

5.《新俄学生日记》，俄国，奥格约夫原著，林语堂、张友松合译，1929 年，上海春潮书局。

6.《新的文评》，1930 年，上海北新书局。

中译英：

1.《浮生六记》（汉英对照）清朝沈复原著，1939 年，上海西风社。

2.《古文小品》（汉英对照）晋朝陶潜等原著，1940 年，上海西风社。

3. 《冥寥子游》（汉英对照）明朝屠隆原著，1940 年，上海西风社。

林太乙的这个"作品总目"，中文著作部分只列她父亲自己编辑的文集，不列他人编辑的；翻译部分，只限于出过单行本的。她的这种努力，有维护版权意识，也有尊重作者和读者的成分。作为林语堂的亲人留下的文字依据，我们必须尊重，但在编写"导读"的过程中，发现也有讨论空间的。故而，提出自己的看法，也是对作者、编者、读者的尊重和负责。

第一，翻译作品出过单行本而没有列入的有：

1. 1939 年 10 月，《怎样训练你自己》由上海的东方图书公司出版。版权页署名"美国洛德著　林语堂翻译"。原书为洛德（Everett William Lord，或译"罗特""劳德"等）所著。*A Plan for Self-Management*（直译为《自我管理规划》）。全书分为 15 章。同年同月，同属林语堂励志译品的《成功之路》，由中国杂志公司增订再版（但没有说明原版来源），列入"青年修养丛书"。封面署名"Orison Swett Marden 著　林语堂译"。版权页署名"原著者　美国 Orison Swett Marden　翻译者　林语堂"。

2. 1941 年 7 月，所译《彷徨漂泊者》由朔风书店出版，列入"朔风文学丛书"。封面署名"谭维斯著　林语堂译"，书名页署名"英国谭维斯著"，版权页署名"译者林语堂"。卷首收有萧伯纳序与林语堂写于"二四，七"的序，正文分为 34 章。该译本译自英国作家 W.H. Davies *The Autobiography of Super Tramp* 一书。

3. 1957 年，所译 *Chuangtse*（《庄子英译》）由台北的世界书局出版，署名"Lin Yutang"。

第二，英文著作与汉译英二者有重叠介绍：

1. *The Importance of Understanding: Translations from the Chinese*《古文小品译英》，World Publishing Company，1960 年。

2. *The Chinese Theory of Art: Translation from the Master of Chinese Art*《中国画论，译自国画名家》，G.P.Putnam's Sons，1967 年。

第三，编排不统一

1. *Six Chapters of a Floating Life*, by Shen Fu, Rendered into English by Lin Yutang《浮生六记》，清朝沈复原著。

2. *The Importance of Understanding: Translations from the Chinese*《中国古文小品选译》（又称《古文小品》），晋朝陶潜等原著。

3. *Nun of Taishan and other Translations*《英译老残游记第二集及其他选译》。

4. *The Chinese Theory of Art: Translation from the Master of Chinese Art*《中国画论，译自国画名家》。

5.《冥寥子游》，明朝屠隆原著。

6. *Letters of Chinese Amazon and Wartime Essays*《林语堂时事述译汇刊》。

7. *Moment in Peking*《京华烟云》。

8. *From Pagan to Chrostoanity*《信仰之旅》。

9. *Imperial Peking: Seven Centuries of China*《帝国京华，中国在七个世纪的景观》（又称《辉煌北京》）。

其中，有的介绍原著作者，有的不介绍，如3、4；有的没有标明得到林语堂认可的署名，如6，又称《女兵自传和战时随笔》；7，又称《瞬息京华》；8，更多的是称《由异教徒到基督教徒》或《皈依耶教》。

第四，存疑之处

林太乙将《国民革命外记》列入林语堂"英译中"之中，并说"原著待查"。实际上1929年由上海北新书局出版的《国民革命外记》，书名页署名"英国蓝孙姆著　石农译"。蓝孙姆即英国作家、记者亚瑟·兰塞姆（Arthur Ransome，1884—1967）。《国民革命外记》即译自兰塞姆原著 *The Chinese Puzzle* 一书，后者由休顿·米弗林公司（Houghton Mifflin Company）在纽约与波士顿、乔治·艾伦及温公司（George Allen Unwin）在伦敦分别出版。而到目前为止，尚未见有文献指出林语堂取有笔名"石农"。但是，我们在"导读"中选择了这一本译著，是有分析的。

1939年10月，所译《成功之路》由中国杂志公司增订再版，列入"青年修养丛书"。封面署名"（Orison Swett Marden）著　林语堂译"。版权页署名"原著者　美国（Orison Swett Marden）翻译者　林语堂"。林语堂将马尔腾的 *Training for Efficiency*（直译为《效率之训练》）与 *Every Man King Or Might in Mind-Mastery*（直译为《人人为王》两书并为一册。卷首收有林语堂撰写的《成功之路序》。正文分为两大部分。第一部分译自 *Training for Efficiency*，含 62 小节；第二部分同样题为"成功之路"，译自 *Every Man King Or Might in Mind-Mastery*，分为卷一（第 1—11 小节）、卷二（第 12—21 小节）。1941 年 12 月，伪满洲国"新京书店出版部"在长春翻印了林语堂翻译的这本《成功之路》，次年 1 月、7 月两次重印。封面署名"林语堂"，书名页署名"林语堂译"，未注明原作者。东北师范大学出版社 1994 年版的《林语堂名著全集》第 28 卷收入，书名页署名"成功之路"，版权页署名"马尔腾英文著　林语堂汉译"。共 63 篇，以励志与智慧的内容为主。

　　林太乙的"林语堂中英文著作及翻译作品总目"的积极意义是澄清了一些事实，譬如，台湾的一些出版社，把林语堂 30 年代主持《人间世》杂志时发表在该刊的现代著名作家的小品文，也收入林语堂"经典名著"之中，而且占"五集"的篇幅。对于这种不伦不类的行为，林太乙不予认定。另外，对林语堂的"中文译本选集"也有区别。因为林语堂一生中的著述，绝大部分系先用英文写作、发表或出版，然后再被翻译成中文的。

三、林语堂著译版本的评说

　　中华人民共和国成立后，由于极左思潮的影响，曾一度将林语堂视为另类作家，致使其著述很少在大陆出版或发表。粉碎"四人帮"以后，随着思想的逐步解放，大陆众多出版社相继出版了他的部分著作。东北师范大学出版社、陕西师范大学出版社、群言出版社等分别出版了林语堂"名著全集"或"文集"，但这仅占林语堂中英文著述文字的三分之一左右，而且版本选择杂乱，水平参差不齐。单是《京华烟云》，随便一搜，便有十来个出版社的版本。中国台湾的德华出版社与金兰文化出版社虽然早于大陆出版了内容基本相同的林语堂"经典名著"，然而在编辑体例、文字校勘与印刷质量方面，根本无法与大陆相比。

1994年版的《林语堂名著全集》，由梅中泉主编，东北师范大学出版社，《总目》为：

总序

小说编

    第一卷　《京华烟云》（上）

    第二卷　《京华烟云》（下）

    第三卷　《风声鹤唳》

    第四卷　《唐人街》

    第五卷　《朱门》

    第六卷　《中国传奇》

    第七卷　《奇岛》

    第八卷　《红牡丹》

    第九卷　《赖柏英》

传记编

    第十卷　《林语堂自传》《从异教徒到基督徒》《八十自叙》

    第十一卷　《苏东坡传》

    第十二卷　《武则天传》

散文编

    第十三卷　《翦拂集》《大荒集》

    第十四卷　《行素集》《披荆集》

    第十五卷　《讽颂集》

    第十六卷　《无所不谈合集》

    第十七卷　《拾遗集》（上）

    第十八卷　《拾遗集》（下）

论著编

    第十九卷　《语言学论丛》

之所以以这个版本作为讨论的对象，是依据主编梅中泉坦承的两个"尊重"：其一，所谓名著，"特指知名度很高的著作，亦指众所周知的著作，是从普及程度的角度来说的，而不是从思想水准和艺术水准的角度来说的"。其二，"是为着向专家和广大读者全面系统地提供林语堂研究资料而出版本书的，所以尊重历史、尊重事实，基本上保持了原著的本来面目"。[3]

双语创作的林语堂，其作品译者众多，有张振玉、唐强汉、谢绮霞、张青云、工爻、今文、黄嘉德、越裔、徐诚斌、赵沛林、张钧、陈亚珂、周允成，以及林语堂本人等等。

译著非原著，即使最好的译本，也只能视为对原作的一种解读，无法全面准确地传达出创作意图。市面上刊行的林语堂作品大多采用的还是20世纪30年代的译本，因此有读者抱怨林语堂作品语言与现今通用语相去甚远，难以卒读。这是不清楚英文原著经过译笔已经面目全非，而且年代久远，译本长期得不到更新重译。林语堂英文原著流畅典雅通俗简明，但是大家阅读《吾国与吾民》与《生活的艺术》等著作的汉译本后，会觉得语言艰涩难解，冗长的从句甚多等问题，与林语堂中文行文风格大相径庭。这也说明在版本选择上存在问题。

1.《吾国与吾民》（*My Country and My People*）。黄嘉德译本初版于1936年，上海西风社出版。1938年出现过郑陀译本，郑陀的译本为通行版本，译文艰涩拗口，文白夹杂，不符合现今用语规范。东北师大版的《林语堂名著全集》，误将郑陀译本为黄嘉德译本。另，郝志东、沈益洪合译本《中国人》，1988年由浙江人民出版社出版，2000年学林出版社加入《抗日战争之我见》。郝沈合译本总体通顺，但文笔粗糙。

2.《生活的艺术》（*The Importance of Living*）有过黄嘉德和越裔两个译本。前者1938年6月在《西风月刊》连载，后来世界文化出版社1940年11月抢先出版越裔译本，后者在前面几章译文有雷同的嫌疑，多是直接抄录黄嘉德译本。东北师大版的《林语堂名著全集》标识越裔汉译，黄嘉德译本已经湮没无闻。

3.《京华烟云》（*Moment in Peking*）是林语堂最为人熟知的代表作。剔除盗版删节译本，影响较大的只有三个译本：林语堂翻译专业户张振玉译本，上海春秋社出版郑陀和应元杰译本，湖南文艺出版社1991年郁飞的译本《瞬息京华》。郁飞乃郁达夫之子，当年林语堂委托郁达夫翻译京华烟云，惜未能如愿，郁飞父债子偿，广罗资料耗时数年译完原著，书名采用林语堂指定的《瞬息京华》，如今因为《京华烟云》已经广为流传，译名难以更改，但是林语堂书信中曾建议译成《瞬息京华》。该译本忠实流畅干净准确，并附有林语堂关于译本的一些讹误翻译，郁本直接采用。

4.《苏东坡传》（*The Gay Genius the Life and Times of Su Tungpo*），"gay"，20世纪包括以前都是快乐乐天的意思，有张振玉与宋碧云译本，通行张振玉译本。2001年海南出版社重印宋译本，但是删除了译序。武汉出版社引进了宋碧云译的《苏东坡传》，张译要比宋译晚一年，所以有些地方就掠美了，译者也有直言。但是宋译对的地方张译反而未予采用，导致误译。

阅读林语堂的作品，要将中国的妙悟与西方的分析融合起来。"导读"力争做到沉淀下来的是资料，而不是情绪；尽量用作者自己的话说，不要将自己的一知半解强加给别人。对林语堂的著译做一点梳理，为今后深入探讨林语堂做好最基础的铺路工作，是我当下的一项重要任务。特别是随着时间的推移，民国时期出版的书籍报刊逐渐下架或封存，以至于很多初识者不甚了解林语堂著译版本的流变情况。基于这种考虑，在仰恩大学出版资金的资助支持下，完成了这本《林语堂著译导读》，为接下来的"林语堂学术资源资料库建设"迈出了第一步。在此，对仰恩大学外语学院胡娟老师的英文校对一并致谢！

注 释

[1] 林语堂：《八十自叙》，《林语堂名著全集》第 10 卷，东北师范大学出版社，1994 年，第 314 页。

[2] 林语堂：《〈语堂文集〉序言及校勘记》，《林语堂名著全集》第 16 卷，东北师范大学出版社，1994 年，第 507 页。

[3] 梅中全：《林语堂名著全集》总序，《林语堂名著全集》第 1 卷，第 16 页。